In ewiger
Freundschaft 2

영원한 우정으로

In ewiger
Freundschaft **2**

영원한
우정으로

넬레 노이하우스 지음

전은경 옮김

북로드

이 책은 소설이다. 많은 소설에서 등장인물과 비슷한 사람들이 현실세계에도 있고 거기서 한두 가지 생물학적 세부사항을 빌리는 것과 마찬가지로 이 책 또한 그렇다. 등장인물이나 그들의 특성과 행위, 거기서 벌어지는 사건과 상황은 허구이며 내가 자유롭게 창작했다. 살아 있거나 이미 사망한 사람들과의 유사성은 전적으로 우연이며 내가 의도한 바가 아니다.

특별한 편집자 마리온에게,
탁월한 협업에 감사하며

호프하임 경찰서 강력11반(K11반)

올리버 폰 보덴슈타인: 고참 경위, 강력11 수사반 반장
피아 산더: 예전 성(전배우자의 성)은 키르히호프, 경위, 강력11 소속 경위
니콜라 엥겔 박사: 호프하임 경찰서 과장
카이 오스터만: 강력11 소속 경위
카트린 파힝거: 강력11 소속 경장
셈 알투나이: 강력11 소속 경위
타리크 오마리: 강력11 소속 경장
크리스티안 크뢰거: 경위, 감식반장

헤닝 키르히호프 박사: 교수, 프랑크푸르트 법의학연구소장
프레데릭 레머 박사: 법의학자
로니 뵈메: 부검 보조

그 외 등장인물(성의 알파벳 순서대로)

그레타 알브레히트: 보덴슈타인의 의붓딸

카롤리네 알브레히트: 보덴슈타인의 배우자

발데마르 배어: 빈터샤이트 출판사 관리인

코지마 폰 보덴슈타인: 보덴슈타인의 전배우자

마리 루이제 폰 보덴슈타인: 보덴슈타인의 제수

크벤틴 폰 보덴슈타인: 보덴슈타인의 남동생

소피아 폰 보덴슈타인: 보덴슈타인의 막내딸

율리아 브레모라: 빈터샤이트 출판사의 헤닝 키르히호프 담당 편집자

안야 델라무라: 빈터샤이트 출판사 아트디렉터

파울라 돔스키: 문화 부문 저널리스트, 알렉산더 로트의 배우자

헬무트 엥글리슈: 수상 경력이 있는 작가

슈테판 핑크: 도로테아 빈터샤이트-핑크의 배우자, 핑크 인쇄소 소유주

마리아 하우실트: 헤닝 키르히호프의 문학 에이전트

요제핀 린트너: 마인-타우누스 센터 소재 서점 '책들의 집' 소유주

요제프 모스브루거: 제베린 벨텐의 문학 에이전트

알렉산더 로트: 빈터샤이트 출판사 문학부 기획부장

제베린 벨텐: 베스트셀러 작가

하이케 베르시: 빈터샤이트 출판사 전직 기획부장, 제베린 벨텐 담당 편집자

카를 빈터샤이트: 빈터샤이트 출판사 발행인

도로테아 빈터샤이트-핑크: 카를의 사촌누나이자 빈터샤이트 출판사 영업부장

헨리 빈터샤이트: 도로테아의 아버지, 빈터샤이트 출판사의 전직 발행인

마가레테 빈터샤이트: 헨리 빈터샤이트의 배우자, 도로테아의 어머니

차례

1권

2권

5일째

2018년 9월 10일 월요일

피아가 월요일 아침 7시에 강력11반 사무실이 있는 복도로 접어들었을 때 동료들은 이미 분주하게 일하는 중이었다. 카트린과 셈은 하이케 베르시 집의 다락에서 발견한 박스 내용물을 회의실의 커다란 탁자에 펼쳐두고서 수사에 도움이 될 만한 것이 나오길 기대하며 사적인 기념품과 사진과 서류를 철저하게 뒤지고 있었다.

카이와 타리크도 비슷한 작업 중이었지만 이들은 하이케 베르시가 남긴 디지털 흔적을 좇았다. 집을 수색할 때 확보한 비밀번호 목록의 도움으로 살짝만 훼손된 노트북을 문제없이 부팅한 뒤, 지난 몇 주와 몇 달 동안에 주고받은 이메일을 살폈다.

"어때?" 피아가 물었다. "뭐 좀 흥미로운 게 나왔어?"

"판단하기 어려워." 카이가 대답했다. "베르시 씨는 엄청나게 많은 이메일을 주고받았어. 제일 큰 비중을 차지하는 메일은 직업과 조직에 관한 거야. 해고와 노동 법정 재판, 출판사 설립 계획과 관련하여 변호사들과 메일이 오갔어. 또 신문과 출판사의 뉴스레터를 엄청나게 많이 정기구독하고 온라인 구매도 잦았고 말이야."

"작가나 에이전트와 주고받은 이메일도 많아요." 타리크가 보충 설명했다. "아마도 모든 사람이 그녀의 계획에 거부 의사를 밝힌 것 같아요. 그녀의 제안을 받아들여 새 출판사에 가는 걸 고려해보겠다고 한 사람은 몇 명 되지 않아요. 하지만 제가 제대로 이해했다면 그들은 어차피 갈 수 없었어요. 4월에 빈터샤이트 출판사와 계약을 연장하기로 서명했으니 장기적으로 묶인 거죠. 그래서 베르시 씨는 엄청나게 분노했어요. 탐욕과 우둔함 때문에 음험한 덫에 걸렸다며 작가와 에이전트들을 멍청이라고 욕했지요."

"아하." 피아 생각에 이건 잔인한 살해의 동기라고 보기는 어려웠지만 출판 사업의 미묘한 세부사항에 대해서는 아는 게 없으니 마리아 하우실트에게 전화해야겠다고 마음먹었다. 그녀라면 문학 에이전트로서 이 일의 영향을 정리하고 그게 어떤 의미인지 설명해줄 수 있을 터였다. "친구들과도 이메일을 주고받았어?"

"아, 그럼!" 카이가 출력한 이메일 몇 건을 내밀었다. "사망하기 전주에는 알렉산더 로트에게만도 스물아홉 차례나 이메일을 보냈지!"

"무슨 일로?"

"확실하게는 모르겠어요." 타리크가 대답했다.

"알렉산더 로트가 하이케 베르시에게 자기를 협박한다며 비난한 것 같아." 카이가 말했다. "그런데 뭐로 협박했는지 모르겠어. 혹시 당신이 보면 알지도 모르지."

"협박이라고?" 피아는 깜짝 놀랐다. 그런 생각을 이미 해본 적이 있었다. 협박이란 것이 반드시 돈과만 연관되는 건 아니었다. 그저 타인의 삶을 망치고 불안감을 조성하여 만족을 얻으려는 경우도 이따금 있었다. 하이케 베르시는 타인을 괴롭히고 불안하게 만드는 데 특별한 재능이 있었던 듯했다. 피아는 책상에 앉아, 하이케 베르시와 알렉산더 로트가 주고받은 이메일을 읽기 시작했다.

'너 어떻게 그런 짓을 할 수 있지? 얼마나 비열한 이기주의자길래 이러는 거야? 정말 모든 게 너를 중심으로 돌아가야 한다고 생각하는군! 하지만 사람을 체스 말처럼 다룰 수는 없어.' 8월 23일에 알렉산더 로트가 쓴 글이었다. '너 아주 된통 당하게 될 거다. 내가 장담해. 누군가 너를 도울 거라고 어떻게 상상할 수 있지? 넌 언제나 네 생각만 해. 그동안 네게서 기대할 거라곤 아무것도 없었어.'

'너야말로 조심해야 할 거야. 줏대 없이 망설이기만 하는 인간아!' 하이케 베르시가 즉각 답장을 보냈다. '하필이면 카를의 등 뒤에 숨다니, 정말 지금 일어나는 모든 일처럼 기이하기 짝이 없네! 작가들을 추가 금으로 유인할 아이디어를 생각해낸 사람은 분명히 너겠지. 시원찮은 인간의 소소한 복수 같으니라고! 빈터샤이트 집안이 여태껏 음흉한 독사를 품고 키웠다는 사실을 깨닫는다면 어떻게 될까? 넌 정말 두려워 떨어야 할 테지. 이 불쌍한 인간아.'

"아이고, 엄청나게 좋은 친구들이네." 피아가 중얼거렸다. 알렉산더 로트는 셈과 피아를 명백하게 속였다. 그가 지난 월요일에 하이케 베르시를 찾아간 건 당연히 파울라 돔스키의 토크쇼에 그녀가 출연하는 걸 막기 위해서가 아니라 전혀 다른 이유에서였다. 대체 왜 찾아갔을까? 제베린 벨텐 때문에? '빈터샤이트 집안이 여태껏 음흉한 독사를 품고 키웠다는 사실을 깨닫는다면 어떻게 될까?' 이 말은 확실히 협박처럼 들렸다. 피아는 그다음 출력물들도 읽고 수첩에서 마리아 하우실트의 전화번호를 찾아, 작가들을 유인한다는 '추가금'이 뭔지 물어보려고 전화기를 들었다.

* * *

"방금 마리아 하우실트와 통화했는데, 베르시 씨는 헨리 빈터샤이트와 알렉산더 로트, 요제핀 린트너와 그녀에게뿐 아니라 슈테판 핑크에게도 새 출판사를 위한 경제적 지원을 부탁했답니다." 30분 후에 피아가 아침 회의에서 보고했다. "토요일 오후에 제가 슈테판 핑크와 그의 아내와 대화를 나누면서 이 주제를 꺼냈을 때, 그는 이에 대해 한마디도 하지 않았어요. 그의 아내는 카를 빈터샤이트에게서 이 출판사 설립 계획을 전해 듣고 마음이 무척 상했습니다. 하이케 베르시가 부탁했다는 말을 남편이 왜 아내에게 안 했는지 지금 생각해보니 이상합니다."

"그런데 그게 중요한가요?" 니콜라 엥겔이 이렇게 묻는데 스마트폰이 진동하는 바람에 그쪽으로 손을 뻗었다.

"아직 확실하지 않아요." 피아가 대답했다. "하지만 하이케 베르시가 알렉산더 로트를 뭔가로 협박한 거 같아요. 슈테판 핑크도 협박했을지 모르지요. 그리고 도로테아 빈터샤이트-핑크는 파울라 돔스키가 말하는 남편 친구 모임인 '영원한 사람들'에 포함되지 않는 듯해요."

"하이케 베르시가 로트를 협박할 뭔가를 혹시 손에 쥐고 있는지 마리아 하우실트가 말한 건 없나?" 보덴슈타인이 물었다.

"그렇게 구체적으로 물어보지는 않았어요. 지금까지는 그저 제 추측에 불과하니까요." 피아가 수첩을 뒤적였다. "추가금이 뭔지는 알아냈어요. 후속 보충 계약을 그렇게 표현한다고 해요. 카를 빈터샤이트는 하이케 베르시의 계획을 매우 능란한 조치로 막았다고 합니다. 하이케 베르시가 빼내어 갈 거라고 짐작되는 중요한 빈터샤이트 작가들 거의 모두와 4월 말에 기존 계약을 연장하고 상당히 관대하게 추가금을 지급했대요. 그중에는 제베린 벨텐의 계약도 포함되고요. 그의 에이전트는 당시에 하이케 베르시의 계획에 대해 아직 몰랐대요. 카를 빈터샤이트는 모든 작가들이 서명한 후에 베르시 씨를 해고한 거예요."

"능란하고 합법적인 방식이군요." 니콜라 엥겔이 대답했다.

"하이케 베르시는 그게 알렉산더 로트의 아이디어라고 추정했어요." 피아는 이렇게 말하고 이메일에서 '은혜를 원수로 갚는 음흉한 인간' 부분을 소리 내어 읽었다. "그래서 로트를 협박한 것 같은데, 무엇으로 협박했는지는 우리가 알아내야 해요."

"마리아 하우실트는 왜 친구를 돕지 않았을까?" 보덴슈타인이 물었다.

"도우려고 했어요." 피아가 대답했다. "하지만 그녀는 출판사 설립 계획은 더 신중해야 한다고 생각했고, 그래서 하이케 베르시와 다투게 된 것 같아요. 어쨌든 마리아 하우실트는 친구에게 25만 유로라는 창업 자금 조달을 약속했는데, 그 대신 더 큰 발언권과 더 광범위한 출판 프로그램을 원했지요. 하이케 베르시는 후자에 찬성하지 않았고요."

"창업 자금으로 25만 유로를 지원하다니!" 카트린은 놀라움을 감추지 못했다. "베르시는 왜 그렇게 큰돈이 필요했대요?"

"마리아 하우실트 말로는 다른 출판사의 작가들을 빼내 오기 위해서래. 돈은 언제나 중요한 유인책이라고 해. 맞는 말 같아." 피아가 말을 이었다. "그리고 슈테판 핑크와 서점 주인인 요제핀 린트너는 그 프로젝트를 지원할 만한 경제적 상황이 되지 않아서 거절했답니다. 핑크는 지금 대형 인쇄소의 생존을 걸고 싸우는 것 같아요. 그동안 내내 빈터샤이트 출판사가 믿을 만한 최대 고객이었는데, 카를 빈터샤이트가 출판사를 운영한 이래로 인쇄 비용이 훨씬 저렴한 체코와 폴란드에서 인쇄한답니다. 요제핀 린트너의 서점도 현재 상황이 좋지 않다고 해요. 마인-타우누스 센터 임차료가 상당히 비싸고, 그 서점 인건비가 높다고 합니다."

"하이케 베르시와 같은 편으로는 또 누가 있었어요?" 니콜라 엥겔이 물었다.

"하우실트 씨 말로는 자기를 제외하면 예전 발행인인 헨리 빈터샤이트와 헬무트 엥글리슈 작가뿐이었답니다." 피아가 대답했다. "그런데 하이케 베르시와 헬무트 엥글리슈 사이에 불화가 생겼다는 말도 전해줬어요. 엥글리슈는 중요한 문학상을 모두 수상한, 큰 성공을 거둔 독일 작가 중 한 명인데도 베르시가 그의 신작을 출간하지 않으려고 했기 때문이지요. 카를 빈터샤이트는 그와의 마지막 계약을 종료했고 하이케 베르시도 엥글리슈를 원하지 않았으니 그는 소속 출판사가 없어진 거죠."

"그래서 불만이 많았겠군." 보덴슈타인이 끼어들었다. "지난 일요일에 하이케 베르시와 싸웠다는 남자가 그 사람일까?"

"그럴 수도 있겠네요. 얀 부인에게 그 남자 사진을 보여줘야 겠어요." 피아가 대답했다.

"자, 제가 요약해볼게요." 카이가 화이트보드로 가서 보드마 커를 들었다. "슈테판 핑크는 하이케 베르시가 출판사 설립을 위해 지원을 요청한 걸 숨겼어요. 맞습니까?"

"맞아." 피아가 고개를 끄덕였다.

"거기서 뭐가 그렇게 큰 문제인가요?" 니콜라 엥겔이 스마트 폰에서 눈을 떼지 않은 채 물었다.

"그리고 왜 핑크가 아내에게 말을 안 했을 거라고 생각하세 요?" 타리크도 질문했다.

"도로테아 빈터샤이트-핑크는 아버지가 하이케의 계획에 대 해 말해주지 않아서 무척 마음이 상했어." 피아가 대답했다. "그 런데 남편조차 그런 걸 숨겼으니 얼마나 기분이 나빴겠어? 그 녀가 알았더라면 토요일에 병원 앞에서 우리가 이야기할 때 틀 림없이 언급했을 거야. 도로테아 빈터샤이트-핑크는 파울라 돔 스키와 거의 비슷한 기분이었을 테지. '영원한 사람들'에게는 평생 소속된 적이 없는 거야."

"그 남자는 도대체 왜 아내에게 숨겼을까요?" 과장이 고개를 들고 스마트폰을 탁자에 내려놓았다.

"지금 계속 그 이야기를 하고 있잖아요!" 피아는 점차 인내심 을 잃었다. "제 생각에 하이케 베르시는 옛 친구들을 협박할 뭔 가를 손에 쥐고 있다가 지원을 요청할 때 사용한 것 같아요!"

"그러니까 슈테판 핑크는 그 비밀이 밝혀지든 말든 관심이 없었다는 뜻이네." 카이가 말했다. "그런 건 결혼생활을 파괴하는데 말이지. 내 생각에는 충분히 살해 동기가 될 것 같군."

그는 화이트보드에서 슈테판 핑크를 하이케 베르시로 줄을 그어 연결했다.

"핑크는 1미터 90센티미터이고 운동으로 단련된 사람 같아." 피아는 금발의 바이킹을 떠올렸다. "그 사람이라면 문제없이 시신을 차 트렁크에 싣고 숲에 버릴 수 있었을 거야."

"좋아." 보덴슈타인이 말했다. "핑크랑 이야기해봐야겠군. 자, 다음. 또 뭐가 있지?"

카트린과 셈은 사진과 신문 스크랩, 그리고 기념품 상자 중 하나의 제일 밑바닥에서 찾은 신발 박스 안 물건들을 내보였다.

"하이케 베르시는 아주 꼼꼼하게 앨범을 채웠어요." 카트린이 보고했다. "우린 거실과 다락에서 수많은 앨범을 찾았어요. 2010년까지 매년 앨범을 하나씩 만들어 사진 가장자리를 세심하게 테이프로 붙이고 그 아래에 글을 썼고, 입장권과 식권, 공연 팸플릿과 그와 비슷한 것들을 붙여뒀어요. 아마도 베르시의 어머니가 만들었을 것 같은 오래된 사진 앨범들도 있어요. 그래서 우린 여기 이 사진들이 앨범에 붙어 있지 않은 게 무척 이상하다고 생각합니다."

이로써 두 사람은 어떤 사람에 관한 정보를 찾을 때, 평상시에서 벗어난 뭔가를 항상 눈여겨봐야 한다는 경찰의 원칙을 지켰다.

1978년에서 1983년까지 찍은 사진에는 항상 똑같은 젊은이들이 카메라 앞에서 포즈를 취하고 있었다. 네 명의 남자와 세

명의 여자였는데, 1983년에는 여기에 새로운 여자 한 명이 들어
갔고 남자들 중 한 명이 보이지 않았다.

"알렉스, 괴츠, 스티브, 요지, 발디, 미아와 하이케. 누아르무
티에, 1981년 여름." 카트린은 젊은이들이 바위와 푸른 바다를
배경으로 해변에서 찍은 사진 뒷면에 적힌 메모를 읽었다. 하이
케 베르시는 자신의 꼼꼼한 성격대로 모든 사진에 메모를 남겼
다. '발디'는 1983년부터 보이지 않았고, 그 대신 '카체'가 들어
갔다. 사진 배경에는 거의 언제나 연파랑 유리창 덧문이 있고
흰색 회칠을 한 집이 보였고, 가끔은 보트나 해변, 풀장이 보이
기도 했다.

"휴가를 보내는 영원한 친구들이네요." 타리크가 말했다.

"'발디'는 혹시 관리인 발데마르 배어일까?" 보덴슈타인이
혼잣말처럼 중얼거렸다. "나이상으로 맞을 것 같은데."

"하이케는 당연히 하이케 베르시예요." 카트린이 말했다. "예
전에는 정말 머리카락이 붉은색이었어요. 알렉스는 알렉산더
로트고요. 곱슬머리와 안경으로 쉽게 알아볼 수 있지요."

"요지는 요제핀 린트너입니다." 셈이 사진마다 젊은 시절의
알렉산더 로트 옆에 바짝 붙어 있는 젊은 금발 여자를 손가락
끝으로 두드렸다. "미아는 마리아 하우실트일 겁니다. 그리고
괴츠는 아마 괴츠 빈터샤이트일 테고요."

"도로테아의 오빠인데, 젊었을 때 사망했어요." 피아가 설명
했다.

"도로테아는 왜 사진에 없죠?" 니콜라 엥겔이 물었다.

"도로테아는 아마도 이 모임에 포함되지 않았을 겁니다. 다

른 사람들보다 몇 살 어렸으니까요." 셈이 대답했다. "하지만 그
녀의 남편은 있어요. 우린 '스티브'가 슈테판 핑크라고 생각합
니다. 여기 사진 오른쪽 끝에 키가 큰 금발 남자 말이에요."

"그래, 맞는 것 같아." 피아는 눈을 가늘게 뜨고 사진들을 살
피고는 한 장씩 차례로 보덴슈타인 쪽으로 밀었다. "그리고 '발
디'는 정말 관리인일 거야. 그런데 '카체'는 누구지?"

피아는 카메라에서 얼굴을 반쯤 돌린 짙은 금발의 여자가 누
구인지 알아내려고 했다. 그 여자는 단 한 장의 사진에 나왔다.

"괴츠 빈터샤이트의 사인은 뭔가요?" 니콜라 엥겔이 끼어들
었다.

카이는 다시 노트북 앞에 자리를 잡고 이름을 검색했다.

"위키피디아에 따르면 괴츠 빈터샤이트는 프랑크푸르트
의 발행인 헨리 빈터샤이트와 그의 아내 마가레테의 아들로,
1983년 여름휴가 때 프랑스에서 비극적인 사고로 목숨을 잃었
습니다. 당시 나이는 21세였어요. 그 후에 그의 부모가 괴츠 빈
터샤이트 재단을 설립했습니다." 카이가 말을 잠시 멈추고 고개
를 저었다. "자, 여러분. 재단 이사장이 누군지 맞혀보세요. 아
니, 이제는 '누구였는지'라고 말해야 맞겠군요."

"알렉산더 로트." 피아는 하이케 베르시가 로트에게 쓴 이메
일의 문장을 반복해서 읽고 신발 박스를 자기 쪽으로 끌어당겼
다. "빈터샤이트 집안이 여태껏 음흉한 독사를 품고 키웠다는 사실을 깨
닫는다면 어떻게 될까?"

이제 서서히 모든 게 맞아떨어지기 시작했다. 퍼즐 몇 조각
이 제자리를 찾았다.

"로트는 오랫동안 금주하다가 다시 술을 마시기 시작했어." 보덴슈타인이 말했다. "음주 원인은 기획부장으로 임명됐기 때문이 아니라 불편한 결과를 몰고 올 뭔가를 하이케 베르시가 폭로할 거라는 두려움이었는지도 몰라. 로트는 언젠가 자기 삶과 이력이 모두 거짓말을 토대로 이루어졌다고 말한 적이 있잖아."

동료들이 다양한 상황에 대해 토론하는 동안 피아는 신발 박스에 있던 다른 물건들을 살펴보기 시작했다. 모래가 들어 있고 코르크와 봉랍으로 밀봉한, 배가 불룩한 오랑지나 음료수 병. 조개껍데기와 돌이 든 유리컵. 비닐봉지에 들어 있는 마른 나뭇가지 하나. 1980년대 인기도서 헤르만 헤세의 《황야의 늑대》낡은 문고판. 맥주 컵 받침 여러 개와 빛이 바랜 영수증 여러 장. 새 깃털 하나. 천으로 덮이고 화려하게 장식된, 알에 금이 간 구식 테 안경이 든 작은 나무 상자 하나. 천이 들어 있는, 이미 오래전에 폐업한 프랑스 슈퍼마켓 체인점 광고가 찍힌 비닐 쇼핑백. 피아가 봉지를 흔들어 털자 얼룩이 묻은 연회색 티셔츠가 탁자에 떨어졌다.

피아는 놀라서 멈칫했다.

"1983년 사진들을 줘봐." 피아의 말에 셈이 사진 몇 장을 그녀에게 밀었다. 피아는 재빨리 사진들을 훑어보고 젊은이 여섯 명이 하얀 회칠을 한 집 앞 계단에 앉아 있는 사진을 자기 앞 탁자에 놓았다. 그런 다음 배낭에서 라텍스 장갑을 꺼내서 꼈다. 회의 탁자에서 오가던 대화가 멎고, 다들 피아의 행동을 호기심에 어린 눈길로 지켜봤다. 피아가 티셔츠를 펼쳤다. 'Fruit of the Loom'이라는 로고가 찍힌 연회색 티셔츠에 짙은 얼룩이 잔

뚝 묻어 있었다.

"이건 분명히 괴츠 빈터샤이트가 죽을 때 입고 있던 티셔츠예요!" 피아가 흥분해서 말했다. "이 사진을 보세요!"

"예전에는 멋을 좀 부리는 사람이라면 거의 누구나 그런 티셔츠를 하나씩 가지고 있었어요." 니콜라 엥겔이 반박했다. "당시에는 완전히 필수품이었다고요."

"그럴 수도 있지요. 하지만 하이케 베르시가 왜 그런 티셔츠를 보관했을까요?" 피아가 물었다. "여기 이 티셔츠는 틀림없이 베르시에게 특별한 의미가 있었을 거예요."

그때 뭔가가 또 눈에 띄었다. 예상치도 못했는데 진실에 더 가까이 다가가게 해줄 뭔가를 발견할 때마다 늘 그렇듯 피아의 온몸에 아드레날린이 번졌다. 그녀는 화려한 상자에서 안경을 꺼내 사진 옆에 놓았다.

"하이케 베르시는 괴츠 빈터샤이트의 티셔츠뿐 아니라 안경도 보관했어요." 피아가 의기양양하게 말했다. "제 생각에는 감상적인 이유에서가 아니라 증거물이기 때문에 보관한 걸 거예요." 그러고는 말을 잠시 멈추고 골똘히 생각에 잠겼다. 모든 게 명백해 보였다. "알렉산더 로트는 괴츠 빈터샤이트의 죽음과 관련이 있는 게 분명해요. 하이케 베르시는 그걸 알고 그를 협박한 거고요!"

"뭘 얻어내려고?" 과장이 물었다.

"베르시는 그가 빈터샤이트를 떠나 자기를 따라 새 출판사로 옮기기를 바랐어요." 피아가 대답했다. "그 일은 베르시에게 그 무엇보다 중요했어요. 베르시는 영향력을 끼치지 못하는, 의미

24

없는 사람이 되는 걸 견디지 못했으니까요. 다시 일에 참여하는 동시에 카를 빈터샤이트에게도 한 방 먹이려던 거예요."

"괴츠의 부모는 당시에 로트를 재단 이사장으로 임명했잖아." 보덴슈타인이 덧붙였다. "그리고 로트는 빈터샤이트 출판사에서 경력을 쌓았어. 괴츠가 살아 있었다면 아마 그의 자리였을 텐데 말이지. 거짓말에 기반을 둔 이력. 로트가 정말로 괴츠 빈터샤이트의 죽음과 관련이 있다면 본인이 자격이 없다고 느끼는 것도 당연하겠군."

잠시 아무도 말이 없었다. 사건이 달라졌음을 다들 느꼈다.

"이제 어떻게 하죠?" 카이가 물었다.

"증거를 통해 우리 짐작을 굳혀야지. 오랜 세월이 흘렀으니 쉽지 않을 거야." 보덴슈타인은 동료들에게서 싹트는 행복감에 제동을 걸었다. "그리고 조심스럽게 수사를 진행해야지 서둘러서는 안 돼. 주요 피의자가 사망했더라도 빈틈없이 이어지는 증거가 필요하니까 말이야. 일단 괴츠 빈터샤이트가 어떻게 사망했는지 알아내야 해. 그때 함께 있던 사람들에게 물어봐야겠지. 그의 죽음이 사고가 아니라는 의심이 조금이라도 든다면 당시에 여름휴가를 같이 보낸 친구들 모두 알렉산더 로트 못지않게 수상한 거야."

"그 사람들도 하이케 베르시에게 협박당했을 수도 있겠네요." 니콜라 엥겔이 말했다. "그러면 모두 살해 동기를 지닌 거고요."

"슈테판 핑크, 마리아 하우실트, 요제핀 린트너와 '카체'라고 불린 여자군요." 타리크가 해당하는 사람들을 헤아렸다. "하이케 베르시와 알렉산더 로트는 사망했고요."

"티셔츠와 안경을 실험실로 보내죠. 어쩌면 DNA를 확보할
수 있을지도 몰라요." 카이가 제안했다.

"알렉산더 로트의 DNA는 이미 가지고 있어." 셈이 말했다.

"다른 사람들 것도 받자." 여우 냄새를 맡은 테리어처럼 열정
에 넘치는 피아가 말했다.

낮은 서류장 위에 놓인 팩스 기기가 웅웅대며 종이 세 장을
뱉어냈다. 카트린이 몸을 숙여 종이를 꺼내 읽고 말했다.

"은행 금고 수색영장이 도착했어요."

"좋아." 보덴슈타인이 자리에서 일어났다. "피아와 타리크는
바트 조덴 지점 은행에 가서 금고를 열어. 셈, 우리는 파울라 돔
스키 집에 가자고. 카트린은 얀 부인에게 가서 헬무트 엥글리슈
의 사진을 보여줘. 혹시 다른 동기가 있다면 놓쳐서는 안 되니
까. 그리고 핑크 인쇄소의 재정 상황에 관한 정보도 찾아주고.
카이, 자네는 여기저기 전화해서 괴츠 빈터샤이트에 대해 최대
한 많은 걸 알아봐."

"하이케 베르시의 아버지와 이야기를 해보는 건 어떨까요?"
피아가 물었다. "아직 병원에 입원 중이에요."

"제가 할게요." 카트린이 말했다.

"좋아." 보덴슈타인이 고개를 끄덕였다. "시도해볼 수는 있겠
지. 자, 그럼 시작하자고. 늦어도 오늘 오후 3시에는 여기에 다
시 모여."

＊ ＊ ＊

보덴슈타인의 사냥 본능이 깨어났다. 지난 몇 년 동안 사라졌던 감정이었다. 그의 직업은 그저 밥벌이가 아니라 소명이기도 했다. 그는 머리부터 발끝까지 수사관이었다. 경찰서장이나 경찰청장까지 되겠다는 야망을 품은 적은 한 번도 없었다. 승진기회가 여러 번 있었지만 늘 뿌리쳤기에 니콜라 엥겔은 야심이 없다며 그를 질책하고 불쾌해했다. 그는 정의와 규정과 가치를 믿었기에 경찰이 됐을 뿐 경력이나 정치를 위해, 또는 높은 호봉에 도달하여 50대 중반에 퇴직하려고 이 길로 들어선 게 아니었다. 하지만 몇 년 전에는 안식년이 필요했다. 카롤리네의 어머니를 포함하여 여러 사람이 총을 맞은 저격범 사건이 그의 하중 부담 능력을 넘어섰기 때문이다. 그는 사건과 거리를 유지하지 못해 퇴근 후에도 일을 떨쳐버릴 수 없었다. 게다가 고향인 루퍼츠하인에서 일어난 사건을 수사하다가 자신의 과거와 직면하게 되자 그는 경찰이라는 직업을 완전히 그만둘까 생각했다. 예전 장모의 솔깃한 제안을 받아들일지 한동안 진지하게 고민하기도 했다. 가브리엘라 폰 로트키르히 백작 부인의 재산을 관리하는 일은 보수가 탁월하고 스트레스도 없는 직업이었기 때문이다. 하지만 안식년이 끝나갈 무렵 그는 예전 직업으로 돌아가기로 결정했다. 오랫동안 자신이 이끌던 팀에 들어가 팀원 자격으로 섞이려고 했으나 그가 없는 동안 강력11반을 진두지휘했던 피아는 자발적으로 뒤로 물러났고, 니콜라는 그에게 다시 지휘권을 맡겼다. 안식년이 그에게 도움이 됐다. 그는 자기 직업에 대해 다른 견해, 더 건강한 견해를 지니게 됐다. 경찰이라는 직업과 강력11반은 지금처럼 그의 사생활이 흔들릴 때면 의심할 여지 없이 든든한 닻이 되어줬다.

셈은 호프하임 절반을 가로지르지 않아도 되게 66번 고속도로를 선택했다. 리더바흐 진입 회전교차로에 이르러 회흐스터 거리에서 뮌스터 길로 차를 꺾었고, 잠시 후에 잘 손질된 땅콩 주택 중 한쪽 집 앞에 주차했다. 지붕만 있는 간이 차고에 은색 스코다가 서 있었다.

"도착했습니다." 셈이 말했다.

보덴슈타인이 안전벨트를 풀고 말했다. "셈, 자네가 대화를 주도하는 게 좋겠어. 나는 선입견이 있는 것 같아서."

"알겠습니다." 셈이 고개를 끄덕이고 초인종을 눌렀다.

몇 초 후 파울라 돔스키가 문을 열었다. 낯빛이 창백하고 눈 밑에 보라색 그늘이 졌지만 검은색 옷이 아니라 토요일과 일요일 아침에 병원에서 입었던 것과 비슷한 바지 정장과 노란색 실크스카프 차림에 알록달록한 나무 구슬 목걸이를 걸고 있었다.

"들어오세요." 보덴슈타인을 알아본 그녀가 말했다. "커피 드시겠어요?"

"예, 고맙습니다." 셈이 정중하게 대답했다. 그에게는 편안한 대화 분위기를 만드는 게 중요했다.

두 사람은 돔스키 씨를 따라, 주방 가구들이 방문객의 적응이 필요할 만큼 새빨갛게 번쩍이는 부엌으로 가서 식탁에 자리를 잡았다. 경찰이 목격자나 용의자의 집에 찾아가면 부엌으로 안내되는 경우가 아주 흔했다. 보덴슈타인이 생각하기에는 뭔가 심리적인 이유가 있는 듯했다. 부엌은 거실보다 덜 의례적인 동시에 사생활을 많이 드러내지 않았다. 셈이 커피를 마시며 지극히 침착한 돔스키 씨에게 남편의 부검 결과와 사인을 설명하는 동안, 보덴슈타인은 자기라면 형사를 어디서 맞을지 곰곰 생각하다가 겨우 웃음을 참았다. 언제까지가 될지 모르는 불특정한 기간에 그는 경찰을 호텔 객실에서 맞아야 할 판이었다.

"이게 뭐예요?" 셈이 피아가 알렉산더 로트의 사무실 냉장고에서 발견한 고기 망치 사진을 보여주자 파울라 돔스키가 의심의 눈길을 보이며 물었다.

"이 고기 망치 아시나요?" 셈이 물었다.

"아니요, 몰라요." 돔스키 씨가 서랍을 열고 물건을 하나 꺼냈다. "이게 제 고기 망치예요. 하지만 우린 채식주의자라서 이제 더는 사용하지 않아요."

"여기 이게 남편분의 사무실 냉장고에서 발견됐습니다." 셈이 말했다. "지금 이 망치에 대한 법의학 수사가 진행되는 중입니다. 베르시 씨를 살해한 도구라고 추측되니까요."

파울라 돔스키의 얼굴이 창백해지더니 보덴슈타인에게 눈길을 돌리고 물었다.

"혹시 제 남편이 하이케를 살해했다고 믿으시나요?"

"우린 아무것도 믿지 않습니다." 보덴슈타인이 대답했다. "그저 로트 씨가 월요일 오후에 베르시 씨 집에 가서 이야기를 했다는 것만 알고 있지요. 지금 우린 그 후에 순찰차가 남편분을 발견하기 전까지 어디에 계셨는지 알아내려고 수사하는 중입니다."

"로트 씨는 금요일에 우리에게 아무 기억도 나지 않는다고 진술했어요." 셈이 말했다. "우리 정보에 의하면 그는 바트 조덴에 있는 술집에서 보드카 토닉을 두 잔 마셨습니다. 하지만 그 정도로는 필름이 끊어지지 않을 텐데요."

"그렇죠. 보드카 토닉 두 잔보다는 더 마셔야 끊어지지요." 파울라 돔스키가 화를 내며 말했다. "지금 뭘 알고 싶으신 거죠? 저는 경찰이 화요일 아침에 전화해서 남편을 데리러 오라고 말하기 전까지 그 사람이 어디에 있었는지 몰라요."

"월요일 저녁에 어디 계셨습니까?" 셈이 물었다.

"설마…… 그렇게 믿으시는 건……." 파울라 돔스키는 대답을 하다 말고 적대감과 절망이 뒤섞인 표정이 되어 고개를 저었다. "알아요. 아무것도 '믿지' 않으시겠죠. 그래요, 알았어요. 저는 월요일 저녁에 여기 있었답니다. 증인은 없어요. 혹시 이웃 사람들이 테라스에 있는 저를 목격했다면 또 모르지만요. 우리 딸이 독립한 후로 저는 집에서 일하면서 비싼 시내 사무실 임차료를 아낍니다. 그때는 다음 날 저녁에 있을 방송 준비를 했어요."

"예전에 하이케 베르시와 함께 진행하신 그 방송 말인가요?"

"예, 맞아요. 〈파울라와 책 읽기〉라는 방송이에요. 문학 토크인데, 문학계의 여러 손님을 초대해서 최신 도서들에 대한 이야기를 나눕니다."

"베르시 씨가 그만둔 이유는 뭡니까? 그게 언제였지요?"

"작년이었어요." 파울라 돔스키가 대답했다. "하이케가 자발적으로 그만둔 게 아니에요. 방송사에서 원하지 않았어요."

"하지만 그 후에 시청률이 급격하게 떨어졌더군요." 셈은 자기가 해야 할 일을 해냈다. "최고일 때 2백만 명이었던 시청자가 최근에는 15만 명으로 줄어들어 방송국에서 그 프로그램을 일요일 정오에서 늦은 밤 시간대로 옮겼지요. 시청자들이 사실은 베르시 씨를 더 원했다는 뜻일까요?"

"그렇게 해석하고 싶다면 그렇게 하시죠." 파울라 돔스키가 싸늘하게 대꾸했다. 셈의 도발이 과녁에 명중한 것이다. "사람들은 하이케가 책과 작가와 비평가들을 갈기갈기 찢거나 한없이 찬양하는 걸 무척 좋아했어요. 고대 로마의 키르쿠스 막시무스와 비슷했지요. 그런데 언젠가부터 출판사들이 하이케가 가차 없이 찢어대는 걸 두려워하게 됐다는 게 문제였어요. 판매부수에 직접적인 영향을 주는 경우가 많았으니까요. 그래서 작가들은 우리 방송에 더는 손님으로 오지 않았답니다. 방송사는 그래서 하이케를 내쫓은 거예요. 이 결정이 궁극적으로 현명했는지 아닌지는 논외로 하고 말이죠."

파울라 돔스키는 하이케 베르시에 대해 부정적인 말은 전혀 하지 않았다. 그녀를 열정적이고 달변이며 교양을 갖춘 현대문학의 옹호자라고, 믿을 만하고 정확하며 언제나 준비를 잘하는 사람이라고 말했다. 그러나 지나가는 말처럼 하이케 베르시가 30년 이상 자기 사장인 헨리 빈터샤이트의 연인이었다고 언급했다.

"누구나 알던 사실이랍니다. 헨리의 아내인 마가레테도 알고 있었지요." 파울라는 커피를 마시지 않고 티스푼으로 젓기만 했다. "빈터샤이트 출판사의 기획 전부를 담당하는 사람이 하이케라는 걸 모든 사람이 알았던 것과 마찬가지로요. 알렉산더는 2인자로 만족했어요. 그는 재단 업무를 즐겼고, 자기 작가들을 돌보기를 무척 좋아했죠. 그와 하이케 사이에 경쟁은 없었어요. 둘은 친구였어요. 오랜 친구."

보덴슈타인이 헛기침을 하고 말했다.

"돔스키 씨, 죄송하지만 잘못 알고 계신 것 같습니다. 베르시 씨와 남편분이 주고받은 이메일을 읽어봤는데, 우리가 보기에는 베르시 씨가 남편분을 협박하는 것 같더군요."

"협박이라고요?" 돔스키 씨가 커피를 젓던 걸 멈추었다.

보덴슈타인은 상의 안주머니에서 이메일 출력물을 꺼내 펼치고 돋보기를 썼다.

"'너야말로 조심해야 할 거야. 줏대 없이 망설이기만 하는 인간아!'' 8월 23일에 하이케 베르시가 남편분에게 쓴 내용입니다. '하필이면 카를의 등 뒤에 숨다니, 정말 지금 일어나는 모든 일처럼 기이하기 짝이 없네! 작가들을 추가금으로 유인할 아이디어를 생각해낸 사람은 분명히 너겠지. 시원찮은 인간의 소소한 복수 같으니라고! 빈터샤이트 집안이 여태껏 음흉한 독사를 품고 키웠다는 사실을 깨닫는다면 어떻게 될까? 넌 정말 두려워 떨어야 할 테지. 이 불쌍한 인간아.'"

파울라 돔스키는 믿지 못하겠다는 표정으로 보덴슈타인을 빤히 노려봤다. 마치 미소를 지으려는 듯 입술이 살짝 떨렸다.

"부인은 남편분이 스스로를 자격이 없다고 느낀다고 하셨죠." 보덴슈타인이 말을 이었다. "우린 1983년 여름에 남편분에게 이익이 될 만한 어떤 일이 일어났다고 생각합니다."

"1983년 여름에 괴츠 빈터샤이트가 사망했어요." 파울라 돔스키는 다시 입을 뗄 수 있게 됐다. "남편은 유치원 시절부터 그와 가장 친한 친구였어요. 괴츠가 죽은 후에 헨리와 마가레테는 남편을 친아들처럼 대했고, 22세에는 괴츠를 기념하기 위해 만든 재단 이사장으로 임명하기까지 했어요. 그리고 학업을 마치자마자 출판사에 정규직으로 채용했지요. 그건 드문 경우였어요. 보통은 정해진 수습기간을 일단 거쳐야 하니까요."

"로트 씨가 당시 사고에 대해 부인에게 이야기한 적이 있습니까?" 셈이 물었다.

"거의 없어요. 어쨌든 자세한 건 말하지 않았어요." 파울라 돔스키는 씁쓸하게 웃었다. "그리고 진실을 말한 적도 결코 없고요. 단 한 번도 진실을 말하지 않았어요. 저는 그 사람 마음이 어떤지 전혀 몰랐어요. 사실 남편은 지금까지도 저에게 이방인이랍니다."

"빈터샤이트 가족과 남편분의 친구들에 대해 좀 이야기해주시지요." 셈이 부탁했다.

"남편은 헨리와 마가레테를 제2의 가족이라고 불렀어요. 원래 가족과는 오래전부터 연락하지 않았지요. 그 이유 역시 저는 한 번도 듣지 못했어요. 우리 결혼식과 딸들의 세례식에는 알렉산더의 진짜 가족이 아니라 빈터샤이트 가족을 초대했어요. 거기에 대해서는 아마도 요지가 더 잘 알려드릴 수 있을 거예요. 요지는 저보다 더 오래전부터 남편을 아니까요."

"요지라고요?"

"요제핀 린트너, 그녀도 토요일에 병원에 왔었어요. 금발이에요. 요지와 그 사람 남편이 마인-타우누스 센터 '책들의 집'

주인이에요. 오래전에 제 남편과 요지는 연인이었고요."

"빈터샤이트 가족, 그리고 남편의 친구분들과 부인의 관계는 어떻습니까?" 보덴슈타인이 물었다.

"당신을 결코 인정하지 않고, 자기들 모임에 절대로 받아들이지 않는 사람들과 당신의 관계는 어떨까요?" 파울라 돔스키가 되물었다. "저는 아주 오랫동안 싫은 내색을 하지 않았답니다. 하지만 언젠가부터 그들의 마음에 들기를 포기했어요. 사실 그럴 필요가 없었죠. 저는 제 친구들이 있고 가족도 있어요. 하이케와는 직업상으로 좋은 관계였지만 사생활에 대해 이야기를 나누지는 않았어요. 그건 완전히 금기였답니다."

보덴슈타인은 자기가 코지마와 살면서 겪은 것과 아주 비슷한 일을 겪은 이 부인에게 동정심을 느꼈다. 이런 경우에는 언젠가 갈림길에 서게 되고, 견딜 수 없는 상황과 화해하거나 짐을 싸서 떠나는 수밖에 없다. 아이들이 있다면 머무는 경향이 많지만 이는 사실 더 위험한 선택이다. 이런 결혼생활에 갇혀 있을 때 필요한 자기부정은 증오로 바뀌기 쉽기 때문이다. 특히 상대방이 무례하게 자기를 새 파트너로 교체해버리는 경우에 더욱 심각하다. 보덴슈타인은 고통 극복 능력이 뛰어난 사람으로 알려져 있지만, 그런 그조차 코지마가 몇 달간 외도를 해왔다는 걸 알았을 때 증오와 분노 발작을 일으켜 성의 주차장에서 그녀의 목을 졸랐다. 당시에 아버지와 동생이 끼어들지 않았더라면 그는 아마 코지마를 살해하고 무기 징역으로 교도소에 갇혔을 것이다. 그때 이후로 그는 원칙상 모든 사람이 우발적 범죄자가 될 수 있음을 확실하게 알았다.

"부검 결과 남편분은 메탄올 중독 후유증으로 사망했습니다."보덴슈타인이 말했다.

"메탄올 중독이라고요?"파울라 돔스키가 믿지 못하겠다는 얼굴로 물었다."요즘 어떻게 그런 일이 일어나지요?"

"메탄올을 도수 높은 술과 함께 드신 것 같습니다."셈이 설명했다.

"아마 그랬을 것 같네요."언론인인 돔스키 씨가 쓸쓸하게 웃었다."그것 말고 뭐가 있겠어요? 남편은 스트레스를 쉽게 받았는데, 그럴 때면 손에 들어오는 건 뭐든지 마셨어요."

"목요일에 중독되신 것 같습니다. 그날 남편분이 어디 계셨는지 아시나요?"

"아마 출판사에 있었을 테지요."파울라 돔스키는 기억을 되살리려고 애썼다."저녁에는 저보다 먼저 집에 왔고, 제가 도착했을 때는 이미 잠들어 있었어요. 그런데 왜 그랬을까요? 실수로 마신 건가요?"

"저희가 찾아내려고 합니다."보덴슈타인이 답했다."가기 전에 마지막으로 하나만 더 여쭙겠습니다. 남편분이 혹시 유서를 남겼나요?"

"아니, 왜요?"알렉산더 로트의 아내는 정말 놀란 것 같았다.

"남편분은 자살을 했을지도 모릅니다. 아주 심하게 두려움을 느끼고 있었으니까요."

"아니요, 그런 일은 전혀 상상할 수 없어요."파울라 돔스키가 단호하게 대답했다."무슨 일인지는 모르지만 어쨌든 아무리 큰 두려움을 느꼈다고 해도 제 남편은 자살할 용기는 없어요."

그 말에서 드러나는 경멸에 보덴슈타인은 그녀가 남편을 위해 자기 손을 더럽히면서까지 하이케 베르시를 죽이지는 않았을 거라고 확신하게 됐다. 마음 놓고 그녀의 이름을 용의자 목록에서 지워도 될 터였다.

* * *

10시 30분에 출판사 건물에서 가장 넓은 공간인 도서관으로 직원들이 모두 모였다. 임원진이 모든 직원에게 모이라고 이메일을 보냈기 때문이다. 그러나 무슨 일이 벌어졌는지 소문이 이미 돌았으므로 카를 빈터샤이트와 도로테아 빈터샤이트-핑크, 영업 이사가 모두 검은 옷차림으로 도서관에 들어서기 전에도 직원들은 충격과 슬픔에 휩싸여 있었다. 율리아는 얼른 나갈 수 있게 제일 뒤편 출구 쪽에 서 있었다. 지난밤에 카타리나 빈터샤이트의 원고를 다시 한번 읽었는데, 읽으면서 계속 흐릿하게 연상되는 뭔가가 나비처럼 머릿속을 날아다녔지만 그게 뭔지 알 수 없었다. 텍스트의 어떤 점이 머릿속 한 귀퉁이에 숨어 있던 기억을 일깨우는데 이게 도대체 뭘까? 이야기 자체가 아니라 세부사항이었는데 도무지 떠오르지 않았다.

"존경하는 동료 여러분, 저는 오랜 직원이며 존경받던 기획부장 알렉산더 로트 씨가 어제 일요일 새벽에 자전거 사고 후유증으로 사망했다는 소식을 알려야 할 슬픈 임무를 맡게 됐습니다." 카를 빈터샤이트가 입을 열었다. 문학 편집부 직원 질비아 블랑케와 크리스티네 바일과 만야 힐겐도르프가 흐느끼며 코를 훌쩍였고, 도서관에 있던 다른 많은 사람들처럼 서로 포옹했다. 평소에 그다지 친하지 않던 사람들도 슬퍼하며 서로 안고 있었다. 위기 순간에는 스킨십을 통해 위로를 얻으려는 욕구가 언제나 커졌다. 이제 카를은 하이케 베르시에 대해 이야기하는 중이었으나 그의 말은 율리아를 그저 스쳐 지나갔다. 그녀의 생각은 여전히 나비를 뒤쫓고 있었지만 허사였다.

"안녕하세요, 브레모라 씨." 누군가 옆에서 말을 걸어 율리아는 왼쪽으로 몸을 돌렸다.

"안녕하세요, 배어 씨." 율리아는 관리인에게 나지막한 목소리로 인사했다. 그러고는 관리인이 알렉산더 로트와 하이케 베르시와 무척 오래 알고 지낸 사이이니 조의를 표한다고 말해야 할지 잠깐 망설이다가 그런 인사는 적절치 못하다고 판단했다.

"끔찍하네요." 그 대신 무슨 말이라도 하려고 이렇게 말했다.

"예, 그렇지요. 정말 끔찍합니다." 관리인 배어가 말했다. 무표정인 그의 얼굴에는 그가 이 사건을 슬퍼하는지, 관심이 없는지 드러나지 않았다.

사망한 동료들을 위해 묵념을 한 뒤에 직원들은 각자 제 갈 길을 갔고, 율리아는 카를 빈터샤이트가 말을 걸어올지도 몰라 서둘러 도서관을 빠져나왔다. 어제저녁에 그녀를 사무실에서 거의 내던지다시피 한 뒤로 그는 아직 소식이 없었는데, 한편으로는 실망스럽기도 하고 다른 한편으로는 다행이라는 생각도 들었다. 상관과는 오직 직업적인 관계를 유지하는 것이 분명히 더 현명했다.

사무실에 돌아온 율리아는 도서전을 한 달 앞두고 목록을 보내온 여러 에이전시의 메일에 집중하려고 했다. 에이전시들의 포트폴리오에 있는 새로운 소식은 언제나 흥미진진했는데, 율리아는 지금까지 독일에 소개된 적이 없는 미국 작가 두 명에게 특히 관심이 많았다. 하지만 지금은 집중이 되지 않았다. 카타리나 빈터샤이트 생각이 계속 떠올라, 지금 자기 나이에 사망한 젊은 그녀의 입장을 상상해보는 것을 멈출 수 없었다. 이 세상 그 무엇보다 더 사랑하는 여섯 살짜리 아들이 있는데 자살할 수 있을까? '늘 그랬듯이 영원히…… 가장 소중한 내 보물 카를에게.' 이 헌사는 두 가지를 암시했다. 카타리나는 끝나지 않은 이 원고뿐 아니라 다른 글도 많이 썼을 것이다. 그리고 어린 아들은 그녀에게 이 세상에서 가장 소중했다. 혹시 발코니에서 일부러 몸을 던진 게 아니라 추락한 걸까? 비극적인 사고였는데 사람들이 자살이라고 간주한 건가? 하지만 왜 아무도 그걸 의심하지 않았을까?

유선전화가 울렸다. 헤닝 키르히호프의 전화번호가 액정에 떴다. 그녀는 해결할 일이 몇 가지 있어서 그에게 전화해달라는 문자를 남겼었다. 독일과 오스트리아와 스위스에서 진행되는 키르히호프의 낭독회 일정은 이미 정해졌지만 계속 문의와 요청이 더해졌고, 영업부에서는 가능하다면 중요한 고객 둘을—알고이와 루르 지방의 서점 한 군데씩—배려해달라고 부탁했다. 헤센 라디오 방송국 프로듀서는 키르히호프가 문화 프로그램인 〈도펠코프〉에 참석하길 바랐는데 다음 주가 벌써 녹화이고 토크쇼 초대도 한 건 잡혀 있었다.

"다른 질문이 하나 더 있어요." 중요한 이야기를 모두 마친 후

에 율리아가 말했다. "자살인 경우에도 사법 수사가 이루어지나
요?"

"담당 검찰이 그렇게 정할 때만 이루어지지요." 키르히호프
가 대답했다. "형사소송법 159조에 따르면 경찰은 자연사가 아
닌 모든 죽음에 수사를 개시해야 합니다. 그러니까 사망진단서
에 '자연사 아님'이나 '알 수 없음'에 체크가 되면 검찰이 개입
해요. 경찰은 자살의 명확한 동기를 찾아내려고 하고요. 이 일
은 대부분 함께 지내던 유족이나 이웃, 직장 동료 또는 자살한
사람과 가깝던 사람들을 탐문함으로써 이루어지지요. 물론 사
체를 검시하고 사진을 찍고, 사체가 발견된 장소와 집도 그렇게
합니다. 그 외에 일기장이나 유서도 증거가 되는데, 경찰은 이
걸 가지고 갔다가 수사가 끝나면 유족에게 돌려줍니다."

"자살한 사람의 시신도 부검하나요?"

"반드시 그런 건 아니에요. 수사를 근거로 검찰이 시신을 내
주도록 결정하거나, 명확하지 않은 경우에는 검시나 부검을 지
시합니다. 죽음이 사고나 제3자의 개입 없이 이루어졌다는 게
확실해지면 수사가 종결되지요."

"자살 후에 수사 서류는 얼마 동안이나 보관되나요?" 율리아
가 물었다.

"시신 업무, 아니 정확하게는 '고인의 사망 원인 수사 절차'의
경우에는 검찰이 일반적으로 30년 동안 보관합니다. 이 서류에
는 경찰 조서와 심문 기록, 현장 사진과 시신 사진, 검시나 부검
보고서가 모두 있지요." 헤닝 키르히호프는 기꺼이 자세히 알려
줬다. "그런데 브레모라 씨, 호기심이 생기네요. 이런 걸 알고 싶

어 하는 구체적인 이유가 있나요?"

"네, 작가님의 다음 범죄소설 소재가 될 수도 있을 거예요."
율리아가 대답했다. "오래전에 이곳 프랑크푸르트에서 발생한
어떤 일을 제가 우연히 알게 됐답니다. 지인의 어머니가 1990년
에 이른바 자살을 했다고 해요. 하지만 왠지 모르게 그게 정말
자살이었는지 의심이 들어서요."

"아하, 왜죠?"

"그냥 느낌이 그래요." 율리아는 당황했다. 그녀는 헤닝 키르
히호프가 유명한 범죄소설 작가일 뿐 아니라 프랑크푸르트대
학교 법의학연구소장이며 게다가 법의인류학 분야의 거물이라
는 사실을 이따금 잊을 때가 있었다. 정확하지 않은 예감만으로
그의 시간을 빼앗고 싶지 않았다.

"경찰도 '그냥 느낌만' 그럴 때가 자주 있답니다." 놀랍게도
키르히호프가 이렇게 말했다. "그리고 그게 제대로 된 흔적으로
이어지는 경우도 흔하고요."

그래서 율리아는 처음에는 약간 망설이며, 그러다가 점점 더
물 흐르듯 편하게 이 법의학자에게 익명 우편으로 온 원고와 이
원고를 쓴 작가—우연히도 출판사 사장의 어머니—에 대해, 그
리고 그녀를 당황하게 만든 헌사에 대해 이야기했다. 그런 다음
이제 자전적인 성격이 아주 강하다고 확신하는 원고 내용을 요
약해서 들려줬다. 키르히호프는 이따금 짧은 질문을 던졌다. 율
리아는 두 사람의 역할이 바뀐 것 같다는 느낌이 들었다. 지금
은 본인이 편집자에게 새 책에 대해 짤막하게 이야기하는 작가
같았다.

"그 기억이 나네요." 키르히호프가 불쑥 말했다. "제가 1982년에 의학 공부를 하러 프랑크푸르트로 왔는데, 1983년 여름에 의학부에서 괴츠 빈터샤이트의 죽음을 애도했던 기억이 나요. 그 사람이 여름 휴가지에서 사고로 사망했지요."

"혹시 그를 아셨나요?" 율리아는 흥분해서 등줄기에 소름이 돋았다.

"알았다고 말하는 건 과장일 테고요. 그는 저보다 한 학기 위였어요. 얼굴만 아는 정도였습니다. 당시에 〈프랑크푸르터알게마이네차이퉁〉 한 면 전체에 부고가 실려서 큰 인상을 받았어요. 가족은 물론이고 중고등학교와 대학교, 친구들도 부고로 애도를 표했지요. 하우프트 공원묘지에서 엄청난 규모의 장례식이 열려서 며칠씩이나 화젯거리가 됐고, 얼마 후에는 괴츠 빈터샤이트의 이름을 딴 재단이 설립됐지요. 아마 그 재단은 지금도 있을 겁니다."

율리아는 흥분해서 의자에서 이리저리 몸을 뒤틀었다. 카타리나 빈터샤이트는 원고 《영원한 우정으로》에서 '루츠 포겔장'의 장례식을 아주 세부적으로 묘사했고, '마치 연방 대통령이 사망한 것 같았다'는 부고 이야기도 했다.

"네, 그 재단은 지금도 있어요." 율리아가 대답했다. "자전거 사고로 일요일에 숨진 기획부장 알렉산더 로트가 재단 이사장이었어요. 괴츠 빈터샤이트와 가장 친한 친구였지요. 아마 작가님도 그분을 아실지도 몰라요. 작가님 에이전트 마리아 하우실트의 오랜 친구였거든요."

"예, 압니다. 하지만 안타깝게도 그를 처음 만난 건 제 부검 탁자에서였어요." 무뚝뚝한 키르히호프의 말에 율리아는 신경질적인 웃음을 겨우 억눌렀다. 이 모든 일이 너무 이상했다. 어떤 작가가 우연들로 가득한 이런 이야기를 가지고 왔더라면 그녀는 신빙성이 없다며 퇴짜를 놓았을 것이다.

"혹시 카타리나 빈터샤이트의 자살도 기억나시나요?" 율리아가 급하게 물었다. "그로부터 7년 후인 1990년에 일어난 일이에요."

"1990년이면 내가 피아와 결혼한 해인데." 키르히호프가 혼잣말을 했다. "그때 의학 공부를 막 끝내고 베를린 샤리테 병원에서 전문의 과정을 시작했어요. 아뇨, 유감스럽지만 제가 그 소식은 놓친 것 같네요."

"부인은 아실까요? 아, 그러니까 전부인 말이에요." 율리아가 말했다. "그때 이미 경찰이셨나요?"

"피아는 1989년에 비스바덴 경찰대학에서 교육을 받기 시작했어요. 당시에는 아직 형사가 아니었습니다." 율리아는 그동안 함께 일하면서 키르히호프의 환상적인 기억력에 대해 이미 잘 알고 있었다. "그 사건의 수사에 참여한 사람은커녕 기억하는 사람도 프랑크푸르트 경찰 중에는 아마 없을 것 같군요. 수사가 이루어지기나 했다면 말이지요. 하지만…… 몇 년 전에 학생들을 시켜서 이곳 연구소 자료를 완전히 전산화했어요. 그러니 여기 오시면 그 사건이 있는지 함께 살펴볼 수 있습니다."

"그게 좋겠네요!" 율리아는 흥분해서 목소리가 높아졌다. "언제가 괜찮으세요?"

"부검을 한 건 하고 오늘 중으로 진단서를 써야 해요." 키르히호프가 대답했다. "하지만 저는 여기 살고 있으니 사실 상관없습니다. 퇴근하시고 그냥 들르세요."

"좋아요! 그럼 가면서 연락드릴게요." 율리아는 감사 인사를 하고 수화기를 내려놓았다. 이제 집중해서 일하기는 다 틀렸다. 카타리나 빈터샤이트 말고 다른 생각을 하려고 하면 저절로 그쪽으로 생각이 다시 돌아가버렸다. 카를이 어머니의 원고들에 대해 몰랐다는 게 이상하지 않은가? 카타리나가 쓰고 아들에게 헌정한 다른 원고들은 어디 있을까? 카타리나 사후에 그녀의 개인용품들은 어떻게 됐지? 생각하면 생각할수록 의문에 의문이 더해졌지만 가장 급한 질문은 누가 카를에게 이 원고를 보냈느냐는 것이었다. 그리고 하필이면 왜 지금? 어쩌면 오늘 저녁에 몇 가지 답을 얻을 수 있을지도 모른다. 그렇지 않다면 자기 힘으로 직접 조사해볼 생각이었다. 소설이 어떻게 끝나는지 반드시 알고 싶었다.

* * *

"은행 카메라 녹화 영상을 보면 하이케 베르시가 마지막으로 금고를 찾아온 때는 8월 31일, 금요일 11시 20분입니다." 피아가 말했다. 그녀는 동료들에게, 타리크와 자기가 수사를 완전히 새로운 방향으로 돌릴 수도 있는 놀라운 발견을 했으니 모두 경찰서로 와달라고 부탁했었다.

"우리는 온갖 서류를 발견했어요. 베르시 씨와 아버지의 사전의료의향서, 등기권리증, 약간의 보석과 현금, 베르시 씨의 유언장. 이제 흥미로운 점이 나옵니다. 베르시 씨는 아버지가 돌아가시기 전에 자기에게 뭔가 일이 벌어질 경우 쾨니히슈타인의 공증인 필립 에버바인이 아버지의 법률 후견인이 되게끔 정했더군요. 그리고 자기 재산의 단독 상속인으로 발데마르 배어를 지정해뒀습니다. 조건이나 제한은 전혀 없고요."

피아는 타리크가 안전하게 투명 파일에 넣어둔 유언장을 들어 보였다.

"빈터샤이트 출판사 관리인 말이야?" 보덴슈타인이 깜짝 놀라 물었다. 실로 놀랄 만한 일이었다. 그 사람은 어제 하이케 베르시에 대해 그다지 좋지 않은 말을 했잖아. 이 둘을 연결하는 게 도대체 뭐지?

"발디." 카트린 파힝거가 이렇게 말하고 회의 탁자에 여기저기 놓인 사진들로 손을 뻗었다. "그 사람도 친구 무리 중 한 명이었어요."

"왜 발데마르 배어일까?" 보덴슈타인이 혼잣말을 하며 카트린이 찾아서 건넨 1981년 여름 사진을 들여다봤다. 발데마르 배어의 옛 모습, 짙은 색 머리에 마른 체형인 젊은이는 다른 사람들과 약간 떨어진 자리에서 진지한 표정으로 카메라를 바라보고 있었다. 그는 아무와도 포옹하지 않았고, 그를 포옹한 사람도 없었다. 그는 거기 있긴 했지만 그 무리에 속한 건 아니었다. 흥미로운 정황이었다.

"유언장은 얼마나 된 거야?" 보덴슈타인이 묻자 피아가 대답했다.

"2015년 11월에 작성됐어요."

"저희가 공증사무소에 연락했습니다." 타리크가 말을 이었다. "하이케 베르시는 유언장을 변경하려고 원래 내일 11시에 그곳에 가기로 했었답니다."

"하이케 베르시가 자기를 단독 상속인으로 정했다는 사실을 배어가 알고 있었을까?" 셈이 물었다.

"베르시 씨가 자기를 유언장에서 빼려고 한다는 걸 그가 알고 걱정했는지를 알아내는 게 더 흥미롭겠지요." 카트린이 대답했다.

"어쨌든 바트 조덴에 있는 집과 대지잖아요." 타리크가 끼어들었다. "그곳 대지와 건물 가격이 지금 폭발적으로 상승하고 있어요. 최소한 150만에서 200만 유로는 될 겁니다. 이보다 훨씬 적은 금액일 때도 살인이 일어나는 경우가 흔해요."

"여기서 이런저런 추측을 하는 것보다 그 사람에게 물어보는 게 좋겠어." 피아가 제안했다. "유언장에 주소가 있잖아."

"잠깐만." 카이가 끼어들었다. "크리스티안이 실험실 결과를 들고 지금 여기로 오는 중이야. 그리고 난 알렉산더 로트의 휴대전화 동선 추적 결과를 통신업체에서 받았고."

"결과는?"

"지난주 월요일 16시부터 바트 조덴의 한 기지국에 접속해 있었어. 새벽 2시 54분까지 바트 조덴의 기지국 여기저기에, 그리고 나중에는 니더회흐슈타트에 접속했는데 이건 우리가 지금까지 알아낸 것과 일치해. 그러니까 그는 계속 시 영역에 머물러 있었던 거야."

"어쨌든 그 사람 휴대전화는 그랬다는 거죠." 타리크가 참견하고 나섰다.

"물론이지." 카이가 고개를 끄덕였다. "그가 휴대전화를 가지고 있었다고 가정해야 해. 안 그러면 이건 우리에게 전혀 도움이 되지 않는 정보야."

"그사이에 어디서 그렇게 취할 정도로 술을 마셨을까요?" 카트린이 물었다.

"아마 술을 지니고 있었는지도 모르지." 셈이 추측했다. "아니면 어딘가에서 사서 공원 벤치에서 마셨거나. 바트 조덴 슈퍼마켓과 노점을 샅샅이 뒤져야겠다."

"좋은 생각이야. 그렇게 하지." 보덴슈타인이 말했다.

"금요일 저녁에 로트의 휴대전화는 23시 30분까지 프랑크푸르트 시내의 동일한 기지국에 접속해 있었습니다." 카이가 보고를 이어갔다. "아마 출판사에 있었을 거예요. 그 후에 베스트엔드를 통과해서 메세투름을 지나 뢰델하임을 거쳐 니다강까지 가고, 프랑크푸르트 서부 고속도로 나들목 아래를 지나 니다강을 따라서 계속 가다가 회흐스트와 운터리더바흐를 가로지르고, 66번 고속도로 아래를 지나 슈말칼데너 거리를 따라갔습니다. 휴대전화는 1시 12분부터 5시 44분까지 리더바흐 입구의 동일한 기지국에 있었습니다."

"지휘본부에 따르면 그는 그곳 길가 도랑에서 발견되어 바트 조덴 병원으로 이송됐어요. 모두 일치해요." 카트린이 이어 말했다.

"실험실은 고기 망치에서 하이케 베르시의 DNA를 확인했습니다." 카이가 사건 서류를 펼쳤다. "고기 망치는 의심할 여지

없이 살해에 사용한 흉기입니다. 키르히호프 박사는 하이케 베르시 두개골 압입 골절의 부러진 모서리가 고기 망치 모서리와 정확하게 일치한다고 통보했어요."

확인된 몇 가지 사실과 해답에서 새로운 의문점이 생겼다. 고기 망치는 어디서 났을까? 하이케 베르시의 살인범이 가지고 왔나, 아니면 그가 희생자의 부엌에서 발견해서 우연히 흉기로 사용한 걸까?

"고기 망치에 다른 흔적은 없었어?" 피아가 물었다. "지문은?"

"유감스럽게도 없었어." 카이가 안타까워하며 대답했다.

회의실 문을 노크하는 소리가 들리고 크뢰거가 들어왔다. 감식반은 알렉산더 로트의 사무실에서 의심스럽다거나 도움이 될 만한 것을 찾지 못했다. 유서도 없었다. 로트의 일정표는 다음 몇 주 동안 꽉 차 있었다. 도서전 주간 전과 행사 중에 수많은 초대를 받았는데, 그중에는 토론회도 여러 개였다. 이메일에서 사건 해결에 도움이 될 만한 것은 발견되지 않았다.

"하지만 제 직원이 아주 부지런했답니다." 크뢰거가 자랑스러운 미소를 지으며 종이 두 장을 내보였다. "로트 사무실의 종이 파쇄기에서 나온 쪽지들을 붙이는 데 성공했지요. 자, 직접 보세요." 그가 보덴슈타인에게 찢어진 원본의 복사본을 건넸다. "로트에게 온 편지입니다. 컴퓨터로 쓴 문장 두 개, 그리고 그다음은 일기장에 쓴 내용 같아요."

"나는 네가 1983년 여름에 한 일을 알고 있다. 너도 그걸 알고." 보덴슈타인이 소리 내어 읽었다. "프랑크푸르트, 1983년 8월 12일. 어제는 괴츠의 장례식이었다. 끔찍한 호러였다. 가지 않았더라면 좋았을 텐데. 마가레테는 비명을 지르며 울부짖었고, 무덤 앞에서 기절했다. 헨리는 계속 울기만 했다. 모두 울었다. 불쌍한 도로에게 관심을 주는 사람은 아무도 없었다. 모든 게 소름 끼쳤다. 비열한 아첨꾼 알렉스는 원하던 것을 이제 드디어 얻었다. 그가 '가장 친한 친구, 소울메이트'에게 입에 발린 조사를 한 후에 헨리는 그를 포옹하고 놓아주지 않았다. 괴츠는 이미 오래전부터 알렉스를 좋아하지 않았는데도. 괴츠가 프랑스에서 알렉스에게, 그리고 하이케와 요지와 멍한 눈으로 괴로운 표정을 짓고 있는 미아에게도 얼마나 고함을 질렀는지 생각만 하면……. 물론 괴츠가 자기들 모두를 쫓아냈다고 말하는 사람은 아무도 없었다. 괴츠는 그들을 더는 견디지 못했다. 나는 슈테판에게 들어서 그 사실을 알았지만 슈테판도 비겁하게 입을 다물고 있었다. 당연하다. 슈테판은 공식적으로 도로의 남자친구이고, 그의 부모님은 헨리와 그의 출판사에 의존하니까! 나는 이따금 정말로 헨리와 마가레테의 면전에서 사실(괴츠와 슈테판에 대한 이야기도)을 외치고 싶은 마음이 들지만, 그들은 어차피 내 말을 믿지 않을 거다. 적어도 욘은 나를 믿는다. 하지만 우리 사랑에 미래가 있을까? 그의 형과 형수는 나를 증오한다. 괴츠가 죽은 책임을 우리에게 돌린다! 우리에게!! 물론 특히 나에게!! 마가레테는 욘과 내가 연인이라는 걸 알게 된 뒤로 나를 실제로 레이디 맥베스라고 부른다. 그녀는 내가 욘과 바람을 피워 괴츠의 마음이 무너졌다고 진심으로 믿고 있다. 알렉스가 그들에게 또 무슨 거짓말을 했는지 누가 알랴! 이 진드기는 우리가 돌아온 후로 빌라에 거의 살다시피 한다. 하지만 사실은 이 모든 게 내 잘못이다. 괴츠와 슈테판의 놀이에 내가 끼었으니까. 그리고 욘이 왔을 때는 그와 함께 배를 타러 갔다. 그러니 그들이 뭘 믿으랴? 빌어먹을! 곰곰이 생각해보면 사실 모든 일이 그들이 말한 대로 일어난 것처럼 보인다. 아, 그냥 울고만 싶다."

"'카체'가 쓴 글이 분명해요." 조용해진 사람들 틈에서 카트 린이 입을 열었다. "그 무리에 새로 끼게 된 사람이에요."

"레이디 맥이 뭐예요? 햄버거인가?" 타리크가 물었다.

"아이고, 세상에. 정말 무식하네!" 카트린이 그를 비난했다. "〈맥베스〉는 셰익스피어의 희곡이잖아. 맥베스랑 그의 아내가 스코틀랜드 왕을 살해한 후에 맥베스 스스로 왕이 돼. 레이디 맥베스는 파렴치하고 권력에 눈이 먼 인물이라고. 그 여자와 비 교되는 건 칭찬과는 거리가 멀어."

"아, 알겠어요. 고마워요." 타리크가 기죽은 목소리로 중얼거 렸다.

"그런데 욘이 누구지?" 셈이 물었다.

"아이고, 내용에 다 들어 있잖아!" 머리가 빨리 도는 카이가 보덴슈타인의 손에서 일기장 복사본을 채갔다. "욘은 헨리의 동 생이니까 마가레테 빈터샤이트의 시동생이지. 일기를 쓴 사람 은 욘의 여자친구일 테고. 헨리의 조카인 카를 빈터샤이트는 위 키피디아에 따르면 1984년에 태어났으니 내 생각에는 욘과 이 일기장 주인이 카를의 부모인 것 같아."

"괴츠와 슈테판이 무슨 놀이를 했다는 걸까?" 피아가 물었다.

"우리가 그걸 알아내야지." 보덴슈타인이 자리에서 일어났 다. "크리스티안, 잘했어. 자네 직원에게도 감사 인사를 전해줘. 피아, 우리 둘은 발데마르 배어를 찾아가자. 셈, 자네는 슈테판 핑크를 여기로 데려와. 아내는 말고 그 사람만. 내가 그하고만 이야기를 해봐야겠어."

"카트린 선배랑 저는 뭘 하죠?" 타리크가 물었다.

"두 사람은 바트 조덴 슈퍼마켓과 노점을 탐문하고 로트를 데려온 순찰대 동료들과 이야기를 나눠봐." 보덴슈타인이 대답했다. "순찰대가 로트에 대해 어떤 인상을 받았는지 자세히 알고 싶으니까. 정말로 필름이 끊어질 만큼 술에 취한 것처럼 보였는지, 그리고 그랬다면 술이 어디서 났는지도 알아보고."

* * *

"어머나, 세상에." 프랑크푸르트 베스트엔드에 있는 발데마르 배어의 주소에 도착해서 양쪽 여닫이 단철 대문 앞에 섰을 때 피아가 말했다. "발디는 정말 괜찮게 사네요. 제대로 된 사람들 집에서 관리인을 해야 하나 봐요."

"하지만 분명히 관리인 숙소에 살 테지." 보덴슈타인이 대꾸했다.

초인종 옆 표지판에 간결한 인쇄체로 '빈터샤이트 빌라', 그리고 그 아래에 '괴츠 빈터샤이트 재단'과 '아브라함 리브만 문서실', '예약 방문만 가능'이라고 쓰여 있었다.

피아는 차창을 내리고 몸을 내밀어 초인종을 눌렀다. "예?" 하는 새된 소리가 울렸다. 피아는 용건을 말하고, 그쪽에서 요구하는 대로 카메라를 향해 형사 신분증을 들었다. 유령이 손을 대기라도 한 것처럼 대문이 열렸다. 오래된 나무와 예술적으로 다듬어진 덤불, 상상할 수 있는 온갖 색깔과 크기로 바다처럼 펼쳐진 수국들로 아름답게 꾸며진 정원의 자갈 진입로 끝에 빌

라가 있었다. 빌라는 연노랑을 칠한 커다란 건축물로, 넓은 계
단과 기둥들이 받친 회랑이 있었다. 피아는 건축 양식이나 지어
진 시기는 알 수 없었지만 이 집이 마음에 쏙 들었다. 예전에 가
장 친한 친구 미리암의 할머니이자 프랑크푸르트 상위 계층 귀
부인이었던 샤를로테 호로비츠가 우아한 홀츠하우젠 지역에서
이 집과 비슷한 궁전에 살았고, 피아는 어릴 때 그곳에 자주 드
나들었다. 빈터샤이트 빌라는 그보다 위치가 더 좋았고, 대도시
한가운데에 놓인 초록빛 오아시스인 거대한 대지는 모든 부동
산 투기꾼에게서 탐욕의 눈물을 솟구치게 할 것 같았다.

온통 새까만 옷을 입은 마가레테가 문을 열어줬다. 보덴슈타
인은 늘 그렇듯이 귀족 패로 게임을 시작했다. 그의 모범적인
예의범절과 살짝 고개를 숙이는 인사와 명함은 이번에도 효력
을 발휘했다. 저택 안주인은 두 사람을 기꺼이 계단 아래로 안
내하여 내려가서 건물을 빙 돌아 측면 출입구로 갔지만, 그녀가
아무리 초인종을 누르고 노크해도 안에서는 반응이 없었다.

"배어 씨가 집에 없는 모양이에요." 마가레테 빈터샤이트의
말에 피아가 물었다.

"그분, 휴대전화 없나요?"

"물론 있지요. 하지만 내가 번호를 외우지 못한답니다. 틀림
없이 아직 출판사에 있을 거예요. 딸에게 전화해서 그를 찾아보
라고 할게요."

"정말 친절하시군요." 보덴슈타인이 대답했다.

"왜 우리 배어 씨를 만나려고 하시는지 여쭤봐도 될까요?" 전
직 발행인의 부인이 물었다. 보덴슈타인과 피아는 이런 질문에

보통 대답하지 않지만 보덴슈타인은 이번 경우에는 말하는 게 낫겠다고 생각했다. 발데마르 배어가 말하기 싫어하는 것을 어쩌면 마가레테 빈터샤이트에게서 알아낼 수도 있을 테니까.

"하이케가 발데마르에게 유산을 남겼다고요?" 마가레테 빈터샤이트는 놀란 나머지 세심하게 다듬은 눈썹을 치켜세우며 물었다. 억양이 바뀌고 시선도 신중해졌다. "놀랄 일이군요."

"저희도 놀랐답니다." 보덴슈타인이 말했다. "잠시 시간을 내주신다면 제 동료와 제가 부인과 부인의 남편과 말씀을 나눠보고 싶습니다. 저희는 몇 가지 모순에 부딪혔는데, 두 분이 어쩌면 저희가 해결책을 찾는 데 도움을 주실 수도 있을지 모릅니다."

"당연히 도와드려야지요." 이제 노부인의 호기심이 깨어났다. "남편은 나쁜 소식에 무척 힘들어했답니다. 알렉산더와 하이케와 남편은 거의 30년 동안 무척 밀접한 관계로 함께 일했고, 알렉산더는 남편에게 늘 친아들 같았지요."

마가레테 빈터샤이트는 피아와 보덴슈타인을 폭이 넓은 바깥 계단 아래에서 기다리라고 말하고는 문의 황동판에 '괴츠 빈터샤이트 재단'이라고 쓰여 있는 공간으로 들어갔다. 피아는 빈 책상 두 개가 있는 안쪽을 슬쩍 들여다봤다. 빈터샤이트 부인이 전화 통화하는 소리가 들리더니 2분 후에 돌아와서 말했다.

"배어 씨는 오늘 출판사에서 보이지 않았다네요. 내 딸이 그의 휴대전화로 전화해보겠답니다."

"정말 고맙습니다." 보덴슈타인이 인사했다. "배어 씨가 여기서 일한 지는 얼마나 됐나요?"

"그의 부모님이 이미 내 시부모님에게서 일하다가 나중에는 우리를 위해 일했지요." 마가레테 빈터샤이트가 대답했다. "발데마르는 우리 아이들과 함께 이 집에서 자랐답니다. 군에서 제대한 후에 전기기사 교육을 받았는데, 교육이 끝나자마자 시아버님이 그를 고용했어요. 그러니 30년이 되고도 남지요."

"사모님 가족과 함께 여름휴가도 갔나요?" 피아가 물었다.

"예, 우린 발데마르가 어릴 때 매년 여름 프랑스에 있는 우리 별장으로 데리고 갔어요." 노부인이 그렇다고 했다. "발데마르는 예전에 천식을 앓았답니다. 건강에 이로운 바닷가 기후가 그에게 좋은 영향을 줬지요. 나중에 그는 우리 아들과 아들 친구들과 함께 그곳에 갔어요."

"배어 씨는 아내와 가족이 있습니까?" 보덴슈타인이 물었다.

"아니요. 부모님은 일찍 돌아가셨고, 10년 전에 이혼한 뒤로 관리인 숙소에 혼자 살아요." 마가레테 빈터샤이트는 바깥 계단을 올라 2층으로 따라오라는 손짓을 했다. "배어 씨는 무척이나 믿을 만하고 듬직한 직원이에요. 출판사와 여기 빌라뿐 아니라 정원과 자동차도 모두 손본답니다. 한마디로 모든 걸 할 수 있어요. 그가 없다면 우린 큰일이에요."

부인은 호의적인 웃음을 짓고 보덴슈타인과 피아를 넓은 응접실로 안내했다. 조각으로 장식된 높은 천장과 어두운 초록색 벽지를 바른 벽, 유리가 달린 책장들이 보였다. 낮은 탁자에는 하얀 수국이 꽂힌 꽃병이 놓여 있고 바닥까지 닿는 격자창으로 정원 너머 은행가의 고층건물들이 내다보였다. 넓은 공간의 한쪽 구석 탁자에 툭 튀어나온 매부리코에 얼굴이 푹 꺼진 마른 노인이 체스판 위로 몸을 숙이고 앉아 있었다. 뼈가 드러나는 손은 지팡이 손잡이를 움켜쥐었고 살짝 구불거리는 머리카락은 목덜미까지 닿았다. 집에 있으면서도 헨리 빈터샤이트는 외출이라도 하는 것처럼 완벽한 차림새였다. 연회색 정장에 흰 셔츠, 거기에 검은 넥타이는 애도 표시인 듯했다.

"헨리, 강력반에서 나오셨어. 하이케 때문에 오셨대." 마가레테 빈터샤이트가 남편에게 말하자 그는 체스판에서 고개를 들고 충혈된 눈으로 먼저 보덴슈타인을, 그다음에 피아를 빤히 쳐다보다가 안락의자에서 힘겹게 몸을 일으켰다. 헨리 빈터샤이트는 키가 크고 움직임이 느려서 아내와 비교하면 무기력해 보였다. 마가레테 빈터샤이트가 다정한 할머니처럼 행동하긴 해도 고집이 세고 이 집에서 발언권이 있는 사람임이 분명했다.

"빈터샤이트 씨, 그냥 앉아 계십시오." 보덴슈타인이 얼른 말했다. "저희는 오래 방해하지 않을 겁니다."

"앉으십시오." 노인은 빛바랜 브로케이드 원단을 씌운 맞은편 소파를 힘없는 손짓으로 가리키고 다시 의자에 앉았다. 오래되어 약간 해진 소파에 보덴슈타인과 피아가 자리를 잡는 동안 마가레테 빈터샤이트는 창가에 서 있었다.

"알렉산더는 나에게 제2의 아들이나 마찬가지였습니다." 보덴슈타인이 알렉산더 로트의 사망 이야기를 꺼내자 헨리 빈터샤이트가 애통해했다. "이제 알렉산더도 죽었어요."

"그리고 당신 정부도." 마가레테 빈터샤이트의 낮은 목소리에서 승리감이 묻어났다. 연적은 마침내 완전히 패배했다. 그녀는 눈부시게 새하얀 틀니를 미소 짓듯 슬쩍 드러냈다. 하지만

54

남편은 아내의 이런 언급에 아무런 반응도 하지 않았다.

"누구 말씀인가요?" 피아가 모르는 척 질문을 던졌다.

"내 남편과 하이케 베르시는 27년 동안이나 바람을 피웠답니다." 마가레테가 악의적인 만족감을 느끼며 설명했다. "헨리는 하이케의 새 출판사에 투자하려고 출판사 자기 지분을 팔아버리려고 했어요. 하지만 그럴 경우 우리 집이 없어진다는 건 생각하지 못했죠. 이 빌라는 출판사 자산이니까요."

"팔지 않았잖아!" 불쾌해진 헨리 빈터샤이트가 소리를 질렀다. 그의 눈이 분노로 이글거렸다. "그냥 고민해본 거라고!"

"어쨌든 카를에게 당신 지분을 매각하려고 할 만큼 구체적인 고민이었지." 마가레테는 남편의 상처에 흥겹게 소금을 뿌렸다. 한평생 그늘에 머물면서 힘들어도 내색하지 않으며 남편이 젊은 여자와 바람피우는 걸 감내하다가 이제 그가 늙고 병들자 지금껏 겪은 온갖 굴욕을 소소하면서도 날카로운 악의로 보복하는 중이었다. 세월이 흐르면서 그녀의 내부에는 엄청난 독이 쌓였다. 보덴슈타인과 피아는, 애정이 모두 사라지고 최종 결론을 내린 후에 품위와 이성을 보이며 헤어지는 대신 서로의 삶을 지옥으로 만드는 부부들에게서 이런 경우를 드물지 않게 경험했다. 빈터샤이트 부부도 마찬가지였다. 어떤 대가를 치르더라도 정면은 완벽해야 했다.

"로트 씨가 왜 제2의 아들 같았습니까?" 보덴슈타인은 두 사람이 서로 드잡이를 하기 전에 끼어들었다. 헨리 빈터샤이트의 육체는 허약한지 몰라도 정신은 아주 말짱했다.

"우리 아들 괴츠가 오래전에 사고로 숨졌다는 걸 아마 아실 거예요." 남편이 미처 말을 꺼내기 전에 마가레테 빈터샤이트가 설명했다. "알렉산더는 괴츠와 가장 친한 친구였지요. 아주 어렸을 때부터 그랬어요. 알렉산더와 괴츠의 약혼녀 마리아는 우리가 아들을 잃고 힘들었던 시절에 옆을 지켜줬고, 세월이 흐르면서 남편과 내 마음에 친자식처럼 자리 잡았답니다."

피아는 토요일에 병원에서 마리아 하우실트를 독차지하던 마가레테 빈터샤이트의 모습을 떠올렸다.

"마리아요?" 그럼에도 일부러 캐물었다. "에이전트 마리아 하우실트 말씀인가요?"

"예, 맞아요. 마리아는 괴츠의 첫사랑이자 안타깝게도 유일한 사랑이 됐어요. 둘은 중고등학교 시절과 그 후 대학교에서도 연인이었고, 우리는……."

그때 머리가 허옇고 구겨진 연파랑 양복을 입은 키 작은 남자가 응접실에 들어왔다. 그는 보덴슈타인과 피아를 그다지 관심 없는 눈길로 훑어봤지만 둘은 그를 바로 알아봤다.

"헨리, 어때? 장고 끝에 드디어 한 수 나갔나, 아니면 외통수라는 걸 깨달았나?" 그는 자기가 타인의 대화 중에 불쑥 끼어들었다는 사실에 신경도 쓰지 않은 채 물었다.

"유명한 작가 헬무트 엥글리슈 씨 아니십니까?" 보덴슈타인이 소파에서 일어나며 물었다.

"그래요, 맞소." 그는 양계장의 난쟁이 수탉처럼 뻐기며 가슴을 쓱 내밀었다. 보덴슈타인의 얼굴을 보기 위해 고개를 목덜미로 젖혀야 하는 게 마음에 들지 않았지만 분명히 우쭐했다.

"뵙게 되어 영광입니다. 선생님의 작품을 숭배합니다." 입에 침도 바르지 않고 나오는 거짓말에 피아는 크게 웃음을 터뜨리지 않도록 꾹 참아야 했다. 그는 헬무트 엥글리슈의 책을 읽은 건 고사하고 만져본 적도 없을 테니까. "저는 형사 올리버 폰 보덴슈타인 경위입니다. 동료인 산더 형사와 제가 선생님께 몇 가지 질문을 드리고 싶습니다."

"무슨 질문이오?" 작가가 상냥한 태도를 보였다. "문학 토론을 하고 싶소?"

"아닙니다. 하이케 베르시에 대해서예요." 피아도 자리에서 일어섰다. "저희는 살인 수사단에서 나왔습니다."

나이 든 사람들은 지금은 거의 쓰지 않는 이 용어를 늘 선호했다. 헬무트 엥글리슈는 잠시 당황했지만 자기 자신과 자기 문제에만 관심이 있는 사람들이 대부분 그렇듯 당혹감이 오래 지속되지는 않았다.

"하이케 베르시에 대해 물어볼 게 뭐 있소?" 그가 불쾌한 표정으로 물었다. 불안정한 그의 눈길이 사방을 훑었다.

"마지막으로 베르시 씨와 이야기를 나눈 게 언제였나요?" 피아가 물었다.

"내가 어떻게 알겠소? 그런 시시한 일을 다 적어두는 것도 아니고." 엥글리슈가 퉁명스럽게 대꾸했다. 상냥한 분위기는 사라지고 없었다. "하지만 베르시 씨가 나를 속였다는 건 알려줄 수 있소. 그 교활한 망나니는 지옥에 떨어져야 해! 세 권짜리 책 계약으로 나를 유인해서 빈터샤이트 출판사에서 빼내 오려고 했소! 그렇게 맹세하고 약속했단 말이오. 헬무트 엥글리슈가 자기의 새 출판사 명성에 도움이 될 걸 알았으니까. 베르시는 25년 동안이나 내 소설을 편집하는 영광을 누렸소. 그런데…… 끝이었어! 그 어린 개자식 빈터샤이트가 내 계약을 해지하고 선금 환불을 요구한 후에 베르시는 나를 가차 없이 해고했지. 내가 마치 수많은 삼류작가 중 한 명이라는 듯이! 당신에게 묻겠는데, 이런 일이 어떻게 가능하지? 그…… 그 여자는 헬무트 엥글리슈가 누군지 정확하게 알고 있었는데 말이오! 그는 뷔흐너 상을 받았소! 그의 이름은 노벨문학상 수상 후보로 여러 번 거론됐고! 헬무트 엥글리슈를 그렇게 쉽사리 내던질 수는…….”

그의 목소리가 한 옥타브 위로 올라갔다. 그가 자신을 3인칭으로 이야기하는 걸 멈추지 않자 피아는 거침없이 이어지는 그의 웅변을 싸늘하게 잘랐다.

“지난 일요일에 선생님이 베르시 씨와 다투는 걸 목격한 사람이 있습니다. 베르시 씨를 죽이겠다고 협박까지 하셨다는데 사실인가요? 우리 강력반은 그런 걸 무척 진지하게 받아들인다는 걸 아셨으면 합니다. 특히 협박당한 사람이 겨우 하루 뒤에 폭력 범죄의 희생자가 됐다면 말이지요.”

엥글리슈는 사레들려 발작하듯 기침을 했다.

“누가 그런 미친 소리를 한단 말이오?” 그가 얼굴 근육에 경련을 일으키며 새된 목소리로 물었다. 목까지 붉어지니 수탉과 더욱 닮은 모습이었다. “나는 수요일에야 프랑크푸르트에 도착했단 말이오!”

“아니야.” 마가레테 빈터샤이트가 그의 말을 반박했다. “당신은 8월 29일에 슈타른베르크에서 돌아왔잖아. 배어가 당신을 중앙역에서 데려왔고.”

엥글리슈는 경멸하는 눈길로 그녀를 쏘아보고는 어깨를 으쓱했다. "뭐, 그럴 수도 있지. 이러나저러나 상관없잖아."

"저희는 그렇지 않아요. 지난주 월요일 저녁에 어디 계셨나요?" 피아가 압박을 늦추지 않고 물었다.

"월요일 저녁, 월요일 저녁!" 작가는 흥분했다. "그걸 내가 지금까지 어떻게 기억한단 말이오? 내가 정말 그런 세속적인 사소한 일에 신경 쓸 시간이 있다고 생각하시오?"

피아가 자기애에 빠진 이 수탉의 말을 중단시키고 긴급 체포하겠다고 위협할지 잠시 갈등하는 찰나에 헨리 빈터샤이트가 끼어들었다.

"아내와 나는 그날 저녁에 문학의 집에서 열린 행사에 참석했습니다. 엥글리슈 씨는 우리와 동행했어요. 배어 씨가 18시 30분경에 우리를 그곳에 데려다줬고, 22시 45분에 다시 데리러 왔습니다. 우리를 거기서 본 목격자는 수없이 많을 거고 언론 사진도 분명히 있을 겁니다. 이제 만족합니까?"

그가 이 말을 할 때의 오만함, 그리고 잘 알던 사람 둘이 사망했는데도 동정을 보이지 않는 엥글리슈의 태도가 보덴슈타인의 마음에 들지 않았다. 하지만 이 세 사람 모두 정말로 혐의가 있는 건 아니었고 도주나 증거 인멸 위험이 없었으므로 그는 피아가 거친 대답을 하기 전에 먼저 말을 꺼냈다.

"고맙습니다. 일단 만족합니다." 그가 재빨리 대답하고 작가에게로 몸을 돌렸다. "이제 빈터샤이트 내외분과 이야기하고 싶습니다. 실례해도 될까요?"

헬무트 엥글리슈가 응접실을 떠나달라는 부탁을 받았다는

걸 이해하기까지는 시간이 좀 걸렸다. 그는 코를 씩씩거리며 나가면서 고집불통인 아이처럼 문을 세차게 닫았다.

"앉는 게 좋겠습니다." 보덴슈타인은 이렇게 제안하고 마가레테 빈터샤이트가 안락의자에 앉을 때까지 기다렸다. 그런 다음 알렉산더 로트가 죽기 전에 익명으로 받은 일기 복사본을 짤막하게 요약해 설명했다.

"그게 누구 일기장이었다는 거죠?" 마가레테 빈터샤이트가 의심스럽다는 어조로 물었다.

"저희가 확실하게 알지 못해서 말이지요." 보덴슈타인이 어려움을 인정했다. "하이케 베르시 집에서 발견된 1983년 사진에서 '카체'라는 별명의 젊은 여성이 언급됐습니다. 일기 내용으로 볼 때 나중에 부인의 시동생 욘의 아내가 된 사람이라고 생각합니다. 그러니까 두 분의 조카 카를 빈터샤이트의 어머니지요."

"카타리나?" 마가레테 빈터샤이트는 깜짝 놀랐다. "죽은 내 동서?"

"그게 그분 이름인가 보군요……. 그렇습니다." 보덴슈타인이 고개를 끄덕였다. "누가 왜 이 복사본을 보냈는지 저희는 아직 정확하게 모르지만, 아드님 괴츠의 죽음에 관한 내용입니다. 복사본 앞에 이런 말이 붙어 있었습니다. '나는 네가 1983년 여름에 한 일을 알고 있다.'"

"아, 세상에." 마가레테가 이렇게 중얼거리며 가슴을 움켜쥐었다. 헨리 빈터샤이트도 충격을 받은 듯했지만 아무 말도 하지 않았다.

"일기 내용으로 볼 때 두 분의 아드님은 그해 여름에 슈테판 핑크와 사랑에 빠졌던 것으로 추정됩니다." 보덴슈타인이 말했다. "카타리나는 그걸 알고 있었고 둘의 사이를 숨겨준 것 같고요."

빈터샤이트 부부는 이해하지 못하겠다는 표정으로 보덴슈타인을 노려봤다.

"거짓말이에요!" 마가레테 빈터샤이트는 모욕감을 느꼈다.

"우리 아들은 동성애자가 아니었어요! 결혼하려던 약혼녀가 있었다고요! 그리고 우리 사위는 30년이나 우리 딸과 결혼생활을 하고 있어요. 자식도 있고! 어떻게 그런 주장을 하실 수 있죠? 우리 괴츠는 카타리나가 불쑥 나타나기 전까지는 마리아와 행복하게 지냈어요. 카타리나는 괴츠가 제정신을 잃게 만들고 나중에는 마음이 무너지게 했어요. 걔를 전혀 진심으로 대하지 않았으니까!"

그녀는 확신에 차서 단호하게 말했다.

"죄송하지만 빈터샤이트 부인, 잘못 아시는 것 같습니다." 보덴슈타인이 대답하고 피아에게 신호를 보냈다. 피아는 휴대전화에서 알렉산더 로트의 서류 파쇄기 내용물을 이어붙인 종이 사진을 찾았다. 그리고 빈터샤이트 부부에게 내용 전체를 소리 내어 읽어줬다. 두 사람은 말없이 귀를 기울였다. 둘의 얼굴에서 처음에는 당혹감이, 그 후에 불신이, 마지막에는 거부하는 표정이 드러났다. 마가레테 빈터샤이트는 계속 고개를 저었다.

"아니, 아니! 그럴 리가 없어요!" 그녀는 피아가 마지막 문장을 읽은 후에 결연하게 말했다. "그렇지 않아요! 누군가 말도 안 되는 걸 생각해낸 거예요. 이제 더는 자신을 변호할 수 없는 사람에게 그런 비난을 하다니, 정말 뻔뻔하군요!"

"사실이 아니라고 어떻게 확신하실 수 있죠?" 피아가 물었다.

"그냥 아니까요! 엄마는 아이들을 아는 법이에요." 마가레테 빈터샤이트가 이렇게 우기고서 남편을 바라봤다. "헨리, 그렇지? 괴츠와 마리아는 결혼하려고 했잖아! 그리고 괴츠가 살아 있었다면 지금 빈터샤이트 출판사의 발행인이 됐을 거야. 카를이 아니라!"

그녀는 조카의 이름을 썩은 생선 조각이라도 되듯 내뱉었다.

헨리 빈터샤이트는 아무 대답도 하지 않았다.

"사모님이 카타리나를 '레이디 맥베스'라고 불렀다는 게 사실인가요?" 피아가 물었다.

"그래요, 사실이에요." 마가레테 빈터샤이트가 인정했다. "카타리나는 이곳에 갑자기 나타나서 여자친구가 있는 우리 아들을 유혹했어요! 아들이 죽자 내 시동생을 침대로 끌어들여 임신을 했고. 그…… 그 이해타산적인 요부가!" 결코 아물지 않은 오래된 상처가 불쑥 터져 나왔다. "난 카타리나가 우리 가정에 끼어들어 주제넘게 구는 걸 견딜 수 없었어요. 내 아들이 자기 때문에 죽었는데 불룩한 배를 내밀고 으스대며 돌아다니는 꼴이라니! 그러고는 아들을 낳자 아이 이름을 시아버지 이름대로 카를 아우구스트라고 했고, 시아버지는 그게 너무 자랑스러워 내 아들을 완전히 잊어버렸어요!"

마가레테 빈터샤이트의 목소리가 갈라졌다. 그녀는 양손으로 얼굴을 가리고 흐느꼈다. 세월이 흘러도 흐려지지 않는 그

격렬한 고통에 피아는 마음이 아팠다. 피아는 아내에게 아무런 위로의 말도 하지 못하는 헨리 빈터샤이트를 바라봤다. 그 역시 충격에 휩싸인 상태였다. 얼굴이 완전히 잿빛으로 변하고 눈빛이 무표정해졌다. 세상이 눈앞에서 조각조각 부서져 다시는 예전과 같아질 수 없는 사람의 눈빛이었다.

'영원한 친구들'은 35년 전에 무슨 일을 한 걸까? 슈테판 핑크와 알렉산더 로트, 마리아 하우실트와 요제핀 린트너, 하이케 베르시는 슬퍼하는 괴츠의 부모에게 어떤 거짓말을 했나? 괴츠의 죽음으로 모두 이익을 얻었으니 동맹을 맺고 비밀을 철통같이 지키기로 한 걸까? 카타리나는 왜 이 거짓말에 반박하지 않았을까? 반박 시도를 했지만 아무도 믿어주지 않은 건가? 어쨌든 세월이 흐르면서 거짓말은 빈터샤이트 부부에게 사실로 굳어져 쉽게 논박할 수 없게 됐다. 그런데 이제 진실을 아는 누군가가 나타나 거짓말로 지어진 견고한 집을 무너뜨렸다. '영원한 사람들' 가운데 두 명은 이미 사망했다. 누군가 또 죽게 될까?

"알렉산더 로트는 자신의 삶 전체와 이력이 거짓말에 기반을 두었다는 사실이 발각될까 봐 두려워서 다시 술을 마시기 시작했습니다. 당시에 무슨 일이 있었는지 아는 사람이 존재한다는 걸 알게 되자 오랜 세월이 흐른 후에 그의 양심이 다시 깨어난 거지요." 보덴슈타인이 정적을 깨고 말했다. 그는 빈터샤이트 부부를 쓸데없이 괴롭히거나 뭔가 확신시키려는 의도가 없었으므로 일기 내용의 세부사항을 반복해서 말하지 않았다. 보덴슈타인은 살인범을 잡고 싶었고, 그러려면 이 부부가 알고 싶어 하지 않는 진실을 밝혀야 했다. "그가 자기 부인에게, 자기는 자격이 없다고 말했답니다.”

'자격이 없다.' 그 말이 응접실 벽에 울려 퍼졌다. 마가레테 빈터샤이트가 자리에서 일어났다. 피아는 그녀가 바깥으로 나갈 거라고 생각했지만, 그녀는 다양한 은빛 틀에 끼워진 사진들이 놓인 탁자로 가서 그중 하나를 집어 들었다.

“하이케 베르시는 알렉산더 로트에게 보낸 이메일에서 이런 말을 했습니다. '빈터샤이트 집안이 여태껏 음흉한 독사를 품고 키웠다는 사실을 깨닫는다면 어떻게 될까?'”보덴슈타인이 말을 이었다. “저희가 보기에 이건 로트가 두 분을 속였다는 명백한 암시입니다. 그리고 하이케 베르시는 그 사실을 알고 로트를 협박한 거고요.”

헨리 빈터샤이트는 신음과 한숨이 뒤섞인 알아듣지 못할 소리를 냈다. 노인은 이제 더는 견디지 못한다는 인상을 풍겼다. 쪼글쪼글한 뺨 위로 흘러내린 눈물이 셔츠 깃에 스며들었다. 온몸을 떨고 있었다. 피아는 이런 반응이 이해가 갔다. 형사 둘이 죽은 아들의 추억을 더럽히려는 사악한 의도를 품었다는 느낌을 받았을 것이다.

“괴츠의 친구들은 당시에 큰 기회를 알아채고 두 분을 속였어요.”그럼에도 피아는 가차 없이 말을 이었다. “그들은 괴츠의 죽음으로 이득만 봤으니까요. 알렉산더는 두 분의 아들 역할을 넘겨받았어요. 괴츠가 카타리나를 향한 사랑 때문이 아니라 슈테판 때문에 술에 취했다는 사실을 아무도 두 분에게 말해주지 않았지요. 카타리나는 이 거짓과 사모님의 증오와 더불어 살아야 했어요.”

표정이 얼어붙은 마가레테 빈터샤이트는 힘겹게 가까스로 품위를 유지했다.

"이제 가시는 게 좋겠군요." 그녀가 싸늘하게 말했다.

"베르시 씨 집에서 발견된 두 가지 물품에 대해서도 말씀드려야 해요." 피아가 말했다. "다락의 신발 박스에서 발견된 것 중에 피가 묻은 연회색 티셔츠와 안경이 있는데, 어쩌면 아드님 것인지도 모르겠어요. 그곳에서 확보된 사진을 보면 괴츠가 그것과 똑같이 생긴 안경과 티셔츠 차림이었으니까요. 현재 이 두 가지는 DNA 검사를 위해 범죄 실험실에 있습니다. 필요한 경우에 DNA 비교를 할 수 있게 사모님이나 남편분에게 타액 샘플을 부탁드리고 싶습니다."

이제 마가레테 빈터샤이트의 얼굴도 흙빛으로 변했다. 그녀는 충격을 받은 표정으로 사진을 품에 꼭 안았다. 일기 복사물이 진품인지는 의심할 수 있지만 범죄 실험실의 결과는 진위를 의심할 수 없었다.

"가세요!" 그녀가 힘없이 중얼거렸다. "우리끼리 있고 싶으니 그냥 가시라고요."

* * *

"로트가 뭘 두려워했는지 이제 알겠어요." 빌라 대문을 지나 그뤼네부르크 길로 접어들었을 때 피아가 말했다. "당시에 무슨 일이 일어났는지는 모르지만 그와 그의 친구들은 빈터샤이트 노부부에게 진실을 숨기고 거짓말을 꾸며내어 말한 거예요."

피아는 휴대전화를 힐끔 봤다. 셈이 실행에 옮긴 업무를 문자로 알렸다. 슈테판 핑크가 경찰서 취조실 중 한 곳에 앉아 있다고 했다. 피아는 그가 휴대전화 신호가 잡히지 않는 지하실을 떠나지 못하게 하라는 답장을 보냈다. 그가 심문을 받기 전에 장모와 통화하는 걸 막으려는 의도에서였다.

"로트의 삶과 이력은 모두 그 거짓말에 기반을 두고 있었던 거야. 그는 35년 동안 양심의 가책을 느꼈을 테지." 보덴슈타인이 대답했다. "그러니 아내에게 그것과 관련된 이야기를 전혀 하지 않은 게 이상한 일은 아니야."

"그는 모든 걸 부당한 수단으로 손에 넣은 거예요. 심지어 새 부모님까지도." 피아는 고개를 저었다. "어쩜 그렇게 살 수 있을까요?"

"살 수 없었지. 술을 마신 이유가 뭐겠어?" 보덴슈타인이 되물었다. "그런데 카타리나 빈터샤이트의 일기장을 누가 가지고 있을까?"

"마리아 하우실트가 알지도 모르겠어요. 어쨌든 카타리나 빈터샤이트와 친했으니 그 아들의 대모가 되었겠지요. 그녀가 사망한 후에 소지품이 어떻게 됐는지 아마 기억할 거예요."

"카타리나 빈터샤이트가 왜 사망했는지 물어본다는 걸 까맣게 잊어버리고 있었네." 보덴슈타인은 거기에 생각이 미쳤다. "무척 젊을 때 사망한 것 같은데."

"그것도 하우실트 씨에게 물어볼게요." 피아는 수첩을 꺼내 전화번호를 찾아서 에이전트에게 전화했다.

"통화 중이네요. 아마 마가레테 빈터샤이트가 전화를 걸었을 거예요. 하우실트 씨가 해명하려면 꽤 고생하겠어요."

"아니면 이런 경우를 위해 이미 오래전에 거짓말을 또 하나 준비해뒀을지도 모르지." 보덴슈타인은 방향지시등을 켠 후에 몇백 미터 더 가면 보켄하임 국도로 이어지는 지스마이어 거리로 접어들었다. "하이케 베르시와 알렉산더 로트가 죽었으니 그녀는 안심하고 모든 걸 두 사람에게 떠넘길 수 있을 거야. 내 생각에는 하우실트도 용의자 범주에 포함돼."

"네, 맞아요. 하지만 동기가 뭘까요? 그 사람은 빈터샤이트 출판사와 관련이 없고 괴츠의 죽음으로 이익을 본 것도 없어요." 피아는 생각에 잠겼다. "경력도 자기 스스로 개척했고 지위도 괜찮고요. 그리고 친구를 걱정한 나머지 그 집으로 가서 헤닝한테 전화한 덕에, 헤닝이 다시 저한테 연락했잖아요."

"그게 무죄라는 증거는 아니지." 보덴슈타인이 대답했다. "범인들이 범죄 현장으로 돌아오는 경우가 많다는 건 자네도 잘 알잖아. 또 범인을 찾는 데 적극적으로 참여해서 돕기도 하고 말이야. 방화를 저지른 의용 소방대원과 비슷하지."

"정말 그 사람이 방금 자기가 살해한 친구의 가발을 쓰고 시신을 숲에 끌고 가고, 그 후에 부엌을 청소했다고 생각하세요?"

"세상에 불가능한 일이란 없어." 보덴슈타인은 연방은행에서 66번 고속도로로 향하며 대답했다. "마리아 하우실트가 가장 의심스러운 용의자는 아니더라도 어쨌든 무시할 수는 없어. 그러니 우리 수사 진행 상황을 그녀에게 절대로 알려서는 안 된다고 자네가 헤닝에게 말해둬."

"헤닝도 원래 알려서는 안 된다는 걸 알고 있어요." 피아가 틀툴거렸다.

"원래로는 부족하지." 보덴슈타인이 고집을 굽히지 않았다.

"제가 다시 확실하게 말할게요." 피아가 그에게 약속했다.

피아의 휴대전화가 울렸다.

"아, 왔네요." 피아가 블루투스를 켜고 전화를 받았다. "안녕하세요, 하우실트 씨. 전화 주셔서 고맙습니다. 저희가 지금 시내에 있는데, 잠깐 뵈었으면 싶은데요."

"안녕하세요, 산더 형사님." 스피커에서 헤닝의 에이전트 목소리가 흘러나왔다. "제가 지금 마르부르크에…… 저녁에 프랑크푸르트로…… 무슨 일……? 지금 시간이 몇 분밖에…… 나중에 다시…… 유감스럽게도…… 무선 연결이…… 좋지 않……."

"그럼 얼른 말씀드릴게요." 피아가 말했다. "로트 씨의 서류에서 일기 복사물을 발견했는데, 앞에 두 문장이 붙어 있어요. '나는 네가 1983년 여름에 한 일을 알고 있다. 너도 그걸 알고.' 저희는 이게 괴츠 빈터샤이트가 사망한 프랑스 휴가와 연관이 있다고 생각해요. 부인도 혹시 이런 편지를 받으셨나요?"

"예…… 받았어요." 마리아 하우실트가 대답했다. "3주……. 발신인이 없는 봉투에…… 상당히 놀랐……. 카타…… 샤이트의 일기……."

"지금 발행인인 카를 빈터샤이트의 어머니 말씀이죠. 안 그런가요?" 피아가 목소리를 높였다.

"맞아요. 저는…… 무척…… 친한……." 전화 연결 상태가 더나빠졌다. "누가…… 놀란……."

"하우실트 씨, 여보세요? 제 목소리 안 들리나요?" 피아가 소리를 더 높였다.

"연결이 안 좋…… 나중에…… 연락…….." 그러고 전화가 끊겼다.

"그렇게 소리 지르지 마." 보덴슈타인이 싱긋 웃었다. "그런다고 상대방이 더 잘 듣는 게 아니니까."

"저절로 그렇게 된다고요." 피아도 따라서 히죽 웃었다.

저 멀리 마인-타우누스 센터가 모습을 드러냈다.

"요제핀 린트너를 찾아가죠." 피아가 상관에게 제안했다. 이 서점 주인은 '영원한 사람들' 중에 아직 대화를 나눠보지 못한 유일한 인물이었다.

"좋은 생각이야. 슈테판 핑크는 그냥 좀 더 기다리라고 하지 뭐." 보덴슈타인은 아랄 주유소 뒤에서 8번 국도로 차를 꺾은 후에 2킬로미터를 달려 쇼핑센터 진출로로 나갔다. 주차장에 공무용 차를 세우고 이탈리아 음식 노점상에서 햄과 토마토와 모차렐라를 얹어 구운 파니니를 사서 점심을 간단하게 해결하기 위해 벤치에 앉았다. 두 사람은 먹는 중에도 누가 알렉산더 로트와 마리아 하우실트에게 일기 복사본을 보냈을지 추측을 이어갔다.

"나는 네가 1983년 여름에 한 일을 알고 있다." 피아가 문장을 인용했다. "오래된 할리우드 공포 영화 제목이랑 비슷하네요. 그 영화에서도 주인공 가운데 한 명이 이 문장이 든 편지를 받아요."

"일기를 보낸 사람도 아마 그 영화를 알고 있겠지." 보덴슈타인이 말했다. "그리고 그 사람은 익명으로 편지를 보냄으로써,

오랜 죄 때문에 안 그래도 괴로워하던 알렉산더 로트에게 무시무시한 공포를 안겨줬고. 린트너 씨도 이런 편지를 받았는지 궁금하네."

"안 받았을 리가 없죠." 피아가 파니니를 씹으며 대답했다. "누군가 '영원한 사람들'을 협박한 거예요. 어쩌면 당시에 무슨 일이 있었는지 밝히려고 그러는지도 몰라요. 하지만 왜 이제 와서? 왜 훨씬 더 일찍 그러지 않았을까요?"

"흐음." 보덴슈타인은 생각에 잠긴 채 음식을 씹었다. "뭔가 동기가 있었겠지. 하지만 하이케 베르시의 죽음은 아니야. 로트는 그 복사물을 그보다 훨씬 먼저 받았을 테니까. 아마 하우실트 씨와 같은 때 받았겠지. 3주 전에 말이야."

두 사람은 한동안 말없이 식사하며 각자 생각에 잠겼다.

"내 생각에 우리가 사건과 연관된 사람을 아직 다 알지 못하는 것 같아서 걱정이야." 보덴슈타인이 냅킨으로 입을 두드려 닦았다. "체스 경기랑 비슷한 거지. 중요한 말이 나가버리면 경기의 전체적인 역학이 달라져. 그러니까 하이케 베르시의 죽음으로 그런 일이 일어난 거야."

"늘 비유와 함께하시네요." 피아는 파니니 포장지를 구겨서 벤치 옆에 놓인 쓰레기통에 던져 넣고, 뭔가 먹은 후에 항상 밀려오는 니코틴 욕구를 억눌렀다. "자, 이제 가죠."

오래된 상가에 위치한 서점 '책들의 집'은 마인-타우누스 센터에서 수십 년 동안 자기 자리를 지켰고 이제 하나의 공공기관과도 같았다. 드넓은 매장은 이 시간에 한산했다. 몇 안 되는 손님이 책 매대를 뒤지고 있었다. 유모차를 미는 젊은 여자 두 명이 아동도서 쪽을 천천히 돌아다니고 한 남자는 직원에게서 안내를 받고 있었다. 피아는 계산대 컴퓨터 단말기 앞에 서서 전화기를 귀에 대고 주문을 받는 요제핀 린트너를 알아봤다. 두 사람은 서점 주인이 통화를 끝내기를 차분하게 기다렸다가 형사 신분증을 내보였다.

"아, 안녕하세요." 린트너 씨가 인사했다. "토요일에 병원에서 뵀어요."

그녀는 잿빛을 띤 금발을 느슨하게 목덜미에 묶었고 코끝에는 돋보기가 걸려 있었다. 서점 로고가 새겨진 군청색 브이넥 티셔츠와 청바지에 통굽 구두 차림이었는데, 하루 종일 서 있거나 움직여야 하는 사람에게 이성적인 선택이었다.

"알렉산더 로트와 하이케 베르시 때문입니다." 보덴슈타인이 말했다. "잠깐 시간 내주실 수 있을까요?"

"물론이지요." 린트너 씨는 직원 한 명에게 계산대를 맡아달라는 손짓을 한 뒤에 보덴슈타인과 피아를 청소년도서와 건강 관련 도서 책장 사이에 있는 문으로 안내했다. 날렵하고 힘차게 움직이는 그녀는 성격이 밝아 보였다. 이쪽에 미소를 보내고 저쪽에 손짓으로 인사하며 모든 것을 한눈에 꿰고 있었다. 문 앞에는 상자들이 쌓여 있고 젊은 여성 두 명이 상자를 풀어 책을 확인하는 중이었다. 린트너 씨는 그들과 짤막하게 뭔가 이야기했는데 친절하면서도 명확한 말투였다.

"도매상에서 매일 입고되는 책이지요." 그녀가 설명하고 사무실 문을 열었다. 사무실도 복도와 마찬가지로 여러 물품으로 가득했다. 마주 보는 책상 두 개에는 각각 컴퓨터와 문서들로 가득한 서류 정리함이 놓여 있고, 서류철이 꽉 찬 책장들, 그리고 사이드보드에는 프린터 두 대와 팩스기가 있었다. 바닥에는 책과 출판사 카탈로그가 잔뜩 쌓여 있어서 빈자리라고는 전혀 없었다.

"의자에 놓인 것들을 그냥 바닥에 내려놓으세요." 서점 주인이 말했다. "좀 좁지요. 하지만 임차료가 너무 비싸서 모든 공간이 매장이 된답니다."

"앉을 자리야 늘 찾을 수 있습니다." 보덴슈타인이 대답하고 카탈로그 더미를 바닥에 내려놓았다.

"푸우, 오늘 처음으로 앉아보네요." 요제핀 린트너가 책상 두 개 중 한 곳의 회전의자에 털썩 주저앉아 다리를 쭉 뻗었다. 50대 중반일 텐데 더 나이 들어 보였다. 너무 많은 햇빛과 담배가 거의 민낯인 주근깨투성이 얼굴에 진한 흔적을 남겼다.

"로트 씨의 사망에 조의를 표합니다." 피아가 스마트폰으로 대화를 녹음해도 되는지 허락을 구한 후에 보덴슈타인이 입을 열었다.

"고맙습니다." 린트너 씨가 대답했다. "진짜 너무나 슬픈 일이에요."

"부인과 로트 씨가 예전에 연인 사이였다고 들었습니다."

"아이고, 세상에. 그건 정말이지 아주 오래전 일이에요." 서점 주인은 약간 놀란 눈치였다. "이제 거의 35년이 다 될걸요. 학창 시절에 알았어요. 켈크하임에 있는 사립 김나지움인데, 대학입학 자격시험에서 높은 점수를 받으려는 고학년들이 전학을 오는 학교였어요. 하이케와 저는 11학년 때 쾨니히슈타인의 성 안

젤라 학교에서, 그리고 알렉스와 괴츠 빈터샤이트는 프랑크푸르트의 한 김나지움에서 전학 왔지요. 마리아와 슈테판만 예전부터 그 학교에 다니고 있었고요."

"마리아 하우실트 말인가요?" 피아가 물었다.

"그때는 결혼 전이니 마리아 몰리토어였어요." 요제핀 린트너가 대답했다. "우린 모두 관심거리가 비슷했고 대입 시험 과목도 똑같았답니다. 독일어와 사회 과목이었어요."

"알렉산더 로트는 괴츠 빈터샤이트와 가장 가까운 친구였고요. 그렇지요?" 피아가 물었다.

"어릴 때부터 그랬죠." 요제핀 린트너가 고개를 끄덕였다. "그런데 둘은 서로 완전히 반대였어요. 괴츠는 매력적인 난봉꾼에 미남이었고, 유머 있고 배포가 컸어요. 자기 부모님 빌라에 우리를 자주 초대했고 일거리도 줬지요. 파티 종업원, 저녁 모임 또는 저자 낭독회 같은 행사나 도서전 부스의 일자리 등이었어요. 우린 빈터샤이트 집에 드나드는 유명 작가나 예술가, 철학자들의 매력에 모두 푹 빠졌답니다. 완전히 새롭고 매혹적인 세상이었으니까요. 알렉스와 슈테판은 이미 알던 세상이지만 하이케와 마리아와 저는 위대한 작가들을 알게 된다는 게 황홀했어요." 그 기억을 떠올리며 린트너는 웃음을 터뜨렸다. "우린 프랑크푸르트학파 철학자들을 존경했는데 불현듯 그들을 직접 만나 토론하고, 함께 먹고 마시게 된 거예요. 우린 이 사람들의 관심을 받으려고 경쟁하며 서로 능가하려 했고, 온갖 책을 읽었고, 알프리트 켐퍼만이나 폴커 뵘 또는 마리나 베르크만-이케스 같은 사람들이 우리 의견에 동의하면 기사 칭호라도 받은 것처럼 감격했어요. 어느 정도 작가-그루피 같았는데, 오늘날 관점에서 보면 정말 이상하지만 당시에 우린 열여덟에서 열아홉 살이었고 그게 무척 쿨하다고 생각했답니다. 저는 심지어 군나르 간텐베르크와 원 나이트 스탠드를 한 적도 있어요. 그분이 무슨 중요한 상을 받고 프랑크푸르터 호프 프레지덴셜 스위트에 묵던 때였죠. 수십 년 후에 그분을 우리 서점 낭독회에 초대했더니 정말 와주셔서 우린 그 시절 추억을 무척 즐겼답니다."

린트너는 입가에 살짝 미소를 띤 채 반평생도 더 전의 일을 떠올리며 말을 이었다. "괴츠는 아버지 출판사에서 성공하려는 야망이 전혀 없었어요. 대학입학 자격시험을 아주 탁월한 성적으로 치르고 프랑크푸르트에서 의학을 전공할 자격을 획득했죠. 뮌헨이나 함부르크로 가려고 했지만 마리아 때문에 일단 여기 남았던 거였어요."

"이유가 뭔가요?" 피아가 물었다.

"마리아는 아버지를 비극적으로 잃었어요." 서점 주인이 대답했다. "집 사우나에서 심근경색으로 쓰러졌는데, 마리아는 다음 날 아침에야 시신을 발견했어요."

"알렉산더 로트 이야기를 조금 들려주시지요." 보덴슈타인이 부탁했다. "그의 아내 말로는 그가 부모님과 연락을 끊었다고 하더군요. 이유가 뭡니까?"

요제핀 린트너는 한숨을 내쉬고 고개를 저었다. "알렉스는 부모님이 대학 교육을 받지 않은 분들이라서 열등감이 있었어요. 아버지는 주유소를 여러 개 소유해서 돈을 잘 벌었고 참 친절한 분이었지요. 어머니는 회계를 모두 담당하면서 주유소에서 함께 일했고요. 저는 그분들을 무척 좋아했지만 알렉스는 부모님을 부끄러워했어요. 제 생각에 괴츠와 사귀면서 그의 사회적 야망이 깨어난 것 같아요. 알렉스는 헨리 빈터샤이트와 그의 아버지인 예전 발행인을 신처럼 존경했어요. 정말로 그들처럼 되고 싶어 했는데, 괴츠는 그런 행운으로 가는 승차권이었어요." 린트너는 입술을 삐죽거렸다. 주근깨 가득한 얼굴에 미소가 다시 번졌는데, 이번에는 경멸의 미소였다. "지금은 더 이상 아니지만, 당시 저는 학교에서 가장 예쁜 학생이었어요. 어떤 남자라도 잡을 수 있었는데도 저와 전혀 어울리지 않는 알렉스에게 아주 푹 빠졌어요. 지금 와서 생각하면 아마 그의 지적인 아우라에 매력을 느꼈던 것 같아요. 뭔가 다르고 비밀스러운 분위기에 말이지요. 그는 괴츠가 안경을 쓰니까 근시도 아니면서 덩달아 안경을 썼고, 빈터샤이트에서 출간되는 책은 모두 읽었어요. 정말 관심 있어서가 아니라 이야기에 끼어들고 나이 든 빈터샤이트 부자에게 깊은 인상을 주기 위해서였어요. 하이케는 정말 지적이었지만 알렉스는 그저 그렇게 되려고 끈질기게 고집을 부렸지요. 대입 시험 과목을 정할 때 저는 자연과학 분야에 강했으면서도 알렉스랑 똑같은 과목을 골랐어요. 1년 동안 쫓아다니고 나서야 드디어 그가 저를 봐줬답니다. 원래보다 더 지적으로 보이려고 저는 안경을 사기까지 했어요." 요제핀 린트너가 또 웃음을 터뜨렸다. "저는 지적이지도, 별로 똑똑하지도 않았거든요. 유명한 작가와 철학자들에게 느꼈던 매력은 금방 사라졌어요. 그들 대부분은 입 냄새를 풍기고, 끔찍하게 지루하고, 자기애가 강하다는 걸 깨달았으니까요. 그저 자기 자신과 자기 책과 가설 이야기만 하려고 하고 젊은 여자들에게 집적댔어요. 알렉스가 아니었다면 저는 아마 친구들 무리에 더는 끼지 않았을 거예요." 린트너는 헛기침을 하고 말을 이었다. "우리 중에 발언권을 가진 사람은 하이케였어요. 하이케와 알렉스가 머리가 뜨거워질 정도로 토론할 때면 슈테판과 마리아와 저는 입을 꾹 다물고 있었지요. 하이케가 얼마나 사나워지는지 잘 알았으니까요. 하이케가 저를 멍청하다고 생각한다는 걸 알고서 정말이지 기분이 안 좋았어요. 저는 하이케처럼 말하려고 엄청나게 노력했죠. 당시에 괴츠가 손가락만 까딱하면 알렉스는 언제나 저를 그냥 세워두고 가버렸기 때문에 제가 많이 울었어요. 알렉스에게 괴츠는 출판사와 유명하고 멋진 사람들과의 관계 때문에 무척 중요한 사람이었어요. 괴츠가 죽고 몇 주 안 지나 알렉스는 전화로 아주 간단하게 저에게 작별을 고했어요. 괴츠 부모님이 그와 마리아를 거의 입양하다시피 했기 때문에 그는 저에게 내줄 시간이 없었어요. 그리고 하이케는 헨리 빈터샤이트와 내연관계가 됐고요. 그도 손을 가만히 두지 못하는 발정한 늙은이였어요." 린트너는 옛 기억을 떠올리며 몸서리쳤다. "카타리나는 얼마 후에 괴츠의 삼촌인 욘과 결혼했고 슈테판과 도로테아도 결혼했어요. 우리 모임은 그렇게 끝났지요."

"그럼 카타리나는 그 모임에 오래전부터 소속된 게 아니군요. 그렇습니까?" 보덴슈타인이 캐물었다. 피아는 모든 이름과 관계를 혼동하지 않으려고 몇 가지 메모를 했다.

"네, 맞아요. 카타리나는 1982년 가을에 학업을 마치려고 프랑크푸르트로 왔는데, 우리보다 몇 살 위였어요." 요제핀 린트너가 대답했다. "당시 그녀는 우리 주거공동체에 들어올 사람을 구하는 마리아의 게시물을 보고 연락했어요. 나중에 마리아는 카타리나에게 방을 내준 걸 너무나 후회했답니다. 괴츠가 카타리나에게 완전히 반해버렸거든요. 그는 빌라에서 열린 어떤 행사에 카타리나를 데리고 갔어요. 그런데 그녀가 거기서 그의 삼촌을 우연히 만나는 바람에 괴츠와는 끝났죠. 카타리나와 욘이 첫눈에 서로 반했거든요."

"카타리나에게 혹시 별명이 있었나요?"

"카체라고 불렀어요. 왜 그랬는지는 기억나지 않아요. 어쩌면 카타리나를 줄여서 그렇게 불렀을 수도 있고 아니면 카타리나가 고양이를 아주 좋아했기 때문일 수도 있어요. 누아르무티에섬에서 휴가 중에 카타리나는 항구에서 새끼고양이 네 마리를 건졌어요. 세 마리는 죽었지만 한 마리는 살았지요. 카타리나는 어디든지 그 고양이를 안고 다녔고, 나중에는 프랑크푸르트까지 데리고 왔어요."

"1983년 여름휴가에서 괴츠 빈터샤이트가 사망했을 때 정확하게 무슨 일이 벌어졌나요?" 피아가 물었다.

"우리 모임은 그때 거기 네 번째로 간 거였어요." 요제핀 린트너가 기억을 되살렸다. "빈터샤이트 가족은 누아르무티에섬에 바다가 내다보이는 커다란 별장을 소유하고 있었어요. 관리인 숙소며 이것저것 모두 갖춘 집이었지요. 괴츠는 부모님이 그곳을 떠난 7월 말이면 항상 우리를 초대했어요. 1983년에는 일곱 명이었는데, 처음부터 아주 끔찍했어요. 몇 달 전에 괴츠에게서 이별 통보를 받았으면서 마리아도 동행했거든요. 우리 중에 누구도 그 상황을 이해할 수 없었고, 그래서 긴장된 분위기였어요. 모두 술을 아주 많이 마셨지요. 괴츠는 카타리나와 시시덕거렸고요. 그 두 사람과 슈테판은 늘 함께 다녔고, 마리아는 그래서 계속 질투했어요. 그러다가 욘이 와서 카타리나와 함께 보트를 타러 갔고요. 괴츠는 그날 저녁 엄청나게 술에 취했고 굉장히 공격적이었어요. 알렉스와 하이케가 몇 시간이나 문학과 철학, 정치에 대해 토론하는 걸 너무나 짜증스러워했지요. 우리에게도 욕을 퍼붓거나 비웃고, 알렉스와 하이케의 미래 계획을 경멸했어요. 괴츠는 취하면 무척 냉소적인 태도를 보이고 남에게 상처 줄 때가 많았어요. 그는 우리가 자기를 그저 이용하기만 한다고 비난하더니 다음 날 모두 꺼지라고, 우리가 역겹다며 고함을 질렀어요. 우린 그런 일을 자주 겪었기에 진지하게 생각하지 않았어요. 술이 깨면 그는 보통 자기 행동을 사과했거든요. 하지만 그날 저녁은 상황이 엉뚱한 방향으로 흘러갔어요. 괴츠는 처음에 저를 모욕한 후에 우리 모두를 욕하더군요. 기생충이고 진드기라고 말이에요. 그러다가 저는 참지 못하고 짐을 싸려고 방으로 돌아왔어요. 너무 화가 나서 많이 울었는데, 무엇보다도 알렉스가 제 편을 들어주지 않아서 더욱 섭섭했어요. 다음 날 아침, 경찰이 우리를 깨우더군요. 누군가 해변에서 괴츠의 시신을 발견했다고……. 끔찍했어요. 다행스럽게도 욘과 카타리나가 보트 여행에서 오전 늦은 시간에 돌아왔어요. 프랑스어를 완벽하게 구사하는 욘이 모든 걸 처리했어요. 저녁에 헨리와 마가레테가 도착했지요. 마가레테는 제정신이 아니었어요. 저는 살면서 사람이 그렇게 비명을 지르는 걸 처음 들었어요. 강력반이 육지에서 섬으로 와서 수사를 벌였고 우리 모두 심문을 받았어요. 괴츠의 혈중 알코올 수치는 0.3퍼센트 이상이었고 두개골 골절을 입었어요. 수사관들은 사고라는 결론을 내렸지요. 괴츠가 비틀거리다가 바위에 머리를 부딪히고 의식을 잃어 바다로 추락했을 거라고요. 그날 저녁은 밀물인 데다 바람이 무척 심하고 파도가 거셌어요. 후우, 드라마였지요. 완벽한 악몽이었어요. 저는 다음 날 아침에 하이케와 슈테판과 함께 집으로 향했어요. 오는 내내 우리 모두 한마디도 하지 않았고, 그 후에도 이날에 대해 다시는 말하지 않게 됐지요."

"그 후에 헨리와 마가레테 빈터샤이트가 알렉산더 로트를 아들처럼 받아들인 거군요."

"네, 두 사람은 알렉스를 괴츠의 대체물로 본 것 같아요. 선하고 충직한 친구. 둘은 그를 완전히 독차지했답니다. 솔직히 말해서 알렉스는 그 두 사람이 아들에게서 기대하고 바란 것에 자기 아들보다 더 적합했어요. 괴츠라면 절대 출판사에 들어가지 않았을 테지만 알렉스는 헨리와 마가레테가 원하고 기대하는 거라면 언제든지 따랐거든요. 그 부부는 재단을 설립하고 알렉스와 마리아에게 운영을 맡겼어요. 마가레테는 마리아를 며느리라고 생각했고요. 제 생각에, 마가레테는 지금까지도 괴츠와 마리아가 그 훨씬 전에 이미 헤어졌다는 걸 모를 거예요."

"그리고 하이케 베르시는 괴츠 아버지의 비밀스러운 애인이 됐고요."

"그렇게 비밀스럽지도 않았어요." 요제핀 린트너는 고개를 살짝 저었다. "하이케는 자기 둘은 영혼의 친구라서 그냥 이야기만 한다며 우리를 속이려 했지만 말도 안 되는 소리였어요. 헨리는 젊고 자기 손에 잡히는 건 뭐든지 눈독을 들였지요. 하지만 사실 하이케는 그가 없었더라도 성공했을 거예요. 자기 직업 분야에서 정말 탁월했으니까요. 흐음, 어쩌다 보니 우리 모두 책의 세상에 오게 됐어요. 하지만 저는 우연이었어요. 남편을 와인 축제에서 만나 사랑에 빠졌는데, 그때는 그 사람이 서점 주인이라는 걸 몰랐거든요. 저는 제대로 된 서점 직업교육을 받은 적이 없어요. 어쩌면 훌륭한 제빵사의 아내나 식당 주인이 되었을지도 모르지요." 린트너는 꿈꾸는 듯한 표정으로 미소를 지었다. "당시에 마리아는 얼마 지나지 않아 재단을 그만뒀는데, 헨리는 그녀를 출판사 저작권 담당부서에 넣었어요. 알렉스와 하이케는 편집부 정규직을 얻었고 슈테판은 부모님의 인쇄소를 물려받았고요. 카타리나는 욘이 사망한 후에 출판사 지분을 상속받았고, 마리아가 하우실트 문학 에이전시로 옮긴 후에 출판사에서 그녀가 하던 일을 넘겨받았지요. 마리아는 에이전시 사장과 나중에 결혼했고요. 우린 연락이 끊긴 적은 없어요. 책의 세상은 아주 좁으니까요. 매년 도서전에서 모이는데, 전통적으로 목요일 저녁에 빈터샤이트 파티에서 모였지요. 유감스럽게도 이 도서전 파티는 카를이 출판사를 넘겨받은 뒤로 없어져 우린 이제 도서전 기간 금요일에 피셔 출판사나 에이전트 요제프 모스브루거의 마지막 날 파티에서 모인답니다."

피아는 녹음이 잘 되고 있는지 확인하려고 스마트폰을 슬쩍 봤다. 흔쾌히 이야기를 들려주는 이 서점 주인의 풍성한 정보를 절대 모두 기억할 수 없을 터였다. 하지만 한 가지는 확실했다.

알렉산더 로트와 하이케 베르시는 괴츠 빈터샤이트의 죽음으로 아주 큰 이익을 얻었다. 로트는 사회적 상승을 이루었다. 하이케 베르시와 그의 이름은 문학 세상에서 유명해졌다.

"딸인 도로테아 빈터샤이트는 어떻게 된 겁니까?" 보덴슈타인이 물었다. "부모가 어째서 딸에게 재단 운영을 맡기지 않았을까요?"

"아마 당시에 너무 어렸기 때문일 거예요." 린트너 씨가 짐작했다. "1983년에 도로테아는 기껏해야 열여덟인가 열아홉 살이었어요."

"당신과 베르시 씨의 관계는 어땠나요?" 피아가 물었다.

"상당히 좋았어요." 서점 주인이 대답했다. "하이케는 빈터샤이트 출판사 행사 때마다 우리가 매대를 차릴 수 있게 도와줬지요. 그건 꽤 짭짤한 부수입원이랍니다. 또 낭독회나 사인회 행사도 자주 열었고요. 우리 서점은 언제나 일이 많은데, 일단 위치 때문에라도 그렇지요. 하이케와 저는 친한 친구는 아니었지만 하이케가 저를 경쟁자로 본 적은 한 번도 없어요." 그러다가 그녀는 잠시 말을 멈추었다. "이제 하이케 아버지는 어떻게 되나요?"

"법률 후견인이 있고, 요양원에 가시게 됩니다. 딸이 미리 준비해뒀어요." 피아가 말했다. 요제핀 린트너는 오랜 '친구들' 중에서 살해당한 하이케의 집 사정을 알고 있는 유일한 사람인 듯했다. "마리아 하우실트와 베르시 씨의 사이는 어땠나요?"

"그 둘은 늘 좋았어요. 이유는 모르겠지만요." 요제핀 린트너가 솔직하게 대답했다. "사실 두 사람은 물과 불 같거든요. 하이케는 권력욕이 강하고 감정적이고 냉소적인 반면, 마리아는 목표지향적이고 실용적이며 느긋해요. 어쩌면 이런 대조적인 면 때문에 서로 끌린 건지도 모르지요. 마리아가 남편을 잃은 뒤로 두 사람의 우정은 더욱 깊어졌어요."

"마리아 하우실트가 남편을 잃었다고요?" 보덴슈타인이 캐물었다.

"네, 남편 에릭은 2005년 도서전 때 혈당 쇼크로 사망했어요."

"하이케 베르시가 당신에게도 새 출판사 설립을 위한 지원을 요청했나요?"

"네, 했어요." 요제핀 린트너가 대답했다. "우리 모두에게 함께하자고 부탁했지요. 초기 자본이 필요했으니까요. 우리에게 환상적인 이자도 약속했어요. 하지만 저는 거절했어요. 그게 흥미롭지 않아서가 아니라 돈이 없으니까요. 우린 생계유지에는 전혀 문제가 없지만, 몇만 유로를 그렇게 쉽사리 뚝딱 마련할 수는 없답니다. 게다가 출판사 설립은 대담한 실험이고요. 제가 아는 한 마리아와 헨리만 빼고는 모두 거절했어요. 헨리는 자기가 다시 탁월한 발행인이 되길 바랐겠지요. 하지만 하이케는 무엇보다도 그의 이름을 원한 거였어요. 카를의 화를 돋우려고 말이죠. 아, 물론 돈도 원했고요."

"혹시 발데마르 배어라는 이름을 아십니까?" 보덴슈타인이 물었다.

"네, 그럼요. 빈터샤이트 가정의 잡역부죠."

"잡…… 뭐라고요?" 뜻밖의 단어에 피아가 당황했다.

"관리인, 정원사, 운전사…… 모든 일을 한 사람이 해요." 린트너 씨는 책상에 내려뒀던 휴대전화를 곁눈질했다. "알고 싶으신 게 더 있나요? 이제 슬슬 가게로 나가봐야겠어요."

"곧 끝납니다." 보덴슈타인이 대답했다. "로트 씨 사무실에서 일기 복사물을 발견했는데, 두 문장이 앞에 쓰여 있었어요."

"나는 네가 1983년 여름에 한 일을 알고 있다." 요제핀 린트너가 그보다 먼저 말했다. "저도 그런 걸 받았어요. 우편으로 3주 전쯤에 익명으로 왔더군요. 남편과 저는 이게 무슨 뜻일까, 발신인이 누굴까 맞혀보려고 했지요." 그녀는 서류 정리함을 뒤져서 종이 두 장을 보덴슈타인에게 건넸다. "카타리나의 일기장에서 두 쪽을 발췌한 것 같아요."

"복사해주실 수 있을까요?" 보덴슈타인의 부탁에 서점 주인이 대답했다.

"그냥 가져가서도 돼요."

피아는 상관에게서 종이 두 장을 넘겨받아 재빨리 훑어봤다.

요제핀 린트너 씨

-본인 직접 개봉-

책들의 집

마인-타우누스 센터

65843 줄츠바흐

나는 네가 1983년 여름에 한 일을 알고 있다. 너도 그걸 알고.

누아르무티에섬, 1983년 7월 18일

어제저녁에 등대섬 뒤편 해넘이를 보려고 혼자 절벽으로 갔다가 돌아와 보니 이 멍청이들은 식탁조차 치우지 않았다. 아, 온이 여기 있다면 얼마나 좋을까! 그와 함께라면 이곳은 꿈결 같을 텐데. 잘난 척하는 것들이 모인 이 유치원은 완전히 짜증 난다. 나는―그래, 정말 내가!!! (할머니가 이 사실을 알면 웃다가 기절하시겠지)―오로지 한트케와 그라스 또는 베른하르트에 관한 끝없는 토론에서 도망치기 위해 요리와 세탁을 자발적으로 넘겨받았다. 어떤 책의 문장을 인용하고 아주 세세한 것까지 해부하여 열을 내고 말하면서 흥분하고, 자기들이 엄청나게 잘났다고 생각한다! 알렉스가 제일 좋아하는 단어는 '모호함'이고, 하이케는 '형태의 미학적 원리'나 '자기 관계성'이라는 표현을 마구 내뱉는다. 멍청한 요지는 이 둘에게 모욕을 당하면서도 그냥 견딘다. 대마초를 피우고 레드와인을 엄청나게 마시고는 자기들이 굉장히 지적인 줄 안다. 모두 너무 멍청한 짓이다. 바보 같은 소리를 한없이 늘어놓고 저녁마다 술에 완전히 취해서는 다음 날 점심까지 늘어져 잔다. 알렉스와 요지는 매일 밤 섹스를 하는데, 유감스럽게도 내 방과 그 둘의 방이 붙어 있어서 나는 밤마다 신음과 헐떡거리는 소리를 들어야 한다. 온과 내 타자기가 그립다! 여기서는 푸른 대서양을 바라보며 정말이지 글을 잘 쓸 수 있을 텐데.

미아는 도를 넘고 있다. 우울한 얼굴로 괴츠 뒤를 따라다니면서 애타는 마음으로 그를 쳐다보지만, 그는 자기가 누구와 사랑에 빠졌는지 아무도 눈치채지 못하도록 전심전력으로 나랑 시시덕거린다. 나는 두 사람을 최대한 숨겨주긴 하지만 이제 정말이지 더는 그럴 마음이 없다. 스트레스가 심하다. 요지는 욘을 언급하며 계속 멍청한 소리를 해댄다. 이 아이는 사실은 겉보기와 달리 멍청하지 않다. 그러니 괴츠가 조심해야 할 텐데. 하이케는 어제 나에게 괴츠와 미아는 10학년 때부터 연인이었다면서—"그러니 괴츠에게 손대지 마!"라는 게 미아의 좌우명이었다고 한다—다들 두 사람이 언젠가 결혼하게 될 거라고 믿었다고 말했다. 푸우, 힘들어! 이걸 어떻게 앞으로 14일이나 더 견디지?

"괴츠가 죽던 날 저녁, 그는 왜 그렇게 취했습니까?" 보덴슈타인이 물었다.

요제핀 린트너는 잠시 망설였다.

"모두 너무 오래전 이야기예요." 그러고는 직접적인 대답을 피하듯이 대답했다. "카타리나에게 푹 빠졌고, 절망스러워서 술에 취한 거죠."

"아니, 그렇지 않아요. 당신도 정확하게 알고 계실 텐데요." 피아는 넘겨짚기를 시도했다. "그때 그 이야기를 하지 않겠다고 누구에게 약속하신 거죠? 알렉산더 로트? 아니면 하이케 베르시? 두 사람은 사망했어요."

"아무에게도 약속한 거 없어요!" 요제핀 린트너는 다급하게 고개를 저었지만 자기도 모르게 뺨이 새빨개졌다. "왜 그렇게 생각하시나요?"

"알렉산더 로트는 일기장에서 당신 것과 다른 부분을 받았어요." 피아가 휴대전화를 꺼내 복사본 사진을 찾았다. "거기에는 이런 문장이 있지요. '알렉스가 그들에게 또 무슨 거짓말을 했는지 누가 알라! 이 진드기는 우리가 돌아온 후로 빌라에 거의 살다시피 한다. 하지만 사실은 이 모든 게 내 잘못이다. 괴츠와 슈테판의 놀이에 내가 끼었으니까.'"

책방 주인은 충격을 받아 피아를 빤히 바라보다가 침을 꿀꺽 삼켰다.

"마리아는 카타리나를 질투한 게 아니었어요. 오히려 좋아했던 것 같은데요. 그리고 카타리나도 마찬가지고요." 피아가 말했다. "그게 아니라면 카타리나가 마리아를 자기 아들의 대모로 삼았을 리가 없잖아요. 안 그런가요?"

요제핀 린트너는 잠시 갈등하다가 깊은 한숨을 내쉬고 결국 인정했다.

"네, 맞아요. 괴츠와 슈테판 사이에 뭔가 있었어요. 우리 모두 눈치챘지요. 카타리나와 시시덕거린 건 그저 쇼에 불과했어요. 괴츠가 죽던 날 밤, 저는 슈테판과 그가 싸우는 걸 보게 됐어요. 둘이 무슨 말을 하는지 정확하게 알아들을 수는 없었어요. 두 사람은 아래 해변에, 저는 모래언덕에 있었거든요. 어쨌든 괴츠가 고함을 지르다가 슈테판에게 뭔가 애원하는 듯했어요. 슈테판은 집으로 달려가서는 잠시 후에 자동차를 타고 떠났지요. 그 날 저녁은 끔찍했어요. 아까 이 말은 이미 했지요. 마리아와 저는 다음 날 떠나려고 방에 와서 짐을 쌌어요. 필요한 경우라면 버스를 타고 낭트로 간 다음, 거기서 기차를 타고 집으로 가려고 했죠. 우리 둘 다 더 오래 머물고 싶은 마음이 없었어요. 저는 알렉스에게 너무나 화가 나 있었기 때문에 제 짐을 들고 마리아 방에 갔어요. 자정쯤 됐을 때였어요. 마리아는 이미 잠들고 저는 잠을 이루지 못한 채 침대에 누워 있는데, 아래층이 갑자기 아주 조용해졌어요. 저는 제 방으로 살짝 건너가서 창문으로 바깥을 내다봤지요. 그날 밤은 보름달이 떴고 바람이 아주 거셌어요. 파도치는 소리가 들렸지요. 알렉스와 하이케가 모래언덕을 따라 절벽 쪽으로 가는 게 보였어요."

린트너는 말을 멈췄다. 피아와 보덴슈타인은 재촉하지 않았다.

"저는 둘이 섹스를 하려고 한다고 생각했어요." 서점 주인이 말을 다시 이었다. "질투 때문에 거의 폭발할 지경이 되어 둘을 따라갔어요. 현장을 잡으면 어떻게 할지, 뭐라고 말할지 머릿속으로 상상하면서 말이에요. 하지만 전혀 다른 상황이 벌어졌어요. 괴츠가 머리를 팔에 얹은 채 절벽 꼭대기 바위에 앉아 있더군요. 아마 울었던 것 같아요. 저는 알렉스와 하이케가 그에게 말을 걸고 위로하려고 한다고 짐작했어요……."

요제핀 린트너가 입술을 앙다물었다. "그날은 밀물이 제일 높을 때였어요. 파도가 엄청났지요. 괴츠는 달리 어떻게 해볼 수 없었어요. 알렉스가…… 아무런 경고도 없이 그의 등을 걷어찼으니까요. 바로 다음 순간, 하이케와 알렉스만 바위에 서 있었지요. 둘은 아래를…… 들끓는 바다를 내려다봤어요. 둘이 괴츠를 죽인 거예요. 냉혈한처럼. 경찰은 나중에 바위에서 괴츠의 지문이 남아 있는 위스키 병을 발견했어요. 그게 괴츠가 거기 앉아서 술을 마신 증거라고 했지요. 이른바 카타리나를 향한 사랑 때문에 괴로워서 그랬다고 말이에요." 그녀는 포기한 듯 숨을 내쉬고 고개를 저었다. "저는 최대한 빠른 속도로 달려 집으로 왔어요. 죽을 것처럼 무서웠지요. 밤새 눈을 붙이지 못했지만 마리아를 깨워 제가 목격한 걸 말할 용기도 나지 않았어요. 아무에게도 말하지 못했지요. 괴츠의 시신이 해변에서 발견되어 경찰이 왔을 때, 슈테판은 거의 기절할 듯했어요. 정신 나간 사람처럼 되어서는 괴츠가 죽은 건 자기 탓이라고 했어요. 우린 그와 괴츠가 서로 사랑하는 사이였다는 걸 아무에게도 말하지 않겠다고 그에게 약속했어요. 그러고 나서 경찰과 괴츠의 부모님에게 할 말을 꾸며냈지요. 그가 카타리나를 사랑했다고 말이에요. 마리아와 슈테판은 하이케와 알렉스가 무슨 짓을 했는지 지금까지도 몰라요."

"정말 그렇게 확신하시나요?" 보덴슈타인이 물었다.

"어쨌든 저는 그들에게 말하지 않았어요." 요제핀 린트너가 대답했다.

"하지만 아는 사람이 있는 것 같군요." 피아가 끼어들었다. "카타리나의 일기장을 가지고 있는 사람."

"그런데 카타리나가 왜 그걸 해명하지 않았을까요?" 보덴슈타인이 물었다. "그 사람은 빈터샤이트 집안과 결혼했고, 그 일 때문에 손윗동서인 마가레테의 증오를 견뎌야 했을 텐데요."

"제 생각에는 슈테판을 생각해서 그런 것 같아요." 서점 주인이 대답했다. "아니면 진실을 증명할 기회가 전혀 없다는 걸 알았는지도 모르지요. 우리 네 명이 모두 괴츠가 그녀를 사랑했다고 말했으니까요."

"그런데 하이케 베르시와 알렉산더 로트가 한 일을 아시는데 어떻게 그들과의 우정을 지키셨나요?" 피아가 물었다. "그런 걸 잊어버릴 수 있을까요?"

"아니요, 잊지 못해요. 하지만 밀어놓을 수는 있지요. 그것도 상당히 잘." 요제핀 린트너는 생각에 잠긴 채 아랫입술을 잘근잘근 깨물었다. "저는 그해 여름이 지난 후에 학업을 내던지고 작센하우젠의 어느 술집에서 일하기 시작했어요. 안타깝게도 마약에도 손을 댔지요. 미국 군인을 만나서 3주 후에 결혼했어요. 그를 따라 미국으로 갔는데, 마약을 사려고 그의 물건을 훔치는 바람에 반년 후에 그가 나를 쫓아냈어요. 우린 이혼했어요. 저는 마약 중독이었고, 어느 집에 침입하다가 잡혀서 일리노이주의 여자교도소에 수감됐어요. 독일로 돌아왔을 때 저는 직업도, 돈도, 집도 없는 빈털터리였지요. 그때 서른 살이었고, 예전에 학교에서 가장 예뻤던 소녀는 이미 오래전에 흔적도 없이 사라졌어요. 저에게 너무나 실망한 부모님은 저를 문전박대했고요. 저는 프랑크푸르트역 부근에서 지냈어요. 다 끝난 거예요. 그때 우연히 알렉스를 만났어요. 그는 전철에서 내려 직장으로 가던 중이었는데, 저를 데리고 하이케에게 갔어요. 하이케는 단 1초도 망설이지 않고 자기 집의 방 하나를 저에게 내주었지요. 마리아는 저를 재활병원에 데려다주고 비용을 댔어요. 슈테판은 자기 회사에서 일자리를 주었고요. 저는 마약 중독 노숙자 상태를 벗어나 다시 의료보험을 갖게 됐어요. 그들의 도움으로 재활에 성공하고 다시 삶에 정착할 수 있었어요. 저는 오래전부터 '바이서 링(범죄 희생자와 그 가족을 돕는 단체—옮긴이)'에서 자원봉사를 해요. 거기서는 제가 뭔가 할 수 있답니다. 괴츠는 죽었어요. 제가 뭘 하거나 말한다고 해도 그를 다시 살릴 수는 없어요. 그리고 그들이 그 전에 뭘 했든 간에 나중에는 제 목숨을 구해줬고 그 대가도 바라지 않았어요. 그런 일은 친구들만 할 수 있지요."

* * *

"카타리나 빈터샤이트가 어떻게 사망했는지 물어본다는 걸 또 잊어버렸네요." 15분 후에 자동차로 호프하임으로 돌아가면서 다시 생각이 떠오른 피아가 말했다. 그러고는 휴대전화를 꺼냈다. "마리아 하우실트에게 문자를 보내서 물어봐야겠어요."

피아는 재빨리 문자를 입력하고서 말했다.

"그러니까 우리 추측이 맞았네요. 알렉산터 로트가 괴츠 빈터샤이트를 살해했어요."

"그리고 괴츠가 사랑 고민 때문에 술에 취해 사고를 당했다는, 그들이 꾸며낸 이야기가 바로 로트가 언급했던 그 거짓말인 거야." 보덴슈타인이 고개를 끄덕였다. "그러니 로트가 괴츠 부모님이 아들 살해범을 가족으로 받아들였다는 사실을 알게 될까 봐 무시무시한 공포에 시달린 것도 놀랄 일은 아니지."

"하이케 베르시가 빈터샤이트 부부에게 말하겠다고 협박했는지도 몰라요." 피아가 이마를 찡그리며 말했다. "하지만 그건 본인에게도 불리했을 텐데요. 어쨌든 자기도 그 옆에 있었으면서 말리지 않았으니까요."

"그거야 린트너 씨가 조금 전에 우리에게 진실을 말했을 때 이야기지." 보덴슈타인이 이견을 냈다. "그게 의심스러워. 그 사람은 그때 알렉산더 로트에게 완전히 푹 빠져 있어서 그가 하는 말은 다 들었을 거라고. 그가 괴츠를 절벽에서 밀어버리라고 말했다면 분명히 그렇게 했을 거야. 그녀는 사실 괴츠를 증오했으니까."

보덴슈타인은 경험상 진실이란 어느 정도 의미론적이라는 생각을 자주 했다. 사람들은 진실을 조작하고 필요에 따라 뭔가 덧붙이거나, 사소하지만 중요한 세부사항을 빼먹었다. 이런 일은 인식이 언제나 주관적이므로 대부분 다른 속셈 없이 그냥 일어나지만 의도적으로 일으킬 때도 가끔 있었다.

"린트너는 자기 남자친구가 자기보다 괴츠를 더 중요하게 생각했으니 그를 질투했겠네요." 피아도 상관의 말에 동의했다.

"자기 범행이 알려질 게 두려워서 미국으로 도망친 건지도 모르지." 보덴슈타인이 추측을 이어갔다. "이후 독일로 돌아와서는 자기에게 살인을 저지르게 만들었던 친구들한테 지원을 요청한 거고."

"미국에서 교도소에 수감됐었다고 했지요." 피아가 말했다. "마약 중독 노숙자였고, 그다지 소심하지는 않았을 거예요. 하이케 베르시가 빈터샤이트 부부 또는 경찰에게 그녀가 괴츠를 살해했다는 걸 알리겠다고 협박하자 베르시를 때려죽인 건지도 모르지요."

"하지만 린트너는 알리바이가 있어." 보덴슈타인이 경고했다. "그것도 상당히 괜찮은 알리바이가."

요제핀 린트너는 월요일 저녁 8시에 프랑크푸르트 증권거래 협회 도서유통위원회에 참석하고 그 후에 아디케스 거리에 있는 그리스 레스토랑에서 식사했다. 그런 다음 동료를 자기 차에 태우고 조센하임에 내려주고, 2시 조금 안 된 시각에 집에 돌아왔다.

"빌어먹을." 피아가 툴툴거렸다. "그렇네요. 린트너가 하이케 베르시를 살해했는지는 모르겠지만 시신을 치우지는 못했을 거예요. 그렇다면 역시 알렉산더 로트일까요?"

"슈테판 핑크가 무슨 말을 할지 일단 기다려보자고." 보덴슈타인은 3018번 도로에 접어들면서 속도를 시속 60킬로미터로 늦추었다. 이 도로에서 고속도로 진출로와 호프하임 진입로 사이에 놓인 구간은 지역민들이 '딸기 마일'이라 부르는데 사고다발지역이라서 속도 제한 레이다 기기가 설치되어 있었다. "그도 분명히 일기 복사본을 받았을 거야."

그는 지역범죄수사국 마당으로 들어가, 공무용 차량 주차장으로 향했다. 그곳에서 유혹적인 냄새를 풍기는 케밥 가게 봉지를 잔뜩 든 셈과 카트린을 만나자 피아의 입에 침이 고였다. 건물로 향하면서 피아는 그들에게 빈터샤이트 부부와 요제핀 린트너와 나눈 이야기를 들려줬고, 카트린은 얀 부인이 일요일에 하이케 베르시와 다툰 남자가 헬무트 엥글리슈라고 진술했다고 보고했다.

"베르시 노인과의 대화는 유감스럽게도 효과가 없었어요." 카트린이 덧붙였다. "저를 내내 '기젤라'라고 부르고, 제가 뭘 묻는지 도무지 이해하지 못하더라고요."

"안타깝군." 보덴슈타인은 사실 그다지 기대하지 않았었다. "하이케 베르시 집에서 요제핀 린트너와 알렉산더 로트에게 온 거랑 비슷한 편지를 발견했어?"

"아니요." 셈이 고개를 저었다. "일기 복사물처럼 보이는 건 없었어요. 하지만 그런 편지를 이미 3주 전에 받았다면 버렸을 수도 있지요."

"아니면 도둑이 가지고 갔거나." 보덴슈타인이 추측했다. "어쩌면 침입한 이유가 바로 그 편지일 수도 있겠지."

"네? 일기 복사물이요?" 셈이 또 고개를 저었다. "제가 들어본 이유 중에 제일 이상하네요."

"알렉산더 로트는 일기장에서 요제핀 린트너가 받은 부분과 다른 부분을 받았어." 보덴슈타인이 동료들에게 출입문을 열어줬다. "어쩌면 일기장을 가지고 있는 사람이 일기장에서 각각의 수신인을 특히 더 압박할 수 있는 곳을 찾은 건지도 몰라. 그들을 당혹하게 만드는 뭔가를 알려주는 부분을 말이야."

"어쨌든 살인에 관한 것이겠네요." 카트린이 말했다.

"그보다는 아마도, 빈터샤이트 부부가 아들의 친구들에게서 얼마나 소름 끼치게 속았던 건지 깨닫게 될 부분이겠지." 피아가 말했다.

"하지만 벌써 35년 전의 일이야!" 셈이 입구 방탄유리 뒤에 앉아 있는 제복 차림 동료에게 고개를 끄덕여 인사하며 말했다. "지금 누가 그걸 신경 쓰겠어?"

"상당히 늦긴 했지만, 자신의 양심을 찾은 사람은 신경 쓰겠지." 보덴슈타인이 대답했다. "내 생각에는 범인을 찾은 것 같

아. 알렉산더 로트는 동기도 있었고 적당한 기회도 잡았어. 제베린 벨텐이 이미 사전작업을 했잖아. 로트는 고기 망치를 희생자의 집에서 찾아냈을 거야."

보안 게이트 두 번째 문이 열리고 그들은 건물로 들어섰다.

"하지만 관리인도 용의선상에서 아직 제외할 수 없어요." 음료수 자동판매기를 지나 계단실로 향하면서 피아가 말했다. "빈터샤이트 노부부를 6시 30분에 문학의 집에 데려다주고 11시 15분 전에 다시 데리러 갔잖아요. 그러면 네 시간 동안 바트 조덴으로 가서 베르시를 살해한 후에 숲에 버리고 와서 부엌을 청소할 시간이 충분해요."

"그 사람이 그럴 이유가 있을까요?" 카트린이 물었다.

"베르시가 자기를 유언장에서 지우려 했다는 걸 알게 됐는지도 모르지."

"그건 그냥 추측이에요. 그리고 이웃들이 베르시 씨를 봤다는 시간과 맞지도 않고요."

"알렉산더 로트는 괴츠 빈터샤이트의 죽음으로 명백하게 가장 큰 이익을 얻었어." 보덴슈타인은 자기가 생각하는 용의자를 계속 밀었다. "그는 출판사 경력에 미쳐 있었어. 괴츠 빈터샤이트를 통해 알게 된 세계에서 기필코 유명한 사람이 되고자 했고. 그걸 위해서라면 가장 친한 친구를 희생시킬 준비가 됐던 거야."

그들은 사무실로 연결되는 복도로 방향을 꺾어 회의실로 들어섰다. 타리크 혼자 탁자 앞에 앉아 있었다. 탁자 한가운데에 분홍색 종이 박스가 놓여 있었다.

"아이고, 드디어 다들 오시네요!" 타리크가 눈빛을 반짝이며 자리에서 벌떡 일어섰다. 뭔가 찾아냈다는 게 눈에 확연히 보였다. "제가 찾아낸 게 있어요!"

"갑자기 그냥 도망쳐서 나머지 슈퍼마켓과 술집을 나 혼자 탐문했잖아!" 카트린이 그에게 욕을 퍼부었다. "그것도 하필이면 오늘 말이야."

"하필이면? 오늘이 무슨 날이야?" 피아가 물었다.

"카트린 선배 생일이에요." 타리크가 카트린 대신 대답하고 종이 박스를 그녀 쪽으로 밀었다. "사랑하는 선배님, 생일 축하합니다!"

"오, 우와. 제대로 된 생일 케이크네!" 박스를 열어본 카트린이 얼굴을 환하게 빛내며 말했다. 짜증은 온데간데없이 사라졌다. "오, 타리크. 당신은 내가 제일 사랑하는 동료야!"

타리크는 우쭐해서 히죽거렸고, 피아는 미안해하며 축하 인사를 건넸다. 보덴슈타인은 일정표에 그녀의 생일을 표시해두고서도 아침에 축하하는 걸 잊었다고 장황하게 사과했다.

"반장님은 용서해드릴게요. 지금 더 중요한 일에 신경 쓰셔야 하니까요." 카트린이 너그럽게 말했다. 그런 다음 피아와 셈과 회의실에 막 도착한 카이를 노려봤다. "하지만 다른 사람들은 아니에요! 저는 언제나 선배들 생일을 기억하는데 선배들은 제 생일을 까먹다니요!"

"얼른 저 삘쭘한 케이크 한 조각 먹고 그 입 좀 다물어." 카이가 카트린의 말을 가로막았다. "정말 어린아이처럼 굴고 있네! 누가 돈 모으고, 카드 사고, 당신이 1년 전부터 먹고 싶다던 케이크를 빵집에 주문했을 거 같아? 응? 오마리 씨는 분명히 아니야."

이제 당황한 사람은 카트린이었다.

"접시 가지고 올게요." 그러고서 간이 주방으로 사라졌다.

"여러분, 제가 어젯밤에 프로그램을 하나⋯⋯." 카이가 말을 꺼냈지만 타리크의 목소리가 그의 말을 덮어버렸다.

"알렉산더 로트가 독을 마신 보드카 병을 찾았습니다!" 그가 흥분해서 외쳤다.

"어?" 보덴슈타인이 놀라서 그에게 몸을 돌렸다. "도대체 어디서?"

"로트의 부검 결과에 계속 신경이 쓰이더라고요." 타리크가 대답했다. "마침 제 이웃이 회흐스터 병원 응급실 인턴인데 일요일 아침에 같이 조깅하면서, 금요일에서 토요일로 넘어가는 밤에 기이한 중독 증세로 병원으로 이송된 노숙자 세 명의 이야기를 들려줬어요. 그중 두 명은 금방 상태가 좋아졌지만 한 명은 중환자실에 누워 있답니다. 실명했고 다른 상태도 아주 안 좋다고요. 세 명 모두 혈액 메탄올 수치가 엄청나게 높았다고 하더라고요! 상태가 호전된 두 사람은 흔적도 없이 사라졌지만, 나머지 한 명은 제가 조금 전에 대화를 나눠봤어요. 그가 말하길, 다른 두 명이랑 함께 운터리더바흐 성 슈테파누스 교회 인근 놀이터에서 가만히 쉬고 있을 때 자전거를 탄 남자가 지나갔다는 거예요. 그 남자는 곤드레만드레 취한 것처럼 자전거를 탔다더군요. 셋이 그 남자에게 말을 걸자 가던 길을 멈추고 넘어졌대요. 그러면서 자전거 바구니에서 보드카 병이 떨어져 그들

발밑으로 굴러왔고요. 그 남자에 대한 묘사를 들어보니 알렉산더 로트와 백 퍼센트 일치합니다. 어쨌든 그 남자가 세 사람에게 술병 가져도 된다고, 자긴 실컷 마셨다고 했답니다. 그러고 힘겹게 다시 자전거에 올라타고 떠났다고 하네요. 술은 아직 반쯤 남아 있었고, 전혀 싸구려 술이 아니었대요. 셋이 함께 술병을 비웠는데, 몇 시간 후에 모두 상태가 아주 안 좋아졌다고 했습니다. 흐음, 그 노숙자가 술병을 놀이터 덤불에 던졌다고 기억하기에 제가 운터리더바흐로 가서 술병을 실제로 찾아냈지요!"

"그래서 지금 그 술병이 어디 있어?" 셈이 물었다.

돌아온 카트린이 접시를 탁자에 내려놓고 케이크를 잘라 나누기 시작했다.

"바로 실험실로 가져다줬어요." 타리크가 대답했다. "알렉산더 로트가 좋아하던 상표 '블랙 무스'였어요. 실험실 직원들이 메탄올 흔적을 정말로 발견한다면 우린 로트가 계획적으로 독살된 거라고 봐야겠지요. 반장님, 어떻게 생각하십니까?"

"그래. 오마리, 잘했어." 보덴슈타인이 가장 나이 어린 동료를 칭찬했다. 타리크 오마리는 연관성을 인식하고 비정통적인 방식으로 생각하므로 수사에 결정적인 추진력을 줄 수 있는 사람이었다. 이미 아주 훌륭한 경찰이었지만 더욱 탁월해지리라는 것에 의심할 여지가 없었다.

"로트는 월요일 저녁에 바트 조덴의 슈퍼마켓에서 보드카를 한 병 샀어요." 카트린이 말했다. "순찰대 동료들이 그를 잡았을 때 병은 없었다고 해요. 그리고 가방도 당연히 뒤져봤는데 피묻은 고기 망치도 없었고요."

"알았어." 보덴슈타인은 약간 실망해서 고개를 끄덕였다. 알렉산더 로트는 잘못을 많이 저질렀는지는 몰라도 하이케 베르시의 죽음과는 연관이 없는 듯했다. 덜 중요한 일에 정신을 빼앗기지 말고 원래의 임무, 다시 말해서 하이케 베르시의 살인범을 추적해야 했다.

카트린은 케이크를 접시에 나눠 담고 셈은 봉지에서 케밥과 라흐마준과 뵈렉을 꺼내 탁자에 올려놓았다.

"거창한 식사가 시작되기 전에 저도 말 좀 해도 될까요?" 카이가 다시 입을 열었다.

"미안해. 당연히 해도 되지." 보덴슈타인이 대답하고는 아직 온기가 남아 있는, 양젖 치즈와 시금치가 든 뵈렉을 한 입 베어 물었다.

"저는 며칠 내내 지난 월요일 문제의 시간에 바트 조덴 기지국에 접속한 휴대전화 번호를 정리하느라 바빴어요." 카이가 말했다. "유감스럽게도 번호가 수천 개라서 찾기가 정말 시시포스의 일처럼 힘들었지요. 그래서 프로그램을 하나 만들었는데 이게 먹히더라고요. 9월 4일 화요일 0시 5분까지 48701E-332 기지국에 접속했다가 그 후에 48701W-334 기지국으로 옮겨 간 전화번호는 정확하게 '두 개'였어요. 그런데 그 두 개 중에 하나만 나중에 다시……."

보덴슈타인의 휴대전화가 울렸다.

"카이, 잠깐만. 과장이야." 그는 뵈렉을 씹으며 전화를 받고는 잠시 듣고만 있더니 "우리가 가죠"라고 말하고 전화를 끊었다.

"엥겔 박사야." 그가 말했다. "제베린 벨텐이 우리랑 이야기하고 싶대. 이른바 엄청나게 흥미로운 걸 알려주겠다고 한다는군. 내려가자."

"반장님! 15초만 제 말을 들어주실 수 없어요?" 카이가 화를 냈다. "저도 엄청나게 흥미로운 걸 알려드리려고 하는데요!"

"아, 그럼. 들어줄 수 있지." 보덴슈타인이 대답했다. "아래로 내려가면서 설명해줘."

식사는 나중으로 미루고 다들 회의실을 나서서 복도를 따라 계단실로 향했다.

"자, 제 프로그램이 수천 개의 전화번호 중에 걸러낸 두 개의 휴대전화 번호 중에 하나만 9월 4일 화요일, 정확하게 1시 7분에 48701E-332 기지국으로 다시 옮겨 왔어요." 계단을 내려가면서 카이가 말했다. "그냥 재미로 이 번호를 좀 더 조사해봤지요. 월요일 저녁 22시 24분에 처음으로 이 기지국에 접속했고 화요일 새벽 1시 57분에 떠났더라고요."

"아하, 흥미롭군." 보덴슈타인은 카이의 말을 그저 한쪽 귀로만 들으면서 피아와 셈과 타리크 뒤를 쫓아가느라 바빴다. 두루미가 도대체 무슨 말을 하려는 걸까?

"아, 진짜. 반장님! 제 말 좀 들어보시라고요!" 카이가 그의 길을 가로막아 다른 사람들을 따라가지 못하게 했다. 보덴슈타인은 평소에 언제나 느긋하고 조용한 이 동료가 이토록 흥분하는 모습을 거의 본 적이 없었다. 지하층 방화문이 닫히고 다른 사람들의 목소리가 사라졌다. "제가 지금 말씀드리는 이 휴대전화 번호는 두루미의 에이전트 요제프 모스브루거 번호라고요!

그가 범행 시각에 하이케 베르시 집에 있었고, 시신을 숲으로 날랐을 때 자기 휴대전화를 가지고 갔던 겁니다! 부엌을 청소하고 모든 흔적을 지울 시간이 한 시간 반이나 있었어요. 이제 좀 관심이 생기시나요? 확실하냐고 묻는다면 저 정말 화낼 겁니다!"

이 새로운 소식이 수사에 어떤 영향을 줄지 보덴슈타인이 파악하는 데 몇 초가 걸렸다. 의혹과 여러 흔적, 가정과 실수로 뒤엉킨 미로가 갑자기 사라지고 범인을 볼 수 있는 시야가 트일 때마다 느끼는, 거의 경건하다고 할 만한 감정이 그를 사로잡았다. 돌파구였다! 깨달음이 감전처럼 몸을 훑고 지나가면서 그는 안도하여 갑자기 무릎에 힘이 빠졌다. 모스브루거는 부인할 수 없을 것이다. 그의 휴대전화가 무선 네트워크에 남긴 흔적은 그가 범행 시각에 범행 장소에 있었다는 사실의 명백한 증거였다. 그는 살해 동기도 있었다. 하이케 베르시가 심하게 괴롭힌 자기 작가 제베린 벨텐을 위한 복수. 보덴슈타인은 심호흡을 하고 오른손으로 목덜미를 문질렀다. 사건이 해결됐으니 이제 곧 서류를 검찰에 넘기고 양심의 가책 없이 사적인 문제에 신경을 쓸 수 있을 터였다.

"카이, 확실하냐고 물을 필요가 없어. 자네도 알잖아." 그가 말했다. "고마워."

"뭘요, 제가 할 일인데요." 카이가 겸손하게 미소를 지었다. "구속영장 신청할까요?"

"그럼, 그래야지." 보덴슈타인이 그의 어깨를 두드렸다. 아래에서 문이 다시 열렸다.

"반장님?" 피아의 목소리가 계단실에 울려 퍼졌다. "두 분, 어디 계세요?"

"피아, 이리 와봐!" 보덴슈타인이 목소리를 높였다. "카이가 우리 사건을 해결한 것 같아."

몇 초 후에 피아가 계단을 올라왔다.

"예? 이렇게 갑자기?" 그녀가 놀라서 물었다.

"요제프 모스브루거가 바보처럼 바트 조덴으로 살인을 저지르러 가면서 휴대전화를 가지고 간 거야." 카이가 자랑스럽게 대답하고 피아에게도 똑같은 설명을 했다.

"모스브루거가 우리가 찾던 범인이야." 보덴슈타인이 만족스러운 얼굴로 말했다. "휴대전화 데이터로 그의 죄를 명백하게 증명할 수 있어. 그는 살해 동기도 있고."

"범행도구가 로트의 냉장고 냉동실에 있던 건 어떻게 설명하죠?" 피아가 물었다.

자칭 성공한 수사에 대한 놀라운 기쁨은 실망으로 바뀌었다. 칭찬을 기대하던 카이의 얼굴에서도 미소가 사라졌다.

"빌어먹을." 보덴슈타인이 투덜거렸다. 행복에 취해서 그 생각은 미처 하지 못했다.

"하지만 그는 바트 조덴에 있었어." 카이가 집요하게 주장했지만 확신은 없었다.

"카이, 당신이 개인정보 보호법을 어겼다는 건 스스로 잘 알 거야." 피아가 동료와 상관을 각성시켰다. "그걸로 증명할 수 있는 건 모스브루거의 휴대전화가 바트 조덴에 있었다는 사실뿐이야. 우리가 다른 증거를 찾지 못하면 똑똑한 변호사가 그를 순식간에 빼낼 수 있어."

"우리가 그걸 모스브루거에게 알려줄 필요는 없지." 보덴슈타인은 실패를 침착하게 받아들였다. "카이, 그래도 구속영장을 신청해. 피아, 두루미가 무슨 말을 하는지 일단 들어보고 그의 에이전트를 데려오자고."

"슈테판 핑크는 어떻게 하죠?" 카이가 물었다. "오늘 오전부터 아래층 4번 취조실에 앉아 있는데요."

"셈과 타리크더러 모스브루거를 데려오라고 해." 보덴슈타인이 대답했다. "그가 여기 오는 동안 피아와 내가 핑크랑 얘기해야겠어."

피아의 스마트폰이 소리를 냈다.

"아! 마리아 하우실트가 답장을 보냈네요." 피아가 자리에 멈춰 섰다. 헤닝의 에이전트가 보낸 문자를 읽은 피아의 눈이 커졌다.

"뭐래?" 보덴슈타인이 물었다.

"이건 생각도 못 했어요." 피아가 대답하고 고개를 들었다. "이것 좀 보세요. 카타리나 빈터샤이트는 1990년 8월에 자살했대요!"

* * *

율리아는 키르히호프를 만나서 법의학연구소로 간다는 말을 카를 빈터샤이트에게 하지 않기로 했다. 그가 지금 바쁘기도 했고, 또 그의 어머니의 죽음에 대해 과연 뭔가 발견하게 될지 어떨지 기다려보는 게 나을 것 같았기 때문이다. 율리아는 정각 18시에 퇴근해서 실러 거리를 따라 거의 뛰다시피 해서 하우프트바헤광장에서 다름슈타트행 3번 전철을 탔다. 이 시간대에는 전철이 완전히 만원이라서 서서 가야 했지만 겨우 다섯 정거장밖에 되지 않으니 괜찮았다. 출판사에서 그녀는 스캔한 원고 몇 쪽을 출력해서 키르히호프와 이야기할 것들을 메모해뒀다. 슈트레제만 길 정거장에서 내려 나머지는 바이드만 거리를 따라 걸었다. 법의학연구소를 찾아가는 게 이번이 처음은 아니었지만 케네디 길을 건너 괜스레 영화 〈사이코〉의 '베이츠 모텔'을 연상시키는 빌라로 다가가려니 약간 긴장됐다. 주변 환경이 좀 더 멸균처리 된 듯하고 더 병원 같은 느낌을 준다면 이 건물 지하 냉장칸에 수많은 시신이 있다는 생각을 견디기 쉬울지도 모른다. 그러나 널빤지를 댄 벽, 격자창, 장식 천장이 있는 중상층의 아름다운 고건축양식과 차가운 형광등, 스테인리스스틸 부검대, 소독약이나 포름알데히드 냄새가 있는 죽은 자들의 섬뜩한 세계 사이의 이 기이한 괴리감은 율리아를 불편하게 만들었다. 의사 가운을 입은 헤닝 키르히호프가 문을 열고 율리아를 사무실로 안내했다. 그의 책상에는 천장까지 닿는 책장들과 커다란 현미경을 비롯하여 물건들이 잔뜩 쌓여 있었다.

"자료실을 뒤져서 찾아냈어요." 그가 율리아에게 말했다. 그는 자신의 회전의자 옆에 방문객용 의자를 밀어 그녀에게 앉으라는 손짓을 하고는 조사 보고서 파일을 불러왔다.

"제 예상대로 부검을 했어요. 1990년 8월 18일이더군요. 법의학자 두 명이 시행했는데, 당시 연구소 임시소장이던 사람도 포함됐더군요. 그러니 전문적인 부검이었다고 보시면 됩니다."

'카타리나 빈터샤이트, 결혼 전 성은 코모로브스키. 1959년 9월 14일 보훔 출생. 1990년 8월 17일 프랑크푸르트 암 마인 슈탈부르크 거리 82번지 6층 자기 집 발코니에서 추락하여 사망.' 문서에 적힌 내용을 읽은 율리아는 소름이 끼쳤다.

사망 원인은 심각한 머리 부상과 대규모 장기 파열이었고 혈액검사 결과 혈중 알코올 수치는 0.02퍼센트에 그쳤으며 독성화학 조사에서는 발견된 게 전혀 없었다.

"위 속 내용물은 빵과 치즈와 토마토." 카타리나 빈터샤이트가 어린 아들과 함께 저녁식사를 하고 아들을 침대에 누인 다음 발코니에서 떨어지는 모습을 상상하니 율리아는 한순간 숨이 막혔다.

"그러니까 혈액에서 향정신성 약물이나 항우울제가 검출되지 않았다는 말인가요?" 그녀가 키르히호프에게 물었다.

"예. 보고서에 적혀 있지 않아요." 키르히호프가 고개를 끄덕였다.

"죽기 전에 먹은 약이 없죠?"

"그렇습니다. 먹었더라면 검출됐겠지요. 저녁식사 때 기껏해야 와인 한 잔을 마셨을 겁니다. 그게 대략 0.02퍼센트예요."

"자살이라는 걸 도저히 믿을 수 없어요." 율리아가 말했다. "아이가 집에 있는데 자살하는 엄마가 어디 있겠어요? 그리고 그녀는 원고를 쓰던 중이었어요! 토마토를 얹은 치즈 빵과 와인 한 잔을 마셨고요. 자살하려는 사람이 이렇게 할까요?"

"저는 별별 일을 다 봤답니다. 사람들은 온갖 이상한 일을 해요." 키르히호프는 28년 전의 보고서를 정신을 집중하여 읽었다. 날카롭고 깔끔한 그의 옆모습을 자세히 살펴보던 율리아의 눈에 그가 서류를 읽으면서 입술을 움직이는 장면이 들어왔다. 헤닝 키르히호프는 무척 잘생기고 직업적으로 성공을 거두었으며 교양도 갖춘 남자였다. 왜 이런 사람이 좁디좁은 연구소 관리인 숙소에서 은둔자처럼 지낼까? 그리고 왜 여자가 없지? 율리아는 그가 두 번 결혼하고 두 번 이혼했다는 사실을 알고 있었다. 혹시 자기가 여자를 좋아하지 않는다는 걸 어느 순간 깨닫게 된 걸까? 카타리나의 소설 플롯이 다시 떠올랐다. 등장인물 '루츠 포겔장'이 현실에서 괴츠 빈터샤이트라면, 루츠가 감춰둔 연인 마르크의 현실세계 인물은 슈테판 핑크가 틀림없었다. 도로테아는 자기 남자친구가 자기 오빠랑 사랑하는 사이였고, 카타리나는 우정에서든 아니면 이해심에서든 또는 괴츠가 부탁했기 때문이든 그저 둘의 관계를 숨겨주는 역할을 했을 뿐이었다는 걸 알았을까? 몇 년 후에 알게 되어 질투나 분노 때문에 그녀를 발코니 난간 너머로 밀친 것이 아닐까?

"이상하네." 그 순간 키르히호프가 중얼거렸다.

"뭐가요?" 현실로 급히 돌아온 율리아가 물었다.

"폐와 비장, 간, 장과 심장 파열 외에 왼쪽 엉덩이와 왼쪽 허리 아래쪽에 골절과 타박상과 찰과상이 보이는데, 내 생각에 이건 추락의 부상 패턴과 맞지 않아요." 키르히호프가 대답했다. "당시 동료들이 이걸 추락 결과로만 보고 다른 가능성을 고려하지 않았다는 게 이상해요."

그는 의자 등받이로 몸을 젖히고 안경을 벗고는 엄지와 검지로 콧등을 마사지했다. "높은 곳에서의 추락사에서는 항상 제3자 과실도 함께 살펴야 합니다. 예를 들어 누군가 계단 아래로 미끄러진다면 일반적으로 범죄를 재구성하는 데 도움이 될 만한 흔적이 희생자에게 남지 않아요."

"배경을 캐묻지 않으면 자살이라고 가정하겠군요?" 율리아가 물었다.

"예, 어쨌든 당시 제 동료들은 그런 결론에 도달했군요." 키르히호프가 대답하고 안경을 다시 썼다. "높은 곳에서의 추락을 행위 수단으로 하는 살인 범죄는 무척 드물어요. 실행을 미리 계획하기 힘들고, 범인이 영향력을 끼치지 못하는 예측불허의 상황이 생기면 범행이 어려워지기 때문입니다. 범인이 기습 공격을 하거나 희생자가 방어력이 없어야 해요. 또 범인은 혹시 존재할지도 모르는 목격자들을 두려워할 수도 있습니다. 특히 사람들이 늦은 밤까지 발코니에 앉아 있는 여름에 6층인 경우라면 목격될 위험은 늘 있으니까요."

키르히호프가 보고서를 끝까지 읽었다.

"보고서에 경찰이 누구와 이야기했다거나 카타리나의 집에서 유서가 발견됐다는 말도 쓰여 있나요?" 율리아가 물었다.

"아니요, 여기 이건 부검 보고서예요." 헤닝 키르히호프가 모니터에서 눈길을 돌리지 않은 채 대답했다. "다른 건 모두 검찰에 보관 중이고요. 유족이 변호사의 도움을 얻어 서류 열람을 신청할 수 있습니다. 제 생각에는 빈터샤이트 씨가 얼른 그래야 할 것 같군요. 제대로 판단하려면 추락이 발생한 당시의 정확한 상황을 알아야 하니까요."

법의학자는 율리아에게 몸을 돌려 생각에 잠긴 채 그녀를 바라봤다. 이곳 사무실에서 온전히 자기 전문분야에 잠긴 그는, 책 때문에 만나던 사람과 전혀 다르게 보였다. 뭔가 위압적인 전문성을 발산했는데, 그것은 상당히 매력적이었다.

"브레모라 씨, 자살이라는 것에 대한 당신의 의구심에 동감합니다." 그가 말했다.

"정말인가요?" 율리아의 심장이 펄쩍 뛰었다. "왜죠?"

키르히호프는 잠시 망설였다.

"보고서에 부검 사진도 있는데, 보기 편한 장면은 아닙니다." 그가 율리아에게 경고했다. "견디실 수 있을까요?"

"어…… 아마 그럴 거예요." 율리아가 이렇게 대답하고 속으로 준비 태세를 갖추었다. 키르히호프가 사진 파일을 클릭하여 설명하기 시작했다.

"높은 곳에서 추락할 때 부딪히며 입는 심각한 부상은 시신에 흔적을 남깁니다. 하지만 이런 추락 기제는 널리 알려지지 않은 경우가 많아요. 추락하는 몸이 부딪히는 방식은 반사적이고 자의적인 근육 움직임에 영향을 받고, 이는 추락하는 동안 방향의 변화로 이어질 수 있습니다. 여기에 중간 충돌의 가능성도 더해지지요. 자살자가 아래로 그냥 떨어졌는지 뛰어내렸는지 아는 것도 중요합니다. 뛰어내리면 벽과 도착 지점의 거리도 당연히 커지니까요. 이런 것은 경찰 조서에서만 알아낼 수 있고, 당시 제 동료들이 당연히 가지고 있었을 겁니다."

카타리나 빈터샤이트의 으깨진 얼굴을 가까이에서 찍은 사진을 보는 일은 힘들었다. 키르히호프는 특히 시신의 왼쪽 절반

사진을 아주 자세히 살폈다.

"여기 이거 보이나요?" 그가 찰과상을 가리키자 율리아가 고개를 끄덕였다. "제가 보기에는 혈종이 아니라 사망하기 직전에 생긴 상처 같습니다."

"그게 특별한 점인가요?" 율리아가 물었다.

키르히호프가 그녀를 바라봤다. 얼굴끼리 너무 가까워져 율리아는 그의 회색 눈동자에 있는 갈색 반점까지 볼 수 있었다.

"당시에 동료들은 이 찰과상을 벽이나 그 아래 있는 발코니 난간과의 충돌로 생겼을 거라고 봤습니다." 키르히호프가 대답했다. "후자라면 찰과상 아래에 골절이나 조직 파열이 있어야 하는데 그렇지 않아요. 몸의 이쪽 부위에는 없습니다."

"교수님 의견은 어떤가요?" 율리아는 긴장해서 숨이 멎을 것 같았다.

"제 생각에는 그녀의 몸 측면이 뭔가 거칠거나 모서리가 각진 물체 너머로 밀린 것 같습니다. 예를 들면 발코니 난간이지요. 누군가 의도적으로 발코니 난간 너머로 추락한다면 뭔가를 딛고 올라서서 머리부터 떨어지거나 난간에 걸터앉아 떨어지겠지요. 아무도 측면으로 난간에서 추락하지는 않아요. 해부학적으로 실행하기 아주 어렵습니다."

키르히호프는 긴장한 표정으로 사진들을 다시 훑었다.

"뭘 찾으세요?" 율리아가 호기심에 차서 물었다.

"이것!" 법의학자가 의기양양하게 미소를 지었다. "이거 보이나요?"

"팔이요?" 율리아가 망설이며 대답했다.

키르히호프가 자리에서 벌떡 일어섰다.

"일어나보세요!" 그가 소리 지르자 율리아는 놀라면서도 그의 말을 따랐다.

"제 책상이 발코니 난간이라고 상상해보세요. 당신은 카타리나 빈터샤이트이고 저는…… 누구든 간에 어쨌든! 제가 당신을 난간 너머로 밀려 하고, 당신은 당연히 그냥 당하고만 있지는 않겠지요. 제가 당신의 팔을 잡습니다." 그가 시범을 보였다. "이제 좀 세게 잡아야 합니다."

"아야!" 율리아가 신음소리를 냈다.

"빠져나가려고 해보세요!" 키르히호프가 눈을 반짝이며 말했다. "자, 어서! 제가 지금 당신을 발코니 난간 너머로 밀어버리려고 하잖아요!"

율리아는 그의 손아귀에서 벗어나려고 이를 악물었지만 손을 떨쳐낼 기회조차 없었다. 그가 드디어 놓아주자 율리아는 그의 손가락이 붉은 흔적을 남긴 팔을 문지르며 숨을 헉헉 내쉬었다. "카타리나 빈터샤이트를 잡았던 사람처럼 세게 잡지는 않았습니다." 키르히호프가 그녀를 달랬다. "흔적이 금방 사라질 테니 걱정 마세요. 하지만 10분 안에 사망한다면 멍은 사라지지 않습니다."

그는 다시 컴퓨터 앞에 앉아 사진을 당겨서 눈에 거의 띄지 않는 반달형 흔적 네 곳을 가리키며 설명했다.

"여기 이게 손톱자국이지요. 타인이 분명히 개입했다는 증거입니다."

"세상에!" 율리아가 감탄하여 중얼거렸다. "당시에는 왜 못

봤을까요?"

"모르겠어요." 키르히호프가 고개를 저었다. "아마 찾지 않았기 때문인지도 모릅니다. 아니면 흔적이 너무 복잡해서 놓쳤을 수도 있지요."

그가 율리아를 다시 바라봤다. 율리아는 그가 너무 가까이 있는 게 당혹스러워 얼굴이 붉어졌다.

"저는 검찰과 관계가 좋답니다." 그가 말했다. "서류 열람을 빨리 할 수 있는 절차를 찾아보죠."

"저는 사장님과 내일 이야기해볼게요." 율리아는 최대한 느긋하게 대답했다.

키르히호프가 다시 그녀를 바라보며 진지한 표정으로 조언했다.

"무엇보다도 제 전배우자에게 상황 설명을 하세요. 제 전임자가 정말로 오판을 했다면 재수사를 할 수 있어요. 아시다시피 독일에는 살인 공소시효가 없습니다."

* * *

피아와 보덴슈타인이 들어와 맞은편에 자리를 잡았을 때, 슈테판 핑크는 유리창이 없는 방에 몇 시간이나 갇혀 있는 상태였지만 불평하지 않았고 두 사람도 사과하지 않았다. 슈테판 핑크를 감시한 제복 차림의 동료는, 그가 처음에는 계속 이리저리 걸으며 전화를 하거나 문자를 보내려고 몇 번이나 필사적으로 시도했지만 경찰서 지하에 무선 랜이 없어서 불가능했다고 보고했다. 그는 어느 순간 그 사실을 받아들이고 자리에 앉아 멍하니 있었다고 했다.

"핑크 씨." 기초적인 정보를 녹음한 후에 피아가 심문을 시작했다. "3주쯤 전에 카타리나 빈터샤이트의 일기장을 복사한 익명의 편지를 받았습니까?"

조금 전에 보덴슈타인과 피아는 그와 예비 공방을 벌이지 말고 곧장 공격하는 직접 충돌을 하기로 결정했다.

"네." 슈테판 핑크가 대답했다. 그는 몸을 꼿꼿하게 세운 채 앉아 있었다. 각진 얼굴 표정은 진지했고 금발 속눈썹에 에워싸인 연파랑 눈동자가 발산하는 눈빛은 정중했다. "1983년 7월 일기의 복사물이었습니다. 경찰이 이미 그 연관성을 아실 거라고 생각합니다."

"예, 충분히 압니다." 피아가 고개를 끄덕였다. "계속하세요."

"카타리나는 저와 괴츠에 대해 이야기를 나누고 제 양심에 호소했습니다. 괴츠와 저 사이에 뭔가 있다는 걸 아는 사람은 카타리나와 마리아뿐이었지요."

"아하." 피아가 메모를 했다. 마리아 하우실트가 그해 여름 어떤 역할을 했는지는 그 에이전트와 직접 대화를 나눠봐야 했다.

"당시에 저는 양성애자라는 사실을 그냥 가벼운 마음으로 써먹는 편이었습니다." 그가 진술을 이어갔다. 오랫동안 비밀을 지고 다닌 다른 많은 사람들과 마찬가지로 슈테판 핑크 또한 비밀이 드러났다는 게 확실해지자 오히려 안도하고 자발적으로 정보를 제공했다. "괴츠와의 일은 저에게는 흥미진진한 게임이었는데, 그에게는 그 이상이었습니다. 저는 괴츠가 성정체성을 감추느라 너무 힘들어하는 걸 이해하지 못했어요. 괴츠의 부모님은 그가 의사가 되려고 의학 공부를 하는 걸 알지 못했습니다. 괴츠는 겉보기에 유머러스하고 유쾌했지만 그런 전면 뒤에서는 무척 불행한 사람이었어요. 1983년 여름휴가 때 그는 저에게 자기인지 자기 여동생인지를 결정하라고 강요했습니다. 그는 커밍아웃하고 자기 미래는 출판사에 있지 않다고 부모님에게 말할 각오였고, 카타리나는 그에게 용기를 북돋워줬죠. 하지만 저는 아직 그럴 용기가 없었어요. 가족이 어떻게 반응할지 두려웠습니다. 부모님은 권위적이고 구식이어서 절대 이해하지 못했을 겁니다. 저는 어릴 때부터 아버지 회사를 물려받을 생각이었습니다. 그래서 방학 때마다 그리고 학기 중에는 하교 후에 거기서 일했고 경영학을 전공으로 공부하며 스스로를 괴롭혔어요. 카타리나와 저는 오랫동안 온갖 것들에 대해 얘기 나눴고, 제가 받은 일기장 복사본은 그에 관한 내용이었습니다."

"1983년 여름, 괴츠가 사망했을 때 상황은 어땠지요?" 보덴슈타인이 묻자 슈테판 핑크는 잠시 망설이다가 대답했다.

"저는 그때 괴츠와 헤어졌습니다. 제가 그럴 수밖에 없는 이유를 그가 이해해주길 바랐지만 그는 그러지 못했어요. 진짜 많이 화를 내고 울면서 저를 겁쟁이라고 하더군요. 저는 그 자리에서 도망쳐 나와, 다른 사람들에게 '부아트 아 셀'에 가겠다고 말했습니다. 섬 중심지에 있는 디스코텍이었지요. 사실은 춤출 기분이 전혀 아니었어요. 저는 괴츠를 잃지 않고 최소한 친구로라도 지내고 싶었기 때문에 죽을 만큼 괴로웠습니다. 하지만 우리의 싸움이 모든 걸 파괴했어요. 저는 새벽까지 바닷가 모래밭에 앉아 고민했습니다. 그러고 용기를 내기로 마음먹었지요. 괴츠는 저에게 제 부모님이나 부모님의 회사보다 훨씬 더 중요했습니다. 그리고 도로보다도 더. 언젠가 그는 의사가 될 거고 저는 경영가가 될 테니 다른 사람은 필요 없고 둘이 돈을 충분히 벌 거라고 생각했습니다. 집으로 돌아오는 길에 밤새 디스코텍에서 시간을 보낸 이웃집 아들과 친구도 차에 태우고 왔지요. 집에 와서는 곧장 괴츠 방으로 갔습니다. 저는 정말⋯⋯ 행복했어요. 그에게 말할 생각에 기뻤습니다. 하지만 그의 침대는 사용하지 않은 채로 비어 있더군요. 저는 옆방이던 제 방에 가서 침대에 누워 괴츠가 돌아오길 기다리다가 잠들었습니다." 슈테판 핑크는 잠시 말을 멈췄다. 이 시절에 대한 꼼꼼한 기억으로 보아 그는 그때를 한순간도 잊은 적이 없었던 듯했다. "시끄러운 목소리에 잠에서 깼는데, 누군가 문을 벌컥 열었습니다. 마리아였어요. 그녀가 울면서 말하기를 경찰이 왔다고, 괴츠⋯⋯ 괴츠의 시신이 해변에서 발견됐다고 했습니다."

그는 힘겹게 숨을 삼키고 눈을 몇 번 깜박거렸다.

"나중에 들으니 그는 제가 떠나고 난 후에 엄청나게 술에 취했다고 하더군요. 그러고는⋯⋯ 모두에게 욕을 퍼붓고 집에서 나가라고, 더는 보기 싫다고 고함을 질렀답니다. 그 후에⋯⋯ 절벽으로 간 모양이에요. 우리가 몰래 만나던 장소였습니다. 우리⋯⋯ 우리는 자주 그곳에 앉아서 바다를 내려다봤는데, 특히 바람이 거세고 파도가 높을 때면 더 좋았습니다. 그럴 때는 파도가 바위에 부딪치는 광경이⋯⋯ 아주 장관이었어요. 괴츠⋯⋯ 괴츠는 균형을 잃고 물에 빠진 것 같습니다. 제가 그의 죽음에 책임이 있어요. 그가…… 스물한 살에 생을 마친 이유는 저 때문입니다. 그는 저 때문에 불행했어요. 저는 생명이 끝나는 날까지 자책하겠지요."

그를 35년 동안 따라다닌, 말로 표현할 수 없는 번민과 고통과 자책이 그의 얼굴과 몸짓에서 드러났다.

"괴츠가 카타리나를 사랑해서 그녀 때문에 술에 취했다는 말을 왜 지어내셨지요?" 피아가 물었다.

"그건 하이케와 알렉산더가 지어낸 겁니다." 슈테판 핑크가 대답했다. 꽉 눌린 목소리를 들은 피아는 이 이야기를 하는 게 그에게 얼마나 힘든 일인지를 짐작할 수 있었다. "그들이 괴츠는 죽었다고, 이제 그 사실을 바꿀 수는 없다고, 하지만 그의 부모님과 동생을 더 힘들게 하지는 말아야 한다고 하더군요. 아들이 동성애자였고 딸의 남자친구를 사랑했다는 걸 알게 되면 정신이 돌아버릴 거라면서요. 저는 그들의 말에 반대하지 않았습니다. 겁쟁이니까요."

"하지만 카타리나는 왜 그런 죄를 짊어지고 해명하지 않았습니까?" 보덴슈타인이 물었다.

"거짓말은 이미 세상에 나왔고, 더는 돌이킬 수 없었을 테니까요." 슈테판 핑크는 어깨를 으쓱했다. "하이케는 카타리나에게, 우리 모두 괴츠가 그녀를 좋아했고 그녀는 욘 때문에 그를 퇴짜 놓았다고 말할 거라고 명확하게 알렸습니다."

"이유가 뭔가요? 그럼으로써 하이케가 얻은 게 뭡니까?"

핑크는 잠시 생각에 잠겼다.

"뭔가 기필코 얻으려고 하고, 그걸 위해서는 필요한 경우에 살인도 할 수 있는 사람들을 혹시 만나신 적이 있는지 모르겠습니다." 그의 입가에 불현듯 쓸쓸한 기미가 엿보였다. "하이케와 알렉산더는 그런 사람들이었어요. 빈터샤이트 세계의 일부가 된다는 생각에 완전히 사로잡혀 있었습니다. 이 집착에 모든 것을 종속시켜버렸지요. 괴츠가 욕을 퍼부어도 그냥 듣기만 했습니다. 그가 기생충이나 진드기라고 불러도 견뎠고요. 그는 두 사람을 조롱하고 경멸했는데, 그들에게 그런 힘을 행사하는 게 어쩐지 괴츠를 만족시켰던 것 같습니다."

"마리아 하우실트는 괴츠와 당신의 관계를 알았나요?"

"예, 알았습니다." 슈테판 핑크가 고개를 끄덕였다. "마리아는 언제나 괴츠의 알리바이였지요. 그가 죽은 후에도 그 역할을 계속하다가 자기가 여기서 더는 벗어날 수 없다는 걸 깨달았습니다. 제 장모님은 마리아를 완전히 독차지했습니다."

피아와 보덴슈타인은 그의 장모가 지금까지도 그런다는 사실을 토요일 병원에서 목격했다.

"저도 그 역할에서 더는 빠져나올 수 없었습니다." 핑크가 말했다. "당시 도로테아는 열아홉 살이었어요. 우린 이삼 년 전부터 연인이었습니다. 그해 여름에 그녀는 친구 두 명과 함께 에스파냐와 포르투갈 유레일 투어를 하느라 누아르무티에섬에 가지 않았어요. 그리고 부모님이 괴츠의 죽음을 알게 된 전날 저녁에 집에 도착했지요. 부모님이 차에 올라 누아르무티에섬으로 향할 때 그녀는 아직 자고 있었습니다. 부모님이 딸에게 알려주지 않은 겁니다! 그 후에 부모님은 알렉산더와 마리아에게 매달렸고, 하이케는 헨리와 연애를 시작했습니다. 저 말고는 도로에게 신경을 쓰는 사람이 없었어요. 도로는 너무 불쌍했고 또 그녀의 오빠와 함께 그녀를 속인 것에 저는 양심의 가책도 느꼈습니다. 우리 모임은 망가졌어요. 요지는 학업을 중단하고 겨우 몇 주 전에 알게 된 미국인과 결혼하고는 하룻밤 사이에 미국으로 사라졌습니다. 알렉산더와 마리아는 빈터샤이트 부부 집에 거의 살다시피 했고요. 카타리나는 욘과 결혼하여 임신했습니다. 우리는 그해 여름에 대해 절대 입을 열지 않게 됐습니다."

"하이케 베르시가 모두를 자기가 아는 사실로 협박하며 출판사 설립 계획을 지원하라고 하기 전까지는 말이지요." 피아가 자기 짐작을 말했다.

"아닙니다." 슈테판 핑크는 깜짝 놀라 피아를 빤히 바라봤다. "하이케는 그러지 않았어요. 그녀는 돈이 필요했지만 저는 돈이 없었습니다. 그래서 거절한 거예요. 카를이 비용 문제로 외국에 인쇄를 맡기면서부터 저는 다시 경쟁력을 갖추기 위해 대출을 받아 큰돈을 최신 인쇄기술에 투자했습니다."

"왜 아내에게 말하지 않으셨죠?"

"하이케가 하지 말라고 부탁했으니까요." 핑크가 대답했다. "도로는 빈터샤이트 출판사 임원진이고, 하이케는 카를이 자기 계획을 알게 되는 걸 원치 않았습니다."

"아내분을 속이신 거군요. 언젠가 알게 되면 어떻게 될까요?" 보덴슈타인이 물었다.

"저에게 화를 내겠지요. 그러고서 시간이 지나면 용서할 거고요." 핑크는 신경 쓰지 않는 듯했다. "안 좋은 결과를 가져오는 경우란 제가 아내 몰래 하이케의 출판사에 투자하는 것뿐일 겁니다."

"토요일에 병원 앞에서 대화를 나눴을 때, 하이케 베르시가 아버지를 집에서 부양한다는 사실을 부인이 안다고 하자 당신은 놀라는 것 같더군요." 피아가 말했다. "이유가 뭔가요?"

"저는 몰랐으니까요." 핑크가 대답했다. "하지만 도로는 저에 비해 하이케와 훨씬 더 가깝게 함께 일했습니다. 어쩌면 둘이 그 이야기를 했는데 아내가 중요하지 않다고 생각해서 제게 말하는 걸 그냥 잊어버렸을 수도 있지요."

"당신이 받은 일기 내용으로 다시 돌아갑시다." 보덴슈타인이 다리를 꼬았다. "아내분은 그것도 모르겠군요. 그런가요?"

"예." 핑크는 짧게 한숨을 내쉬었다. "뭐라고 말해야 할지 알 수 없었습니다. 아내가 모르는 게 몇 가지 있어요."

"파울라 돔스키가 모르는 게 많았던 것과 마찬가지군요."

"예. 그것 때문에 파울라는 늘 화를 냈습니다. 배제됐다고 느꼈지요. 도로는 그렇지 않습니다. 아내는 하이케와 알렉산더, 요지와 마리아와 제가 과거를 공유한다는 걸 이해하고 괜찮다고 생각합니다. 그리고 우리가 진정한 친구가 아니라는 것도 알고 있어요. 목적 공동체였다가 운명 공동체가 됐다는 게 더 맞는 말이겠지요."

피아는 이 말이 시사하는 바가 무척 크다고 생각하다가 도로테아 빈터샤이트-핑크가 정말 그렇게 보는지 의문이 들었다. 토요일에 그녀는 친구들이 함께 놀기도 하지만 힘든 시기에 서로 돕는다고 강조하지 않았던가?

"당신 생각에는 누가 일기장 복사물을 보낸 것 같습니까?" 보덴슈타인이 진지하게 물으며 몸을 앞으로 숙였다. "카타리나 빈터샤이트가 사망한 후에 누가 일기장을 가지고 갔을까요?"

"저도 그 생각을 많이 해봤습니다." 슈테판 핑크가 대답했다. "처음에는 마리아라고 생각했습니다. 카타리나와 가장 친했으니까요. 하지만 마리아도 복사물을 받았고, 일기장에 대해서는 전혀 몰랐습니다. 그 후에 저는 제 장모님 마가레테가 아닐까 생각했지요. 장모님은 당시에 카를을 집으로 데려오고, 제 아내와 발데마르 배어와 함께 카타리나의 집을 정리했으니까요. 도로가 일기장을 가지고 있지 않다는 건 거의 확실합니다. 아내에게서 마음에 드는 성격 가운데 하나는 오랫동안 혼자 비밀을 간직하지 못한다는 점이거든요. 그러니 남은 사람은 발데마르입니다. 그는 카타리나를 무척 존경했어요. 또 빈터샤이트 집안에 지극히 충성합니다."

"당신도 그 집안사람인데요."

"아니요. 저는 그저 결혼에 의한 인척이지요." 화강암 같은 핑크의 얼굴에 재미있다는 듯한 표정이 슬쩍 스쳐 갔다. "발데마르와는 차이가 있습니다."

"그가 왜 하필 지금 일기 복사본을 보낸다는 겁니까?" 보덴슈타인이 계속 캐물었다. "왜 훨씬 전에 보내지 않고요? 그리고 그걸로 얻는 게 뭔가요?"

"모르겠습니다." 핑크는 어쩔 줄 모르는 얼굴이었다. "도무지 짐작이 가지 않아요."

피아는 그가 불편해하는 것을 느꼈다. 조금 전까지 없던 긴장감도 마찬가지였다. 그는 지금 거짓말을 하고 있었다. 불현듯 피아는 그가 이유를 안다고 확신했다. 최고의 거짓말쟁이들은 언제나 자기 자신을 잘 속이는 사람이 아니던가? 슈테판 핑크는 35년 내내 스스로를 속이고 있었다. 방금 그는 자기가 '그 역할에서 더는 빠져나올 수 없어서' 오로지 그 이유로 아내와 결혼했다고 말하지 않았나?

그 순간 어떤 추측이 머리를 스치고 지나가는 바람에 피아는 흥분으로 소름이 돋았다. 빈터샤이트 집안의 충직한 잡역부 발데마르 배어가 카타리나 빈터샤이트의 자살 후에 그녀의 일기장을 손에 넣어 성유물처럼 보관하다가 이따금 넘겨봤는데, 맥락을 제대로 이해하지 못한 채 읽었다면 어떻게 되는 걸까? 출판사에서 마치 가구처럼 취급되어 직원들이 존재조차 거의 인식하지 못하는 그가, 듣지 말아야 할 뭔가를 엿듣게 됐다면? 예를 들어 하이케 베르시와 알렉산더 로트가 괴츠 빈터샤이트 살해에 대해 이야기하고 다투면서 베르시 씨가 오랜 친구인 로트를 협박하는 걸 들었다면? 발데마르 배어가 부모님의 관심을 받지 못하던 딸 도로테아 빈터샤이트-핑크에게 일기장을 건네며 자기가 엿들은 말을 전했다면? 두 사람이 '영원한 친구들'에게 일기 복사본을 보내 불안하게 하고 서로 반목하게 만들기로 결정한 걸까? 어쩌면 괴츠 살해에 대해 복수하려고 둘이 함께 하이케 베르시를 때려죽이고 로트를 독살했는지도 모른다! 오빠의 죽음은 도로테아 빈터샤이트-핑크의 삶을 뒤죽박죽으로 만들었다. 어쨌든 발데마르 배어와 그녀가 로트의 냉장고에 살해 무기를 넣어두고 보드카 병에 메탄올을 섞는 것은 아주 쉬운 일이었을 것이다!

피아는 탁자 아래로 상관을 발로 툭 건드려 이야기할 게 있다는 눈치를 보냈다. 취조실 문 앞에서 피아는 자신이 짐작한 내용을 털어놓았다. 갑자기 모니터실 문이 열리더니 니콜라 엥겔과 카이 오스터만이 나타났다.

"무슨 일이야? 왜 중단했지?" 과장이 물었다.

피아는 흥분해서 자신의 가설을 다시 한번 설명했다.

"마가레테 빈터샤이트는 오늘 오전에 딸에게 전화해서 형사들이 발데마르 배어와 이야기하려고 한다고, 그가 출판사에 있는지 물었어. 없다는 대답이 돌아왔지. 도로테아 빈터샤이트-핑크가 그를 보호하려는 건 당연해. 안 그래?"

"그 무리 내부의 역학은 우리가 가정한 것과 전혀 다를 수도 있어." 보덴슈타인이 다른 의견을 내놓았다. "슈테판 핑크가 괴츠 빈터샤이트를 죽였을지도 모르지. 그는 괴츠와 다퉜다고 인정했고 요제핀 린트너도 그걸 목격했잖아. 본인 진술에 따르면 싸우고 나서 차를 타고 디스코텍에 갔다고 하지만 거기 간 게 아니라 바닷가에 그저 앉아 있었을 수도 있어. 아니면 나가는 대신 괴츠가 절벽으로 갈 때까지 집에서 기다렸다면? 어쨌든 괴츠는 마음이 없는 핑크에게 커밍아웃을 강요했잖아."

그들은 이리저리 궁리하며 다양한 가능성과 시나리오를 주고받았지만, 사건 해결에 한 걸음도 가까이 가지 못하고 오히려 멀어졌다는 걸 인정해야 했다. 요제핀 린트너는 알렉산더 로트가 괴츠를 절벽에서 밀었고 하이케가 옆에서 그걸 보고 있었다고 주장했다. 하지만 린트너 본인이 다른 사람들의 마음에 들기 위해 그렇게 했을 수도 있다. 집단의 힘을 그저 심리적 현상이라고 과소평가해서는 안 된다. 이 힘은 '나'라는 감정을 '우리'라는 감정으로 변하게 하므로 한 개인을 책임으로부터 해방시키고 공동의 적에 대항하여 단결하게 만든다. 이제 더는 개인이 아니라 집단으로 행동하는 것이다.

"이제 어떻게 하죠?" 피아가 물었다. "요제핀 린트너가 우리에게 했던 말을 들려줄까요?"

"절대 안 돼!" 보덴슈타인이 세차게 고개를 저었다. "우리가 도로테아 빈터샤이트-핑크와 발데마르 배어의 진술을 받기 전에는 그가 장모나 아내와 이야기하지 못하게 밤새 여기 가둬두는 게 제일 좋겠어."

"불가능해. 어떤 근거로 그를 여기 잡아둔다는 거야?" 니콜라 엥겔이 물었다.

"지난주 월요일 저녁에 대한 훌륭한 알리바이가 없다면 하이케 베르시를 살해했을지도 모른다는 의심으로." 보덴슈타인이 대답했다.

"이봐요, 이봐! 그건 온갖 규정에 어긋나는 일이야!" 니콜라 엥겔이 동의하지 못한다며 고개를 저었다. "내가 곤경에 빠진다고."

"더 나은 아이디어 있어?" 보덴슈타인이 물었다. "휴대전화가 다시 연결되면 무슨 일이 벌어질지 핑크는 아직 몰라. 우린 오늘 오전에 그의 장모에게 그가 아들과 동성애 관계였다고 말했어. 이제 분명히 그의 아내도 알게 됐을 거야!"

"그러니까 우리가 그를 보호하기 위해 구금하는 거죠." 카이가 이렇게 말하고 히죽 웃었다.

"모스브루거는 도착했나?" 보덴슈타인이 물었다.

"예, 30분 전에 도착했습니다." 카이가 대답했다. "신원 확인 절차를 마쳤고, 지금 2번 취조실에서 기다리고 있어요."

보덴슈타인은 이마를 찌푸리며 생각에 잠겼다가 손목시계를 흘끗 봤다. 7시 반이 다 된 시각이었다.

"자, 이렇게 하지." 그가 결정을 내렸다. "모두 야근을 하자고. 모스브루거를 잠시 더 기다리게 하고 일단 식사부터 하지. 그런 다음 피아와 내가 모스브루거와 이야기할게. 카이는 핑크에게 지난 월요일 저녁 알리바이를 물어보고, 케밥을 먹겠냐고도 물어봐. 담배를 피워도 된다고 해. 그 전에 누군가 화재경보기를 꺼야 하겠지. 지금 여기서 흡연이 허용되는 것 같으니까." 그가 니콜라 엥겔을 슬쩍 바라보자 과장은 어깨를 으쓱하며 고개를 끄덕였다. "그 후에 우리가 핑크를 집에 데려다주고 그의 아내와 이야기할게. 늦어도 내일 아침까지는 출판사와 발데마르 배어 집에 대한 수색영장을 받는 게 좋겠어. 타리크더러 그걸 해결하라고 해. 카트린은 카타리나 빈터샤이트의 자살에 대한 정보를 최대한 많이 모으고."

* * *

요제프 모스브루거는 금연으로 심한 고통을 당하고 있었다. 셈과 타리크가 두 시간 전에 하이케 베르시 살인 혐의로 오스트엔드의 한 야외 맥줏집에서 그를 체포한 뒤로 그는 유리창이 없는 경찰서 취조실 안에서 계속 이리저리 오가며 점점 더 불안해하고 있었다. 경찰은 그에게 권리를 읽어주고 변호사를 선임하라고 조언했지만 그는 필요 없다며 거절했다.

보덴슈타인과 피아, 카이와 셈은 거울로 위장된 옆방의 유리 뒤편에 앉아 전자레인지에 데운 케밥과 라흐마준을 먹으며 제베린 벨텐의 에이전트를 지켜봤다. 그의 작가에 대해서도 그들은 좋은 말을 할 수 없었다. 며칠 전부터 작가는 글쓰기 방으로 기능이 개조된 취조실에서─두루미가 아니라 먹보 뻐꾸기처럼─음식과 음료수와 깨끗한 옷과 담배를 나르는 과장의 시중을 받았고, 중요한 정보를 줄 게 있다는 걸 이제야 생각해냈다. 자기가 에이전트의 사무실에서 미친 듯이 글을 쓰고 있던 지난 월요일 저녁, 에이전트가 집을 나갔다가 다음날 이른 아침에 돌아왔다는 사실을 불현듯 기억해낸 것이다. 좀 더 일찍 말했더라면 모스브루거가 경찰을 대담하게 속였다는 걸 알아내는 데까지, 굳이 카이가 수천 개의 전화번호를 뒤지고 프로그램을 직접 만들 필요가 없었을 터였다.

문이 열리더니 니콜라 엥겔 박사가 고개를 들이밀었다.

"저 사람을 얼마나 더 오래 기다리게 할 생각인가요?" 그녀가 놀랍도록 평온하게 물었다. 자기가 제베린 벨텐의 팬이긴 하지만, 그가 보덴슈타인과 팀원들에게─타당한 이유로─미움을 받는다는 사실 또한 잘 알고 있었다.

"오래는 아닙니다." 보덴슈타인은 남은 케밥을 입에 밀어 넣고 냅킨으로 턱을 두드려 닦았다. 몇 주 동안 채소와 샐러드만 먹은 터라 기름진 고기가 유난히 맛있었다. "식사가 곧 끝나요."

"자기가 살인 혐의로 잡혀 왔다고 짐작하게 하는 게 좋아요."
피아가 덧붙였다. "저런 감방에서 15년 동안 지내는 게 어떤 느낌일지 지금 생각하는 중일 거예요."

"쌤통이지요." 셈이 툴툴거렸다.

보덴슈타인과 피아는 정각 21시에 취조실에 들어섰다. 이제 모스브루거는 허깨비처럼 변해 있었다.

"앉으세요." 피아가 이렇게 말하고 담배 한 갑을 아무렇지도 않게 탁자에 내려놓은 다음, 녹음기와 비디오카메라를 켜고 서류번호와 장소와 시간, 참석한 사람들의 이름을 마이크에 대고 말했다.

"저는 하이케를 죽이지 않았습니다." 모스브루거가 바로 입을 열었다. 생기 넘치던 그의 얼굴은 이제 초췌해졌고 잿빛이었으며 이마에는 식은땀이 맺혀 있었다. "정말입니다. 믿어주세요! 제가 갔을 때 하이케는 이미 죽은 상태였습니다."

"천천히 차례대로 말씀하세요." 보덴슈타인은 몸을 뒤로 기대고 양손을 편안하게 배 위에서 깍지 꼈다. "2018년 9월 3일 저녁 상황을 아주 정확하게 진술하십시오."

모스브루거는, 제베린 벨텐 작가가 20시 30분경에 갑자기 자기 집에 뛰어들어 흥분해서 더듬거리며 자기가 하이케 베르시와 다투다가 노트북으로 그녀를 때려죽였다고 말했다고 순순히 털어놓았다. 진술하면서 그는 피아가 도발적으로 만지작거리는 담뱃갑을 곁눈질하지 않으려고 무척 애썼다. 모스브루거는 지난 몇 주 동안 벌어진 일로 볼 때 벨텐과 그의 편집자 사이에 싸움이 벌어졌으리라고는 짐작했지만 벨텐이 그녀를 죽였을 거라고는 생각하지 않았다. 그는 오랜 친구 하이케 베르시에게 연락을 시도했다. 그녀가 전화를 받지 않고 벨텐은 미친 듯이 노트북 자판만 두드리자 그는 집을 나와서 차에 올라 바트 조덴으로 향했다.

"저는 하이케가 머리에 상처를 입고 엄청나게 화가 나 있을 거라고 예상했습니다. 그런데 부엌에 들어가서 피범벅이 되어 바닥에 누워 있는 그녀를 보니 벼락에라도 맞은 느낌이었습니다." 모스브루거가 눈물에 젖은 목소리로 말했다. "사방이 모두 피였어요! 하이케의 머리는…… 정말 완전히…… '부서져' 있었습니다! 그런 걸 본 건 난생처음이었어요!"

"왜 경찰을 부르지 않았습니까?" 보덴슈타인이 물었다.

"저…… 저도 모르겠어요." 에이전트가 망연자실한 표정으로 어깨를 으쓱했다. "갑자기 제가 자동조종장치가 된 것 같았고, 그저 제베린만 생각났습니다. 그는 정말 온화하고, 아득바득 생활하는 데는 그다지 적합하지 않은 사람이에요. 하이케가 엄청나게 쪼아대서 그는 달리 뭘 어쩌지 못했을 거예요. 저는 그를 보호하고 싶었습니다. 하이케가 그의 삶 전체를 파괴하는 걸 원치 않았어요. 그래서 사고사처럼 위장하려고 했습니다. 바깥에는 마침 폭우가 쏟아졌고, 하이케는 요즘 매일 노르딕 워킹을 한다고 말한 적이 있어요. 그래서 하이케가 숲에서 나무에 머리를 부딪히거나 어떤 식의 사고를 당하는 것도 가능하겠다고 생각했습니다. 그러니까 제 말은…… 죽은 건 죽은 거잖아요. 어떻게 죽었는지는 상관이 없지 않겠습니까?"

그는 동의를 갈구하는 눈빛으로 피아와 보덴슈타인을 번갈아 쳐다보았다.

"생물학적으로는 당신 의견이 물론 맞을 테지요." 보덴슈타인이 싸늘하게 대꾸했다. "하지만 법적인 면에서 당신은 여러 가지 범죄를 동시에 저질렀습니다."

모스브루거는 한숨을 내쉬었다. 한참이나 말없이 그대로 앉아서 턱을 문질렀다. 보덴슈타인과 피아는 그가 다시 입을 열기를 끈기 있게 기다렸다.

"처음에 하이케 머리에 비닐봉지를 씌우고 쓰레기봉투 두 개로 몸을 쌌습니다. 그러는 내내 눈물을 흘렸어요." 에이전트가 무겁게 다시 말을 이었다. "얼굴과 머리가 보기 끔찍할 정도였고, 진짜 가련했습니다. 제가 하이케에게 화가 나 있긴 했지만, 그렇게 죽을 만한 사람은 정말이지 아니었어요. 비루먹은 개처럼 맞아 죽다니! 정원을 지나 차고로 시신을 그냥 옮길 용기는 나지 않아서 저는 그녀의 가발을 쓰고 청소용 장갑을 낀 다음 쓰레기통을 가지고 왔습니다. 비어 있더군요. 시신을 쓰레기통에 넣고 차고로 옮겼습니다. 그곳에서 하이케의 자동차 열쇠가 집 안에 있다는 걸 깨달았습니다. 그러는 사이 미친 듯이 비가 퍼부어, 일단 부엌부터 철저히 닦아야겠다고 생각했지요. 청소하는 데 한 시간쯤 걸렸습니다. 그 후에 차고로 돌아갔습니다. 하이케의 자동차 트렁크는 장바구니와 음료수 상자로 가득해서 시신을 넣기 전에 그것부터 치워야 했습니다. 그런데 문제가 생겼어요. 사후경직을 미처 생각하지 못했던 거지요. 하이케는 그때 이미…… 으음…… 뻣뻣해지기 시작한 상태였습니다."

보덴슈타인과 피아는 점점 더 당황스러운 마음으로 그의 진술에 귀를 기울였다. 이루 말할 수 없이 잔혹하면서도 어딘지 모르게 희극적인 요소가 있었다.

"다행스럽게도 바깥에서 벼락이 쳤습니다." 슈테판 핑크와 마찬가지로 모스브루거도 자신을 심하게 괴롭히던 비밀을 마침내 털어놓으니 마음이 가벼워지는 모양이었다. 그는 교활하기는 하지만 살인범은 아니었다. 피아는 그가 정말 벨텐을 보호하기 위해 이 모든 걸 했다는 말을 믿었다. 하지만 그가 보호하는 작가가 교도소에 가면, 이윤을 많이 남길 베스트셀러 차기작을 쓸 수 없을 테니 이기적인 면도 어느 정도 포함됐다는 것 역시 당연했다.

"쓰레기통을 눕혀 하이케를 꺼내다가 쓰레기봉투가 찢어졌어요." 설명을 이어가는 에이전트의 낯빛이 점차 정상으로 돌아왔다. "하지만 어찌어찌 그녀를 트렁크에 넣는 데 성공했는데, 마지막 순간에 노르딕 워킹용 스틱이 떠올랐습니다. 그리고 크록스를 신고 숲에 가지는 않겠다는 생각이 들어 집으로 들어가 다른 옷과 신발, 그녀의 휴대전화를 가지고 왔습니다. 부엌문을 안에서 잠그고 현관으로 나오면서 하이케 주머니에 넣으려고 열쇠 꾸러미도 들고 왔어요. 차고에서 하이케를 다시 트렁크에서 꺼내 쓰레기봉투를 벗기고 옷을 갈아입혔는데, 무척 힘들었습니다."

보덴슈타인과 피아는 눈길을 주고받았다. 사건의 자세한 묘사는 기괴했지만 확인된 흔적 감식과 전체적인 세부사항이 일치했으므로 이 이야기는 믿을 만했다. 하지만 모스브루거가 하이케 베르시의 시신을 쓰레기통에 담아 집에서 차고로 옮겼다는 그 이유만으로 하마터면 쓰레기 소각장 지하 25미터에 있는 갱도를 전부 뒤질 뻔했다는 사실에는 어처구니가 없었다! 그가 입을 다문 바람에 그들은 시간과 돈이라는 비용을 치렀고, 어쩌면 알렉산더 로트도 그래서 목숨을 잃은 걸 수도 있었다.

"그러다가 드디어 하이케를 트렁크에 넣었습니다. 걸레와 장을 본 봉지와 그녀가 먼저 입었던 옷은 쓰레기통에 넣고 차고에서 차를 꺼내 나오다가 하마터면 개를 데리고 가던 어떤 사람을 칠 뻔했습니다." 모스브루거는 점점 더 말이 빨라졌다. 그는 칠흑처럼 어둡고 폭우가 쏟아지는 가운데 쾨니히슈타인 방향으로 향했다. 잘 모르는 곳이었으므로 제일 먼저 눈에 띈 숲길로 접어들었다. 숲속에서, 죽은 하이케 베르시를 트렁크에서 꺼내 스틱을 손목에 매달고 휴대전화와 열쇠 꾸러미를 바지 주머니에 넣었다. 시신이 계곡 아래로 굴러떨어질 때까지 여러 번 발길질을 해야 했다.

"바트 조덴으로 돌아와 하이케의 자동차를 차고에 세우고 차 열쇠를 다시 부엌 열쇠걸이에 걸었습니다."

"집에 어떻게 들어가셨어요?" 피아가 물었다. "열쇠 꾸러미는 베르시 씨 바지 주머니에 있었잖아요."

"그렇지요." 모스브루거가 고개를 끄덕였다. "하지만 집에 들어가려고 보조열쇠는 제가 가지고 있었습니다."

"그 열쇠는 지금 어디 있지요?"

"그것도 쓰레기통에 넣고, 쓰레기통을 길가에 세워뒀습니다."

"가발은 어떻게 하셨어요?"

"프랑크푸르트로 돌아오는 길에 차창 밖으로 던졌어요. 집에 돌아와 보니 제베린은 여전히 글을 쓰고 있었습니다. 저는 샤워를 하고 마음을 진정시키려고 위스키 더블 샷을 마시고 잠자리에 들었지요."

"그러고는 범행을 감추려고 베르시 씨에게 계속 문자를 보내고 전화를 하셨고요. 사람들이 나중에 당신의 휴대전화를 보게 되리라는 걸 알았으니까요."

"네." 모스브루거가 후회막심한 표정으로 고개를 숙였다.

"우리에게 지난주에 이 모든 걸 진술하지 않아서 정말 유감입니다." 피아가 말했다. "벨텐 씨가 하이케 베르시를 죽이지 않았다는 건 명백해요. 하지만 우리는 같은 살인범이 알렉산더 로트의 죽음과도 연관이 있다고 추측합니다. 모스브루거 씨, 당신이 그걸 막을 수도 있었어요."

에이전트의 낯빛이 다시 창백해졌다. 그는 고개를 계속 숙이고 있었다.

"제가 한 짓은 멍청했습니다." 그는 후회했다. "멍청하고 끔찍했어요."

"그렇게 생각하신다니 다행입니다." 보덴슈타인이 자리에서 일어났다. "멍청하고 끔찍할 뿐 아니라 무엇보다도 범죄 행위라서 대가를 치러야 합니다. 수사 방해와 망자의 평화를 방해한 죄에 책임을 져야 할 겁니다."

"그러는 게 마땅하겠지요."

"이제 가셔도 좋습니다." 보덴슈타인이 말했다. "하지만 국외로 나갈 수는 없습니다."

피아가 문 쪽으로 가서 문을 두드렸다. 복도를 지키는 제복 차림의 동료가 문을 열어줬다.

"나가지 않을 겁니다." 에이전트가 대답하고 자리에서 일어났다.

"질문이 하나 더 있어요." 피아가 말했다. "당신이 부엌을 청소할 때 치매인 베르시 씨 아버지가 위층에 계신다는 걸 아셨나요?"

"아니요. 아니, 원래는 알았습니다." 그가 인정하고 약간 기가 꺾였다. "하지만 그 순간에는 그를 생각하지 않았어요. 정신이…… 너무 다른 데 팔려서."

"베르시 노인이 살아남은 걸 다행으로 생각하세요." 피아가 방을 떠나는 에이전트에게 말했다. "안 그랬더라면 지금 당신은 무력한 사람의 죽음을 묵인했다는 이유로 미결 구치소로 갔을 테니까요."

* * *

하이케 베르시의 살인범을 잡았다는 뜻밖의 행복과 기대는 깊은 낙담으로 바뀌었다. 모스브루거가 돌아간 후에 셈과 카트린과 타리크도 집으로 가고 보덴슈타인과 피아, 니콜라 엥겔과 카이만 회의실에 남았다. 졸음을 쫓으려고 다들 커피를 앞에 두고 앉아 있었다. 유리창 바깥은 이미 오래전에 어두워졌다. 주변 사무실도 모두 비었다. 24시간 내내 비지 않는 초소에만 불이 켜져 있었다.

"닷새 전이랑 완전히 똑같은 상황이네요." 피아가 절망한 표정으로 수첩을 넘기며 말했다. "사실은 더 안 좋아요. 지금까지의 정보를 모두 다시 평가하고 재검토해야 해요."

그동안 내내 그들은 하이케 베르시를 한 사람이 잔혹하게 때려죽이고 숲에 유기했다고 가정했으므로 잠재적인 범인의 범위가 나름 좁았다. 용의자 가운데 몇몇을 연령이나 신체 상황 때문에 바로 제외했기 때문이다. 이제 그들 모두를 다른 시각에서 살펴봐야 했다.

"1킬로그램 정도인 고기 망치는 여자나 나이 든 남자 손에서도 살인 무기가 될 수 있어." 니콜라 엥겔 박사가 말했다.

"특히 희생자가 이미 머리 부상 때문에 약해진 상태라서 거의 방어할 수 없을 때라면 더욱 그렇겠지." 보덴슈타인이 보충 설명했다.

"마가레테 빈터샤이트는 남편이 30년 넘게 하이케 베르시와 바람을 피운 걸 알고 있었어요. 남편의 예전 애인을 좋아할 리가 없겠죠." 피아가 말했다. "대화를 나눌 때, 그녀가 남편을 견디지 못한다는 인상을 받았어요. 헨리 빈터샤이트가 정말로 출판사 자기 지분을 팔았더라면 부인은 영향력과 지위와 집을 모두 잃어버렸겠죠."

"그렇다면 하이케 베르시가 아니라 남편을 살해했어야지." 카이가 대꾸했다.

"흐음, 베르시 씨의 새 출판사가 없다면 헨리 빈터샤이트가 자기 지분을 팔 이유가 없을 테니까." 니콜라 엥겔이 끼어들었다. "그녀를 살해하는 게 세련된 해결책이었겠지요."

카이가 일어나서 화이트보드로 다가갔다. "알렉산더 로트가 범인일 수도 있어요."

"그건 우리가 이미 논의했잖아. 난 지금 범행도구를 말하는 거야." 피아가 대답했다.

"아, 그렇지." 카이는 생각에 잠긴 채 뒤통수를 긁었다. "범인은 고기 망치를 왜 범행 현장에 그냥 두지 않고 가지고 온 걸까?"

"빈터샤이트 노부부와 헬무트 엥글리슈는 제외야." 보덴슈타인이 단호하게 말했다. "그들은 문제가 되는 시각에, 그러니까 20시와 21시 30분 사이에 프랑크푸르트에서 열린 행사에 참석했고 목격자들도 있으니까. 서점 주인 요제핀 린트너도 어떤 행사에 참석했고. 내일 물론 확인해봐야겠지만, 일단 그 알리바이가 옳다고 가정한다면 말이야."

"다른 용의자들의 알리바이는?" 과장이 물었다.

"물어봐야 해." 보덴슈타인이 대답했다. "가장 중요한 근거는 로트의 냉장고에 있던 살해 무기야. 그의 사무실에 문제없이 들어갈 수 있는 사람은 누구지?"

"그것도 이미 했던 이야기예요." 피아가 하품을 했다. "도로테아 빈터샤이트-핑크와 발데마르 배어지요. 아, 물론 카를 빈터샤이트도 포함되고요."

"내가 제일 의심스러워하는 사람은 관리인 발데마르 배어야. 하이케 베르시의 단독 상속인." 보덴슈타인이 말했다. "그가 유언장 내용을 알았다면 그건 정말 강력한 살해 동기가 됐겠지."

"내일 아침 일찍 쾨니히슈타인 공증인과 약속이 있어요. 그때 아마 더 많이 알게 되겠지요." 피아가 다시 하품했다. "반장님, 핑크를 집에 데려다주고 그의 아내와 이야기를 해봐야 해요."

"한 가지만 더." 카이가 끼어들었다. "모스브루거가 좀 전에 하이케 베르시의 시신을 쓰레기통에 넣으려고 할 때 사후경직이 이미 시작됐다고 말했잖아요. 그게 어떻게 가능하지요?"

"날씨가 꽤 더웠어요. 그러면 추울 때보다 사후경직이 더 빨리 시작됩니다." 니콜라 엥겔이 대답했다.

"하지만 완전한 경직은 일러야 여덟 시간에서 열 시간 후에 시작되는데." 피아가 이의를 제기했다. "그가 착각한 모양이네."

"아니면 그가 착각한 게 아니라 하이케 베르시가 더 일찍 죽었을 수도 있지." 카이가 말했다. "19시 30분에 이미 죽었다면 네 시간 후에 목과 팔에 실제로 사후경직이 나타날 수도 있어."

"오스터만 씨, 무슨 말을 하고 싶은 거죠?" 니콜라 엥겔이 카이를 매섭게 노려보자 그가 대꾸했다.

"두루미가 범인이라고요."

"말도 안 되는 소리!" 과장은 양쪽 눈썹이 미간에서 거의 맞닿을 정도로 심하게 인상을 찌푸렸다. "그가 범행도구를 어떻게 로트의 사무실에 들여보냈겠어요?"

"자기 작가를 보호하려고 시신을 처리하는 에이전트라면 그런 것도 할 수 있었을 겁니다." 카이가 대답했다. "제가 얻어들은 바로는 문학 에이전트들이 작가의 출판사를 가끔 드나드는 게 일반적이라고 해요. 모스브루거가 최근에 빈터샤이트 출판사에 자주 갔을 거라고 짐작합니다. 어쨌든 벨텐의 명예를 회복

할 전략을 짜야 했을 테니까요. 공모했을 수도 있지 않겠어요? 카를 빈터샤이트나 도로테아 빈터샤이트-핑크와 함께 알렉산더 로트에게로 의심을 돌리려 했다면요?"

"그래서 제베린 벨텐을 킬러로 투입했다, 이런 말인가요?" 니콜라 엥겔이 비꼬는 말투로 되물었다.

"벨텐은 베르시를 고기 망치로 때려죽였습니다." 카이가 말했다. "그는 베르시가 자기 명성을 망치고 자기 말을 듣지 않아서 분노로 들끓었어요. 그런 다음 자기 에이전트에게 갔고요. 에이전트는 황금알을 낳는 거위가 저지른 일의 뒤처리를 해주고 범행도구를 가져왔습니다. 모스브루거는 입이 가벼운 사람이라서 비밀을 혼자 간직하지 못하고 빈터샤이트 집안사람 두 명에게 이야기했고요. 세 사람 중 아무도 그들의 베스트셀러 작가가 살인범이 되어 교도소에 가는 걸 원치 않았기 때문에 누구에게 죄를 미룰까 궁리하다가 알렉산더 로트를 떠올린 거죠. 그러고 로트를 진술하지 못하게 만들려고 그의 보드카에 메탄올을 탔고, 그가 치사량을 확실하게 마시도록 자극했는지도 모르지요. 그 뒤엔 그냥 기다리기만 하면 됐고요. 로트가 죽자 세 사람 중 누군가 범행도구를 그의 냉장고에 넣었습니다. 이상 끝."

한동안 아무도 입을 열지 않았다. 각자 이 가능성의 결과를 곰곰이 생각해보면서 찬성하거나 반대할 만한 점을 고민했다.

"심히 대담한 가설이야." 보덴슈타인이 침묵을 깨고 말했다. "하지만 그럴 수도 있었겠지."

"그들이 로트를 희생시켰을까요?" 피아는 피로가 사라지고 정신이 다시 말짱해졌다. "카를 빈터샤이트는 로트를 기획부장으로 승진시킨 게 확신이 있어서가 아니라 전략적인 결정이었다고 스스로 시인했어요. 로트의 실력을 그다지 인정하지 않는 거예요."

"그는 로트를 독살하기 쉬웠겠지요." 카이도 피아의 말에 동의했다.

"남자들은 독으로 살해하지 않아요." 니콜라 엥겔이 단호하게 말했다. "그리고 그 가설은 완전히 말도 안 되고요. 오스터만, 그 거친 판타지로 텔레비전 범죄드라마 각본을 쓰는 편이 낫겠군요!"

"칭찬인가요, 욕인가요?" 카이가 과장에게 물었지만 그녀는 팔을 내저었다.

"몇 가지 약점이 있긴 하지만, 카이의 이야기가 아주 틀린 건 아닌 것 같아." 보덴슈타인이 반박했다. "내일 크뢰거를 출판사에 보내자고. 그가 어딘가에서 메탄올이 든 술병을 발견한다면 카이의 아이디어도 최소한 검토는 해봐야겠지."

"제 생각에 가장 의심스러운 인물은 도로테아 빈터샤이트-핑크예요." 이 새로운 가능성에 고무된 피아가 말했다. "그 사람은 하이케 베르시와 알렉산더 로트에게 분노할 만한 동기를 여러 개 가지고 있어요. 부모님은 평생 이 두 사람을 딸인 자기보다 더 아꼈지요. 빈터샤이트 노인은 하이케 베르시의 출판사를 재정적으로 지원하려고 그녀가 받아야 할 유산, 즉 출판사 지분을 매각하려고 했어요. 그리고 어쩌면 베르시와 로트가 오빠의 죽음과 관계가 있다는 걸 알게 됐을지도 모르고요."

"카타리나 빈터샤이트의 일기 복사물을 누가 보냈는지 반드시 알아내야 해." 보덴슈타인이 말했다. "남자든 여자든 그걸 보낸 사람은 비밀로 지켜야 할 게 뭔지 알고 있어. 그러니 이런 질문이 생기지. 이 이야기에서 가장 큰 손해를 입게 될 사람은 누구인가, 그래서 비밀을 지키기 위해 살인까지 저지를 사람은?"

피아의 눈길이 죽은 자와 용의자들의 사진을 훑었다.

"우린 뭔가 결정적인 걸 놓치고 있어요." 그녀가 말했다. "그게 도대체 뭘까요?"

"'누구를' 놓치고 있다는 말이 더 맞겠지." 보덴슈타인이 이마를 찌푸렸다. "복사본을 보낸 원본 일기장을 찾아야 해."

"베르시와 로트를 살해한 동기가 뭘까?" 니콜라 엥겔이 혼잣말처럼 중얼거렸다.

"사실 우린 아무것도 몰라요." 카이가 우울하게 말했다. "범인이 아직 살인을 마친 게 아닐 거라는 이상한 예감이 드네요."

"내일 카를 빈터샤이트를 다시 한번 심문하자고. 이제 도로테아 빈터샤이트-핑크에게 가지. 셈과 타리크는 내일 아침 일찍 발데마르 배어를 여기로 데려와. 그때까지도 만나지 못한다면 수배하고." 보덴슈타인은 허리를 펴고는 입을 가리고 하품했다. "피아, 일하러 가자!"

슈테판 핑크가 계단 발치에 와서 다시 기지국에 연결됐을 때 그의 스마트폰은 이상하게도 고요했다. 아내에게서만 여러 번 전화가 걸려왔을 뿐이었다. 보덴슈타인은 의아하다고 생각했다. 피아와 그는 마가레테 빈터샤이트가 사위에게 전화해서 지독한 비난을 퍼부었을 거라고 예상했기 때문이다. 그러나 그런 일은 없었다. 보덴슈타인이야말로 지하층에서 나오자마자 수

136

십 개의 메시지를 받았다. 로렌츠는 그가 부탁한 대로 긁힌 포르쉐를 래커 칠하는 정비소에 보냈다. 소피아는 '크린지'나 '세이프', '메가' 등 청소년 은어로 가득해서 거의 알아들을 수 없는 음성 메시지를 남겼다. 코지마가 남긴 음성 메시지는 좀 더 잘 이해할 수 있었다. 보덴슈타인은 피아와 니콜라와 카이를 슈테판 핑크와 함께 먼저 보내고 그 자리에 서서 코지마가 보낸 메시지를 들었다. 화학요법이 끝나고 일주일이 지났는데, 혈액 수치가 훨씬 좋아져서 이제 곧 수술할 수 있으리라는 희망을 의사들이 주었다고 했다. 기쁜 소식이긴 했지만 동시에 이 사건을 얼른 해결해야 한다는 부담도 커졌다. 안타깝게도 그럴 기미는 보이지 않았다.

"반장님!" 카트린이 계단을 내려왔다. "기다리세요!"

"자네, 아직 퇴근 안 했어?" 보덴슈타인이 놀라서 물었다.

"예, 인터넷에서 카타리나 빈터샤이트에 관한 몇 가지 정보를 찾았어요!"

"다른 사람들도 같이 듣는 게 좋겠다." 그가 카트린에게 말했다. 피아와 카이는 과장과 슈테판 핑크와 함께 보안 게이트에서 기다리는 중이었다. 보덴슈타인이 그들을 손짓으로 불렀다.

"그게 말이지요." 카트린이 설명을 시작했다. "자세한 내용은 몰라요. 알려면 서류를 요청해야 하는데, 서류가 있는지 없는지 조차 모르겠어요. 어쨌든 카타리나 빈터샤이트라는 이름의 여성이 1990년 8월 17일에서 18일로 넘어가는 날 밤에 프랑크푸르트 슈탈부르크 거리 82번지 주택 마당에서 발견됐어요. 당시에 경찰은 그 죽음을 자살로 정리했고요."

그 말을 듣자 보덴슈타인의 머릿속에 어떤 기억이 번쩍 떠올랐다. 1990년 7월, 그때 막 형사가 된 그는 프랑크푸르트 사기 담당 부서로 왔다. 심각한 인원 부족으로 4주 후에 벌써 살인 부서로 배치되어 그곳에 남게 됐다. 당시 상관은 전설적인 멘첼 경감이었는데, 보덴슈타인은 노련한 형사인 그에게서 아주 많은 것을 배웠다. 보덴슈타인은 다른 젊은 동료들과 마찬가지로 상관에게서 인정받을 욕심에 야근을 자주 했는데, 출동 대기 근무를 하는 게 인정받기에 가장 빨랐다.

"그 사건, 기억난다." 그의 말에 동료들이 놀랐다. "내가 그때 강력10반에 새로 왔는데, 야근한 적이 몇 번 안 됐고 자살 사건은 처음이었어. 그 여자의 어린 아들이 로렌츠와 동갑이어서 무척 충격을 받았기 때문에 더 잘 기억하는지도 모르겠다. 겨우 여섯 살이었지. 아이가 집 안에 있는데 어떻게 발코니에서 뛰어내릴 용기를 냈는지 의아하게 생각했어." 보덴슈타인은 이마를 찌푸린 채 사건을 자세히 기억해보려고 했지만 허사였다.

"그래서?" 니콜라 엥겔이 대답을 기다리듯 그를 빤히 바라봤다.

"그래서…… 뭐?" 보덴슈타인이 되물었다.

"당신만 의아해했어, 아니면 상관도 그랬어? 그때 상관이 누구였지? 멘첼? 당시에 그 사건을 자세히 파헤쳤나?"

"기억이 안 나네." 보덴슈타인이 실토했다. "응, 멘첼이 내 첫 상관이었어. 내 생각에는 그가 그 사건을 계속 수사했던 것 같아. 그 후에 난 다른 곳으로 배치됐을 거야. 초보가 어떤지는 당신도 잘 알잖아. 그리고 오래전 사건이기도 하고. 그 후에는 자살 사건을 꽤 많이 다뤘지."

"그러면 최대한 빨리 서류를 요청해야겠네요." 피아가 말했다. "카타리나 빈터샤이트에 대해 반드시 더 많은 걸 알아내야 해요. 저라면 설사 강아지 혼자 집에 남게 된다고 해도 자살을 생각하지는 못할 거예요. 하물며 여섯 살짜리 아이라니요!"

"내가 처리할게." 니콜라 엥겔이 말했다. "내일 아침에 바로 검찰에 전화해야겠다."

* * *

도로테아 빈터샤이트-핑크는 하이케 베르시가 살해되던 날 저녁에 알리바이가 없었고 남편도 마찬가지였다. 그녀는 요가를 하러 에슈보른으로 가려다가, 외부 영업자에게서 전화가 걸려와 출판사에서 바로 집으로 왔다고 했다. 슈테판 핑크는 밤늦게까지 사무실에 있었다. 그의 대형 인쇄소는 쓰레기 소각장에서 멀지 않은 뢰델하임 산업지구에 있었다. 빈터샤이트 출판사 건물과 달리 인쇄소에는 최첨단 감시 시스템이 있어서 9월 3일 촬영 자료 확인이 가능했다. 그보다 더 흥미로운 것은 도로테아 빈터샤이트-핑크가 부모의 알리바이에 대해서 말한 정보였다. 그 두 사람이 헬무트 엥글리슈와 함께 참석했다는 행사는 월요일이 아니라 일요일 저녁에 이미 거행됐다는 것이었다. 요제프 모스브루거의 진술 이후에 빈터샤이트 부부와 다혈질인 작가는 이제 돌연 용의자가 됐다. 최소한 마음에 분노가 가득한 마가레테 빈터샤이트나 헬무트 엥글리슈라면 범행도구를 휘두를 수 있었을 테니까.

아래로 깊이 내려간 모임지붕, 이중 차고를 갖춘 핑크 부부의 아름다운 집은 슈발바흐 외곽 3005번 도로 옆에 있었다. 소음 방지벽에도 불구하고 열린 테라스 문으로 4차선 도로를 질주하는 자동차 소리가 이따금 들려왔다. 빈터샤이트 출판사 영업부장은 보덴슈타인과 피아가 뜻밖에 찾아와 놀랐다거나 늦은 시간이라고 눈치 주는 기색도 없이 들어오라고 했다. 아마 남편이 오는 도중에 짤막하게 문자를 보내 방문을 예고한 듯했다. 집주인이 아직 일하는 중이었던 것으로 보이는 식탁에 모두 둘러앉았다. 뚜껑을 덮은 노트북 옆에 와인잔 하나, 그 옆에 음식 부스러기가 가득한 접시가 놓여 있었다. 집 안은 살기 편하게 현대식으로 꾸며져 있었다. 벽에는 다양한 양식의 그림들이, 거실 소파 위에는 개를 포함하여 가족 전체가 찍은 커다란 사진이 걸려 있었는데, 이제는 개가 없는 모양이었다. 서로를 대하는 모습으로 볼 때 핑크 부부는 사이가 좋은 듯했다.

"저는 하이케를 죽이지 않았어요." 피아가 알리바이를 묻자 도로테아 빈터샤이트-핑크가 답했다. "죽일 이유가 없지 않겠어요?"

"아버지가 당신에게 상속될 출판사 지분을 베르시 씨 출판사에 투자하려고 매도할 계획이었다는 걸 알게 됐기 때문일 수도 있지요." 피아가 추측했다.

"고백하자면 그 일로 화가 난 건 사실이에요." 도로테아 빈터샤이트-핑크가 대답했다. 그녀는 맨발에 편안한 검은색 조깅바지와 후드티, 소박한 검은 테 안경 차림이었다. "저는 살면서 무시당한 적이 많아요. 부모님은 가족 아닌 사람들을 저보다 더 좋아했지요. 저는 할아버지에게서 출판사 지분 12퍼센트를 상속받았어요. 많은 양이 아니라고 생각할 수 있지만 의결 저지권을 가지고 있죠. 누군가 자기 지분을 팔려고 하면 제가 동의해야 해요. 아버지가 지분을 정말 매도하려고 했다면 제가 동의하지 않으면 그만이었어요."

그 말은 명백한 듯했다. 첫 번째 잠재적 살해 동기는 연기처럼 사라졌다.

"베르시 씨와 마지막으로 이야기를 나눈 게 언제인가요?" 피아가 물었다.

"한참 전이에요." 빈터샤이트-핑크 씨가 잠시 기억을 되살렸다. "아마 하이케가 해고된 날이었을 거예요. 하이케가 우리에게 저지른 온갖 일들 때문에 저는 그녀와 말하고 싶은 마음이 없었어요. 본인이 베껴 쓰라고 해놓고서 제베린 벨텐 같은 작가에게 그런 식으로 공개적인 낙인을 찍다니, 정말 지금까지도 이해할 수 없어요. 제가 하이케를 죽일 생각이었다면 아마 그녀가 카를과 제베린 벨텐에 대해 말도 안 되는 소리를 늘어놓기 전에 먼저 그렇게 했겠죠."

"베르시 씨나 로트 씨에게 질투를 느끼셨습니까?" 보덴슈타인이 물었다. "부모님께서 두 사람을 친자식처럼 대우했으니까요. 그런 일은 분명히 마음을 상하게 할 텐데요."

"아, 그럼요. 예전에는 정말 속상했어요. 지금은 아니에요." 도로테아 빈터샤이트-핑크가 고개를 끄덕였다. "알렉산더와 하이케 외에 엄마가 마치 며느리처럼 대접한 마리아도 있지요. 저는 부모님이 오빠를 그냥 알렉산더로 대체한 걸 오랫동안 원통하게 생각했어요. 그리고 젊은 소설가와 시인들을 위한 재단이라니…… 너무나 위선적이에요! 오빠는 출판사나 문학에 전혀 관심이 없었어요. 의사가 되길 원해서 남몰래 의학을 공부했어요. 아버지가 그걸 알았더라면 펄펄 뛰었겠지요! 이왕 설립하려면 가난한 의대생들을 지원하는 재단이 분명히 괴츠 오빠 마음에 더 들었을 거예요!"

"뭐 마실 분 계신가요?" 슈테판 핑크가 물었다. 보덴슈타인과 피아는 정중하게 거절했지만 도로테아 빈터샤이트-핑크는 고개를 끄덕이고 빈 와인잔을 가리켰다. 남편이 부엌으로 갔다가 화이트와인 병을 들고 돌아왔다. 그리고 잔을 반쯤 채워 아내에게 건넸다.

"부모님은 멋진 겉모습을 중요하게 생각하셨어요." 도로테아가 와인을 한 모금 마신 후에 말을 이었다. "예전에도 그랬고, 지금도 변하지 않았어요. 서로 못 견디게 싫어하면서도 헤어지지 않았지요. 아버지가 외도를 숨긴 적도 없는데 말이에요. 아버지는 엄마 앞에서 하이케를 '두 번째 아내'라고 부르길 좋아했는데, 그저 엄마를 화나게 하려고 그랬던 거예요! 엄마는 오빠를 잃은 슬픔을 간직하고서 오빠를 미화했어요. 요제핀과 마리아는 오빠가 사망한 후에 몇 달 동안 우리 집에서 살면서 엄마의 눈물을 닦아주더군요." 도로테아가 흥분해서 말했다. "부모님에게 저는 전혀 중요하지 않았어요. 부모님이 저에게는 아무 말도 없이 누아르무티에섬에 가시는 바람에 가사 도우미가 오빠의 죽음을 저에게 알려줬어요. 오빠 장례식은 완전히 호러였고요."

도로테아는 말을 멈추고 멍한 표정으로 와인잔을 빙빙 돌렸다. 남편이 식탁에서 일어나 테라스로 나갔다. 그러고 미닫이문을 열어둔 채 담뱃불을 붙였다.

　"오빠가 사망한 후에 부모님은 제가 너무나 좋아했던 누아르무티에섬의 별장을 팔고, 그 돈을 바보 같은 재단에 투자했어요. 아버지는 하이케와 알렉산더를 편집부에, 마리아를 저작권 부서에 넣었지요. 저를 위한 자리는 없었어요. 제가 문학을 전혀 모른다는 이유로 말이지요. 그래서 저는 대학교에도 가지 않고 그 대신 도매상 직업교육을 받은 후에 슈테판 아버지 사무실에서 일했어요. 부모님은 제 직업에 대해 물어보신 적이 한 번도 없답니다."

　"하지만 당신 부부는 한동안 부모님 빌라에 사셨잖아요. 아닙니까?" 보덴슈타인이 물었다.

　"네, 하지만 부모님 때문이 아니라 할아버지와 삼촌 때문이었어요." 이렇게 대답하는 도로테아 빈터샤이트-핑크의 표정이 어두워졌다. "두 분이 사망하신 후에 모든 게 달라졌어요. 숙모는 삼촌이 사망한 후에 아들과 함께 노르트엔드로 이사 가셨어요."

　"숙모 이름이 카타리나지요. 맞죠?"

　"네, 맞아요."

　"자살했다고 들었습니다."

　"네, 욘 삼촌이 사망한 후에 숙모는 우울증에 걸렸어요. 숙모가 정말 사랑하던 삼촌은 심근경색으로 겨우 마흔한 살에 돌아가셨지요. 카타리나 숙모는 삼촌에게서 출판사 지분 절반을 상속받았는데, 이건 우리 아버지에게 악몽이었어요. 숙모는 자기 뜻을 관철해서 운영진 자리를 하나 차지하고 저작권 부서에서 마리아가 하던 일을 넘겨받았지요. 힘든 시기에는 발데마르가 시장을 봐주거나 하면서 숙모를 돌봤어요. 카를을 위해서는 항상 오페어 걸을 고용했고요."

보덴슈타인과 피아는 눈빛을 교환했다. 짐작이 정말 맞는 건가? 일기 복사본을 보낸 익명의 편지 뒤에 숨어 있는 사람은 발데마르 배어일까?

"발데마르 배어와 카타리나는 연인 관계였나요?" 피아가 물었다.

"아, 아니요!" 도로테아 빈터샤이트-핑크가 단호하게 머리를 저었다. "발데마르는 욘 삼촌을 언제나 무척 존경했고, 삼촌이 돌아가신 후에는 이 존경심이 카타리나 숙모에게 옮겨 갔어요."

"카타리나가 사망한 후에 유품은 어떻게 됐나요?" 피아가 물었다. "누군가 분명히 그 집을 정리했을 텐데요."

"흐음, 기억나지 않네요." 도로테아 빈터샤이트-핑크가 남편에게 몸을 돌렸다. "당신, 기억나?"

"장모님이 마리아와 발데마르와 같이 정리했을 거야." 슈테판 핑크가 대답했다. "그러는 동안 당신이 카를을 돌봤잖아. 카를이 도우미하고 둘이서만 빌라에 있기 싫어해서."

"아, 맞다." 도로테아 빈터샤이트-핑크가 고개를 끄덕였다. "카를은 배어 부인을 무서워했어요. 우리 직원 배어 씨의 어머니 말이에요. 카를은 또 그때 완전히 혼란스러워했어요."

"카타리나의 물건들은 어떻게 됐나요? 옷과 가구, 책, 개인용품 등등."

"제가 기억하기로는 엄마가 옷은 모두 헌 옷 모으는 곳에 주었고, 가구 대부분은 그다음에 이사 들어온 사람이 넘겨받았어요. 개인용품은 어떻게 됐는지 모르겠네요. 그건 마리아에게 물어보시는 게 나을 거예요."

"아이는 어떻게 됐어요?"

"카를은 제가 돌보고 싶었어요. 그때 우린 아이가 없었지요. 대모인 마리아도 카를을 데려갈 수 있었을 거예요. 하지만 우리 엄마가 카를을 빼앗아 갔지요. 카타리나 숙모를 정말 미워했으면서도 말이에요. 엄마는 괴츠 오빠가 죽은 게 숙모 때문이라면서 숙모를 늘 비난했어요."

"어머님이 왜 카를을 데리고 갔을까요?"

"언젠가 한 번은 카를 엄마가 본인 자식을 훔쳤으니 본인도 카를을 데리고 갈 권리가 있다고 말씀하시더군요." 도로테아 빈터샤이트-핑크가 대답했다. "안타깝게도 카를은 우리 부모님 집에서 잘 지내지 못했어요. 부모님은 그를 출판사에 가까이 오지 못하게 했고, 열 살이 되자 기숙학교에 보냈지요. 그 후에 카를이 대부가 계신 미국으로 간다고 하자 그를 떼어낼 수 있게 되어 무척 기뻐하셨고요. 그런데 그가 돌아와서 출판사를 넘겨받은 건 어찌 보면 운명의 아이러니죠." 그녀가 잔을 비웠다. "테라스로 함께 가시겠어요? 우린 실내에서 담배를 피우지 않는데, 제가 지금 한 대 피우고 싶군요."

보덴슈타인과 피아는 그녀를 따라 지붕이 있는 테라스로 나갔다. 한쪽 구석에 편안해 보이는 소파 세트가 있고 다른 쪽에는 뚜껑을 덮은 그릴 기구가 놓여 있었다. 도로테아 빈터샤이트-핑크는 남편에게 담배를 달라고 해서 불을 붙이고 깊게 한 모금 빨았다.

"우린 카를과 늘 연락하며 지냈어요. 남편과 저는 그를 만나러 미국에 여러 번 갔고요. 카를과 함께 일하는 건 정말 굉장해요. 카를은 사업, 특히 경영에 대해 아는 게 무척 많아요. 우리 아버지는 젠체하는 속물이었고 하이케도 그랬어요."

"알렉산더 로트는 어땠나요?" 피아가 물었다.

"가장 심각한 속물이었지요. 그는 사회적 지위를 갈망했어요. 제가 아직 학교에 다닐 때 그가 언젠가 저에게 이런 말을 한 적이 있어요. 제가 나이를 더 먹으면 저랑 결혼해서 제 성을 따르겠다고, 그러면 자기도 우리 가문이 된다고 말이지요. 이 말만 들어도 다 알 수 있지 않나요?" 도로테아 빈터샤이트-핑크는 코로 연기를 내뿜었다. "사실 그는 약골이었어요. 하지만 바로 이런 약골들이 가장 끈질기게 어딘가에 달라붙는 사람이기도 하지요. 그의 꿈은 미래에 언젠가 빈터샤이트 출판사 발행인이 되는 거였어요. 발행인 사무실에 앉아 파이프 담배를 피우며 금테 두른 쇼펜하우어 초판본을 뒤적이고 싶어 했지요. 이 꿈을 위해 그는 기꺼이 우리 부모님의 손아귀에 들어온 거고요." 도로테아는 경멸하듯 웃음을 터뜨렸다. "얼마 지나지 않아 이성을 찾고 재단 일자리를 두어 달 후에 그만둔 마리아와는 달리, 알렉스와 하이케는 행복해했어요. 알렉스는 스물두 살에 재단 이사장이 됐고 하이케는 인턴 기간도 거치지 않고 편집부에 자리를 얻었어요. 아버지도 행복했지요. 괴츠 오빠 대체물을 두 명이나 얻었는데, 그 둘은 진짜 괴츠보다 아버지의 계획에 훨씬 더 잘 어울렸으니까요."

도로테아는 소파 탁자에 있는 재떨이에 담배를 눌러 껐다. "하지만 알렉스도, 하이케도 결국은 행복해지지 못했어요. 저는 관심도 없는 사람을 살해함으로써 아름다운 제 삶을 파괴할 이유가 전혀 없어요. 정말이에요. 그리고 언젠가 아버지가 돌아가신다면 저는 출판사 지분을 상속받거나 받지 않거나 그러겠지요. 뭐가 됐든 상관없어요. 출판사의 일부는 이미 제 것이니까요. 무슨 말인지 아시겠어요?"

"예, 이해합니다." 보덴슈타인이 고개를 끄덕였다.

피아의 스마트폰이 웅웅거렸다. 주머니에서 꺼내보니 마리아 하우실트가 문자에 답장을 보냈다.

'안녕하세요, 잔더 형사님. 이제야 집에 왔어요." 헤닝의 에이전트는 이렇게 썼다. "약 3주 전에 받은 익명의 편지를 보내드릴게요. 이해를 돕기 위해 설명하자면 미아=저, 하이케=하이케, 알렉스=알렉산더 로트, 요지=요제핀 린트너, 슈테판=슈테판 핑크입니다. 내일은 하루 종일 연락이 닿을 거예요. 전화하셔도 되고 직접 들르셔도 돼요. 사랑을 담아, 마리아 하우실트.' 피아는 돋보기를 쓰고 첫 번째 사진을 클릭하여 읽기 시작했다.

마리아 하우실트 씨
문학 에이전시 하우실트
운터마인안라게 211
60311 프랑크푸르트 암 마인

나는 네가 1983년 여름에 한 일을 알고 있다. 너도 그걸 알고.

누아르무티에섬, 1983년 7월 24일

괴츠가 죽었다. 귀엽고, 유머러스하고, 매력적이고, 유쾌한 괴츠가! 믿을 수 없다. 이 무리 중에서 유일하게 이성적인 사람이었는데 이제 더는 존재하지 않는다. 전혀 이해할 수 없다. 그는 지금 어디 있을까? 그의 영혼은 어디에 있나? 그의 내부에 있던 모든 것이, 그의 모든 생각과 감정, 계획과 아이디어들이 어떻게 그냥 한순간에 사라질 수 있지? 그는 익사한 걸까? 아니면 물에 떨어질 때 이미 숨진 상태였나? 혹시 뭔가 느꼈을까? 죽음의 공포가 있었을까? 욘은 괴츠가 술에 취해 의식이 없었을 거라는 의사의 말을 전해줬다. 하지만 의사가 그걸 어떻게 알랴? 욘이 여기 와서 모든 일을 처리할 수 있어서 정말 다행이다! 아, 괴츠를 위해 울며 애도하고 싶지만 너무 놀라서…….

누아르무티에섬, 1983년 7월 25일 새벽 3시 55분

그들이 떠났다. 이제 다시 명확한 생각을 할 수 있게 됐다. 미아와 알렉스가 좀 전에 괴츠 부모님과 같이 떠났다. 슬픔에 잠긴 과부 역할을 하는 미아를 보면 끔찍하게 곤혹스럽다. 특히 미아와 괴츠가 실제로 어떤 관계였는지 아니까 더더욱 그렇다. 괴츠의 부모님은 둘이 이제 더는 연인이 아니라는 걸 모르는 것 같다. 아무도 그들에게 말해주지 않았다. 요지는 슈테판의 자동차에 다이빙하듯 뛰어올랐다. 둘은 우리에게 작별인사조차 하지 않았고, 하마터면 하이케를 잊어버리고 태우지 않을 뻔했다. 그

정도로 급하게 여기서 도망쳤다. 우정 타령은 이제 그만. 흐음, 사실 그들은 서로 견디지 못한다. 집에서는 모두 함께 있는 걸 내가 자주 보지 못해서 이 사실이 그다지 눈에 띄지 않았다. 그들이 괴츠의 눈에 들려고 애쓰는 모습, 괴츠가 없을 때면 서로 비난하고 질투심에 서로 엿보고 헐뜯는 상황은 우정과는 아주 거리가 멀었다. 제일 못된 애는 하이케다. 독과 질투가 가득하고 완벽하게 계산적이다. 이 '휴가'가 끝나면 당장 머물 곳을 알아봐야겠다. 단 하루도 이들과 함께 있고 싶지 않다.

피아는 다음 사진을 클릭하여 글을 읽었다.

내가 이럴 줄 알았다고 말한다면 그건 옳지 않다. 나는 알지 못했다. 하지만 이렇게 될 줄 알았어야 했다. 잠재적인 공격은 늘 존재했다. 그들은 내가 가면 갑자기 입을 다물곤 했다. 하이케와 알렉스가 주고받던 의미심장한 눈길. 그럼에도 나는 그들이 괴츠를 살해할 거라고는 상상도 하지 못했다. 나는 그 둘이 괴츠를 살해했다고 확신한다. 둘은 예전과 너무나 다르다. 그 둘의 슬픔과 충격은 가짜다. 요지와 미아, 슈테판의 경우에는 진짜다. 물론 증거는 없고, 그날 나는 여기 있지도 않았지만 내가보기에 모두 거짓말을 하고 있다. 게다가 슈테판까지 그러니 정말 완전히 지쳐버린다. 다섯 명은 뭔가 약속을 했고, 경찰은 자신이 맡은 역할을 설득력 있게 잘해내는 그들의 말을 믿었다. 그들은 예전에도 그랬다. 괴츠는 출판계에 소속되려는 그들의 열망을 과소평가하는 바람에 자기 목숨을 내놓아야 했다. 아,

그가 내 말을 듣고 술을 그렇게 많이 마시지 않았더라면 얼마나 좋았을까! 나는 그의 절망을 이해했지만, 그의 딜레마에는 분명히 해결책이 있었을 것이다. 그리고 출판사는 어차피 그에게 아무 의미도 없었다. 왜 그는 바보처럼 그들을 항상 그걸로 위협했을까? 나는 왜 여기 없었던가??? 괴츠는 내가 욘과 함께 인생에서 가장 아름다운 시간을 보내고 있을 때 죽었다. 나는 생명이 다하는 날까지 자책할 테지. 욘의 형과 그의 소름 끼치는 아내도 나를 그렇게 비난할 것이다. 그들은 괴츠가 나를 사랑했고, 내가 욘 때문에 그를 걷어찼다고 믿는다! 물론 괴츠가 부탁했다고 (또 왠지 모르게 조금 재미있었다는 것도 인정해야겠다) 그와 슈테판의 놀이에 끼어든 내 잘못이긴 하다. 하지만 무슨 일이 벌어질지 내가 어떻게 알았으랴? 욘과 내가 이 끔찍한 비극을 이겨낼 수 있기를! 나는 욘을 정말 사랑하고, 그가 나를 떠나면 죽을 것 같다. 사흘 동안 나는 이 세상에서 가장 행복한 사람이었는데 이제 더는 행복해서는 안 된다. 아, 괴츠, 괴츠. 어떻게 모든 일이 이렇게 끔찍하게 잘못되어버렸을까?

피아는 보덴슈타인에게 휴대전화와 돋보기를 건넸다. 핑크 부부는 입을 다문 채 그 모습을 지켜보고 있었다.

"지난 목요일에 뭘 하셨나요?"

"외부 영업자 회의 마지막 날이었어요. 저녁 8시 무렵까지 하루 종일 출판사에 있었지요."

"그 후에는?"

"집에 왔어요. 우리 큰아들이 와서 같이 그릴을 했어요."

"목요일에 알렉산더 로트를 보셨나요?"

"그럼요. 이미 말했듯이 외부 영업자 회의였어요. 우리 편집자들이 2019년 봄 프로그램의 신작 제목들을 영업자들에게 소개했지요. 기획부는 내내 그 자리에 있어야 해요. 저는 그걸 강조한답니다."

보덴슈타인이 읽기를 마쳤다. 그는 피아의 돋보기를 벗어 휴대전화와 함께 그녀에게 건넨 다음 눈을 들었다.

"발데마르 배어를 마지막으로 본 게 언제입니까?"

"잘 기억나지 않아요. 어제였나? 예, 어제 아침에 카를이 직원들에게 하이케와 알렉산더 사망 소식을 알릴 때 그 사람도 거기 있었어요. 그 후에는 못 봤네요."

"오늘 어머니와 이야기하셨어요?" 피아가 물었다.

"아침에 아주 짤막하게 통화했어요. 배어 씨를 봤는지 물으시더군요." 도로테아 빈터샤이트-핑크가 고개를 갸우뚱했다. "엄마랑 제가 무슨 이야기를 해야 하는데요?"

"35년 동안 어떤 거짓말을 믿었다는 사실을 오늘 부모님이 알게 됐습니다." 보덴슈타인이 대답했다. "부인의 오빠가 사망하기 전에 술에 취한 이유는 카타리나 때문이 아니라 그가 사랑하던 어떤 남자 때문이었습니다."

"뭐라고요?" 남편이 탁자에 놓아둔 담뱃갑을 집으려던 도로테아 빈터샤이트-핑크의 손이 그대로 얼어붙었다. 그녀의 눈길이 남편을 향했다. 머릿속에서 정보를 불러내어 평가하고 결론을 내어 이해하는 과정이 얼굴 표정에서 선명하게 보였다. "아니! 아니에요. 그럴 리 없어요. 슈테판, 내가 착각하는 거라고 말해. 우리를 평생 속인 게 아니라고 제발 말하라고!"

슈테판 핑크는 그녀의 눈앞에서 움츠러드는 것처럼 보였다. 죄의식으로 고개를 숙이고는 변명할 시도조차 하지 않았다.

"미안해." 단지 이렇게 말했다.

"괴츠 오빠와…… 당신이?" 그의 아내가 중얼거렸다.

핑크는 고개를 끄덕이고 양팔로 어쩔 줄 모르겠다는 몸짓을 지어 보였다.

"처음에는 그냥 장난이었어. 진지하지 않았지. 난 괴츠가 정말로…… 으음…… 나를 사랑하게 되리라고는 짐작하지 못했어."

그의 아내는 그를 노려보며 당혹감을 억누르느라 힘겨워했다. 그녀는 이 거짓말의 영향력을 서서히 깨닫기 시작했다. 뒤끝을 보이기는 싫었지만 이런 신뢰 배반은 심각한 것이었다. 남편을 금방 용서할 수 있을 것 같지 않았다. 언젠가 용서하게 되기는 할까.

"그걸 알던 사람이 누구야?" 아내가 새된 목소리로 물었다.

"그건…… 나중에 이야기하자." 남편이 곤혹스러운 표정으로 답했다.

"'지금' 알고 싶어." 도로테아 빈터샤이트-핑크가 간신히 참으며 낮은 음성으로 으르렁거렸다. "당신이 오빠랑 섹스하는 관계였다는 걸 그동안 내내 알고 있던 사람이 누구지? 오빠를 사랑했어? 당신은 밤에 고속도로 주차장을 배회하는 비밀스러운 동성애자였나? 오빠가 죽지 않았으면 나랑 끝내려고 했어? 오빠를 죽인 사람이 혹시 당신이야?"

마지막 질문은 고함이었고, 남편에게 달려들려는 것을 겨우 참아내는 듯했다. 핑크는 이 상황을 아주 불편해하고 있었다. 그의 얼굴이 검붉게 변했다.

"우리 둘만 있고 싶습니다." 그가 보덴슈타인과 피아에게 말했지만 피아는 고개를 내저었다.

"우리도 당신 대답이 궁금해요." 그녀는 이렇게 대꾸하고 팔짱을 꼈다.

도로테아 빈터샤이트-핑크의 무거운 숨소리만 빼고 정적이 이어졌다. 소음 방지벽 너머에서 국도를 달리는 자동차 소리가 들려왔다. 슈테판 핑크는 자기 자신, 그리고 과거의 망령들과 싸우고 있었다.

"카타리나와 마리아가 알았어." 그가 결국 입을 열었다. "마리아는 오래전부터 괴츠의 알리바이 역할을 했어. 괴츠는 자기가 여자를 좋아하지 않는다는 사실을 상당히 일찍부터 알고 있었지. 카타리나는 우리 사이에 뭔가 있다는 걸 바로 알아챘어. 다른 친구들은…… 괴츠가…… 괴츠가 죽은 후에야 알았고."

"계속해!" 그의 아내가 앙다문 잇새로 겨우 말을 뱉어냈다.

"그날 저녁에 난 괴츠에게 헤어지자고 했어. 도로, 난 그에게 '당신'을 사랑한다고 말했다고!" 핑크가 맹세한다는 듯이 소곤거렸다. 어깨가 앞으로 축 처진 그는 갑자기 노인처럼 보였다. "괴츠는 그래서 지나치게 취해 절벽에서 바다로 추락한 거야. 괴츠가 죽은 건 나 때문이지만 난 결코 그런 결과를 원하지 않았어. 이 죄책감이 35년 동안 내 영혼에 짐이 됐지. 그를 생각하지 않은 날은 단 하루도 없어."

도로테아 빈터샤이트-핑크가 남편을 가만히 바라봤다.

"그런데 왜 다들 카타리나 때문이라고 말했지?" 그녀도 목소리를 낼 용기가 없다는 듯 소곤거렸다. "카타리나는 왜 진실을 말하지 않았어? 왜 우리 엄마의 증오를 견뎌냈지?"

슈테판 핑크는 아내의 눈길을 피했다. 그는 지금도 용기를 내지 못했다.

"하이케와 알렉산더가 당신과 당신 부모님을 더 힘들게 하지 말자고 했으니까. 우리…… 우리는 당신과 당신 부모님을 보호하려고 한 거야. 당신 부모님은 카타리나가 우리와 다른 말을 했다 해도 결코 믿지 않았을 거야."

도로테아 빈터샤이트-핑크는 한참이나 말없이 그냥 있었다. 주먹을 쥐었다가 다시 폈다. 그녀는 이 소식 자체뿐 아니라 무엇보다도 용서할 수 없는 남편의 배신으로 심한 충격을 받았다.

"악랄하고 교활한 기생충들." 그녀가 내뱉었다. "다시는 그들을 보고 싶지 않아. 그리고 겁쟁이 당신도 일단은 안 보고 싶다. 당신을 언젠가 다시 믿게 될지 어쩔지 모르겠어."

그 말을 하고 아내는 안으로 들어갔다.

* * *

핑크 부부의 집에서 나온 보덴슈타인은 동생에게서 걸려온 세 통의 전화를 확인하고 화들짝 놀랐다. 이렇게 늦은 시간에 크벤틴에게서 걸려오는 전화는 여든이 훌쩍 넘은 부모님에게 뭔가 일이 일어났다는 소식일 가능성이 있어 언제나 불안했다.

그는 자동차 열쇠를 피아에게 넘기고 동생에게 전화를 걸었다. 크벤틴이 전화 받기를 기다리는 동안, 소피아에게 무슨 일이 일어났을지 모르겠다는 생각도 들었다.

"아, 얼른 좀 받으라고." 그가 중얼거리는 소리를 마치 듣기라도 한 듯 동생이 전화를 받았다.

"조금 전에 형의 못된 의붓딸이랑 어떤 두 놈이 우리 마구간에 불을 내려는 걸 잡았어!" 크벤틴이 흥분해서 고함을 질렀다. 보덴슈타인은 자기 귀를 믿을 수 없었다. "화염병 비슷한 걸로 통로에 있던 짚더미에 불을 붙여서 그게 활활 타올랐어. 다행스럽게도 개들이 짖기 시작해서 아버지가 개들을 내보내고는 자동소화장치를 바로 작동하셨지. 오늘 옥수수 수확을 시작해서 나는 그때 막 들에서 돌아오던 길이었는데, 그 세 녀석이 달려나오다가 내 트랙터에 깔릴 뻔했다고!"

"불은 껐어?" 보덴슈타인이 물었다.

"응, 다행히 짚더미 세 개만 타고 통로 천장이 검게 그을렸지. 수리하지 못할 만한 사고로 이어지지는 않았어. 그런데 이 세 놈을 어떻게 해야 하지?"

보덴슈타인은 안도하여 온몸이 나른해졌다. 부모님에게 아무 일도 일어나지 않았다. 소피아도 건강하고 좋은 상태다. 그러다가 분노의 불이 붙었다. 테러 대상이 그와 소피아라는 건 확실했다. 그는 그레타의 전화, 문자와 음성 메시지를 계속 무시했다. 그레타는 이런 굴욕을 견디지 못했다. 그 굴욕감 때문에 소피아의 조랑말이 사는 마구간을 방화했다니 끔찍하기 짝이 없었다.

"경찰에 전화해!" 그가 동생에게 소리쳤다. "이건 방화야. 형법으로 다스려야 해. 내가 20분 안에 갈게!"

"무슨 일이에요?" 피아의 질문에 보덴슈타인이 사건을 설명했다.

"걔는 정말 정신병원에 가야 해!" 그가 흥분해서 말했다. "아주 위험하다고! 개들이 짖지 않아서 불이 마구간을 태우고 집에까지 번졌다고 생각해봐!"

그는 화가 나서 제정신이 아니었다. 옷을 자르거나 자동차를 긁는 행위는 못된 장난 정도로 생각할 수 있었지만 화염병 종류를 이용한 방화는 그런 것과 거리가 한참 멀었다.

"제가 같이 갈까요?" 피아가 물었다.

"아니, 호프하임으로 가." 보덴슈타인이 대답했다.

"말도 안 돼요. 저를 병원에 내려주고 바로 집으로 가세요." 피아가 말했다. "크리스토프가 내일 아침 일찍 저를 출근시켜주면 돼요. 문제없어요."

"그러면 자네가 어두운 숲길을 걸어가야 하잖아." 보덴슈타인은 동료의 제안이 고마웠지만 양심의 가책을 느꼈다. "이렇게 늦은 시각에!"

"겨우 500미터인걸요." 피아가 그를 안심시켰다. "인도에 가로등이 환하고, 게다가 저는 공무용 무기도 지니고 있어요. 그러니 괜찮아요."

피아는 콘티넨털 교차로에서 오른쪽으로 방향을 꺾은 다음 1분 후에 구급차를 위한 자리에 차를 세워 보덴슈타인이 운전석에 앉을 수 있게 했다.

"설상가상으로 이렇게 흥분할 일이 생기다니!" 보덴슈타인이 양손으로 머리카락을 훑었다. "코지마는 상태가 좋아져서 금방이라도 수술을 받게 될지 몰라. 그런데 사건은 해결될 기미가 보이지 않고!"

"아뇨. 진전이 있어요." 피아가 그를 또 안심시켰다. "오늘 우리가 풍파를 심하게 일으켰으니 뭔가 움직일 거예요. 내일 공증인과 마리아 하우실트랑 이야기를 나눠보자고요. 출판사를 뒤집어엎어서 발데마르 배어를 찾고요. 우리가 찾는 사람이 그일 거라는 느낌이 들어요."

"정원사가 살인범이라면." 보덴슈타인은 이렇게 대꾸하고, 웃을 기분이 아니었지만 미소를 지었다. "너무 상투적이군."

"상투적이라는 건 자주 일어난다는 뜻이지요." 피아가 싱긋 웃었다. "어서 가세요. 내일 아침 7시경에 봬요."

* * *

율리아는 한밤중에 깜짝 놀라 잠에서 깼다. 꿈에서 본 장면이 여전히 눈앞에 선명했다. 카타리나 빈터샤이트의 원고를 읽은 다음부터 계속 마음이 쓰이던 게 뭔지 불현듯 깨달았다. 고양이였다! '플뢰르 드 셀', 발만 하얀 검은 고양이! 그동안 내내 떠오르던 게 뭔지 알게 된 것이다. 이게 우연일 리가 없었다. 몇 년 전에 어떤 책에서 이 고양이를 만났다! 율리아는 나이트테이블 스탠드를 켜고 침대에서 벌떡 일어나 책장으로 갔다. 그 책이 어디 있더라? 여기로 가지고 왔던가, 아니면 베를린에서 프랑크푸르트로 이사할 때 정리해 공공 책장에 갖다 넣었던 가? 새벽 3시 반에 책들로 넘치는 책장에서 마지막으로 읽은 지 10년도 넘은 문고판 한 권을 찾으면서 율리아는 어제 헤닝 키르히호프를 만나러 법의학연구소로 갔던 일을 생각했다. 그녀는 본인의 원래 업무에 임하는 키르히호프를 보고 감탄했다. 카타리나 빈터샤이트 시신의 법의학 조사 보고서를 읽은 후에 율리아는 키르히호프에게 그의 작업에 대한 질문을 던졌다. 그의 범죄소설 두 권을 통해 이미 어느 정도 알기는 했지만 그건 이론에 불과했다. 율리아가 살면서 아직 한 번도 시신을 본 적이 없다고 말하자 그는 연구소 지하실로 그녀를 안내하여 냉장칸 중에서 하나를 열었다. 율리아는 부패하는 냄새와 끔찍한 장면을 예상했지만, 약물 과다 복용으로 숨진 젊은 남자의 시신은 마치 잠이라도 든 것처럼 평온한 표정이었다. 이게 마지막 잠이라는 사실을 알려주는 것은 창백한 피부색과 파란 입술뿐이었다.

"베르시 씨와 로트 씨도 여기 있나요?" 율리아가 살짝 전율을 느끼며 물었다. 키르히호프는 그렇다고, 보겠냐고 물었지만 그녀는 거절했다. 낯선 이의 시신과 동료의 시신은 완전히 달랐고, 게다가 키르히호프가 이 두 시신은 보기 좋은 상태가 아니라고 경고했기 때문이다.

위로 올라오면서 율리아는 키르히호프에게 그의 범죄소설에 등장하는 주인공들처럼 그와 전배우자도 예전에 주말과 공휴일에 부검실에서 자주 시간을 보냈는지 물었고, 그는 그렇다고 대답했다. 아내보다 일이 언제나 더 중요했기 때문에 결혼생활이 깨졌다고 했다. 율리아는 키르히호프가 전배우자에 대해 말하는 방식과 내용에서 그가 그녀를 여전히 사랑하고 있다는 걸 알 수 있었다. 하지만 그녀의 학창시절 친구와의 두 번째 결혼은 처음부터 재난이었던 듯했다. 키르히호프는 자기 작품에서 이나 그레벤캄프라는 수사관으로 기념비를 세워준 피아를 빼고는 모든 여자에게 질린 것 같았다. 그래서 연구소 건물 다락층의 자그만 숙소에서 혼자 지내는 건지도 모른다. 율리아는 실제와 가공을 구분하기가 점점 더 어려워졌다. 카타리나 빈터샤이트의 원고 속 등장인물들도 현실세계에 사는 인물들에서 나온 듯했기에.

"아하! 여기 있었구나!" 그녀가 소리치며 문고판 한 권을 책장 위쪽 칸에서 꺼냈다. 책은 낡고 지저분했고, 책 중간에 저자 사진 대신 책 표지가 인쇄된 사인 카드가 들어 있었다. 율리아는 책을 가지고 부엌으로 가서 커피메이커에 커피 가루를 넣고, 커피가 내려지는 동안 책을 넘기기 시작했다. 얼마 지나지 않아, 찾던 대목을 발견했다. 더없는 행복감이 밀려왔다. 발이 하얀 검정고양이가 거기 있었다! 카타리나 빈터샤이트의 원고에서처럼! 율리아는 그 자리를 다시, 그리고 또다시 읽었다. 맞다, 착각이 아니었다. 행복한 감정이 밀려나고 깊은 만족감이 찾아왔다. 율리아는 휴대전화를 들고 사장에게 문자를 보냈다. 지금은 새벽 4시였지만 전혀 개의치 않았다. 그와 최대한 빨리 이야기를 나눠야 했다. 그녀가 발견한 것이 그의 삶 전체를 바꿀 수도 있으니까. 사실 그의 삶만 바뀌는 게 아니었다.

6일째

2018년 9월 11일 화요일

"세상에! 그럴 리가!" 공증인 필립 에버바인은 모난 데 없는 인상에 머리숱이 적은, 약간 약골로 보이는 50대 중반 남자였다. 크루즈 여행으로 그을린 그의 갈색 피부는, 자기 의뢰인이 폭력 범죄로 사망했다는 소식을 듣자 창백해졌다.

"안타깝게도 사실입니다." 보덴슈타인은 기이한 데자뷔를 경험했다. 그는 10년 전에 바로 이곳에서 다니엘라 라우터바흐 의사와 마주 앉아, 그녀의 친구 리타 크라머를 누군가 보행자 전용 다리에서 떠밀었다고 전했다. 에버바인 슈트라우만 휘브너 법률사무소는 쾨니히슈타인 보행자 구역의 이 공간을 9년 전에 넘겨받은 이래 바꾼 게 별로 없었다. 크고 밝은 공간, 높은 천장, 걸을 때마다 삐걱삐걱 소리를 내는 쪽매널마루 바닥은 그대로였다. 복도 벽에는 당시의 어두운 그림 대신 포스터와 아트 프린트 액자가 걸렸고, 공증인 사무실 서류장 위에는 라우터바흐 박사의 의학서적 대신 법률 전문도서들이 놓여 있었다. 책상 뒤편 유리창 너머로는 예전과 똑같이 성터의 공원이 아름답게 내다보였다.

"하이케가 열흘 전에 전화했어요. 그때 우린 바리 항구에 있었지요." 에버바인이 당시를 떠올리며 당혹스러운 표정으로 고개를 저었다. "유언장을 변경해야겠으니 급하게 일정을 잡아달라고 재촉했습니다. 저와 하이케는 아주 오래전부터 아는 사이랍니다. 같이 학교에 다녔지요."

"아, 그래요?" 피아는 공증인에게 관심이 생겨 자세히 바라봤다. "어느 학교 말씀인가요?"

"켈크하임에 있는 프리드리히 실러 김나지움입니다."

"그러면 알렉산더 로트도 아셨겠군요?"

"예, 당연히 알지요. 그런데 왜 과거형으로 말씀하십니까?"

"로트 씨도 지난 일요일에 사망했으니까요." 그의 질문에 피아가 대답했다.

"아니, 이럴 수가!" 에버바인의 턱 근육이 파르르 움직였다. 나쁜 소식이 그를 사로잡은 것이 확연히 보였다.

"베르시 씨나 로트 씨와 친하셨나요?" 피아가 물었다.

"오래전에 알렉스가 집을 살 때 문서 작성을 한 적이 있습니다." 공증인이 대답했다. "하이케, 그러니까 베르시 씨와는 좀더 가까웠지요. 아버지가 돌아가시기 전에 자기에게 뭔가 일이 생기면 저더러 아버지 후견인을 맡아달라고 했습니다."

"그 경우가 지금 발생했어요." 피아가 대답했다.

"네, 안타깝게도." 에버바인 공증인은 다시 정신을 차렸다. "전혀 짐스럽지 않아요. 저는 베르시 씨를 항상 좋아했고, 제 임무를 기꺼이 수행합니다."

유언장을 이미 읽은 피아는 그의 말을 그대로 믿었다. 에버바인은 자기 임무를 수행하는 대가로 베르시 씨의 유산에서 두

둑한 보상을 받게 될 테니까. 할 일은 별로 없고 보수는 많았다. 베르시 씨는 요양원에 있고 게다가 치매였다. 공증인은 성탄절에 그를 찾아갈 일도, 생일에 전화할 필요도 없었다.

"베르시 씨는 왜 하필 배어 씨를 단독 상속인으로 지정했을까요?" 보덴슈타인이 물었다.

"예전에 수기로 작성한 유언장에는 괴츠 빈터샤이트 재단을 자기 재산의 단독 상속인으로 정했었는데, 그 후에 바꾸었지요." 공증인이 대답했다. "그때 하이케가 어떻게 하면 좋을지 저에게 조언을 구했습니다. 그녀는 자녀도, 파트너도, 하다못해 대자도 없었으니까요. 저는 하이케 주변에 그녀가 믿을 만한 사람이 아무도 없다는 느낌을 받았습니다. 하지만 배어 씨는 아주 오래전부터 알았지요. 그는 하이케를 자주 도왔고, 보통 남편이 처리할 만한 일들을 해줬습니다. 물건을 고치고, 정원 일을 하고, 전등을 달고 이런 식으로 말이지요. 하이케는 비용을 지불했습니다. 우정으로 도움을 받는 건 원하지 않았으니까요. 하지만 배어 씨를 무척 존중했어요. 그래서 그를 단독 상속인으로 결정한 겁니다."

보덴슈타인은 슬며시 하품을 했다. 오늘 새벽 4시에야 잠자리에 들어 거의 한숨도 자지 못했다. 크벤틴이 경찰에 신고했고 세 범죄자가 켈크하임 경찰서로 이송되어 신원 확인 절차를 거쳐 각각 다른 구금실에 갇힌 후에 부모님에게 연락이 갔다. 두 남자아이는 그 지역에서 소문난 불량배였는데 아직 미성년자인데도 절도와 무임승차, 상해와 마약법 위반 등 전과기록이 아주 길었다. 둘의 부모는 행실이 나쁜 자식을 데려갈 생각도 하지 않았지만, 카롤리네는 당연히 나타났고 딸을 집으로 데려가 겠다고 고집을 부렸다. 그 주장이 먹히지 않자—그레타는 성년 이라서 전적으로 형사 책임을 져야 했다—카롤리네는 새벽 2시 반인데도 조금도 개의치 않고 그에게 전화를 걸어서는 인맥으로 힘을 써달라고 애원했다. 동료들이 어차피 두어 시간 후에는 그레타를 풀어줄 것이므로 그는 그 부탁을 거절했다. 감방에서 몇 시간 있다 보면 반성하게 될 수도 있으니까. 방화는 형사상 범죄라서 직권으로 기소되므로 그레타의 이번 행동은 심각한 결과를 초래할 터였다.

"왜 친구들 중에서는 선택하지 않았을까요?" 피아가 질문했다. 다른 곳에 있던 보덴슈타인의 생각이 다시 대화로 돌아왔다. "예를 들어 제일 친한 친구 마리아 하우실트는요? 아니면 오랜 동료인 알렉산더 로트는요?"

"하이케 생각에 그 둘은 이미 재산이 충분히 많았습니다." 공증인이 바로 대답했다. "마리아는 무척 부유하고, 알렉산더와 그의 아내도 경제적으로 나쁜 상황이 아닙니다. 제 생각에 하이케는 배어 씨가 경제적 안정을 확보하길 바랐던 것 같아요."

"무척 훌륭한 태도군요." 피아는 냉소적으로 들리지 않게 애쓰며 말했다. "그런데 그 생각을 바꾼 이유가 뭔가요?"

에버바인은 잠시 망설였다. 이 질문에 대답하면 공증인으로서의 비밀엄수 의무를 위반하는 건지 고민하는 듯했다. 하지만 그는 위반 사항을 기록해둔 게 없었다.

"배어 씨가 하이케의 직장 운영진에게, 그녀가 본인 출판사를 설립하고 작가들을 빼가려고 한다는 걸 알렸다고 하더군요."

그가 대답했다. "저는 이미 출판사 설립에 관여하고 있었는데, 하이케에게 그 직장에 고용되어 있는 동안에는 절대 일을 추진하지 말라고 조언했었습니다. 하지만 하이케는 다른 때도 자주 그랬듯이 제 조언에 귀를 기울이지 않았지요. 배어의 태도에 분노해 그를 배신자에 나쁜 놈이라고 욕했고 더 안 좋은 말도 했습니다."

보덴슈타인과 피아는 에버바인이 준 정보에 감사를 표하고는 그곳을 나왔다.

"카를 빈터샤이트는 하이케 베르시의 계획에 관한 정보를 누구에게서 받았는지 왜 셈과 저에게 말하지 않았을까요?" 보행자 구역을 따라 주차장으로 걸어가면서 피아가 물었다. "대체어떤 이유로 그랬을까요?"

"이제 물어보자고. 프랑크푸르트로 가서 그를 찾아가지." 보덴슈타인이 말했다. "그런 다음 마리아 하우실트랑 이야기해보자고."

출판사와 발데마르 배어의 집 수색영장이 나왔다. 크뢰거는 출발 신호만 기다리고 있었다. 카이는 프랑크푸르트 동료들에게 빈터샤이트 부부와 헬무트 엥글리슈를―그가 아직 빈터샤이트의 빌라에 있다면―심문할 수 있게 호프하임 경찰서로 이송해달라고 부탁했다. 실험실에서는 핏자국이 묻은 티셔츠에서 알렉산더 로트의 DNA를 확보해 그것이 괴츠 빈터샤이트의 티셔츠가 아니라 그의 것일지도 모른다는 의혹이 나왔다. 반면거기에 묻은 피는 로트의 것이 아니었다. 그게 괴츠의 피라면하이케 베르시가 로트를 협박하기 위해 그의 티셔츠를 보관한 것일 수도 있었다. '영원한 사람들'은 정말로 친구가 아니었다. 모두 서로를 속였다. 모두 남들이 모르는 비밀이 있었다. 하지만 이제 비밀이 벗겨지는 중이었다. 핑크 부부는 당연히 편안하지 않은 밤을 보냈을 테고 빈터샤이트 노부부도 고민거리가 몇 가지 생겼을 것이다.

보덴슈타인은 운전석에 앉아 차량들로 가득한 주차장에서 공무용 차를 꺼내, 사회기반시설이 엄청난 교통량을 감당할 수 없어 주차장 못지않게 붐비는 쾨니히슈타인을 통과했다. 그는 이 사건이 최대한 빨리 해결되길 바랐지만 그러다 보면 실수가 발생하기도 하므로 현명한 생각은 아니었다. 의사들이 청신호를 주기만 하면 모든 것을 내려놓고 병원으로 달려갈 예정이었다. 가방은 이미 챙겨 호텔 객실에 두었다. 처음에는 이제 받게 될 수술이 코지마의 목숨을 구하는 처치라고 생각했지만, 마취되고 절개될 생각을 하니 일정이 다가올수록 마음이 불편해졌다. 열일곱 살에 그는 심각한 낙마 사고로 몇 주 동안 병원에 입원해 여러 차례 수술을 받았다. 그때는 수술이 필요한 상황이었지만 지금은 건강한데도 눈을 멀쩡히 뜬 채 일단 몸을 아프게 하는 상황을 만드는 거였다. 그랬다, 어쩌면 죽을지도 모르고 마취에서 깨어나지 못하거나 수술 중에 피를 너무 많이 흘릴 수도 있다. 옳은 결정을 내린 게 맞나? 혹시 간 이식이 코지마에게 전혀 도움이 되지 않아서 그녀가 죽게 되면 어쩌지? 이제 많은 사람들이 자신의 간 이식에 대해 알게 되어 마음이 더 불편했다. 이 모든 일이 사람들의 관심을 받지 않은 채 이루어진다면 훨씬 나았을 텐데. 그의 가족은 그를 이타적이고 영웅적인 생명의 구원자로, 그의 동료들은 코지마에 관한 일이라면 늘 그랬듯 헌신적인 명청이라고 생각할지도 모른다. 그들 가운데 누가 옳을까? 이제 와서 그가 간 이식을 취소한다면 그들은 어떻게 생각할까? 빌어먹을, 남의 생각이 도대체 뭐가 중요하단 말인가? 병원 심리상담사와의 면담에서 그는 생체 간 이식을 본인 의지로 결정했다고 주장했다. 그런데 그 말이 사실일까? 하기야 외도를 한 여자의 전남편인 그에게 간 이식을 하라고 강요한 사람은 아무도 없고 코지마는 더더욱 그러지 않았다. 입장이 서로 바뀌었다면, 코지마도 그를 위해 같은 결정을 내렸을까?

피아의 휴대전화가 울렸다. 전화를 받은 피아는 한동안 귀를 기울이다가 감사 인사를 하고 끊었다.

"카이였어요. 실험실이 타리크가 발견한 보드카 병과 출판사 쓰레기 컨테이너에서 찾은 병들 중 하나에서 메탄올 찌꺼기를 확인했대요." 보덴슈타인이 과속 단속기를 지나 시내를 빠져나갈 때 피아가 보고했다. "몇 모금만 마셔도 사망할 정도로 농도가 진했다네요."

"로트가 독살됐다는 뜻이군." 보덴슈타인이 말했다.

"저도 그렇게 생각해요." 피아가 고개를 끄덕였다. "메탄올 찌꺼기가 남은 보드카 병이 두 개예요. 로트는 목요일에 치사량을 마셨을 거예요. 누군가 그의 보드카에 슬쩍 넣은 거지요. 그것도 확실하게 하려고 두 병에 동시에 넣었고요."

"그 두 병이 어디서 났는지 알아내야겠군." 보덴슈타인이 이마를 찡그리며 대답하고 속도를 높였다. "타리크와 셈더러 알아보라고 해야겠네. 카트린에게는 아직 살아 있는 '영원한 사람들', 그리고 카타리나 빈터샤이트에 관한 정보를 더 모으라고 하고. 범인의 동기는 과거에 있어. 그리고 우린 뭔가 놓치고 있고. 그것도 중요한 뭔가를."

* * *

"브레모라 씨, 제가 지금은 정말 시간이 없습니다." 율리아가 길을 막아서자 카를 빈터샤이트는 대화를 거부했다. "너무 바빠서 정신을 차릴 수가 없어요. 나중에 얘기하면 안 될까요?"

"사장님이 바쁘신 건 저도 알아요. 하지만 중요한 일이에요!" 율리아가 고집을 부렸다. 오늘 새벽에 새로운 걸 알아낸 뒤로 사장에게 전화 달라는 문자를 여러 번 보냈으나 반응이 없었으므로 그녀는 공세로 전환하기로 마음먹었다. 그와 대화를 나누려고 6층으로 바로 올라갔지만 비서인 알레아가 말하길 그는 오늘 10시나 되어야 출근한다고 했다. 그래서 율리아는 그가 묵고 있는 호텔이 보이는 거리 모퉁이에 자리를 잡고 서 있었다. 15분을 기다려 10시 5분 전이 되자 그가 정말 도로를 건너왔다. 이곳에서라면 그가 무례하게 굴지 않고서는 율리아를 피할 수 없었다.

"그래요, 좋습니다. 말씀해보세요." 발행인은 포기한 듯 한숨을 내쉬었다. "하지만 시간이 얼마 없습니다."

율리아는 사장에게 3분 안에 책 한 권을 요약해서 들려줘야 하는 것과 마찬가지 상황에 봉착했다. 그러니 바로 가설로 시작하고, 자세하게 설명하려던 내용 전체는 짧은 두 문장으로 요약하기로 결정했다.

"사장님 어머니는 자살한 게 아니에요. 누군가 발코니에서 밀었어요." 그래서 이렇게 말했다. 역사상 가장 짧은 요약일 테지만 그녀가 생각해낼 수 있는 최선의 문장이었다. 카를 빈터샤이트가 그 자리에 멈춰 서서 놀라움과 짜증이 뒤섞인 표정으로 그녀를 노려봤기 때문이다.

"뭐라고요?" 그가 물었다.

"아마 사장님이 받으신 원고 외에 훨씬 더 많은 글을 쓰셨을 거예요." 율리아는 서둘러 말을 이었다. "저는 헌사에 의구심이 들었어요. '늘 그랬듯이 영원히…… 가장 소중한 내 보물 카를에게'. 늘 그랬듯이! 이런 말은 이미 여러 번 같은 행위를 했을 때만 쓰잖아요. 그러니까 제 말은, 처음 뭔가를 하는 사람은……."

"네, 네. 이미 알아들었습니다." 카를 빈터샤이트가 율리아의 말을 가로챘다. "그런데 왜 누군가 우리 어머니를 발코니에서 밀었다는 거죠?"

율리아는 심호흡을 했다.

"사장님 어머니가 쓰신 원고는 등장인물 이름만 바뀌었을 뿐 실제 이야기예요. 중간에서 갑자기 멎어버리지요. 저는 어머니가 타자기에서 갑자기 일어나 발코니로 가서 난간 너머로 떨어진다는 걸 상상할 수 없었어요. 그래서 이것저것 좀 찾아보고 제가 담당하는 작가 키르히호프 교수님에게 도움을 요청했지요. 우린 자료실에서 사장님 어머니 시신에 대한 법의학 보고서를 발견했는데, 교수님은 왼쪽 엉덩이 찰과상과 팔에 손톱자국이 있는 사진들을 보고 놀라더라고요."

카를 빈터샤이트는 생각에 잠긴 채 아랫입술을 내밀었다.

"계속해보세요." 그가 무표정한 얼굴로 말했다.

"키르히호프 교수님 의견으로는 당시에 교수님 동료들이 이 흔적을 못 봤거나 제대로 판단하지 않은 것 같대요. 6층에서 떨어졌으니 그 시신…… 아니, 어머니 몸 상태가 당연히 안 좋았기 때문에 그랬을 거라고요. 그리고 혈액에 약의 흔적은 전혀 없었고, 술도 아주 조금 드셨답니다. 기껏해야 와인 한 잔이었다고요. 우린 물론 부검 보고서만 봤는데, 키르히호프 교수님 말로 시신 관련 서류는 30년 동안 검찰에 보관된대요. 유족은 서류 열람을 신청할 수 있다니까 사장님이 꼭 하세요! 교수님은 당시에 전임자들이 정말로 실수를 한 거라면 재수사도 가능할 거라고 했어요. 그러니 우리가…… 아니 제 말은 '사장님'이 강력반을 움직이게 하셔야 해요. 그리고 저는……."

"고민해보겠다고 약속드리지요." 카를 빈터샤이트가 율리아의 말을 끊고 출판사 건물로 향했다. "하지만 지금은 다른 걱정거리가 있습니다. 28년이나 지났으니 며칠 더 늦어진다고 큰일나는 건 아니겠지요."

두 사람이 출판사에 거의 도착했을 때 율리아는 사장에게 어떤 걱정거리가 있는지 알게 됐다. 정문 바로 앞에 순찰차 두 대와 은색 오펠 한 대, 파란색 폭스바겐 미니버스 세 대가 서 있었다. 등에 '경찰'이라고 쓰인 흰색 전신작업복을 입은 사람 여러 명이 차에서 가방과 상자를 분주하게 내리고 있었다.

빈터샤이트의 비서인 알레아 샬크가 손을 만지작거리며 주변을 살피고 있다가 사장을 발견하고는 안도하는 표정으로 급

하게 다가왔다. 그녀는 율리아를 보고 이상하다는 눈빛을 던지
고는 빈터샤이트에게 말을 하기 시작했다. 율리아는 '수색영장'
과 '감식'이라는 단어를 얼핏 들었다. 그녀는 자리에 멈춰 선 채
동료와 사장을 바라봤다.

"며칠 더 늦어지면 큰일 날지도 모르는데." 율리아는 이렇게
중얼거리며 그들을 따라가려고 했지만 그러지 못했다.

"브레모라 씨!"

율리아가 몸을 돌렸다.

"안녕하세요, 하우실트 씨." 그녀가 깜짝 놀라 헤닝 키르히호
프의 에이전트에게 인사했다. "저에게 오시는 건가요? 우리가
약속이 있었나요?"

"아니요. 하이케 사건을 수사하는 강력반 형사들을 만나기로
했어요." 마리아 하우실트가 대답했다. "카를이 지금 그분들과
이야기 중이에요. 저기 저쪽에서."

율리아가 사장을 보니, 키 크고 머리색이 짙은 남자와 짧은
금발을 뒤로 질끈 묶은 여자와 이야기하고 있었다.

"어머나, 세상에!" 율리아의 입이 감탄으로 벌어졌다. "트리
스탄 폰 부흐발트와 이나 그레벤캄프잖아요!"

"현실에서는 올리버 폰 보덴슈타인과 피아 산더라고 불리지
요." 에이전트가 미소를 지으며 말했다. "헤닝은 등장인물을 현
실에 정말 가깝게 묘사했어요."

"네, 정말 그렇군요." 율리아는 별안간 키르히호프의 범죄소
설 속으로 들어온 듯한 기분이었다. 호기심에 차서, 키르히호프
가 신작 소설을 헌정한 전배우자 피아를 자세히 관찰했다. 피아

는 상당히 크고 날씬했으며, 통이 좁고 물 빠진 청바지에 하얀 스니커즈, 회색 브이넥 티셔츠 차림이었다. 짧은 금발을 뒤에 하나로 묶고 허리에는 호전적으로 보이는 권총집을 차고 있었다. 느긋하고 당당한 자세였고, 율리아가 상상한 형사의 모습과 정확하게 일치했다. 키르히호프는, 팔짱을 끼고 서서 카를 빈터샤이트의 말에 귀를 기울이는 귀족 형사도 제대로 묘사했다. 큰 키와 짙은 색 머리에 인상적인 얼굴이 꽤 미남형이었고, 사흘 정도 깎지 않은 수염과 선글라스, 청바지와 셔츠, 재킷과 갈색 가죽구두 차림이었다.

경찰이 이렇게 대대적으로 등장할 때는 도대체 무슨 일이 있는 걸까? 게다가 키르히호프가 《사랑받지 못한 여자》에서 묘사했듯이 파란색 폭스바겐 미니버스를 탄 감식반도 오지 않았나. 전신작업복을 입은 남자들 중 한 명은 현실에서의 이름이 뭔지는 몰라도 어쨌든 크리스 크뤼거가 분명했다.

행인들이 호기심을 보이며 멈춰 섰다.

"경찰이 여기 출판사에서 뭘 하는 거죠?" 율리아가 에이전트에게 물었다.

"저도 모르겠어요." 마리아 하우실트가 대답했다. "저랑 이야기하자고 하더군요. 아마 하이케와 알렉산더 때문이겠죠. 산더 형사님이 저더러 여기로 와달라고 했어요."

율리아는 이 기회에 마리아 하우실트에게 카타리나 빈터샤이트의 원고에 대해 물어볼까 어쩔까 고민했다. 카를 빈터샤이트에게 먼저 허락을 구하지 않고 그냥 물어봐도 될까? 그는 토요일에 자기가 믿는 사람은 율리아뿐이라고 했지만, 무슨 이유에서인지 이제 총애를 거둔 듯했다. 그가 지금 할 일이 아주 많다는 건 이해하지만, 원고를 건네고서 나중에 그것에 대해 듣고 싶어 하지 않는다면 도대체 왜 건넸단 말인가? 알레아 말로, 알렉산더 로트의 사고사 때문에, 곧 열릴 도서전에 출판사가 참여할지 말지 임원진이 당장 결정해야 할 시점이라고 했다. 제베린 벨텐 사건도 아직 끝난 게 아니었고, 게다가 작가가 지금 어디에 있는지 아무도 알지 못하는 듯했다. 하지만 어제 헤닝 키르히호프가 카타리나 빈터샤이트는 어쩌면 자살한 게 아닐 수도 있다는 의심을 경찰에게 알려야 한다고 말하지 않았던가? 카타리나 빈터샤이트와 친한 친구였던 마리아 하우실트가 아니라면 카를의 어머니가 미완성인 이 원고 외에 다른 것들도 썼다는 사실을 알 사람이 누구겠는가?

"로트 씨 일은 정말 너무 안됐어요." 율리아는 자기 생각을 서둘러 내뱉지 않으려고 평범한 주제로 이야기를 시작했다.

"그렇죠. 진짜 그래요." 마리아 하우실트도 동의했다. "저는 거의 평생 그를 알고 지냈답니다. 하이케도 마찬가지고요."

"로트 씨를 마지막으로 본 사람은 아마 저일 거예요." 율리아가 말했다. "그는 금요일 저녁 늦은 시각에 출판사에서 손님을 맞았어요. 그러고서 두어 시간 후에 사고를 당한 것 같아요."

"경찰에 이야기했나요?" 마리아 하우실트가 물었다. "중요한 제보일 수도 있어요."

"아니요, 아무에게도 말하지 않았어요." 율리아가 대답했다. "혹시 몰래 만나던 연인일지도 모르잖아요. 그의 아내가 그걸 알게 된다면 아주 끔찍할 텐데요. 안 그래요?"

"알렉스에게 남모르는 연인이 있었다고는 상상할 수 없군요. 그런 사람이 아니거든요." 에이전트가 고개를 저었다. "아, 카를과 이야기가 끝난 모양이에요. 이리 오세요. 강력반 형사들에게 가죠. 헤닝의 소설 속 등장인물들과도 인사하고, 또 금요일에 목격하신 걸 그 사람들한테 얘기할 수도 있잖아요."

잠시 후에 율리아는 피아 산더와 마주 서게 됐다. 마리아 하우실트가 피아에게 그녀를 소개했다.

"그 멍청한 헌사가 인쇄되는 것을 마지막 순간에 막은 분이군요." 힘 있는 악수와 탐색하는 파란 눈동자, 그리고 미소.

"네, 저랍니다." 율리아는 돌연 기이한 흥분에 휩싸였다. "드디어 직접 만나게 되어 기쁩니다. 전남편께서 형사님 얘기를 많이 했어요."

"아이고, 좋은 말만 했기를 바랍니다." 피아가 다정한 미소를 지었다.

"브레모라 씨가 금요일 저녁에 뭔가 목격했다네요." 마리아 하우실트가 끼어들었다. "그걸 설명하고 싶어 해요."

"아, 그래요?" 일상적인 친근함이 사라졌다. 피아 산더는 미소 없는 얼굴로 율리아를 주의 깊게 살폈다. "그러면 들어가시지요. 빈터샤이트 씨가 친절하게도 우리가 편하게 대화를 나눌 수 있게 사무실 하나를 제공했답니다."

* * *

카를 빈터샤이트는 금요일에 피아와 셈에게 정보원을 공개

하지 않았을 때 별생각이 없었다고 말했다. 동시에 여러 사람이 그에게 하이케 베르시의 출판사 설립 계획에 대해 알려줬다고, 관리인 발데마르 배어는 그중 한 명일 뿐이라고 주장했다. 믿을 만하게 들리긴 했지만, 마리아 하우실트와 헤닝의 편집자인 율리아 브레모라와 함께 출판사 로비에 들어서던 피아에게는 의심이 아직 남아 있었다. 땅속으로 꺼진 듯이 사라진 발데마르 배어의 작업실과 사무실로 발행인이 직접 크뢰거를 안내했다. 빈터샤이트는 어제 아침부터 그를 못 봤고, 그의 휴대전화도 꺼져 있다고 했다. 보덴슈타인은 금요일에 피아가 왔을 때와는 다른 접수대 안내직원과 이야기를 나누었다. 명찰에 쓰인 이름을 보니 슈테피 로츠였는데, 며칠 전의 어린 동료보다 유능하게 보였다. 피아는 하우실트 씨와 헤닝의 편집자에게 잠깐 기다려달라고 부탁하고 상관에게로 갔다. 피아가 관리인 배어에 대해 막 물어보려고 할 때 도로테아 빈터샤이트-핑크가 손에 휴대전화를 들고 서류 무더기를 겨드랑이에 낀 채 계단을 내려왔다. 그녀가 보덴슈타인과 피아를 알아보고 두 사람에게 다가왔다. 잠을 못 잔 것처럼 보였다.

"안녕하세요. 무슨 일인가요?" 그녀가 웃음기 없는 얼굴로 물었다.

"관리인 배어 씨와 이야기를 나누고 싶습니다." 피아가 대답했다. "계신가요?"

"모르겠어요." 영업부장이 안내직원에게 물었다. "로츠 씨, 오늘 배어 씨 보셨나요?"

"아니요, 못 봤습니다." 슈테피 로츠가 유감이라는 표정으로 고개를 저었다. "그런데 어제도 못 봤어요. 그래서 혹시 휴가인가 생각했습니다."

"제가 알기로는 아니에요. 전화를 걸어봐야겠군요." 도로테아 빈터샤이트-핑크가 휴대전화를 꺼내 단축번호를 누르고 몇 초 동안 기다리다가 전화를 끊었다. "죄송한데, 전화가 꺼져 있는 모양이에요. 무슨 일로 그러시죠?"

"그가 있을 만한 곳이 어딜까요?" 보덴슈타인이 그녀의 질문을 못 들은 척하고 되물었다. "그의 휴대전화 번호, 그리고 혹시 유선전화도 있다면 그 번호도 주시겠어요? 혹시 그의 최근 사진을 가지고 계신가요?"

"있을 만한 곳은 모르겠어요. 어쩌면 집에 있는지도 모르지요." 그녀가 접수대 위로 몸을 숙여 종이를 집어 들고, 휴대전화를 들여다보지도 않고 전화번호 두 개를 볼펜으로 적었다. "여기 있습니다. 유감스럽게도 사진은 없네요. 다른 질문 또 있으신가요?"

도로테아 빈터샤이트-핑크는 어제저녁 일에 대해서는 한마디도 하지 않았지만, 새로 알게 된 일이 그녀를 얼마나 괴롭혔는지 눈에 훤하게 보였다. 평소에 환하게 빛나던 긍정적인 에너지는 사라지고 보조개가 파이는 밝은 미소도 보이지 않았다. 하룻밤 사이에 10년은 늙은 듯했다.

"그사이에 부모님과 이야기해보셨습니까?" 보덴슈타인이 물었다.

"형사님과는 상관없어요. 집안일이니까요." 도로테아 빈터샤이트-핑크가 날카롭게 대답했다. 분홍색 안경 유리알 뒤에서 두 눈이 위협적으로 번쩍였다. "부모님을 귀찮게 하지 마세요. 두 분은 나이가 많고, 아버지는 편찮으세요. 그리고 부모님이 무슨 일을 하셨든 나쁜 의도로 그러신 건 아니에요."

"우리도 그렇게 믿어요." 피아는 이렇게 대답하고는, 모든 게 제대로 진행됐다면 지금 빈터샤이트 부부와 헬무트 엥글리슈 작가가 호프하임으로 향하는 순찰차에 타고 있을 거라는 소식은 언급하지 않았다. "하지만 우리는 도움이 될 만한 정보를 줄 수 있다고 생각되는 모든 사람과 이야기를 나눠봐야 한답니다."

"그래서 당신들이 무슨 일을 하든 정당하다고 믿으시나요?" 도로테아 빈터샤이트-핑크는 피아에게 한 발 더 가까이 다가가 양손을 옆구리에 올렸다. "당신들이 하는 일이 뭔지 알기는 해요? 사람들의 가장 은밀한 영역을 냄새 맡고 다니면서 배려심 없이 그들의 삶을 망가뜨리고 있어요. 혼란스러운 의심을 발설하면서 본인들이 무슨 짓을 저지르는지 전혀 신경도 쓰지 않죠! 부작용에는 관심도 없어요. 부부나 가정이 깨지든 말든 무슨 상관이 있겠어요? 마지막에 서류를 덮고 수고했다며 서로 어깨나 두드리는 게 중요하겠죠. 당신들 본인이 애꿎게 그런 상황에 처하게 되고, 성과에 급급한 경찰관들이 배려라고는 전혀 없이 당신들 가족이나 친구의 삶을 파괴하는 모습을 목격하는 일은 없기를 바랍니다."

"다 말씀하셨나요?" 피아가 싸늘하게 물었다.

"그래요, 더 할 말 없습니다." 영업부장이 냉랭하게 대꾸했다. "내 일을 하게 그냥 좀 내버려두시지요. 이제 더는 시간을 빼앗지 마세요."

"우리도 우리 일을 하려는 겁니다." 피아가 대답했다. "살인 사건을 규명하는 게 우리 일이니까요. 자기 사정에 맞지 않는다고 사람을 죽이는 건 허용되지 않습니다. 우리도 어디든 냄새 맡으며 다니고 싶지 않지만 유감스럽게도 그렇게 할 수밖에 없어요. 계속 속으니까요. 우리가 일하면서 매일 어떤 상황을 만나는지 당신이 사실 가장 잘 이해하시지 않나요? 당신이야말로 오빠와 부모님, 오빠의 친구들, 게다가 남편에게조차 평생 속았으니까요."

피아의 말은 의도한 대로 과녁 한가운데에 적중했다. 정신적으로 극한상황에 놓인 사람들에게 압박을 더 심하게 가하는 게 즐거운 일은 아니었지만, 평소라면 절대 털어놓지 않았을 정보를 얻으려면 가끔은 그렇게 해야 했다.

"남편분이 당신을 별로 믿지 않았나 봅니다. 믿었더라면 하이케 베르시의 출판사 설립 계획을 당신한테 말했을 테니까요. 베르시 씨는 당신이 사장에게 미리 알릴까 봐 핑크 씨에게 당신한테 말하지 말라고 부탁했고, 핑크 씨는 그 부탁을 들어줬어요."

도로테아 빈터샤이트-핑크의 눈빛이 흔들리기 시작했다.

"누군가 익명으로 보낸 일기 복사물에 대해서도 모르시겠네요. 안 그래요?" 피아는 영업부장의 얼굴을 주의 깊게 살피면서 뭔가 정보가 나올 만한 신호를 기다렸지만 도로테아 빈터샤이트-핑크는 당황해서 눈길을 돌리지도, 얼굴이 붉어지거나 창백해지지도 않았다.

"그래요, 몰랐습니다." 그녀가 이를 갈듯 대꾸했다. "제가 하이케를 죽이지 않았다고 한 말은 거짓이 아니에요. 하지만 하이케는 자신의 행동에 합당한 벌을 받은 겁니다! 저는 하이케가 죽어서 기뻐요. 아니, 너무나 행복해요! 알렉산더도 마찬가지고! 두 사람을 위해 흘릴 눈물은 없어요! 이렇게 말했으니 이제 형사님 좋을 대로 생각하세요."

몸을 돌리던 그녀의 눈길이 마리아 하우실트에게로 향했다.

"안녕, 도로." 에이전트가 그녀에게 악의 없는 인사를 건넸다.

"나한테 다시는 말 걸지 마. 뻔뻔하고 교활한 인간 같으니라고!" 도로테아 빈터샤이트-핑크가 으르렁거리며 증오로 가득한 눈길로 그녀를 노려봤다. "네가 앞으로 우리 부모님에게 말을 걸거나 부모님 집에 발을 들여놓으면 가만두지 않을 줄 알아. 너희가 죽인 내 오빠를 걸고 맹세하지. 너와 너의 그 교활한 '친구들'이 죽인!"

그러고서 그녀는 계단 쪽으로 쿵쿵 걸어갔다. 마리아 하우실트와 헤닝의 편집자는 당혹스러운 표정으로 그녀의 뒷모습을 바라봤다. 접수처 직원이 헛기침을 했다.

"으음, 이제 사무실로 안내해드릴까요?" 직원이 불안한 목소리로 물었다.

"예, 그렇게 해주시면 좋겠습니다." 보덴슈타인이 대답했다.

로츠 씨는 그들을 1층 회의실로 안내했다. 피아는 마리아 하우실트에게 헤닝의 편집자와—헤닝이 엄청나게 칭찬하는 편집자였다—먼저 이야기할 테니 잠깐만 기다려달라고 부탁했다. 그리고 젊은 편집자의 이름과 전화번호를 적은 다음, 그녀가 하는 말에 귀를 기울였다. 율리아 브레모라는 지난 금요일 21시

30분경에 일을 마치고 출판사 뒷문으로 나가려고 했다. 정문이 20시면 잠기기 때문이다. 그때 승강기 소리와 발소리가 들렸는데, 스스로도 이유는 잘 모르겠지만 어쨌든 우편함으로 이어지는 복도로 물러나 몸을 숨겼다. 그래서 직접 보지는 못하고 알렉산더 로트가 누군가를 '와줘서 고마워'라고 맞이하는 소리만 들었다. 그런 다음 그는 손님과 함께 승강기 쪽으로 가서 사무실로 올라갔다. 안타깝게도 브레모라 씨는 그 손님이 남자인지 여자인지 알지 못했고, 그래서 흥미롭기는 하지만 실제로 도움은 되지 않는 목격담이었다. 그럼에도 피아는 젊은 편집자에게 감사 인사와 명함을 건네고 내보낸 다음 마리아 하우실트를 들어오게 했다.

"여기로 와주셔서 고맙습니다." 피아가 에이전트에게 인사하고 회의 탁자에 앉으라고 권했다. "우리 대화를 녹음해도 괜찮을까요?"

"그럼요." 마리아 하우실트는 증오로 가득한 도로테아 빈터샤이트-핑크의 공격에 여전히 충격받은 흔적이 완연했다. 얼굴이 아주 창백했고, 가방에서 물병을 꺼내 뚜껑을 여는 손이 떨리고 있었다.

"도로테아가 다 알게 된 거죠?" 피아가 스마트폰을 탁자에 내려놓자 마리아가 물었다.

"무슨 말씀이신지요?"

"괴츠의 일 말이에요. 첫 번째 거짓말이 몰고 온 온갖 거짓말들이 밝혀졌겠지요." 마리아 하우실트는 깊은 한숨을 내쉬고 눈을 감았다. "35년 동안 저는 이 날을 두려워했어요. 언젠가는 오리라는 걸 알았으니까요."

"왜 더 일찍 밝히지 않으셨습니까?" 보덴슈타인이 물었다. "다모클레스의 칼 아래에서 산다는 건 정말 끔찍했을 텐데요. 특히 자기가 속인 사람들과 계속 관계를 유지해야 한다면 말이 지요."

마리아 하우실트가 다시 눈을 뜨고 그를 쳐다봤다.

"네, 형사님 말이 정말 옳아요." 그녀도 인정했다. "지옥이에요. 생각이야 늘 하지요. 이제 말해야지, 이제 용기를 내어 솔직하게 다 꺼내놔야겠다. 그러다가 상황이 되지 않아 말을 못 해요. 그렇게 한 주가, 한 달이, 한 해가 가요. 그러다가 순식간에 35년이 되고요. 거짓말은 암이 자라는 것과 같아요. 자라고 또 자라서 전이되고, 계속 자라서 모든 걸 독살해요. 간단하게 없앨 수가 없어요."

"당시에 괴츠 빈터샤이트의 부모님께 왜 사실을 즉시 말하지 않았나요?" 피아가 물었다. "당신은 그의 죽음과 아무 관계가 없잖아요."

"관계있어요." 마리아 하우실트가 대답했다. "그가 동성애자인 걸 아무도 눈치채지 못하게 하려는 이유만으로 제가 그의 여자친구, 심지어 약혼녀 역할을 했으니까요. 학창시절 처음에 우린 진짜 연인이었어요. 연인이 하는 모든 일을 함께했지요. 그런데 파리로 졸업여행을 갔을 때 괴츠가 대입시험 물리 과목 반의 남자아이가 사랑스럽다고 고백하더군요. 처음에 저는 상처를 많이 받았어요. 남자친구가 동성애자라고 갑자기 고백하면 정말 기분이 이상하잖아요. 말도 안 되는 소리지만 왠지 모르게 내가 잘못한 것 같고 말이지요. 그 후에 우린 오누이처럼 변했어요. 그는 제가 살면서 가장 힘들었을 때 제 옆에 있었고, 언제나 제 말에 귀를 기울였고, 최고의 친구이자 가장 믿을 만한 사람이었어요."

"아버지가 사망하셨을 때 말씀인가요?" 피아의 질문에 마리아 하우실트가 고개를 끄덕였다.

"예, 그래요. 저는 그때 열여섯 살이었고, 어머니는 여동생과 함께 주말에 여행을 떠났어요. 아버지는 저녁 늦게 사무실에서 돌아와 사우나에 가셨어요. 겨울이면 일주일에 한두 번 그렇게 하셨지요. 아침에 보니 사방에 불이 켜져 있고 아버지 차가 차고에 있기에 아버지를 찾아봤어요. 사우나에서 시신을 발견했지요. 그 장면을 평생 잊지 못할 거예요. 아버지는 그때 겨우 49세였는데, 무슨 일이 일어났는지 아무도 몰랐어요. 부검을 했지만 소용없었지요. 아마 순환장애였나 봐요."

"나중에는 남편도 돌아가셨지요."

"2005년 10월에요." 에이전트가 그렇다고 대답했다. "에릭은 당뇨병 환자였어요. 도서전 때였어요. 행사가 많아서 스트레스도 많았고 술도 많이 마셨지요. 그는 다시 에이전시로 갔고, 나중에 쉬른 미술관에서 열리는 어느 출판사 파티에서 만나기로 했는데 오지 않더군요. 저는 별다른 생각은 안 했어요. 도서전 때는 행사가 수없이 많으니 어딘가에 갔다가 빠져나오지 못하나 보다 했지요. 다음 날 아침에 직원이 그를 발견했어요. 인슐린을 보관하는 냉장고 앞에 쓰러져 죽어 있었대요. 그때 그는 겨우 53세였지요."

그녀가 침착하게 말했다.

"괴츠 빈터샤이트는 왜 동성애 사실을 감췄을까요?" 보덴슈타인이 물었다. "그의 부모님은 예술가들과 교류가 많았고, 당시에도 이미 동성애자임을 밝히는 예술가들이 있었으니 너그러웠을 수도 있을 텐데요."

"아니요, 전혀 그렇지 않았어요. 그런 척만 했을 뿐이지요." 헤닝의 에이전트가 대답했다. "두 분은 사실 속물이었어요. 괴츠는 부모님 뜻에 따라 언젠가 출판사를 운영해야 했지요. 마가레테는 처음부터 저를 마치 손주들의 엄마인 것처럼 대했어요. 가끔 기분이 정말 묘하더군요. 하지만 그 덕분에 그의 여자친구 역할을 하기가 쉽긴 했어요. 우리 모임에서도 의심하는 사람이 없었어요. 그러다가 괴츠가 슈테판을 좋아하게 되자 모든 게 달라졌어요. 저는 괴츠의 알리바이가 되어 두 사람의 관계를 힘닿는 대로 덮어줬지요."

"하지만 카타리나 빈터샤이트는 바로 눈치챘군요."

"네." 마리아 하우실트는 그 기억을 떠올리며 미소를 지었다. "카타리나는 1982년 겨울에 우리 주거공동체에 들어왔어요. 그곳에는 요제핀과 하이케도 함께 살고 있었지요. 먼저 살던 사람은 여름에 이사해 나갔고요. 괴츠와 저는 그즈음에 공식적인 관계를 아주 천천히 끊으려고 했어요. 저를 이용한다는 생각 때문에 괴츠가 양심의 가책을 느꼈거든요. 괴츠와 슈테판과 제가 함께 있는 걸 본 카타리나는 우리 관계를 금방 알아챘어요. 그녀는 두 남자에게 서로를 향한 용기를 주려고 했지만 둘은 엄두를 내지 못했어요. 슈테판의 부모님은 아마 빈터샤이트 부부보다 조금 더 보수적이었던 것 같고, 게다가 인쇄소 때문에 출판사에 경제적으로 종속되어 있었지요. 카타리나 빈터샤이트는 욘 빈터샤이트를, 그리고 욘은 그녀를 사랑하게 됐어요. 우리보다 몇 살 나이가 많았고 삶의 경험도 그만큼 풍부했던 욘은 조카에게 커밍아웃하지 말라고 조언했지요. 욘은 자기 형과 형수, 그리고 당시 아직 생존했고 발언권을 쥐고 있던 자기 아버지가 어떤 사람인지 알았으니까요. 그래서 우린 연극을 계속하게 됐고, 비극적인 결말을 맞았어요."

"그러니까 카타리나에게 질투를 느낀 적이 전혀 없었다는 말씀인가요?" 피아가 물었다.

"질투라고요?" 마리아 하우실트가 놀라서 되물었다. "아니, 반대죠. 우린 친구였어요. 사실 괴츠가 사망한 후에 제 유일한 친구는 카타리나뿐이었어요. 욘과 그녀는 빌라에서 나왔고, 저는 두 사람 집에 자주 가서 카타리나를 도와 카를을 돌봤어요. 그래서 욘과 그녀는 저더러 카를의 대모가 되어달라고 부탁했고요."

"그러다가 카타리나의 남편이 사망했고······."

"예, 1988년 5월이었어요. 그가 미국으로 출장을 갔는데 거기서 치명적인 심근경색을 일으켰어요. 마른하늘에 날벼락이었지요. 그 전에는 한 번도 아픈 적이 없었거든요. 카타리나는 마음이 무너졌어요. 다시는 예전으로 돌아가지 못했지요. 욘은 그녀에게 평생의 사랑이었으니까요. 카타리나는 그에게서 출판사 지분의 절반을 상속받았고, 며느리를 무척 아끼던 욘의 아버지 카를 아우구스트 시니어에게서는 리브만 문서실을 받았어요. 헨리와 마가레테가 싫어해서 카타리나는 출판사와 관련된 일은 하나도 하지 않았는데, 욘이 사망한 후에는 출판사 임원진 자리를 쟁취했답니다."

"그리고 출판사에서 당신이 하던 업무를 맡게 됐고요."

"네. 카타리나가 저작권 부서에 들어간 건 제 아이디어였어요." 마리아 하우실트가 대답했다. "저는 그곳이 단조롭게 느껴졌고, 고급문학과도 가까워질 일이 없었어요. 제가 좋아하는 건 다양성이었는데 그때 마침 하우실트 에이전시에서 일자리를 제안받았지요. 드디어 빈터샤이트의 마지막 촉수에서 해방되어 기뻤어요. 재단 일은 그 몇 년 전에 이미 그만뒀고요."

"카타리나가 자살한 후에 어떻게 됐나요? 누가 집을 청소했고, 그녀의 개인용품들은 어디로 갔어요?"

"저는 살면서 사랑하는 사람을 몇 명 잃었어요. 하지만 카타리나의 죽음이 가장 끔찍한 경험이었던 것 같아요." 마리아 하우실트의 얼굴이 어두워졌다. 다시 말을 잇기까지는 시간이 좀 걸렸다. "욘이 죽은 후에 카타리나는 발작처럼 우울증에 엄습당할 때가 있었어요. 그럴 때면 집에 틀어박혀 아무도 만나지 않으려고 했지요. 그러다가 우울증이 몇 주씩이나 지속되는 상태로 변했고, 무기력하게 침대에 누워만 있었어요. 제가 억지로 권해서 병원 치료를 받고 항우울제도 처방받아 복용하고서 한동안은 괜찮았어요. 그런데 아마 그날 카타리나를 정상 궤도에서 완전히 벗어나게 만드는 일이 생겼나 봐요. 마가레테가 저에게 전화해서 카타리나가 죽었다고 고함을 치더군요. 처음에는 무슨 말인지 도무지 이해하지 못했어요. 카타리나의 집에 갔더니 도로테아가 이미 카를을 데리고 빌라로 갔더라고요. 경찰이 왔고, 우리는 집에 들어갈 수 없었어요. 경찰은 이틀 후에나 들 어가는 걸 허락했지요. 저는 카를의 옷과 장난감을 가지러 도로 테아와 함께 갔어요. 마가레테가 청소용역회사를 불렀더군요. 카타리나가 죽은 지 겨우 이틀이 지났는데 말이죠! 저는 마가레 테가 가구 두어 개만 남기고 집을 완전히 비우는 걸 도무지 말 릴 수 없었어요."

"개인용품은 어떻게 됐나요?" 피아가 재차 물었다.

"일기장 말인가요?" 마리아 하우실트가 가볍게 고개를 저었 다. "모르겠어요. 어쩌면 발데마르가 가지고 갔을 수도 있겠네 요. 그는 카타리나를 사랑하고 존경했으니까요. 하지만 마가레 테가 모든 걸 싸 가서 뒤졌을지도 몰라요. 대부분은 버렸을 거 예요."

"그러면 마가레테 빈터샤이트가 일기장 복사물을 보냈다고 생각하십니까?" 보덴슈타인이 물었다.

"아니, 아니에요. 마가레테는 확실히 아니에요." 에이전트가 대답했다. "아마 도로테아일 거예요. 우리를 늘 못 견뎠는데, 그 걸 나쁘게 생각할 수는 없어요. 그녀는 평생 홀대받았으니까요. 부모님은 우리를 딸보다 더 아꼈지요. 그리고 하이케는 25년 이 상 도로테아의 아버지와 내연관계였고요."

"토요일 병원에서 이야기해보니 빈터샤이트-핑크 씨는 여러 분 모두를 친구라고 생각하는 것 같던데요." 피아가 말했다. "좋 은 이야기만 했거든요."

"도로테아는 남들이 기대하는 대로 행동하는 데 늘 능숙했어요." 마리아 하우실트가 대꾸했다. "저절로 그렇게 해요. 위선이 아니라 자기방어지요."

"그런데 왜 하필 지금 일기장 복사본을 보냈다는 거죠?"

"흐음." 마리아는 가방에서 투명 파일을 꺼내 피아와 보덴슈타인에게 내밀었다. "여기 이게 제가 받은 복사물이에요. 앞에 덧붙인 문장도 있고요. 봉투도 보관해뒀는데, 8월 13일 자 소인이 찍혀 있어요. 하이케는 6월 말에 빈터샤이트 출판사에서 해고됐는데, 그 후에 노동법원에 갔고 8월 초에는 카를과 출판사를 대상으로 진흙탕 싸움을 시작했어요. 그게 아마 도로테아의 분노를 넘치게 한 마지막 한 방울이 되었을 테고, 그래서 우리 모두에게 복수하기로 마음먹었는지도 몰라요."

"친구들과 이 복사물에 대해 이야기하셨나요?"

"하이케와 슈테판하고만 했어요. 슈테판은 제가 일기장을 가지고 있다고 생각하더군요. 저는 요지와는 거의 연락하지 않아요. 하이케도 도로테아가 이 일 뒤에 숨어 있다고 확신했고요."

"베르시 씨는 어떤 내용을 받았나요?"

"모르겠어요." 마리아 하우실트가 어깨를 으쓱했다. "하이케는 그걸 바로 쓰레기통에 던졌다고 하더군요. 겁쟁이나 익명으로 편지를 보낸다면서요."

"하지만 일기장 복사물은 알렉산더 로트를 일상 궤도에서 완전히 벗어나게 했습니다." 보덴슈타인이 말했다. "그의 아내 말로, 어느 날 저녁에 술에 취해서 울고 있는 그를 차고에서 발견했다더군요. 그는 자기 이력이 거짓말에 토대를 두고 있다는 게 밝혀질까 봐 두려워했습니다."

"제가 그였다고 해도 아마 두려웠을 거예요." 마리아 하우실트가 대답했다. "알렉스가 어떤 문장을 받았는지 저야 모르지만, 괴츠가 죽던 여름에 관한 내용이라는 건 확실해요. 우린 이제, 당시에 우리가 엄청난 거짓말을 세상에 퍼뜨렸다는 걸 알게됐어요."

"알렉산더 로트를 마지막으로 본 게 언제입니까?"

"초여름 언제쯤이었어요. 카를이 그를 기획부장으로 임명하고 얼마 지나지 않았을 때였어요. 알렉스가 자그마한 파티를 열었는데 저도 초대됐지요. 알렉스와 저는 사업상으로는 관계가 없었어요. 그가 담당하는 작가들 중에 제가 관리하는 사람은 없었으니까요."

"지난 월요일 저녁에 어디 계셨어요?"

"미국 작가들 중 한 명의 작품 판권 경매가 진행 중이라서 사무실에 좀 오래 있었어요." 에이전트는 피아의 질문에 짜증을 드러내지 않고 기억을 떠올렸다. "아마 7시 반쯤에 집에 갔을 거예요. 저는 크론베르크에 살아요. 집에서 11시 반 정도까지 일을 계속했고요."

문에서 노크 소리가 들리더니 크리스티안 크뢰거가 머리를 들이밀었다.

"피아, 반장님. 잠깐 얘기 좀 할 수 있을까요?"

"잠시 실례할게요." 피아가 탁자에 두었던 휴대전화를 들고 상관을 따라 복도로 나갔다.

"무슨 일이야?" 보덴슈타인이 감식반장에게 물었다. 크뢰거는 대답 대신 의기양양한 미소를 지으며 증거물 봉투 세 개를 코앞에 내밀었다. 봉투 하나에는 둘둘 말린 지퍼 백이, 다른 하나에는 메탄올 병이, 또 다른 하나에는 깔때기와 피펫 여러 개가 들어 있었다.

"관리인 작업실에서 찾아냈어요." 크뢰거가 설명했다. "봉투에서 아주 미세한 혈흔도 확인했고요. 고기 망치가 들어 있던 봉투는 둘둘 말린 여기 이 지퍼 백 뭉치에서 나온 게 거의 확실해요."

"아주 잘했어." 보덴슈타인이 인정한다는 표정으로 고개를 끄덕였다. "뭔가 좀 나오네."

"여기 일은 거의 끝났어요." 크뢰거가 말했다. "이제 그의 집을 수색할까요?"

"그러지. 배어가 집에 없다면 그냥 밀고 들어가. 카이에게 전화해서 배어를 수배하라고 하고. 혹시 그의 집에서 쓸 만한 사진이 나올 수도 있겠지. 우리도 여기 일이 끝나는 대로 바로 넘어갈게."

"오케이." 크뢰거가 고개를 끄덕이고 봉투를 챙겨 사라졌다.

"하우실트 씨가 한 이야기는 상당히 설득력이 있는 것 같아요." 피아가 말했다. "어떻게 생각하세요?"

"배어와 도로테아 빈터샤이트-핑크가 공모했다는 자네 가설이 좀 더 확실하게 느껴지는군." 보덴슈타인이 대답했다. "도로테아는 하이케 베르시를 엄청나게 증오했잖아. 일기장을 통한 위협이 원하던 효력을 발휘하지 않자 배어와 함께 베르시에게 갔고, 배어가 그녀를 살해한 거겠지."

"둘 다 알리바이가 충분하지 않아요." 피아가 말했다. "그리고 로트가 그들 눈에 가시라서 그를 독살하고, 그를 범인인 것처럼 흔적을 조작했고요."

"그런데 배어는 지퍼 백과 메탄올 병을 왜 없애지 않았을까? 그게 마음에 걸리네." 보덴슈타인이 고민하자 피아가 대답했다.

"전문가가 아니니까요. 그리고 자기가 수사의 중심에 서게 되리라고는 예상하지 못했기 때문일 수도 있고요."

"그래도 이상해. 누군가 그 정도로 철저하게 계획을 세운다면 그런 증거물을 그냥 놓아두지는 않아."

"일단 하우실트 씨와의 면담부터 마무리하죠. 배어의 집을 살펴보고 싶어요." 피아는 손을 문손잡이에 올리다가 뭔가 떠올렸다. "금요일 저녁에 로트가 출판사 건물에 들여보낸 방문객은 누굴까요?"

"사실상 모든 사람이 될 수 있지." 보덴슈타인이 대답했다. "어쩌면 전화로 미리 약속했는지도 몰라. 타리크에게 로트의 휴대전화와 사무실 전화 통화 목록을 살피라고 해."

"알겠어요. 문자를 보낼게요."

"발데마르 배어가 그랬다면 동기가 뭘까?" 보덴슈타인이 물었다.

"충성심." 피아가 대답했다. "일요일에 그가 했던 말, 기억하세요? 먹을 걸 건넨 손을 물어버리면 안 된다며 베르시 씨한테 실망했다고 말했잖아요. 그리고 어쩌면 하이케 베르시가 자기를 유언장에서 지우려고 한다는 걸 알게 됐는지도 몰라요. 하이케 베르시 살해는 폭행치사였어요. 아마 도로테아 빈터샤이트-핑크가 저질렀을 수도 있어요. 지금 그녀가 뭐라고 주장하든 간에 말이에요. 하지만 로트 독살은 세심하게 계획된 범죄예요. 발데마르 배어는 동기가 있었어요. 도구와 기회도 있었고요."

"그렇다면 로트에 한해서는 그가 가장 강력한 용의자로군." 보덴슈타인이 고개를 끄덕였다. "이제 들어가서, 하우실트 씨가 1983년에 일어난 일을 정말 모르는지 확인해보자고."

둘은 다시 회의실로 돌아와 마리아 하우실트의 맞은편에 자리를 잡았다. 피아는 녹음을 새로 시작하고 휴대전화를 탁자에 내려놓고서 말했다.

"1983년 여름, 그때 정확하게 무슨 일이 일어났나요?"

에이전트는 이 질문을 이미 예상했던 듯했다.

"우리가 함께 누아르무티에의 빈터샤이트 별장에 간 건 그때가 벌써 네 번째였어요. 일종의 전통이었지요." 그녀가 입을 열었다. "하지만 그해 여름은 처음부터 잘못된 느낌이었답니다. 우리 우정은 사실 더 이상 존재하지 않았고 계속 스트레스가 심했어요. 알렉스와 하이케는 문학과 작가들에 관한 끝없는 수다로 괴츠의 신경을 엄청나게 건드렸고요. 제 생각에 괴츠는 슈테판과 둘이서만 누아르무티에섬에 오고 싶었지만 그랬다가는 너무 눈에 띌 테니 우리 모두를 초대한 것 같은데 그게 잘못이었다는 게 드러났어요. 괴츠는 비밀스러운 행동을 더는 견디지 못했어요. 부모님에게 의학 공부를 한다는 것도 숨겼고, 그게 들통날까 봐 계속 불안해했지요. 의사가 되어 슈테판과 함께 살려고 했는데, 슈테판에게 그걸 요구하자 그는 회피했어요. 비극은 그렇게 시작된 거예요."

"괴츠 빈터샤이트가 사망하던 날 저녁에 무슨 일이 있었는지 아십니까?" 보덴슈타인이 물었다.

"으음, 괴츠는 엉망으로 취했어요. 슈테판이 이제 둘의 관계가 끝났고 자기는 도로테아를 사랑한다고 통보해서 낙담하고 슬퍼했어요." 이렇게 대답하는 에이전트의 목소리에는 근심이 섞여 있었다. "괴츠는 아주 이상해졌어요. 하이케와 요지와 알렉스를 욕했지요. 꺼지라고, 더는 보고 싶지 않다고 했어요. 출판사나 부모님 빌라에 발도 들여놓지 말라고요. 하이케와 알렉스를, 그들의 병적인 야심과 광기를 더는 견디지 못한 거예요. 저조차 그를 달랠 수 없었어요. 그가 과음해서 사람들을 모욕하기 시작하면 평소에는 상당히 잘 달랬는데 말이에요."

마리아 하우실트는 잠시 말을 멈추고 기억을 되살렸다.

"그 후에 저는 제 방으로 올라갔어요." 그녀가 쉰 목소리로 말을 이었다. "괴츠를 본 건 그때가 마지막이었지요. 요지도 올라왔어요. 걔는 울면서 제 방에서 같이 자도 되겠냐고 묻더군요. 괴츠가 요지를 모욕할 때 당시 남자친구였던 알렉스가 그녀를 두둔해주지 않아서 알렉스에게 실망한 상태였어요. 저는 같이 자도 괜찮다고 했어요. 요지는 자기 짐을 싸서 제 방으로 왔어요. 다음 날 아침에 떠나겠다고 마음을 단단히 먹었더군요."

"당신도 떠날 생각이었나요?"

"아니요." 마리아 하우실트는 고개를 저었다. "저는 요지가 떠나게 되어 다행이라고 생각했고, 하이케와 알렉스도 떠나길 바랐어요."

피아가 수첩에 메모했다. 요제핀 린트너는 이 부분을 다르게 설명했었다.

"카타리나와 욘은 보트를 타러 갔는데 다음 날 돌아올 예정이었어요. 그 둘과 괴츠랑만 남게 된다면 분명히 더 좋았을 거예요. 저도 그날은 평소보다 술을 많이 마셨기 때문에 일찍 잠자리에 들었어요. 괴츠는 아래에서 여전히 마구 고함을 질러댔고요. 그러다가 어느 순간 잠이 들었는데, 잠에서 깼을 때……괴츠는 이미 죽어 있었어요. 그의 시신이 해변으로 밀려왔어요." 마리아 하우실트는 말을 멈추고 아랫입술을 잘근잘근 깨물었다. "경찰과 집 관리인이 왔어요. 우리 중에는 프랑스어를 제대로 하는 사람이 없어서 욘과 카타리나가 돌아와서 다행이라고 생각했지요. 슈테판은 자기랑 괴츠 사이를 아무에게도 말하지 말아달라고 우리에게 애원했어요. 저는 그제야 적어도 하이케와 알렉스는 슈테판과 괴츠 사이를 눈치채고 있었다는 사실을 깨달았어요. 빈터샤이트 부부는 누아르무티에로 오는 길이었고, 이웃들과 경찰과 의사 등 사방에 사람들이 둘러서 있었어요. 하이케와 알렉스는 괴츠가 카타리나를 향한 사랑 때문에 괴로워서 술에 심하게 취했다는 이야기를 지어냈고, 카타리나도 거기에 동의했어요. 아마 우리 모두와 마찬가지로 그녀도 너무 충격을 받아서 동의했을 거예요. 우리는 이 이야기를 다시는 하지 말자고, 약속된 것만 말하자고 맹세했어요. 그러고 그렇게 됐지요. 우린 협정을 맺고 그걸 지킨 거예요."

"린트너 씨는 우리에게 다른 이야기를 했습니다." 보덴슈타인이 말했다. "그날 저녁, 당신이 잠든 뒤에 그녀는 다시 일어났고, 하이케 베르시와 알렉산더 로트가 절벽 쪽으로 가는 걸 봤다고 하더군요. 그 둘을 따라가서 알렉산더 로트가 괴츠 빈터샤이트를 절벽에서 바다로 떨어뜨리는 걸 목격했답니다."

에이전트의 얼굴에서 핏기가 완전히 사라지고 눈이 휘둥그레졌다.

"우리는 알렉산더 로트가 새 출판사 지원을 거부하자 하이케 베르시가 이 과거사로 그를 협박했고, 그래서 그가 베르시 씨를 살해했을지도 모른다고 생각합니다."

"알렉스가?" 마리아 하우실트가 경악하여 중얼거렸다. "아니, 아니에요. 그럴 리 없어요! 알렉스는…… 알렉스는……." 그녀가 말을 멈추었다. 눈길이 정처 없이 허공을 떠돌았다. 그녀는 다시 말하려다 말고 정신을 가다듬는 듯했다. 기도하는 것처럼 양손을 모아 입술에 가져다 댔다. 과거로 달려간 그녀의 생각이 긴긴 세월을 거쳐 현재로 돌아오면서 얼굴 표정이 불신에서 당혹감을 거쳐 충격으로 바뀌었다. 피아는 이 에이전트가 하이케 베르시의 죽음이 아니라 자기 남자친구이자 믿는 사람이었던 괴츠 빈터샤이트의 죽음을 애도하고 있다는 걸 깨달았다. 어제저녁 도로테아 빈터샤이트-핑크의 경우와 비슷하게 그녀 역시 이 거짓말의 엄청난 파급력을 이제야 서서히 깨달은 것이다. 그녀의 온 세상이 부서져 산산조각 났다.

"괴츠 장례식에서 했던 알렉산더의 추도사." 그녀가 힘없이 말했다. "괴츠를 잃은 슬픔, 헨리와 마가레테와 나눈 모든 이야기, 재단 프로젝트, 괴츠를 언급하곤 했던 몇 년간의 연설들…… 이게 모두 연극이었다고요?" 마리아 하우실트가 고개를 들었다. "그게 어떻게 가능해요? 그리고 하이케! 하이케는 헨리와 외도를 했어요. 그 세 사람은 30년 동안 매일 만나 함께 일하고 함께 쉬었어요! 인간이 어떻게 그럴 수 있어요?"

마리아 하우실트는 헛기침을 하고서 다시 평정을 찾으려고 애썼다.

"죄송합니다. 저는…… 너무…… 큰 충격을 받았어요. 그게 사실이라면 지난 35년 동안 일어난 모든 일의 의미가 완전히 달라지겠군요. 하이케는 괴츠가 제게 어떤 의미인지 알았으면서도 그의 죽음에 대한 진실을 말하지 않았어요! 저는 전혀 중요하지 않았나 보군요! 그런데도 저는 하마터면 하이케의 출판사에 큰돈을 투자할 뻔했어요! 친구라고 생각했으니까요."

"우린 하이케 베르시의 집에서 피가 묻은 티셔츠와 안경을 발견했어요. 두 개 모두 알렉산더 로트의 것이고 거기에 묻은 피는 괴츠 빈터샤이트의 것이라고 생각합니다." 피아가 중단됐던 말을 다시 이어갔지만 에이전트는 제대로 귀를 기울이지 않았다.

"알렉스는 괴츠의 장례식에서 가슴을 찢는 것처럼 비통한 추도사를 했고, 울면서 헨리를 안았어요. 그러고는 그냥 괴츠의 자리를 차지하고 빈터샤이트 부부의 신뢰와 사랑을 슬쩍 손아귀에 넣었지요. 하이케가 입을 다물리라는 걸 확실하게 알았기 때문에 그렇게 할 수 있었던 거예요. 도무지 믿을 수 없군요."

그녀가 드디어 고개를 들었다.

"어쩌면 괴츠를 죽인 사람은 요지인지도 몰라요. 요지는 알렉스가 요구하는 거라면 뭐든지 했을 거예요. 알렉산더나 하이케와 달리 요지는 양심이 있어서 나중에 그렇게 망가졌던 건지도 모르지요."

친구를 바다로 빠뜨린 사람이 알렉산더 로트인지 하이케 베르시인지 이제 더는 중요하지 않았다. 그러나 도로테아 빈터샤이트-핑크와 그녀의 가족에게 충성하는 발데마르 배어가 괴츠의 살인을 보복한다는 가능성은 이제 더 커졌다.

* * *

"……그리고 형사 말로, 알렉산더가 괴츠를 절벽에서 바다로 밀었고 하이케는 옆에 서서 그걸 지켜봤다고 했어. 그들이 괴츠를, 내 괴츠를, 최고의 친구를 죽인 거야. 둘은 출판사에서 일하려는 생각에 사로잡혀 있었는데 괴츠가 걸림돌이 됐으니까! 뻔뻔하게 괴츠의 가족과 출판사에 자리를 잡고는 양심의 가책조차 느끼지 않았어!" 벽처럼 새하얗게 질린 채 목을 움켜쥐고 약간 비틀거리는 마리아 하우실트를 바라보며, 율리아는 이 에이전트가 금방이라도 기절할까 봐 걱정스러웠다. "정말 말문이 막힌다. 충격적이야. 도로테아가 아까 사람들과 두 경찰 앞에서 나한테 뻔뻔하고 교활한 인간이라고 고함을 질렀는데, 폰 부흐발트 씨가 설명해주기 전에는 나도 몰랐던 일이야."

"현실 속 이름은 보덴슈타인이에요." 율리아가 말했다. "하우실트 씨, 일단 앉으세요."

율리아는 카를 빈터샤이트의 사무실에서 온몸을 떠는 에이전트의 팔을 잡고 의자로 이끌었다.

"일단 마실 걸 드릴게요. 진 토닉 어때요?" 발행인이 물었다.

"진만 줘. 토닉은 빼고." 마리아 하우실트는 심호흡을 몇 번

하고 팔꿈치를 탁자에 얹고는 얼굴을 손에 묻었다. 카를 빈터샤이트가 장으로 가서 문을 열자 완벽하게 갖춰진 바가 나타났다. 율리아와 그의 눈길이 마주쳤다. 그는 아주 가볍게 고개를 저었고, 그가 말하려는 게 뭔지 알아챈 율리아는 고개를 끄덕였다. 하우실트 씨가 방금 한 이야기는 카타리나 빈터샤이트가 쓴 미완성 원고의 줄거리와 무서울 만큼 정확하게 일치했다. 카를이 대모에게 진을 건네자 그녀는 한 모금에 잔을 비웠다. 알코올이 들어가니 안색이 조금 돌아오고 떠는 것도 멎었다.

율리아는 카를이 익명으로 받은 하늘색 장난감 자동차와 원고에 대해 경찰에게 이야기할 작정이었으나, 빈터샤이트-핑크 씨가 분노를 터뜨리는 통에 피아에게 말하는 걸 잊어버렸다. 그것을 만회하기 위해 로비에서, 키르히호프의 전배우자와 그 상관이 마리아 하우실트와 대화를 끝내기를 기다렸지만, 발행인이 지난 며칠 동안 거칠었던 자신의 행동을 사과하기 위해 그녀를 사무실로 올라오라고 부르는 바람에 형사들을 놓쳐버렸다. 카를은 전날 밤에 어머니의 원고를 읽고, 자살 사실에 대한 율리아의 의혹에 동감하게 됐다. 율리아는, 그사이에 검찰에서 서류를 넘겨 받아둔 키르히호프에게 함께 가자고 그를 쉽사리 설득할 수 있었다. 율리아가 그의 사무실에서 나오려는 찰나 승강기에서 막 내린, 유령처럼 창백해진 마리아 하우실트가 그녀의 품에 쓰러질 듯 기대 왔다.

카를이 대모에게 진을 다시 한번 따라주자 그녀는 이번에도 마치 물 마시듯 단숨에 삼켰다.

"경찰은 하이케가 괴츠 살해에 대한 진실을 가지고 알렉산더를 위협했고, 그래서 그가 하이케를 죽였을지도 모른다고 추측해. 이 모든 게 출판사라는 하이케의 미친 생각 때문이야!" 마리아 하우실트의 목소리는 이제 거의 정상으로 돌아왔다. "생각해봐. 평생 알았던 사람들이, 친구라고 생각했던 사람들이 그런 짓을 저지른 거야!"

율리아는 방금 들은 말을 도저히 믿을 수 없었다. 친절하고 선량한 로트 씨가 늙은 마녀 베르시를 살해했다고? 그녀도 사장에게 진을 한잔 달라고 청하고 싶었다. 지난 48시간 동안 일어난 모든 일이 점점 더 정신 나간 꿈으로 여겨졌고, 마치 아놀드 슈워제네거의 옛 영화 〈마지막 액션 히어로〉에 등장하는 소년처럼 자신도 영화 속으로 빠져 들어간 듯했다.

카를이 마리아 하우실트 옆의 의자에 앉았다.

"우리 어머니를 잘 아셨죠? 안 그래요?" 그가 물었다.

"그럼, 당연하지. 너도 알잖아." 헤닝의 에이전트가 대답했다. "네 엄마는 나랑 제일 친한 친구였어. 그러니까…… 괴츠가 죽은 다음부터 말이야."

"어머니가 혹시 글을 쓰셨나요?"

"글을?" 마리아 하우실트는 당황한 눈길로 대자를 바라보다가 빈 잔을 탁자에 내려놓았다. "무슨 뜻이야? 일기 말이니?"

"소설, 책, 이야기, 이런 방향으로 말이에요." 카를이 대답했다. 율리아는 긴장한 채 대답을 기다렸다.

"소설을 썼을 것 같지는 않아." 마리아 하우실트가 대답했다. 미소가 얼굴을 슬쩍 스쳐 갔다. "하지만 꽤 오랫동안 취미로 글을 썼어. 우리가 주거공동체에 같이 살 때 네 엄마는 시간만 나면 낡은 휴대용 타자기를 두드려대곤 했지. 타닥거리는 소리 때문에 우리 모두 짜증이 났어. 그런데 갑자기 그걸 왜 묻니?"

"어머니가 쓴 원고들은 어떻게 됐어요?" 카를은 대모의 질문에 대답하지 않고 다시 물었다.

"대부분은 네 엄마가 바로 없앴어. 온갖 쓰레기를 출판사에 보내면서 위대한 베스트셀러를 썼다고 착각하는 요즘 작가들과 비교하면 네 엄마는 지독하게 자기 비판적이었지." 에이전트가 기억을 되살려 말했다. "그때 부엌에 뚜껑이 달린 구식 화덕이 있었어. 아마 대부분은 거기로 들어갔을 거야. 우리에게 절대로 원고를 보여주지 않았어. 하이케가 카타리나에게, 원고를 출간할 출판사를 얻으려고 네 아버지 욘 빈터샤이트를 유혹했다고 비아냥거리자 카타리나는 글 쓰는 걸 완전히 끝내버렸어. 얼마 지나지 않아 그녀는 이사를 나갔고, 그 후에는 글 쓰는 걸 한 번도 못 봤지."

마리아의 눈길이 카를에게서 율리아에게로 갔다가 다시 카를에게로 돌아왔다.

"그런데 그걸 왜 물어? 넌 내가 네 엄마 이야기를 하려고 할 때마다 손사래를 쳤잖아."

"아시잖아요. 왜 그랬는지." 카를은 다시 율리아와 시선을 교환했다. "브레모라 씨와 헤닝 키르히호프가 어머니의 죽음에 대해 조사를 좀 해봤는데…… 흐음…… 이상한 점이 몇 가지 발견됐다고 해요. 키르히호프 교수님은 어머니가 자살이라는 걸 의심한대요."

율리아는 마리아 하우실트의 표정이 달라지는 것을 가만히 바라봤다.

"'의심'한다고?" 그녀가 믿지 못하겠다는 듯이 물었다. "왜? 그러면 어떻게 죽었다고 생각한다는 거야?"

"누군가 발코니 난간 너머로 밀었을 수도 있다고 보세요." 율리아가 카를 대신 대답했다.

"세상에!" 마리아 하우실트가 경악하여 비명을 질렀다. "하지만…… 하지만 그때 수사했잖아. 안 그러니? 내 말은…… 난 늘의혹을 품긴 했어. 카타리나는 자살할 사람이 아니야. 그리고 카를, 너는 절대 듣고 싶어 하지 않았지만 너를 정말 사랑했어. 네 엄마에게 너는 세상에서 가장 중요한 사람이었고, 며칠 후에 있을 네 입학식 날도 얼마나 기대했는지 몰라! 그리고 출판사를 위한 계획도 몇 가지 세웠지. 여러 가지를 개선하려고 했어. 엄마의 요청을 받은 공인회계사가 당시 출판사 재정 상태를 자세히 살폈는데, 헨리가 상당히 방종하게 운영했다는 사실이 밝혀졌거든." 그녀가 말을 멈추고 이마를 찌푸렸다. "난 발데마르가 뭔가 연관이 있을 거라고 늘 의심했어."

"발데마르 배어가요?" 카를과 율리아가 동시에 물었다. 카를은 어리둥절해서, 율리아는 놀라서 한 질문이었다. 에이전트가 고개를 끄덕였다.

"발데마르는 카타리나를 사랑했지만, 카타리나는 그를 그저 친구로만 대했어. 카를, 네 엄마는 언제나 네 아버지를 애도하고 있었거든. 욘은 네 엄마의 위대한 사랑이라서 다른 남자가 들어설 자리가 없었지."

"발데마르 배어가 정말로 그런 일을 할 수 있을 거라고 생각하세요?" 율리아는 당혹스러웠다. 그녀는 차분하면서도 다정한 관리인이 좋았고, 그가 그런 폭력을 저지른다는 것은 도무지 상상할 수 없었다.

"거부당한 사랑은 강력한 동기가 될 수 있지요." 마리아 하우실트가 멍한 표정으로 답했다. "그 끔찍했던 밤이 자세히 기억나지는 않지만 우리가 카타리나의 집을 치우던 기억은 나요. 마가레테와 도로테아, 발데마르와 나, 청소용역회사의 폴란드 직원 세 명과 함께 치웠어요. 발데마르는 청소하는 내내 울었지요." 그녀의 얼굴에 그늘이 졌다. "하지만 괴츠 장례식에서 알렉산더도 엄청나게 울긴 했어요. 그러니 울었다는 게 무슨 큰 의미가 있는 건 아니겠지요. 발데마르는 언제나 속을 알 수 없는 사람이었어요. 고요한 물은 깊은 법이에요."

카를 빈터샤이트의 옆모습을 바라보던 율리아는 그가 지금 무슨 생각을 할지 궁금해졌다. 그녀는 아직 누군가를 잃어본 적이 없었다. 그래서 그런 고통은 알지 못했다. 가족사는 명료하고 평범했으며 비밀이나 깨진 곳이 없었다. 어머니가 여섯 살짜리 아들이 어찌 될지 아무런 생각 없이 자살했다고 안 채 평생 살아온 느낌은 어떤 것일까? 율리아는 카를 빈터샤이트가 일개 직원인 자신에게 지극히 사적인 삶의 영역을 보게 해준 것에 깊이 감동받았다.

"빈터샤이트 부부는 카를…… 어, 그러니까 빈터샤이트 씨에게…… 왜 카타리나에 대해 한 번도 얘기하지 않았을까요?" 율리아가 용기를 내어 물었다.

"카를이라고 불러도 됩니다." 발행인이 던진 눈길에 율리아

의 맥박이 빨라졌다. 혹시 나를 좋아하게 된 건가? 아니면 바로
다음 순간 또 쌀쌀맞게 굴까? 율리아는 카를 빈터샤이트에게
마음이 끌린다는 걸 인정할 수밖에 없었다. 하지만 그의 이름을
부르느니 차라리 혀를 깨무는 게 나을 것이다.

"마가레테는 카타리나를 항상 질투했어요." 마리아 하우실트
가 대답했다. "자기가 너무나 사랑하던 아들이 죽었는데, 아랫
동서는 아들을 낳아서 시아버지 이름을 붙였잖아요. 게다가 카
타리나는 아주 특별한 사람이어서 마가레테는 어떤 면에서도
비교가 안 됐어요. 헨리가 오로지 돈 때문에 마가레테와 결혼했
다는 건 누구나 아는 사실이었죠. 카타리나는 아름다웠을 뿐 아
니라 지적이고 마음도 따뜻했어요. 사람을 끌어당기는 힘이 있
어서 누구든지 보자마자 바로 좋아했어요. 여성들을 별로 대우
하지 않던 카를 아우구스트 어르신도 카타리나의 매력에 감탄
했고요. 몇 시간이나 그녀와 이야기를 나누고, 작가들에게 모두
소개하고, 이브닝파티에서는 꼭 자기 옆에 앉으라고 했지요. 마
가레테는 그저 손님들에게 음료수만 채워주고 외투만 받아들
었는데 말이에요. 그래요, 카를 아우구스트 어르신은 며느리를
신처럼 떠받들고 그녀에게 리브만 문서실 운영을 맡기도록 유
언장에 명시했어요. 마가레테가 아닌 다른 며느리에게요. 마가
레테를 향해서는 경멸을 감추지도 않았죠. 제 생각에는 이 모든
이유로 마가레테가 카타리나에 대해 말하기를 꺼린 것 같아요.
도로테아도 마찬가지예요. 두 사람은 늘 손해를 봤어요."

마리아 하우실트는 손을 내밀어 카를의 손 위에 얹었다. "네
가 원한다면 네 엄마에 대해 많이 이야기해줄 수 있어."

"예, 듣고 싶어요." 그가 잠긴 목소리로 대답했다. "하지만 그 전에 먼저 키르히호프에게 가요. 경찰 보고서에 뭐라고 쓰여 있는지 궁금하니까요."

* * *

"어쩌면 마가레테 빈터샤이트도 하이케 베르시의 살해에 연루됐을 수 있어요." 보덴슈타인과 함께 출판사에서 나와 공무용 차에 오르던 피아가 말했다. 크뢰거와 그의 팀이 빈터샤이트 빌라로 출발한 뒤라서 그 차는 건물 앞에 홀로 주차되어 있었다. "하이케 베르시 때문에 그녀가 오랫동안 얼마나 심한 굴욕을 당했는지 생각해보세요! 그런데 이제 하이케와 알렉산더가 자기 아들을 살해했다는 것을 알게 된 거예요!"

"어떻게 알게 됐다는 거야?" 보덴슈타인이 물었다.

"카타리나 집에서 가지고 온 일기장을 통해서요!"

"그런데 그걸 지금에야 읽었다고?" 보덴슈타인이 고개를 저었다. "아니, 그건 좀 아닌 것 같은데."

"그렇다면 다른 사람이 가지고 있었는데 얼마 전에야 그녀의 손에 들어갔을 수도 있지요." 피아가 자신의 추정을 변호했다.

전화가 울리자 보덴슈타인이 핸즈프리 버튼을 눌렀다.

"저예요." 타리크였다. "반장님, 죄송합니다. 빈터샤이트 부부가 자기 집을 나서는 걸 거부해서 여기로 데려오지 못했어요. 동료들도 나이 든 사람을 억지로 순찰차에 태우려고 하지 않고요."

"그래서 지금 어디 있어?"

"감시를 받으며 이 집 재단 사무실에 있습니다. 셈과 제가 프랑크푸르트 동료들을 지원하려고 여기로 왔어요." 타리크가 대답했다.

"그 노작가도 거기 있고?"

"아니요. 빈터샤이트 부인 말로, 헬무트 엥글리슈는 어제저녁에 떠났다고 합니다."

"그래, 좋아. 어디 가면 그를 찾을지 알고 있으니까 괜찮아. 크뢰거는 도착했어?"

"아니요. 그런데 도로테아 빈터샤이트-핑크와 남편이 방금 여기 나타났습니다. 자기 어머니와 이야기하겠다고 하는데, 아주 많이 흥분한 상태예요."

"우리가 도착하기 전까지 절대로 서로 말하게 하면 안 돼!" 피아가 소리쳤다. "둘을 다른 방으로 보내고, 관리인 집에 들어가지 못하게 감시해!"

"알겠어요. 그렇게 할게요. 아, 저기 감식반이 오네요."

"우리도 몇 분 후면 도착할 거야." 보덴슈타인이 말했다. "그때까지 빈터샤이트 집안사람들을 분리해둬. 휴대전화를 압수하고, 유선전화도 사용하지 못하게 해."

물론 그들이 이미 오래전에 발데마르 배어에게 전화해서 주의를 줬을 수도 있지만 미처 못 했을지도 모르는 일이었다.

에셔스하임 국도에서 시외로 나오는 교통이 공사 현장 때문에 밀려 보덴슈타인은 게르트너 길로 베스트엔드를 통과하여 캄푸스 베스트엔드로 바로 이어지는 로이터 길로 차를 꺾었다.

그곳부터는 목적지까지 거리가 얼마 되지 않았다.

"제 말이 맞아요. 두고 보세요." 피아가 말했다. 사냥감이 바로 코앞에 있으니 흥분되어 속이 떨려 왔다. 몇 분 후에 보덴슈타인은 활짝 열린 빈터샤이트 빌라 정문을 빠르게 통과하고 속도를 줄이지 않은 채 계속 달렸다. 바퀴 밑에서 자갈이 튀어 기관총 사격을 하듯 공무용 차 바닥에 부딪혔다. 집 앞에는 순찰차 두 대 옆에 셈과 타리크가 타고 온 은색 오펠과 F-WV889 번호판을 단 검은색 볼보 SUV가 주차되어 있었는데, 분명히 도로테아 빈터샤이트-핑크의 회사 차량일 터였다. 보덴슈타인은 집을 빙 돌아 감식반의 폭스바겐 미니버스 뒤에 차를 세웠다.

"여러 번 초인종을 누르고 문을 두드렸지만 용의자가 문을 열지 않아요." 크뢰거가 인사 대신 말했다. "이제 저희가 문을 열겠습니다."

"그렇게 해." 보덴슈타인도 피아처럼 긴장감에 휩싸였다. 흔적을 바르게 쫓은 걸까? 이제 곧 사건이 해결되려나? 초록색 페인트칠을 한 나무문 뒤에 뭐가 기다리고 있을까? 실종자의 집에 들어갈 때면 늘 그렇듯이 모든 것을 염두에 둬야 했다. 시신 또는 무장한 정신 나간 사람과 만날 각오도 포함됐다. 문을 열 때 피아와 보덴슈타인은 권총을 빼 들었다. 둘은 의견일치의 눈빛을 교환하고 심호흡을 한 뒤에 등을 맞대고 집으로 들어갔다. 서서히 전진하며 방 세 개와 손님용 화장실과 욕실, 부엌과 창고까지 모두 살핀 후에 경보를 해제했다.

"집은 비어 있어." 보덴슈타인이 이렇게 말하고 권총을 집어넣었다. "아무도 없군."

피아도 무기를 권총집에 넣고 주변을 둘러봤다. 현관은 널빤지를 붙인 복도로 이어졌다. 오른쪽 첫 번째 공간인 부엌은 빛이 잘 들어오고 아늑했다.

"내가 왼쪽, 자네가 오른쪽?" 보덴슈타인의 말에 피아가 고개를 끄덕였다. 둘은 비닐장갑을 끼고 발데마르 배어의 집을 수색하기 시작했다. 그러는 동안 크뢰거와 그의 팀은 바깥에서 기다렸다. 부엌 싱크대 옆 식기 건조대에 놓인, 세척된 커피잔이 피아의 눈에 들어왔다. 세 개로 구분된 쓰레기통 중에 비료용 쓰레기통에는 채소와 커피찌꺼기가 들어 있고 나머지 두 개는 비어 있었다. 창턱에는 보라색과 하얀색 꽃이 핀 난초 도자기 화분들이 놓여 있었다. 조리대에는 사과 바구니가 놓여 있고 서랍은 잘 정리되어 깔끔했다. 창고에는 진공청소기와 청소용 양동이가, 선반에는 저장용 식품과 캔이 놓여 있었다. 모든 것이 지극히 평범한 삶을 드러냈다. 욕실도 발데마르 배어가 지독하게 꼼꼼한 남자 주부 같다는 것만 빼고는 특이한 점이 없었다. 바닥에 아무것도 놓이지 않았고, 세면대에도 치약이나 면도용 크림 흔적이 남지 않았다. 화장실 쓰레기통은 비었고 샤워와 욕조도 더할 나위 없이 깨끗했다.

"피아, 이리 와봐!" 보덴슈타인이 소리쳤다.

"어디 계세요?"

"왼쪽 마지막 방."

피아는 복도를 따라가 넓은 방으로 들어갔다. 그곳에는 짙은 색 나무 천장, 그리고 차고가 있는 뒷마당으로 이어지는 대형 창문이 있었다. 문이 없는 벽난로 앞에 오래된 가죽 소파가 놓여 있고, 쪽매널마루 바닥에는 빛이 바래고 낡았지만 여전히 아름다운 페르시아 양탄자가 깔려 있었다. 유리판에 알루미늄 다리가 달린 현대식 텔레비전 받침대에는 텔레비전과 DVD플레이어, 스테레오기기가 놓여 있었다. 조각된 다리가 달린 흉측한 괴물 같은 마호가니 책상은 이 방에 어울리지 않게 너무 크고 육중했는데, 아마도 빌라 응접실에서 온 듯했다.

"그가 휴대전화를 여기 두고 갔어." 보덴슈타인은 구형 스마트폰이 놓여 있는 책상을 가리켰다. "충전기도 같이. 잊어버리고 그냥 갔다고는 생각할 수 없군."

"저도 같은 생각이에요. 급하게 도망친 게 아니에요. 떠나면서 위치 추적을 못 하게 휴대전화를 두고 갔군요." 피아가 고개를 끄덕이며 말했다. 허리 높이까지 오는 참나무 궤 위에 은테와 나무테를 두른 사진들이 여럿 놓여 있었다.

"저기, 반장님. 저희 반장님이 들어와도 되냐고 묻는데요." 모자가 달린 전신작업복을 입은 크뢰거의 팀원 중 한 명이 문간에 나타나서 물었다.

"그래, 들어와." 보덴슈타인이 대답했다. "여기 거실부터 시작하는 게 좋겠어."

피아는 돋보기를 쓰고 모두 오래전에 찍은 것으로 보이는 사진들을 살펴봤다.

"여기 이 사람이 카타리나 빈터샤이트일까요?" 피아가 이렇게 물으며 보송보송한 콧수염에 반듯하게 옆 가르마를 탄, 지금보다 훨씬 젊은 발데마르가 한 살쯤 된 아이를 안은 짙은 색 머리의 아름다운 여자 옆에서 찍힌 사진을 가리켰다. 그 여자는

209

사진 여러 곳에서 보였는데, 카를 빈터샤이트의 아버지임이 분명한 매력적인 남성과 함께 찍은 사진도 몇 장 있었다. 카를의 사진도 많았다. 어릴 때 엄마와 함께, 갈색을 띤 금발의 젊은 여자와 함께, 어린이용 소형 자동차에 앉아서, 진지한 표정을 한 청소년일 때, 검은 망토와 박사모를 쓴 젊은 남자일 때 찍은 사진. 또 여러 상황에서 찍은 한 부부의 흑백사진들도 있었는데 배어의 부모로 추정되었다. 자랑스러운 미소를 지은 채, 카를 빈터샤이트의 사무실에 걸린 초상화 속 남자와 함께 찍은 젊은 발데마르의 사진도 있었다.

보덴슈타인이 책상 서랍을 열어보니 꼼꼼한 주인의 성격이 드러났다. 뾰족하게 깎은 연필들도 길이에 따라 잘 정리되어 있었다.

"없어." 보덴슈타인은 실망하여 고개를 들었다. "일기장이 안 보여."

피아는 방을 둘러보며, 가끔 필요하면서도 남들 눈에 금방 띄지 말아야 할 물건을 자기라면 어디에 두게 될지 고민했다.

"궤." 그녀는 이렇게 말하고서 사진들을 전부 황급히 책상으로 옮겼다. 보덴슈타인도 피아를 도와 아주 심하게 삐걱거리는 궤 뚜껑을 함께 열었다. 피아가 접힌 담요와 소파 쿠션을 궤에서 꺼내자 원래 포장 상태 그대로인 커피메이커와 과즙기, 신발 여러 켤레, 쇼핑백이 가득 든 상자 하나, 어깨끈이 달린 낡은 가죽 가방이 나왔다. 발데마르 배어에 대한 구속영장을 청구할 만한 증거물은 하나도 없었다.

"나는 침실을 둘러볼게." 보덴슈타인은 위로하듯 피아의 어깨를 두드리고 거실을 나갔다.

"빌어먹을!" 실망한 피아가 욕을 내뱉으며 가방을 들어 올렸다. 여기서 수사에 진전을 가져다줄 뭔가를 분명히 발견할 거라고 짧은 순간 확신했는데! 녹슨 버클 중 하나에 뭔가 걸렸다. 피아가 급히 잡아당기자 버클이 갑자기 딸깍 열리면서 가장자리만 붉은 검정 노트 몇 권과 두툼한 갈색 A4 봉투 세 장과 사진들이 페르시아 양탄자 위로 떨어졌다. 금빛 고리 하나가 양탄자 위를 지나 쪽매널마루 바닥으로 굴러가 굽도리널에 부딪히고는 나지막하게 짤그랑 소리를 내며 쓰러졌다. 피아의 심장이 쿵쿵대기 시작했다. 마구 뒤엉킨 흔적과 정보와 암시들을 통해 제대로 된 결론을 내고 이제 결정적인 단서를 찾은 것일까? 예전에 하던 메모리 게임에서 짝이 맞는 카드를 뒤집을 때와 비슷한 느낌이었다. 피아는 몸을 숙여 두툼한 고무줄이 감긴 검은 노트를 집어 들었다. 그녀도 예전에 이런 노트를 일기장으로 자주 사용했다. 한때 인기 있는 선물이었고, 피아와 친구들은 로스 시장에 있던 크리크리라는 이름의 잡화상에서 이 노트를 몇 마르크에 사곤 했다. 피아는 떨리는 손으로 고무줄을 풀어내고 노트를 꼼꼼하게 살폈다. 오래된 다락방에서 날 법한 곰팡이 냄새가 풍겼다. 표지 위편 왼쪽 구석에 분홍색 매니큐어로 'KK'라는 철자가, 접는 선과 각인 사이의 붉은색 천 띠에는 인쇄체로 '1983/1984'라고 쓰여 있었다. 피아는 노트를 펼쳤다. 검정색 볼펜으로 '카타리나 코모로브스키의 일기장. 1983년 1월 13일에 시작'이라는 글씨가 이미 일기상 복사물에서 본 것과 똑같은 힘있는 서체로 쓰여 있었다. 그 아래에는 다른 필기구로 '1984년 7월

26일까지'라고 쓰여 있었다.

"반장님! 크리스티안! 일기장을 찾았어요!" 피아가 소리쳤다.

* * *

"여기 이게 1990년 8월 카타리나 빈터샤이트, 원래 성은 코모로브스키의 시신을 조사한 사망 수사 보고서입니다. 제가 오늘 아침 프랑크푸르트 검찰청에서 받았어요. 우리가 지금 여기서 하는 일이 좋은 아이디어는 아니라는 것부터 일단 언급해야겠군요." 헤닝 키르히호프는 자기 책상 앞에 서 있고, 그의 맞은편에 율리아와 카를 빈터샤이트와 마리아 하우실트가 헤닝의 비서가 날라 온 방문객용 의자에 앉아 있었다.

"왜 사망 수사를 하게 됐습니까?" 카를 빈터샤이트가 물었다. "자살일 때 그렇게 하는 게 일반적인가요?"

"브레모라 씨에게 이미 설명했습니다." 헤닝이 대답하고 회전의자에 앉았다. "사망 수사는 죽음이 자연사가 아니거나 제3자에 의해 일어났다는 의심이 들 때 행해지는데, 자살은 언제나 이 경우에 해당합니다. 경찰은 시신 발견 장소의 흔적을 확보하고 목격자들과 유족에게 질문을 하지요. 이런 초기 수사에서 죽음이 자연적인 원인에 의한 게 아니라는 의혹이 들면 검찰은 부검을 지시합니다. 외상 외에도 특히 시신의 모습이 발견 당시 상황과 일치하는지 검사하지요. 여기서 제3자가 개입했다는 근거가 발견되면 살인 수사가 시작됩니다. 하지만 빈터샤이트 씨 어머니의 경우에는 제3자 개입이 없었으므로 자살로 확인되어 수사를 끝내고 장례를 치르도록 시신을 내준 겁니다."

"그런데 왜 자살이 아닐 거라고 의심하세요?" 마리아 하우실트가 물었다.

키르히호프는 망설이다가 조심스럽게 입을 뗐다.

"사건이 다르게 전개됐을지도 모른다는 근거가 있어요. 하지만 정말 추측에 불과합니다. 흔적이 이렇게 복잡할 때는 사진과 목격자 진술만으로 확인하기가 늘 어려워요."

율리아는 실망했다. 어제 키르히호프가 말할 때는 분위기가 완전히 달랐는데! 갑자기 왜 이렇게 주저하는 걸까? 검찰 서류에 뭐라고 쓰여 있지?

"아하." 카를 빈터샤이트는 속마음을 드러내지 않았지만 분명히 율리아만큼이나 실망했을 터였다. 율리아는 그에게 잘못된 희망을 준 것 같아 마음이 불편했다.

"하지만 어제는 찰과상이 자발적으로 뛰어내린 게 아니라 누군가 난간 너머로 민 흔적일 수도 있다고 말씀하셨잖아요." 그녀는 사장 앞에서 허풍쟁이가 되기 싫어 이의를 제기했다.

"맞습니다." 헤닝 키르히호프가 인정했다. "하지만 언제나 전체적인 상황을 염두에 두어야지요. 저는 여전히 자살이라는 것에는 의심을 품고 있습니다. 이 사건은 다시 수사할 만하다고 생각해요."

이제 좀 낫군!

"서류를 봐도 될까요?" 카를 빈터샤이트가 물었다.

"공식적으로 검찰에 신청하시면 좋겠습니다." 키르히호프는 정중하면서도 단호하게 답했다. "유족은 별다른 어려움 없이 신청할 수 있으니까요."

"적어도 진술한 증인 중에 발데마르 배어라는 이름이 있는지 만이라도 알려주실 수 있을까요?" 율리아는 이렇게 금방 포기하고 싶지 않았다. 키르히호프의 마음이 바뀐 이유를 알 수 없었다.

"이유가 뭔가요?" 법의학자가 물었다.

"저는 발데마르 배어가 카타리나를 살해했을 가능성도 있다고 생각하니까요." 마리아 하우실트가 끼어들었다. "카타리나는 저와 가장 친한 친구였어요. 저는 그때 자살이라는 걸 믿지 않았어요. 그리고 발데마르가 그녀를 많이 사랑했다는 것도 알아요. 그는 카타리나가 일이 많거나 우울한 시기를 겪을 때면 그 집에 자주 가서 카를과 그녀를 돌봤어요. 하지만 카타리나에게 그는 친구 이상은 아니었어요. 게다가 발데마르는 그녀보다 몇 살 아래이기도 했고요."

키르히호프는 생각에 잠긴 채 입술을 삐죽거렸다. 그의 손가락이 서류 표지를 북처럼 다다닥 두드렸다. 그러다가 드디어 입을 열었다.

"안 됩니다. 죄송해요."

"아주 잠깐만 들여다보시면 되잖아요." 율리아가 재촉했지만 그는 물러서지 않았다.

"궁금해하시는 거야 이해합니다." 그가 대답했다. "하지만 제 확인 때문에 경찰이 수사를 하게 된다면 지금 여러분에게 정보를 주었다는 이유로 저는 아주 곤란한 상황에 처합니다. 그러니 빈터샤이트 씨, 말씀드린 대로 검찰과 바로 연락할 변호사를 선임하십시오." 그러고서 율리아에게 몸을 돌려 말했다. "브레모라 씨, 저에게 말한 그 원고를 가능한 한 빨리 강력반에게 넘기세요."

"무슨 원고 말인가요?" 마리아 하우실트가 깜짝 놀라 물었다.

"며칠 전에 미완성 원고를 익명 우편으로 받았어요." 카를이 대모에게 설명했다. "율리아와 저는 그걸 어머니가 썼다고 생각해요. 누아르무티에섬에서 휴가를 보내는 젊은이들 이야기인데, 줄거리가 진행되면서 그중 한 명이 죽어요."

"3주 전에 누군가…… 으음…… 카를……에게 하늘색 장난감 자동차를 보냈어요." 율리아가 덧붙여 말했다. 이런! 이제 그의 이름을 불러버렸네! "그것도 익명이었어요."

"그래서 엄마가 혹시 글을 썼는지 네가 나에게 물은 거로구나." 에이전트는 이제 앞뒤 맥락을 이해했다.

"예." 카를이 고개를 끄덕였다. "원고가 정말 좋았는데 안타깝게도 뒷부분이 없었어요. 그래서 율리아와 저는 어머니가 자살하지 않았을 거라고 생각해요. 분명히 소설을 끝까지 쓰고 싶었을 테니까요."

"카타리나의 원고." 마리아 하우실트가 나지막한 음성으로 말했다. "정말 믿을 수 없구나! 네 엄마가 전혀 읽지 못하게 해서 나는 그때도 좀 화가 났었지. 카를, 나도 그걸 읽어볼 수 있을까?"

"물론이죠." 발행인은 서글픈 미소를 지었다. "훌륭한 글이에요. 어머니는 정말 재능이 있었어요."

"누가 그걸 가지고 있었을까요?" 율리아가 에이전트에게 물

215

었다. "그리고 그 사람은 왜 그 원고를 카를에게 좀 더 일찍 보내지 않았을까요?"

이번에는 사장의 이름이 좀 더 쉽게 입 밖으로 나왔다. 에이전트의 핸드백에서 휴대전화가 울리기 시작했다.

"죄송합니다." 그녀가 전화를 꺼내 액정 화면을 흘깃 봤다. "작가 중 한 명이에요. 아, 세상에. 약속이 있었는데 깜박 잊었네요. 저는 이제 가야겠어요."

에이전트는 몸을 일으켜 귀에 휴대전화를 댄 채 키르히호프의 사무실을 나섰다.

"브레모라 씨, 빈터샤이트 씨. 제 말을 들으세요." 법의학자가 절박하게 말했다. "강력반에 알리셔야 합니다. 산더 형사나 보덴슈타인 형사에게 연락하세요! 당장! 직접 하시지 않는다면 제가 해야 합니다."

* * *

"우리를 집에 가두고 변호사와 통화하지 못하게 하다니, 뻔뻔함의 극치군요! 이건 감금이에요. 책임을 지셔야 할 겁니다!" 도로테아 빈터샤이트-핑크는 모든 불행의 책임이 피아 개인에게 있다는 듯이 분노하며 그녀를 노려봤다.

"일단 진정하세요." 보덴슈타인이 말했다. "불편하게 해드려 죄송합니다."

솀은 도로테아 빈터샤이트-핑크와 그녀의 남편을 몇 시간 전부터 부모가 불평도 없이 앉아 있는 1층의 재단 사무실에 데려가 대기시켰다. 부모는 타리크가 알렉산더 로트의 티셔츠에 묻은 혈흔 DNA가 혹시 괴츠 빈터샤이트와 연관이 있는지 알아보기 위해 구강 점막을 채취해도 참고 견뎠다. 그때 이후로 헨리 빈터샤이트는 지팡이 손잡이에 양손을 올리고는 눈을 감고 미동도 하지 않은 채 앉아 있었다. 지금도 그는 고집스럽게 입을 다물고 있었다. 그의 아내는 슈테판 핑크가 사무실에 들어서자 돌처럼 굳어 있던 상태에서 깨어났다.

"저 인간을 평생 다시는 보고 싶지 않아." 그녀가 싸늘한 경멸을 내뿜으며 말했다. "꺼져라, 이 교활한 겁쟁이야."

"유감스럽지만 그를 잠시 더 견디셔야 해요." 피아가 말했다. "모두 자리에 앉으세요. 대화를 녹음하는 데 다들 동의하신 것으로 알겠습니다."

아무도 반박하지 않았다. 제복 차림의 경찰 네 명과 형사 네 명은 도로테아 빈터샤이트-핑크조차 주눅 들게 했다. 그녀가 얌전하게 의자에 앉았다.

"배어 씨의 사무실과 작업실을 수색하다가, 그가 하이케 베르시와 알렉산더 로트를 살해했을지도 모른다는 단서를 발견했습니다." 보덴슈타인이 입을 열었다. "그리고 그의 집에서는 사망한 카타리나 빈터샤이트의 개인용품이라고 생각되는 서류와 일기장을 찾았고요."

보덴슈타인이 말하는 동안 피아는 마가레테 빈터샤이트에게서 눈을 떼지 않았다. 노부인은 딸과 마찬가지로 놀란 듯했다. 헨리 빈터샤이트는 표정을 제대로 감추지 못했다. 한순간 번뜩인 그의 눈빛은 경악이었을까? 그렇다면 무슨 이유로?

"이 일기장의 복사물이 약 3주 전에 로트 씨와 하우실드 씨, 린트너 씨, 그리고 핑크 씨 당신에게 도착했지요. '나는 네가 1983년 여름에 한 일을 알고 있다'라는 문장이 앞에 쓰여 있었고요. 일기 내용은 괴츠 빈터샤이트의 죽음과 관계있습니다."

도로테아 빈터샤이트-핑크는 턱 근육이 떨릴 만큼 입을 앙 다물었다. 남편은 이것도 말하지 않았다!

"우리는 그사이에 알렉산더 로트가 괴츠 빈터샤이트를 절벽에서 걷어차 바다로 빠뜨리는 걸 봤다는 목격자의 진술을 받았습니다." 보덴슈타인이 설명을 이어갔다. "하이케 베르시는 그 옆에 서 있었고요. 그리고……."

"아니야!" 마가레테 빈터샤이트의 가슴에서 신음이 새어 나오더니 그녀가 갑자기 무릎을 꿇고 머리를 뒤로 젖힌 채 사람의 소리라고 믿을 수 없는 비명을 질렀다. 울부짖음으로 바뀐 그 비명이 너무 끔찍해서 피아는 등줄기에 소름이 돋았다. 밖으로 드러난 영혼의 고통은 견딜 수 없을 정도였다. 가족 중 그 누구도 그녀를 달랠 엄두를 내지 못했으므로 피아가 노부인을 돕기 위해 쪼그려 앉았다. 하지만 마가레테 빈터샤이트는 그녀를 떨쳐냈다. 그러더니 팔순이 다 된 노인이라고는 믿을 수 없을 만큼 민첩하게 일어서더니 남편에게 달려들었다. 수십 년 동안 내면에 쌓여온 근심과 증오가 폭발했다.

"이 개자식, 더러운 개자식!" 그녀가 새된 비명을 지르며 막을 시도조차 못 하는 허약한 남편을 주먹으로 마구 때렸다. "넌 내 괴츠의 자리를 그 아이 '살인자'로 대신했어! 그리고 빨간 머리 창녀를, 그 빌어먹을 교활한 암캐를 내가 매일 보게 만들었고!" 그녀는 남편을 때려 코에서 안경을 떨어뜨렸다. 뺨 위로 눈물을 흘리는 남편을 아내가 정신 나간 사람처럼 때리는 동안 피아는 혹시 그녀가 하이케 베르시에게도 들끓는 분노로 이렇게 고기 망치를 휘두른 게 아닐까 하는 생각이 번뜩 들었다.

"엄마, 그만하세요! 엄마, 제발 좀!" 도로테아 빈터샤이트-핑크가 벌떡 일어났다. 그러고는 펄펄 뛰는 어머니의 상체를 팔로 감싸 안고 당겨 달래려 했다. 폭발은 시작할 때처럼 갑작스레 끝났다. 고함을 멈추고 힘없이 풀썩 주저앉은 마가레테 빈터샤이트를 딸이 의자로 데려갔다.

"어떻게 이런 짓을 하실 수 있죠?" 도로테아가 보덴슈타인에게 따졌다. "그런 소식은 좀 더 섬세한 방식으로 전할 수 없나요?"

"이거 봐!" 마가레테 빈터샤이트가 딸에게 고함을 질렀다. "마리아를 오라고 해! 마리아도 나처럼 괴츠를 사랑했으니까 나를 이해할 수 있어. 언제나 내 마음을 알아줬지."

"마리아도 엄마를 속였어요!" 도로테아는 화를 내며 어머니를 놓았다. 목소리가 커졌다. "알아들을 생각이 없으신가요? 괴츠 오빠가 카타리나 숙모를 사랑하게 됐다는 이야기는 그들이 지어낸 건데 엄마 아빠는 너무 바보라서 그들을 믿었다고요!"

"아니, 아니야. 그렇지 않아. 그게 아니야." 마가레테가 자기 앞쪽 바닥을 뚫어지게 노려보며 중얼거렸다. "마리아는 나를 절대로 속이지 않았어. 카타리나가 나한테서 아들을, 마리아한테서는 약혼자를 빼앗아 간 거야!"

"엄마!" 도로테아가 날카롭게 소리쳤다. "오빠는 슈테판을 사랑했어요. 오빠는 동성애자였고, 그 둘은 엄마 아빠와 슈테판의 부모님이 그걸 알게 될까 봐 두려웠던 거예요! 카타리나 숙모는 슈테판을 보호하려고 그 거짓말을 받아들였고요. 하이케와 알렉산더는 괴츠 오빠를 죽이고 그 자리를 빼앗았어요. 제발 좀 알아들으세요!"

마가레테 빈터샤이트는 말을 그쳤지만, 입술은 소리 없이 계속 움직였다.

"빈터샤이트 부인." 피아가 그녀에게 말했다. "부인과 남편과 엥글리슈 씨는 지난 월요일에 문학의 집에 가지 않았습니다. 저희에게 언급하셨던 그 행사는 이미 일요일에 거행됐어요. 월요일 저녁에 어디 계셨나요?"

"정말 너무하네!" 도로테아 빈터샤이트-핑크가 흥분해서 끼어들었다. 그러고는 눈을 번쩍이며 보덴슈타인과 피아에게 따졌다. "엄마도 저와 마찬가지로 하이케를 죽이지 않았어요! 엄마를 내버려둬요! 지금 엄마 상태가 안 좋은 게 안 보이나요? 사랑하는 아들이 살해당했다는 사실을 방금 알게 됐잖아요! 그것도 엄마가 믿었던 사람들에게! 좀 존중해달라고요! 살인자를 찾는다고 뭐든 해도 되는 건 아니에요!"

보덴슈타인이 고개를 끄덕였다. 피아도 한 걸음 물러섰다. 어느 정도의 잔인함은 그들의 일에 포함됐고, 또 진술하려 하지 않는 사람들이 이런 불편한 방식을 통해 입을 열게 되는 경우도 흔했다.

"도로, 넌 정말 착한 딸이야." 마가레테가 고개를 들고 눈물을 흘리며 딸을 안타깝다는 눈길로 바라봤다. "넌 언제나 모두에게 잘하려고 애썼지. 하지만 아무도 너를 진지하게 받아들이지 않았어. 사람들이 나한테 그랬듯이. 네 아버지는 우리를 한 번도 사랑한 적이 없다. 그는 결혼 지참금 때문에 내가 필요했던 거고, 너에게는 아무 관심이 없었어."

"엄마, 저도 알아요." 도로테아가 대꾸했다. 그녀는 엄마 앞에 쪼그리고 앉아 손목을 부드럽게 잡았다. "하지만 저는 이미 오래전부터 그런 것에 신경 쓰지 않아요. 아버지에게는 관심 없어요. 카를과 저는 이제 출판사를 운영해나가고, 그 일이 재밌어요. 카를은 자기 아버지처럼 사업 수완이 있고 자기 엄마처럼 현명하고 남의 마음을 잘 끌어당겨요. 우린 탁월한 작가와 직원들이 있으니 성공할 거예요." 어머니와 딸 사이의 감동적이고도 은밀한 순간이었다. 도로테아 빈터샤이트-핑크는 여덟 명이나 되는 경찰의 존재를 완전히 잊었고, 남편과 아버지에게도 눈길을 주지 않았다. "엄마, 우리 남자들은 겁쟁이예요. 알렉산더도 그랬고요. 그들은 우리처럼 강하지 못해요. 겁쟁이들만 거짓말을 하는 거예요."

"아, 내 딸." 눈물 한 방울이 마가레테 빈터샤이트의 주름진 뺨에 흘러내렸다. 도로테아는 자기 얼굴을 어머니 얼굴에 가져다 댔다. "내가 너한테 잘못했어."

"다 용서하고 잊었어요. 엄마, 모두 지나간 일이에요." 그녀의 말에서는 진정한 애정과 온기가 배어 나왔다. "이제 새로 시작하는 거예요. 카를과 저는 멋진 계획이 아주 많아요."

보덴슈타인이 헛기침을 했다. 이제 마가레테 빈터샤이트가 어느 정도 안정됐으니 질문을 몇 가지 던졌다. 그녀는 카타리나가 죽은 후에 개인용품이 어떻게 됐는지 모른다고, 일기장은 본 적이 없다고 대답했다. 발데마르 배어를 마지막으로 본 때는 월요일 저녁 5시 30분경으로, 자기 차인 흑회색 BMW를 타고 정문으로 나가더라고 했다. 보덴슈타인이 다른 사람들에게도 관리인에 대해 질문하는 동안 피아는 슈테판 핑크에게도 아주 강력하지는 않지만 하이케 베르시의 입을 다물게 하려는 동기가 있었다고 생각했다. 하지만 그렇다면 살해 도구를 알렉산더 로트의 냉장고에 어떻게 넣었을까? 그의 사무실에 냉장고가 있다는 걸 알기는 했나? 그때 알렉산더 로트가 금요일 저녁 늦게 방문객을 맞았다던 헤닝의 편집자 말이 떠올랐다.

"핑크 씨, 지난 금요일 저녁에 어디 계셨나요? 밤 10시쯤에요." 피아가 아직은 도로테아 빈터샤이트-핑크의 남편인 남자에게 물었다. 피아는 지난 24시간 동안 아내가 남편에 대해 알게 된 것들로 미루어 볼 때 이 결혼생활이 계속 유지될 거라고 믿지 않았다.

"회사 관리자와 함께 고속도로에 있었습니다." 그가 대답했다. "오후에 에르푸르트에서 약속이 있었고, 거기서 20시경에 출발했어요."

"엄마 휴대전화를 돌려받을 수 있을까요?" 도로테아 빈터샤이트-핑크가 보덴슈타인에게 물었다. "엄마가 마리아에게 전화해서 여기로 오라고 부탁하고 싶어 하세요."

"예, 물론이죠." 보덴슈타인이 타르크에게 신호를 보내자 그가 마가레테 빈터샤이트에게 휴대전화를 건넸다. 그런 다음 보덴슈타인은 책상에 내려뒀던 사진을 들어 그곳에 있는 사람들에게 보여줬다. 미소를 짓는 젊은 발데마르 배어와 어깨까지 내려오는 갈색 곱슬머리에 짙고 커다란 눈의 젊은 여자가 그에게 기대 카메라를 향해 환하게 웃는 사진이었다. 이 여자는 여러 사진에 들어가 있었는데, 대부분은 카타리나 빈터샤이트와 어린 카를과 함께였다.

"발데마르 배어의 침실에 있던 사진입니다." 그가 말했다. "이 여자가 누군지 말씀해주시겠어요?"

"발데마르가 그 사진을 '침실'에 뒀다고요?" 마가레테가 물었다. "아니, 왜?"

"사랑했으니까요, 엄마." 딸이 대답했다. "그리고 그녀도 발데마르를 사랑했고요."

"이 사람이 누군가요?"

"카타리나 숙모의 마지막 오페어 걸이에요." 도로테아가 대답했다. "이름이 세골렌이었다는 건 기억나요. 서너 번밖에 못 봤어요. 욘 삼촌이 돌아가신 후에 카타리나 숙모한테로 왔는데, 이미 숙모가 빌라에 살지 않을 때였어요. 제가 세골렌과 이야기를 해본 적은 없었던 것 같아요."

"정보 고맙습니다."

"이제 가도 될까요?" 도로테아 빈터샤이트-핑크의 목소리가 냉소적으로 변했다. "교활한 제 남편이 이번에는 진실을 말한 것 같네요. 그리고 엄마와 저는 아무도 죽이지 않았어요."

헨리 빈터샤이트가 처음으로 몸을 움직였다. 그는 겨우 일어나더니 지팡이에 힘겹게 몸을 기댔다.

"하지만 나는 누군가를 죽였어요. 사고였고, 의도한 게 아니

었지." 쉰 목소리로 이렇게 말하는 그의 얼굴은 자기혐오로 잔
뜩 일그러져 있었다.

* * *

"발데마르 배어가 범인이야." 페스트할레와 박람회장을 지나
비스바덴 방향으로 차를 몰면서 보덴슈타인이 안도하는 마음
으로 말했다. 셈은 아까 카이에게 배어의 차량을 전국적으로 수
배하라고 일렀다. 이제 누군가 그를 보거나 그가 순찰대의 눈에
띄는 건 시간 문제였다. 헨리 빈터샤이트는 모두 자백했고, 노
령과 안 좋은 건강 상태 때문에 카셀 소재 미결 구치소 병원으
로 이송되는 중이었다. 그는 1990년 8월 17일 늦은 저녁에 심하
게 술에 취한 상태에서 카타리나와 이야기를 하려고 그 집에 갔
다. 카타리나는 출판사 회계에서 부정을 발견하고 세무사사무
실에 지난 몇 년 동안의 회계 분석을 맡겼는데, 거기서 헨리를
상당히 불편하게 만드는 점들이 드러났다. 진짜 범죄라기보다
엉성한 실수에 가까웠지만 전체적으로 보면 그가 경영권을 포
기해야 할지도 모르는 상황이었다. 카타리나는 완고했고 둘 사
이에 싸움이 일어났는데 이 과정에서 그가 그녀를 발코니 난간
너머로 밀어 사망에 이르게 했다. 당황한 그는 도망쳤고 누구의
눈에도 띄지 않았다. 카이는 이미 검찰에 카타리나 빈터샤이트
시신 관련 서류를 신청했다. 타리크는 발데마르 배어 집의 궤에
서 꺼낸 일기장을 호프하임으로 가져가서, 거기에 요제핀 린트
너가 그들에게 괴츠 빈터샤이트의 죽음에 대해 진술한 내용의

근거가 될 만한 단서가 있는지 찾아보기로 했다.

빈터샤이트 집안의 충직한 관리인 발데마르 배어는 하이케 베르시가 출판사와 카를에게 손해를 입히자 분노하고 실망했다. 어쩌면 그는 하이케가 1983년에 무슨 짓을 했는지 일기장에서 알아냈는지도 모른다. 배어는 괴츠 빈터샤이트와 형제처럼 자라서 그를 잘 알았고, 오랫동안 고통을 겪는 마가레테도 보아왔다. 하이케 베르시와 배어 사이에 싸움이 일어났고, 그러다가 그녀가 그를 유언장에서 삭제하겠다고 말한 걸까? 그래서 그가 하이케를 살해했나? 그가 오랜 패거리를 익명의 편지로 협박했고, 알렉산더가 이 협박을 이기지 못하고 관리인에게 속을 털어놓자 그가 메탄올로 독살한 건가? 이들의 가설에는 여전히 몇 가지 약점이 있었다. 지금까지 정황 증거만 있을 뿐 직접 증거는 하나도 없었기 때문이다.

"자, 배어의 동기가 뭘까?" 피아와 같은 생각에 이르렀음이 분명한 보덴슈타인이 물었다.

"충성심이죠." 피아가 대답했다. "그가 일요일에 했던 말 기억하세요? 그렇게 먹을 걸 건넨 손을 물어버리면 안 된다고, 베르시 씨에게 실망했다고 말했잖아요. 또 요제핀 린트너가 우리에게 진술한 내용을 그와 도로테아도 알게 됐을 수도 있어요. 로트 씨가 술을 마시고 그들에게 말했는지도 모르지요. 그래서 배어가 하이케 베르시에게 그 이야기를 꺼내니 하이케가 그를 유언장에서 삭제하겠다고 협박했을 수도 있고요."

"그렇다고 가정해보자고……. 배어가 그 가방과 일기장을 왜 28년이나 보관했을까? 그가 오페어 걸을 사랑했다면, 카타리나 빈터샤이트의 개인용품이 그에게 도대체 무슨 의미였지?"

"배어는 왜 카를 빈터샤이트에게 어머니의 유품을 주지 않았을까? 1년 반 전부터 기회가 있었는데." 피아는 혼잣말을 했다.

"그리고 왜 그는 헨리 빈터샤이트에게도 일기장 복사물을 보냈을까? 배어가 그렇게 충성심이 강하다면 말이야." 조금 전에 노인은 자기도 복사물을 받았다고, 하지만 이미 오래전에 파쇄기에 넣었다고 진술했다.

"빌어먹을!" 보덴슈타인은 손바닥으로 핸들을 내리쳤다. 좋던 기분은 이미 다 사라졌다. 소소하게 맞지 않는 부분이 계속 나타나서 기어에 낀 모래알처럼 버스럭거렸다.

"금요일 저녁에 출판사로 로트를 찾아간 방문객은 누구였을까요?" 피아가 묻는데 휴대전화가 울렸다. 카이였다.

"검찰과 방금 통화했어." 그가 말했다. "그런데 그거 알아? 다른 누군가 역시 카타리나 빈터샤이트의 서류에 관심이 있었더라고. 서류가 이제 거기 없대."

"아하, 그게 누군데?" 피아가 물었다.

"당신 전남편. 키르히호프 교수가 오늘 아침에 서류를 직접 가지고 갔다는군."

"뭐라고? 아니, 왜?" 피아는 깜짝 놀랐지만 놀라움은 바로 짜증으로 바뀌었다. "도대체 무슨 짓이지?"

"당신이 직접 물어보는 게 좋겠어. 지금 어디야? 헨리 빈터샤이트를 체포해서 카셀로 보냈다고 엥겔이 엄청나게 흥분했어. 가택연금이랑 전자 발찌로도 충분했을 거라고 말이야."

"자살 위험이 있을 때는 그 정도로 안 되지." 피아가 대꾸했다. "아 참, 카이. 구글 어스로 빈터샤이트 출판사 거리, 특히 뒷마당 쪽을 좀 봐줘. 근처 어딘가에 뒷마당이 잡히는 교통 카메라나 감시 카메라가 있는지 확인해봐."

"알았어. 정확하게 어느 시간대를 알고 싶은데?"

"금요일 저녁 21시부터 로트가 자전거를 타고 집으로 가려고 건물을 나온 시간까지. 그날 로트는 방문객이 있었어." 피아는 다른 전화가 들어오는 소리를 듣고 액정 화면을 급히 봤다. 헤닝이었다!

"최선을 다해볼게." 카이가 대답하고 전화를 끊었다.

"헤닝!" 전남편의 목소리를 들은 피아는 고함을 지르지 않으려고 애썼다.

"피아, 잘 들어." 헤닝이 말을 가로챘다. "반장님과 당신, 최대한 빨리 여기로 와."

"그래, 사실 지금 그럴 생각이었어! 당신 엉덩이를 걷어차려고!"

"카를 빈터샤이트와 그의 편집자가 지금 내 사무실에 앉아 있어." 헤닝은 피아의 말을 전혀 듣지 못했다는 듯 자기 말을 이어갔다. "경찰에게 들려줄 흥미로운 이야기가 있거든."

"15분 후에 도착할 거야." 피아는 짤막하게 대답하고 종료 버튼을 눌렀다.

"법의학연구소로?" 보덴슈타인의 질문에 피아는 고개를 끄덕였다. 그는 짜증스럽게 경적을 울리는 몇몇 차량 운전자들을 무시하고 오른쪽으로 두 차선을 가로지르며 프랑크푸르트 베스트크로이츠에서 5번 고속도로 다름슈타트 방향 진출로에 겨우 이르렀다. 그들 앞의 4차선 도로에 붉은 후미등의 물결이 몇 킬로미터나 이어져 있었다. 언제나 이 시간마다 발생하는 퇴근길 교통정체였다.

"빌어먹을! 경광등을 지붕에 올려. 안 그러면 한 시간은 걸릴 테니까."

"이런 거 진짜 너무 싫은데." 피아가 짜증을 내며 으르렁댔다.

"무슨 소리야?"

"범죄소설을 읽거나 낡은 수사 기록을 베껴 쓰는 사람들이 우리 일을 대신할 수 있다고 생각하는 거요. 똑똑한 척하는 제 전남편처럼!"

사이렌과 경광등 덕분에 금방 앞으로 움직였다. 백미러 대신 스마트폰을 들여다보느라 시간이 좀 더 걸린 무식한 사람들을 제외하고 운전자들 대부분은 기꺼이 길을 터줬다. 5분 후에 두 사람은 프랑크푸르트 교차로에 도착하여 거기서부터 43번 도로를 타고 산림 경기장을 지났다.

"그래!" 보덴슈타인이 갑자기 고함을 지르는 바람에 피아는 화들짝 놀라 몸을 움찔했다.

"아이고, 무슨 일이에요?" 피아가 물었다.

"내가 체스판에 빠진 말이 있다고 했던 거, 기억나?"

"반장님의 체스 비유, 물론 기억하지요." 피아도 불현듯 짚이는 게 있었다. "오페어 걸 말씀인가요?"

"맞아!" 보덴슈타인이 흥분해서 웃었다. "오페어 걸이 해야 하는 일이 뭐야?"

"몰라요. 저는 같이 살아본 적이 없어서."

"보통은 그 집 주부를 돕지." 보덴슈타인이 말했다. "살림도 조금 하고, 또⋯⋯."

"⋯⋯아이를 돌보지요."

"바로 그거야. 그 오페어 걸은 아이 엄마가 일하러 갈 수 있게 카를을 돌봤어. 발데마르는 플라토닉한 방식으로 카타리나를 존경했지만 오페어 걸은 사랑했어."

"그 여자도 그를 사랑했고요."

"하지만 그가 오페어 걸과 결혼하지는 않았어." 보덴슈타인이 말했다.

"어떻게 아세요?"

"배어의 집에 그녀가 스무 살 이상으로 보이는 사진은 한 장도 없었으니까."

"와, 반장님 여우시네요!" 피아가 히죽 웃었다.

"고마워, 나도 알아." 보덴슈타인이 순순히 인정하고 함께 웃었다. "계속해보자. 카타리나 빈터샤이트가 죽은 다음에 마가레테는 카를을 자기 집에 데려왔어. 그러니 오페어 걸은 일자리를 잃었겠지."

"그래서 고향으로 돌아갔을 테고요." 피아가 뒤를 이었다. "이름으로 볼 때 프랑스 사람이에요."

"일자리를 주던 사람이 발코니에서 떨어져 죽고 낯선 땅에 갑자기 혼자 남게 됐을 때, 자네가 스무 살이라면 어떻게 하겠어?" 보덴슈타인의 질문에 피아가 대답했다.

"저라면 얼른 짐을 싸서 집으로 갈 거예요."

"세골렌은 사라졌어." 보덴슈타인이 생각을 이어갔다. "1990년에는 문자를 보낼 수 있는 휴대전화를 가진 사람이 거의 없었고 스냅 맵은 더더욱 없었지."

"뭐가 없다고요?"

"아, 스냅 챗의 기능 가운데 하나야. 아이들이 그걸로 친구가 어디 있는지 알 수 있어. 나도 소피아 덕분에 알게 됐지. 자, 세 골렌은 어쨌든 이제 갑자기 사라졌어."

"발데마르에게 말도 없이?"

"그럴 수도 있지."

"그런데 그녀가 그 가방을 가지고 갔다고요? 이유가 뭔데요?"

"그렇게 매번 곧장 '이유' 좀 묻지 마!" 보덴슈타인이 빨간 신호등 앞에서 멈췄다. "그냥 이야기를 해보자고."

"초록불인데 뭐하세요?" 피아의 말에 보덴슈타인이 가속 페달을 밟았다. "아 참, 차 지붕에서 경광등을 떼야겠어요."

"어쨌든 그래서 오페어 걸이 가방을 가지고 갔어." 보덴슈타인은 사이렌을 끄고 이젠부르크 진입로로 들어섰다. 거기서 몇백 미터만 더 가면 케네디 길로 이어졌다. "그렇게 해서 가방은 그때 거기 있게 됐고."

"어디에요?"

"나도 몰라." 보덴슈타인이 한숨을 내쉬었다. "정말 지푸라기라도 잡고 싶다. 모든 게 멋지게 맞는다 싶으면 걸림돌이 불쑥 나타나니까."

* * *

"이게 뭐죠?" 카를 빈터샤이트가 헤닝의 사무실에서 보덴슈타인과 피아 앞에 타자기로 친 종이뭉치를 회의 탁자에 내려놓자 피아가 물었다.

"제 어머니가 쓴 원고입니다." 빈터샤이트 출판사 발행인이 대답했다. "금요일에 우편물에서 발견했어요. 발신인이 쓰여 있지 않은 봉투에 들어 있었고, 여기 이 사진도 있었습니다."

그는 피아와 보덴슈타인이 하이케 베르시의 유품에서 보아서 이미 알고 있는 사진을 탁자 위로 밀었다. 젊은이 여섯 명이 하얀 회칠을 한 집 앞 계단에 있는 모습이었다. 피아는 사진을 들고 뒤집어보았다. 뒷면에 볼펜으로 '누아르무티에'라고 쓰여 있었다.

"이삼 주 전에 익명의 편지를 또 하나 받았습니다." 빈터샤이트는 상의 주머니를 뒤져 하늘색 장난감 자동차를 꺼냈다. "이 차는 제가 네댓 살 때 사촌누나 도로테아가 선물한 겁니다. 제가 제일 좋아하던 장난감이었어요."

그들 다섯 명은 직사각형 탁자에 둘러앉아 있었다. 헤닝과 율리아 브레모라와 카를 빈터샤이트가 한쪽에, 보덴슈타인과 피아가 그들 맞은편에 앉았다.

"원고는 중고등학교와 대학교에서 서로 알게 된 젊은이 무리를 다룹니다. 그들은 누아르무티에섬에서 여름휴가를 함께 보내요." 편집자가 말을 넘겨받았다. 편집자는 예쁘다기보다는 상당히 매력적이었고, 민낯에 진갈색 긴 머리를 하나로 땋아 묶은 걸로 보아 소탈한 성격인 듯했다. "원고는 카타리나 빈터샤이트의 실제 삶과 현저하게 비슷합니다. 프랑크푸르트 소재 출판사에 관한 이야기를 다루고 발행인의 아들이 휴가 중에 사망하는데, 그의 시신이 바닷가로 떠밀려오지요."

"원고는 134페이지뿐입니다." 카를 빈터샤이트가 말했다. "중간에 갑자기 끊어져요. 어머니는 이 원고를 저에게 헌정했습니다."

그가 몸을 숙여 둘째 페이지를 꺼내 피아와 보덴슈타인 앞으로 밀었다. '늘 그랬듯이 영원히⋯⋯ 가장 소중한 내 보물 카를에게.'

"그래서 자살이 아닐 거라는 의심이 들었어요." 브레모라 씨가 눈을 반짝이며 말했다. "아들을 가장 소중한 보물이라고 표현하는 사람이 책을 쓰다 말고 그냥 발코니에서 뛰어내리지는 않을 테니까요!"

"브레모라 씨는 그래서 저에게 왔습니다." 헤닝이 말을 넘겨받았다. "외부 검안과 부검 디지털 보고서를 읽어봤는데 이상한 점을 발견했어요."

그는 노트북을 펴고 시신 사진을 보여주며 시신 왼쪽의 찰과상과 팔 안쪽의 반달형 자국을 가리켰다. 이 상처가 어떻게 생겼는지에 대한 그의 설명은 논리정연하게 들렸다.

"그래서 제가 검찰에게 경찰 보고서를 요청해 받았습니다."

"헤닝, 우리 이야기 좀 해야겠다." 피아가 불편한 플라스틱 의자에서 몸을 일으켰다. "문밖으로 나와."

헤닝은 노트북을 덮고 피아를 따라 나갔다. 보덴슈타인도 뒤를 이었다.

"당신, 제정신이야?" 문이 닫히자 피아는 목소리를 낮추어 전 남편에게 으르렁거렸다. "이제 범죄소설을 쓴다고 강력반 형사라도 돼서 당신 편집자와 발행인과 함께 범죄 사건에 대해 의논해도 된다고 생각해? 우린 저 아래 냉장칸에 있는 당신 손님 두 명이 왜 사망했는지 며칠째 고민하고 있는데, 지금 이 이야기가 어쩌면 동기인지도 몰라! 우리에게 미리 말하지 않고 어떻게 검찰에서 서류를 가져올 수 있지? 당신 권한을 심하게 넘어서는 일이야!"

"난 브레모라 씨에게 경찰과 말하라고 처음부터 이야기했어!" 헤닝이 변명했다. "하지만 사장보다 먼저 선수를 치지 않으려고 하더라고. 사장 어머니에 관한 일이니까."

"헤닝!" 피아는 고함을 지르지 않으려고 애썼다. "시신을 한 구 발견했는데 이 사람이 왜 죽었는지 알고 싶을 때, 나는 우리 집 조리대 위에서 부엌가위로 시신을 가르지 않고 당신에게 전화를 해!"

헤닝이 얼굴을 구기며 뭔가 변명하려고 했지만 피아는 그에게 말할 기회를 주지 않았다.

"죽었거나 살해 용의자인 다섯 명이 지난 몇 주 동안 카타리나 빈터샤이트의 일기에서 발췌한 복사물을 익명의 편지로 받았어. 빈터샤이트는 아마 같은 사람에게서 이 장난감 자동차와 편지를 받았을 거야. 여기서 어떤 결론을 낼 수 있지?"

"거기서 결론을 내는 게 내 업무는 아니야." 헤닝이 인정했다.

"바로 그거야. 그러니 이런 일은 우리에게 맡기라고. 알았어?"

"알았어." 헤닝이 고개를 끄덕이고 양손을 들어 올렸다. "미안해. 다시는 그러지 않을게."

그런 다음 그는 보덴슈타인에게 말했다.

"그건 그렇고, 반장님 이름이 경찰 보고서에 있던데요. 알고 계셨어요?"

"네, 그 사건이 기억납니다. 죽은 사람의 아들이 그때 로렌츠와 동갑이었어요. 그래서 더 깊은 인상을 남겼지요."

"당시 뭔가 놓친 게 있어요." 헤닝이 말했다. "저는 이 사람이 제3자의 손에 죽었다고 확신합니다."

"살해당했어요." 보덴슈타인이 대답했다. "카타리나 빈터샤이트는 시아주버니인 헨리와 다투던 중에 그가 발코니에서 밀어 추락했어요. 조금 전에 우리에게 자백했고, 지금 납세자의 비용으로 카셀로 이송 중입니다."

헤닝은 말문이 막혀 잠시 그를 빤히 바라봤다.

"이건…… 이건……." 말을 더듬던 그가 바로 정신을 차렸다. "보통은 제 추측이 맞으면 기쁘긴 해요. 하지만 빈터샤이트가 충격을 심하게 받겠군요. 그는 헨리 빈터샤이트 부부 집에서 자랐어요! 제가 이 소식을 그에게 직접 전하지 않게 되어 다행입니다."

"우린 지난 며칠 동안 안타깝게도 수많은 사람들에게 충격을 주는 소식을 전했어." 피아가 한숨을 내쉬었다. "완전히 빌어먹을 사건이야. 거짓말과 부작용이 가득해."

"헤닝, 당신이 완전히 객관적으로 생각할 수 없다는 건 압니다." 보덴슈타인이 공적인 어투로 말했다. "당신 에이전트와 발행인이 이 사건과 연관이 있으니까요. 어쨌든 최소한 그들은 사망자 둘을 잘 알고 있었지요. 우린 로트의 사무실에서 범행도구를 발견했습니다. 지퍼 백에 담겨 있었는데, 똑같은 지퍼 백 뭉치와 메탄올 병이 관리인 작업실에서 나왔어요. 출판사 건물, 특히 높은 층에 있는 사무실 냉장고에는 아무나 가까이 갈 수 없을 테니 용의자는 몇 명 되지 않습니다. 그중 몇 명은 이미 제외됐고요. 하지만 카를 빈터샤이트는 어떤가요? 우리보다 그에 대해 더 잘 아시잖아요. 그가 관리인과 공모하여 베르시 씨와 로트를 살해했을 가능성이 있다고 보시나요?"

"설마 농담이겠지요?" 헤닝 키르히호프는 망연자실했다. "그 사람은 어릴 때 어머니를 잃었습니다. 가족 없이 자란 거나 마찬가지지만 자기 길을 걸었고, 할아버지가 설립한 출판사를 이제 성공적으로 운영하고 있어요. 사촌형이 살해당했고……."

헤닝이 입을 다물었다. 이런 논거가 카를 빈터샤이트의 무죄를 증명하지는 않는다는 걸 깨달았기 때문이다. 그의 미간에 깊은 주름이 잡혔다.

"하이케 베르시를 때려죽인 사람은 명백하게 오른손잡이입니다." 헤닝이 천천히 입을 뗐다. "희생자의 몸과 머리를 때린 각도에서 확실하게 알 수 있어요. 빈터샤이트는 왼손잡이예요. 흥분했을 때 사람들은 저절로 더 강한 손을 사용합니다. 나중에 각도를 계산하게 되리라고는 생각하지 않아요. 그리고 두 분도 하이케 베르시 살해가 과잉 폭력, 그러니까 폭행치사라고 말씀하셨잖아요. 그런 상황에서 철저히 계산하여 수사에 혼선을 주는 잘못된 흔적을 남기기 위해 더 약한 손으로 내리치리라고는 생각하지 않습니다."

"빈터샤이트가 로트의 보드카에 메탄올을 섞었을 수도 있어." 피아가 말했다.

"그건 브레모라 씨도 마찬가지지." 헤닝이 대답했다. "출판사의 다른 모든 직원도 그렇고 말이야."

"당신 에이전트는? 그 사람은 로트를 잘 알고 있고, 아마 그의 사무실에 냉장고가 있다는 것도 알았을지 몰라. 에이전트는 출판사를 방문해서 편집자와 발행인과 이야기를 나누잖아."

"물론 마리아가 로트를 독살했을 수도 있어. 하이케 베르시를 때려죽였을 수도 있고. 내면에 분노가 가득하고 적당한 무기가 있다면 여자도 가능한 일이야." 헤닝은 생각에 잠긴 표정으로 피아를 바라봤다. "그리고 예를 들어 브레모라 씨와 내 새 책에 대해 의논하려고 별문제 없이 약속을 잡고, 오랜 친구 로트를 잠깐 만나러 가도 전혀 이상하지 않았겠지. 하지만 그럴 이유가 뭔데? 경찰은 아마 나보다 더 많은 걸 알 테지만, 내가 아는 한에는 그녀가 두 사람을 살해할 동기가 없다고 봐."

"우리도 그렇게 생각해요." 보덴슈타인도 인정했다. "다시 들어갑시다. 빈터샤이트에게 큰아버지가 28년 전에 그의 삶을 파괴했다는 말을 전해야지요."

보덴슈타인이 헤닝의 사무실 문을 열었다. 헤닝이 피아의 팔을 뒤로 당겨 잡고 물었다.

"당신, 아직도 나한테 화났어?"

"유감스럽게도 아니야." 피아가 미소를 지었다. "당신도 알잖아. 나는 누군가에게 오래 화를 내는 성격이 아니야. 당신에게

조차 말이지."

세 사람이 사무실로 들어갔다. 카를 빈터샤이트가 손에 스마트폰을 쥔 채 창가에 서 있었다. 시신처럼 창백했다. 회의 탁자에 앉아 있는 율리아 브레모라 또한 도끼를 든 살인자를 방금 만난 것처럼 충격받은 얼굴이었다.

"사촌누나가 방금 전화했습니다." 빈터샤이트가 쉰 목소리로 입을 열었다. "조금 전에 제 어머니 살인 혐의로 큰아버지를 체포하셨다고 하더군요. 사실입니까?"

* * *

율리아는 마음이 불편했다. 지금 여기는 자기가 있을 자리가 아니었다. 자기랑 상관없는 일이라서 가려고 했지만 카를이 붙잡고 같이 있어달라고 부탁했다. 그래서 마리아 하우실트와 도로테아 빈터샤이트-핑크와 함께 대형 회의 탁자에 앉아 있게 됐는데, 시간이 흐르는 것이 또렷하게 느껴졌다. 아무도 입을 열지 않았다. 이미 모든 이야기는 다 나왔고, 말을 한다고 과거의 일이 바뀌지도 않을 테니까. 오늘 드러난 엄청난 진실은 모든 상상을 넘어섰다. 율리아가 두 시간 전에 오페라 극장 근처에 있는 '스시 서클'에서 가져온 음식은 손대지 않은 채 그대로 있었다. 창밖에 햇살이 점차 사라지고 도시에 밤이 내렸다.

카를은 몸이 뻣뻣하게 굳은 채 자기 책상 앞에 앉아 30분째 할아버지의 초상화만 노려보고 있었다. 그는 지금 무슨 생각을 하는 걸까? 조상에게서 대답을 기대하는 건가? 무엇에 대한 대답? 그를 보는 율리아의 심장은 피를 흘렸지만, 위로의 말이나 행동은 지금 이 순간 상상할 수도 없었다. 큰아버지가 28년 전에 어머니를 살해했다는 말을 오늘 오후에 들은 후로 그는 강철 같은 자제력으로 자신의 감정을 억누르고 있었다. 그는 경찰이 하는 말과 그들이 읽어준 1990년 8월 경찰 보고서를 표정 변화나 질문 없이 다 들었다. 율리아는 그가 모든 걸 이해했는지 짐작이 가지 않았다. 발데마르 배어의 집에서 이상한 가방이 발견됐는데, 카를 어머니의 것으로 보였다. 일기장들 이야기가 나왔고, 그 일기장에서 배어가 몇 쪽을 복사해서 하이케 베르시와 알렉산더 로트를 비롯해 여러 명에게 익명으로 보냈다고 했다. 경찰은 장난감 자동차와 원고도 그가 보냈다고 확신했지만, 그가 왜 그랬는지는 제대로 설명하지 못했다. 경찰이 발데마르 배어가 하이케 베르시를 때려죽이고 알렉산더 로트를 메탄올로 독살했다고 상당히 확신하는 모습에 율리아는 충격을 받았다. 하지만 이런 추측의 이유를 자세히 설명하지는 않았다. 알던 사람, 함께 일하던 사람이 살해당하는 건 끔찍한 일이었다. 하지만 그들의 살인자를 알고…… 좋아했다는 사실은 훨씬 더 끔찍했다. 율리아의 머리에는 발데마르 배어가 살인자라는 사실이 전혀 들어오지 않았다. 그냥 그에게 들어맞지 않았다! 그러나 잘 안다고 생각하던 사람이 살인범 혐의를 받게 되면 그의 이웃과 지인들이 충격을 받고 당황하는 반응을 보이는 일은 흔하지 않던가?

법의학연구소를 나오면서 카를은 사촌누나와 대모에게 전화를 걸어 출판사로 와달라고 부탁했다. 그들은 이야기를 나누고, 울고, 카를을 포옹했지만 그가 포옹이 아니라 거리를 원한다는 걸 금방 알아챘다. 그때부터 다들 침묵을 지키며 앉아 있었다. 침묵을 지키면 명료함을 얻게 된다. 율리아는 자기 생각이 정리되는 걸 느꼈고, 그전까지는 알지 못했던 깨진 정보 조각들이 무엇을 의미하는지 불쑥 깨달았다.

관리인의 사무실에서 그 종이봉투와 그 위에 쓰인 프랑스어 문장이―지구상의 마지막 자유구역, 그것은 바다이다(Le dernier espace de liberté sur la terre, c'est la mer)―마음에 들어 그에게 말을 걸었던 게 언제였더라? 다음 날 그 봉투는 깔끔하게 접힌 상태로 율리아의 책상에 놓여 있었고, 그녀는 나중에 배어에게 고맙다고 인사했다. 그리 오래되지 않은 일이었다. 3주 또는 길어야 한 달 전이었다. 어쨌든 제베린 벨텐 때문에 일어난 소동과 하이케 베르시가 언론에 모욕적인 언급을 하기 전이었다.

"프랑스에 계셨나요?" 그때 율리아가 관리인에게 물었다.

"예, 아주 짧게요." 그가 이렇게 대답하며 미소를 지었다. "거기 오랜 친구가 있는데, 그녀가 많이 아픕니다."

오랜 친구. 프랑스. 보덴슈타인 형사가 아까 뭐라고 했지? 발데마르는 카타리나 빈터샤이트 집에서 일한 세골렌이라는 오페어 걸을 사랑했다. 하지만 마리아 하우실트는 그가 카타리나를 사랑했다고 말하지 않았던가? 그녀는 오페어 걸을 전혀 언급하지 않았는데. 뭔가 이상하군.

"세골렌이라는 오페어 걸은 당시에 몇 살이었어요?" 율리아의 목소리가 정적 속에서 낯설게 울렸다.

"아마 20대 초반이었을 거예요." 마리아 하우실트는 뭔가 말할 수 있게 되어 다행이라는 목소리로 대답했다.

"그래요, 대략 그랬어요." 도로테아 빈터샤이트-핑크도 동의했다. "그런데 그건 왜 물으세요?"

"그냥 여쭤봤어요." 율리아는 벌떡 일어나 자기 사무실로 달려가 그 종이봉투를 찾고 싶다는 강한 욕구를 느꼈다. 그 문장 아래에 웹 주소가 인쇄되어 있던 게 어렴풋이 기억났다. 경찰은 배어를 전국적으로 수배 중이지만 그는 어쩌면 국내가 아니라 프랑스에 있는지도 모른다. 많이 아프다는 친구의 집에.

"그 누나가 기억나요." 카를이 불쑥 입을 열었다. "프랑스어 노래를 불러줬지요. 저는 누나가 독일어 실수를 하면 늘 고쳐줬고요. 누나는 자기 이름이 독일어로는 '지글린데'라고 말했는데, 저는 그 말이 무척 재미있었어요. 우린 야외 수영장에 자주 갔지요. 누나는 7미터 다이빙대에서 뛰어내릴 수 있었어요. 그리고 기사의 성과 주차장 놀이를……." 그가 입을 다물었다. 그의 눈빛이 율리아와 만났다. "이상하네. 어머니 생각이 나는 걸 막지 않은 뒤부터 갑자기 굉장히 많은 일이 떠올라요."

그가 자리에서 일어나 몸을 쭉 폈다. 삶의 에너지가 다시 돌아온 듯했다. 평생 끌고 다니던 무거운 짐에서 벗어난 것 같았다. 그는 이제 사실을 알게 됐다. 그게 끔찍한 내용이긴 했지만, 어머니가 이기적인 동기에서 자기를 떠난 게 아니라는 걸 알게 됐다.

"저에게 헌정한 원고를 읽었을 때, 어머니가 저와 이야기한다는 느낌이 살짝 들었어요." 그는 자리에 앉아 책상 위에 있는 스시 박스를 열어 캘리포니아 롤을 하나 꺼내 입에 넣었다.

"무슨 원고?" 도로테아가 놀라서 물었다.

"타자기로 친 원고예요. 어머니의 문체는 정말 아름다워요. 율리아, 그렇지 않아요?"

"맞아요. 저는……." 율리아는 입을 다물었다. 카타리나의 원고를 연상시키는 책을 책장에서 꺼내, 자기가 찾으려 했던 문장을 거의 순식간에 발견한 기억이 불쑥 떠올랐다. "카타리나의 소설에 고양이가 등장해요. 검은 고양이인데 발 네 개는 하얗고……."

"……우리 고양이처럼 이름이 '플뢰르 드 셀'이지요." 카를이 말을 이었다. "마리아 대모님, 셸리 기억 안 나세요?"

"셸리! 아, 세상에. 당연히 기억하지!" 마리아 하우실트는 너무나 감동하여 목소리가 거의 나오지 않을 지경이었다. "카타리나가 항구에서 건진 고양이였어."

"나도 기억나." 도로테아가 말했다. "아주 오래 살았지. 네가 그 고양이를 빌라에 데리고 들어왔어."

율리아는 자신의 놀라운 발견을 말할까 고민하다가 말하지 않기로 마음먹었다. 마리아 하우실트와 도로테아 빈터샤이트-핑크에게 말하기 전에 먼저 카를과 이야기하고 싶었다. 어쨌든 율리아는 카타리나가 이 원고 외에 다른 글도 썼다고 확신했고, 다른 원고들이 어떻게 됐는지 상당히 구체적으로 상상할 수 있었다.

"카타리나가 원고들을 나한테 한 번도 읽지 못하게 해서 안타까워." 마리아 하우실트가 쓸쓸한 미소를 지었다. "아, 카를. 난 네 엄마 이야기를 많이 들려줄 수 있어. 지금도 네 엄마가 그립단다."

"나도 그래." 도로테아 빈터샤이트-핑크가 중얼거리더니 갑자기 울음을 터뜨렸다.

"정말 미안해, 정말 너무나 미안해!" 그녀가 흐느끼며 말했다. "아버지가 저지른 짓을 어떻게든 배상할 수 있다면 얼마나 좋을까!"

그러자 카를이 책상에서 일어나 사촌누나에게 다가갔다. 그러고 그녀를 품에 안고 부드럽게 흔들었다.

"도로 누나, 배상할 필요 없어." 그가 나지막이 말했다. "누나는 아무 책임도 없잖아. 하지만 우리 둘이 이 출판사로 뭔가 큰일을 할 수 있을 거야. 방금 할아버지와 이야기를 나눴는데, 할아버지도 내 아이디어가 좋다고 생각해서."

"무슨 아이디어?" 코를 훌쩍이던 도로테아는 율리아가 휴지를 건네자 고맙다는 표정으로 고개를 끄덕였다.

"출판사 이름을 바꿀 거야." 카를이 미소를 지으며 답했다. "예전처럼 다시 리브만 출판사로."

* * *

"일기장 어디까지 읽었어?" 회의실로 들어선 피아가 타리크에게 물었다.

"이 사람이 얼마나 많이 썼는지 아세요? 수많은 이름과 줄임말들이 있어서 일단 전체적으로 살펴봐야 해요." 타리크가 투덜거렸다. "카트린 선배가 도와준다고 해도 며칠은 걸릴 거예요. 지금 마지막 일기장을 읽기 시작했는데, 이 일기장은 카타리나가 죽기 하루 전에 끝나요."

"저는 무척 빨리 읽는 편이지만 이걸 오늘 저녁에 다 읽는다는 건 완전히 불가능해요!" 카트린도 덧붙였다. "이제 첫째 권을 다 읽었는데, 메모도 계속 해야 하니까요."

"내가 해결책을 줄 수 있을 것 같은데요." 니콜라 엥겔 과장이 끼어들었다. "제베린 벨텐은 사진을 찍는 것 같은 기억력의 소유자예요. 내가 내려가서 우리를 도와줄 수 있는지 물어보겠습니다."

과장은 커피잔을 회의 탁자에 내려놓고 회의실을 나갔다.

"누가 돕든 상관없어요." 타리크가 절망한 얼굴로 말했다. "'우가유작'이 읽는다면 적어도 뭔가 도움이 되는 일을 하는 거겠죠."

보덴슈타인은 자기 사무실로 가서 경찰 조서에 매달렸다. 읽으면서 당시 기억이 되살아났고, 사진을 보자 세세한 내용도 다시 떠올랐다. 후텁지근한 여름밤, 늦은 밤인데도 호기심 가득한 사람들이 내려다보는 발코니가 많은 뒷마당. 전조등에 비친, 고장 난 관절 인형처럼 팔다리가 뒤틀린 채 피범벅이 되어 도로 포장석 위에 누워 있는 젊은 여자의 시신. 어떤 젊은 여자에게 안겨 자동차로 가는 어린 남자아이. 아무것도 못 보고 아무것도 못 들었다는 이웃 사람들. 보덴슈타인은 목격자 진술을 훑어봤다. 그때 경찰은 그다지 세심하게 조사하지 않았다. 마가레테와 도로테아 빈터샤이트, 그리고 당시에는 성이 아직 몰리토어였던 마리아 하우실트, 발데마르 배어, 같은 건물에 살던 이웃 세 사람, 빈터샤이트 출판사의 동료 직원 여러 명, 사망자의 주치의 진술을 받았지만 오페어 걸에 대해서는 당시 그의 상관이 남겨놓은 짤막한 메모밖에 없었다. 보덴슈타인은 '오페라 걸???'이라는 멘첼의 메모가 무슨 뜻인지 몰라 두 번을 읽고서야 깨달았다. 발데마르 배어만 빼고는 모두 카타리나 빈터샤이트가 남편이 죽고 난 뒤에 심각한 우울증을 앓아서 의사의 진료를 받았다고 주장했다. 그러나 그녀의 주치의는 딱 한 번, 그러니까 남편이 죽은 직후에 딱 한 번 그녀에게 약한 안정제를 처방했다고 말했다. 집에서는 유서가 발견되지 않았고, 그날 저녁에 행사에 함께 참석했던 동료들은 카타리나가 두통 때문에 예정보다 조금 일찍 21시 45분쯤에 행사장을 떠났다고 진술했다.

보덴슈타인은 그때 상황이 자기 상관에게 어떻게 보였을지 생각해보려고 애썼다. 오늘날의 관점과 지금 지닌 지식으로 볼 때 당시에 이루어진 수사는 현저한 부실 수사였다. 어머니가 행사에 참석했을 때 아이는 누가 봤을까? 오페어 걸이? 왜 아무도 그녀의 진술을 받지 않았지? 그는 당시 자신은 들어가보지 않았던 그 집의 사진들을 다시 한번 봤다. 헨리 빈터샤이트는 여기 어떻게 들어갔을까? 밤늦은 시간에 왜 제수를 찾아갔나? 강변 박물관들 중 한 곳에서 열린 행사에서 카타리나가 21시 45분에 나왔다면 22시 30분 전에는 집에 도착할 수 없었을 것이다. 보덴슈타인은 서류를 다시 앞으로 넘겼다. 이웃 사람이 지휘 본부에 전화를 건 시각이 22시 42분이었으니 카타리나는 그때 발코니에서 떨어졌을 것이다. 건너편 건물 1층에 사는 이웃 사람은 그녀의 몸이 도로 포장석에 부딪히는 걸 보자마자 곧장 전화기를 들었다. 그러니 헨리 빈터샤이트가 제수와 싸움을 하고 그녀를 발코니에서 밀치기까지는 15분도 채 걸리지 않았다. 그 사이에 오페어 걸은 뭘 했을까? 싸움을 말리려고 했을까, 아니면 자기 방에 있었을까, 아니면 카를 빈터샤이트의 방에?

"반장님?" 피아가 문간에서 고개를 들이밀었다. "크리스티안이 방금 왔어요. 배어의 집에서 반장님이 관심 가지실 만한 걸 찾았대요."

"나도 경찰 조서에서 뭔가 찾아서." 보덴슈타인이 책상에서 일어났다. "당시 상당히 칠칠하지 못하게 사건을 수사했더라고. 오페어 걸과 관련해서 뭔가 이상해. 진술을 받지도 않았고 이름도 없어."

두 사람은 회의실로 들어섰다. 강력11반 직원들이 모두 모여 있고 지하실에서 벨텐을 데려온 니콜라 엥겔 과장도 있었다. 보덴슈타인은 문이 열린 빈 사무실 탁자에서 종이 무더기 위로 몸을 숙이고 있는 작가를 봤다. 옆에는 일기장 무더기와 물병이 하나 놓여 있었다.

"저 사람, 뭘 읽는 거지?" 보덴슈타인이 과장에게 물었다.

"당신들이 가져온 원고. 그 후에는 나머지 일기장 몇 권을 읽을 예정이야."

"다 읽을 수 있대?"

"원고를 읽는 데는 20분이, 일기장을 모두 읽는 데는 두 시간이 걸린다고 했어." 과장이 대답했다. "정말 감탄스러워. 〈프랑크푸르터알게마이네차이퉁〉을 15분 만에 다 읽고 모든 기사를 글자 그대로 기억한대."

"오." 보덴슈타인은 동료들에게로 몸을 돌렸다.

"발데마르 배어는 익명으로 보낸 편지를 복사해서 침실에 보관해뒀습니다." 크뢰거가 보덴슈타인에게 투명 파일에 든 종이를 건넸다. "나이트테이블 서랍에서 발견했어요."

"마리아 하우실트가 어제저녁에 사진으로 전송하고 오늘 아침에 직접 건넨 일기 복사물을 기억하세요?" 이렇게 묻는 피아의 목소리가 흥분으로 떨렸다. "배어의 서류철을 보면 그 부분은 마리아 하우실트가 아니라 하이케 베르시에게 보낸 거였어요. 마리아 하우실트는 완전히 다른 내용을 받았어요. 바로 여기 이거예요!"

마리아 하우실트 씨
문학 에이전시 하우실트
운터마인안라게 211
60311 프랑크푸르트 암 마인

나는 네가 1990년 여름에 한 일을 알고 있다. 너도 그걸 알고.

프랑크푸르트, 1990년 8월 5일

마리아는 정말 내 신경을 곤두서게 만든다!!! 그녀에게 언젠가 한번 내가 쓴 걸 읽으라고 준 적이 있는데 너무나 후회스럽다! 도대체 어떻게 된 건지는 모르겠지만 마리아는 에릭이라는 그 남자에게 내 원고를 건넸고, 그는 그걸 출간하겠다고 아우성이다! 마리아가 내 원고를 훔쳐 간 게 틀림없는데 난 알지도 못했다. 이제 와서 마리아는 나를 생각해서 그렇게 한 척 행동한다!

나는 언젠가 내 출판사를 제외하고는 그 어느 출판사에서도 익명으로 책을 출간하고 싶지 않다고, 절대로 그러지 않을 거라고 그녀에게 아주 확실하게 말했고 에릭과 절대 이야기도 나누지 않을 거다. 에릭은 마리아만큼이나 성가시다! 이런 행동은 신뢰 위반이고, 너무나 화가 난다!!! 이건 내 이야기다! 내가 허락하지 않는 한 다른 사람들이 읽는 건 싫다! 마리아는 저녁마다 여기 쪼그리고 앉아서 왕방울 같은 눈으로 나를 뚫어지게 바라본다. 어제는 자기가 하우실트 에이전시에서 정규직 일자리를 얻는 걸 내가 바라지 않는다고 울부짖으며 나를 또 비난했다. 아니, 이보세요??? 그러면 에이전트를 찾는 작가들을 당신이 구하세요! 나는 그녀에게 우리 집 열쇠를 다시 달라고 말했다. 카를을 돌보겠다는 마리아의 주장은 이제 더는 통하지 않는다. 최소한 9월까지는 세골렌이 있지 않은가. 그 후에는 그때 가서 봐야지. 마리아는 이제 정말 더는 보고 싶지 않다. 생각만 해도 소름이 돋는다…….

"친한 친구 사이였다고는 보이지 않는군." 보덴슈타인이 말했다.

"그렇죠. 마리아 하우실트는 저를 속였어요. 제 직감을 따랐어야 하는 건데. 하이케 베르시를 걱정하는 게 어딘지 모르게 과장된 모습이었어요. 부엌문 유리창을 깨는 것도! 부엌이 완벽하게 깨끗하고 시신이 그 어디에도 없을 때 그녀가 왜 그렇게 놀랐는지 이제 이해가 되네요. 그것과는 전혀 다른 모습을 예상했을 테니까요." 피아는 보덴슈타인의 손에서 종이를 거의 빼앗

다시피 가져갔다. "배어가 하이케 베르시에게 보낸 편지를 마리아 하우실트가 가지고 있었다는 게 무슨 뜻인지 아세요?"

"당연히 알지. 하이케 베르시는 익명의 편지를 내버리지 않았어." 보덴슈타인이 고개를 끄덕였다. "그 침입은 마리아 하우실트가 벌인 짓이었어. 여기 이 편지를 손에 넣으려고 그랬던 거지. 내가 예상했던 대로야."

"반장님 예상을 의심해서 죄송합니다." 셈이 말했다.

"그런데 도대체 왜?" 피아가 이마를 찌푸렸다. "이 편지 내용에서 뭐가 그렇게 나쁜가요? 그녀가 좋은 인상을 주지 않는다는 걸 제외하고 말이에요."

"헨리 빈터샤이트는 어떤 내용을 받았지?" 보덴슈타인이 물었다.

"여기 이겁니다." 크리스티안이 그에게 다른 종이를 건넸다.

헨리 빈터샤이트 씨
아우구스트-지베르트거리 61
60323 프랑크푸르트 암 마인

나는 네가 1990년 여름에 한 일을 알고 있다.

프랑크푸르트, 1990년 7월 11일
헨리는 역겨운 개자식이다!!! 손을 도무지 그냥 제자리에 두지 못한다. 세골렌은 제정신이 아니었다. 불쌍해라! 오늘 그에게 따져야겠다. 이제 마지막으로 진지하게 경고를 보내고 마가레테와 이야기를 해야겠다. 나는 세골렌을 책임져야 하니 내가 없을 때 헨리가 다시 한번 여기에 와서 그녀에게 치근대면 고소해야겠다! 인간이 어쩜 그렇게 아랫도리에만 충실하지?

니콜라 엥겔이 메스껍다는 표정으로 얼굴을 찌푸렸다.

"그렇군. 알겠어요." 그녀가 말했다. "이 남자는 정말이지 전자 발찌와 가택연금이라는 특별대우를 받을 필요가 없네요."

"발데마르 배어는 자기가 평생 충성을 바친 남자가 어떤 사람인지 알게 됐을 때 온 세상이 무너졌겠네." 보덴슈타인이 추측했다.

"그건 그렇고, 카타리나는 1982년 첫 번째 일기장에서 이미 마리아에 대해 좋지 않은 이야기를 썼어요." 카트린이 보고했다. "그때 카타리나는 주거공동체에 막 들어갔는데, 하이케 베르시가 그녀에게 마리아는 아버지가 자기 패거리와 어디 가는 걸 금지했기 때문에 아버지를 사우나에 가뒀다고 말했대요. 잠깐만요, 여기 있어요. '이 아이들은 이상하다. 세상에서 가장 친한 친구인 척하지만, 한 명이 나가자마자 그 사람 욕을 하고 서로 흉을 본다. 하이케가 한 말이 사실이라면 마리아가 자기 아버지를 살해했다는 소리인가?!? 믿을 수 없다. 아니, 혹시 정말일까? 어쨌든 소름 끼친다. 마리아는 정말이지 계산적이다. 그리고 내가 괴츠와 말이 잘 통하니 샘을 낸다. 그가 얼마 전에 다음 여름에 함께 프랑스로 가자고 나를 초대했을 때 마리아는 눈물을 흘리며 고함을 질렀다. 진짜 유치원생 같다!'"

보덴슈타인은 심호흡을 했다. 그의 눈길이 피아의 눈길과 만났다. 이게 돌파구인가? 마리아 하우실트가 바로 우리가 찾는 사람인가? 보덴슈타인은 우선순위 목록에서 그녀를 제외한 적은 없지만 명확한 동기가 보이지 않았으므로 아래쪽에 두었다. 마리아가 한 명 또는 심지어 두 명을 살해했을 만한 동기는 지금도 여전히 확실하지 않았다.

"셈." 그가 입을 뗐다. "마리아 하우실트가 지금 어디 있는지 찾아내서 이리 데리고 와. 그 사람과 다시 한번 얘기를 해봐야겠어."

"알겠습니다, 반장님." 셈이 전화하려고 회의실을 나가 자기 사무실로 갔다.

"믿지 못하겠네!" 피아가 중얼거렸다.

"카이, 마리아 하우실트의 휴대전화 동선을 최대한 빨리 추적해줘." 보덴슈타인이 지시했다. "그리고 출판사 건물 뒷마당쪽 어딘가에 카메라가 있는지 확인했어?"

"그건 아직 하는 중이에요." 카이가 대답했다. "그런데 이번에는 웬일인지 발데마르 배어 휴대전화 통신업체가 빨랐어요. 그의 휴대전화 통화 목록 중 지난 4주 분량을 받았습니다. 그는 프랑스 지역번호로 일곱 번 전화를 걸었는데, 마지막으로 한 건 월요일 11시 37분이었어요. 유선번호였고, 전화번호부에 적혀 있습니다. '건설사업자 보네르와 아들, 누아르무티에 평화의 거리 112'예요. 회사는 없어졌지만 전화는 여전히 연결되어 있습니다."

"이제 세골렌의 성도 알게 됐네요." 피아가 말했다.

"그녀가 프랑스로 돌아갈 때 이 가방을 가지고 간 게 틀림없어. 헨리 빈터샤이트가……." 보덴슈타인이 말을 하다가 멈췄다. "그는 어쩌면 카타리나가 집에 없고 카를이 그 시간이면 이미 잠자리에 들었다는 걸 알고서 그 늦은 시간에 거기 간 건지도 몰라."

"세골렌에게 갔군." 니콜라 엥겔이 말했다.

"그런데 카타리나가 예상보다 일찍 집에 돌아온 거야." 보텐슈타인이 말을 이었다. "회계사 보고서 때문이 아니었어. 아마헨리 빈터샤이트가 오페어 걸에게 치근대다가 카타리나에게 현장을 들켰는지도 모르지."

"개자식." 카트린이 역겹다는 표정으로 말했다. "우리가 세골렌을 찾아내고 그녀가 헨리 빈터샤이트에게 불리한 말을 진술한다면 그는 교도소에서 다시는 나오지 못할 거예요."

문 위에 걸린 시계가 11시에 가까운 시각을 가리켰지만 아무도 퇴근할 생각을 하지 않았다.

"월요일에 배어는 정확하게 15초 동안 이 프랑스 번호와 통화했어요." 카이가 고개를 들고 말했다. "15초 동안 무슨 말을 할까요?"

"안녕, 세골렌. 잘 지내? 내가 두 사람을 죽여서 여기서 도망쳐야 해. 당신이 있는 누아르무티에로 가도 될까?" 피아가 따발총 쏘듯 다다다 말했다. "이거랑 비슷하겠지."

타리크는 탁자에 앉아 검은 노트들을 급하게 넘겼다.

"어디선가 분명히 봤는데!" 그가 중얼거렸다. "그 이름을 어디선가 분명히 읽었어요! 빌어먹을, 어느 연도에서 봤지? 어떤 맥락이더라? 찾았어요!" 타리크가 의기양양하게 소리쳤다. "카타리나는 1987년 7월 23일에 이런 일기를 썼어요. '마리-엘렌과 에르베, 아이들과 배를 타고 꿈같은 하루를 보냈다! 플라주 드 담므 앞쪽에 배를 대고 소풍을 즐겼다. 욘과 에르베와 아이들은 해변으로 배를 저어 갔다. 세골렌은 이제 아이라고 할 수 없다. 정말이지 진짜 아가씨가 됐다! 2년 후에 학교를 졸업하면 1년 꼬박 우리 집에 와서 지낼 수 있다…….'"

타리크가 읽는 동안 카이는 노트북 자판을 두드렸다.

"에르베 보네르는 건설회사 사장이었어요."그가 동료들에게 말했다. "회사 웹사이트는 아주 오래됐네요. 마지막 업데이트가 2007년이에요."

"발데마르 배어가 젊은 날의 연인에게로 도망친 게 확실해요." 피아가 말했다. "현명하게도 위치 추적을 하지 못하게 여기에 휴대전화를 두고 갔지만, 우리가 이렇게 금방 통화 목록을 받게 되리라고는 예상하지 못한 거죠."

"이제 어떻게 할까?" 보덴슈타인이 물었다. "프랑스 경찰에게 공조를 요청해야 하나?"

"무슨 근거로?" 니콜라 엥겔이 되물었다. "이렇게 부실한 증거로는 그 남자의 국제 체포 영장을 얻어낼 가능성이 거의 없을 텐데."

"마리아 하우실트의 경우에는 더욱 부실해." 피아가 우울한 목소리로 말하고 의자에 털썩 주저앉았다.

* * *

"세상에! 우리가 이제 정말 프랑스로 간다고요?" 사실 전혀 웃을 일이 아니었는데 율리아는 웃음이 터졌다.

"아, 그럼!" 카를은 싱긋 웃고는, 율리아가 목적지를 입력한 내비게이션을 가리켰다. "1,037킬로미터, 소요시간 열 시간 38분. 내비게이션에 따르면 우린 내일 아침 9시에 바다에 도착해!"

"배어 씨는 어떻게 찾고?"

"사방에 물어보지 뭐. 당신이 프랑스어를 완벽하게 하잖아." 카를은 방향지시등을 켜고 5번 고속도로를 향해 검은 볼보를 몰았다.

"어…… 음." 이제 사장님이 반말까지 하네!

"거봐. 다른 일들은 모두 내 신용카드가 해결할 거야."

이 여행은 오늘 그가 끔찍한 일을 겪고 나서 행하는 엉뚱한 전위 행동일까? 많은 사람들이 충격적인 소식을 듣고 쉴 새 없이 움직이는 반응을 보이다가 언젠가는 쓰러진다.

"갑자기 정말 많은 기억이 떠올라." 카를이 말했다. 율리아는 계기판의 초록 불빛이 반사되는 그의 얼굴을 바라봤다. 카를은 느긋하게 미소를 띠었다. 스위치가 바뀌기라도 한 것처럼 거리감이 모두 사라지고 없었다. "내가 세골렌 누나를 마지막으로 본 건 겨우 여섯 살 반일 때였어. 하지만 예전 일을 생각할 때마다 누나 얼굴이 눈앞에, 목소리가 귓가에 떠올라. 어머니는 왠지 모르게 얼굴이 없는 그림자야. 타자기 달그락거리는 소리, 향수 냄새와 뭔가 편안하다는 느낌. 어머니 향수는 에르메스 칼레쉬였던 것 같아. 세골렌 누나는…… 행복과 즐거움이었어. 어머니를 만나러 출판사에 갈 때면 우린 실러 거리에서 항상 달리기를 했지."

"내가 착각한 거라면 어쩜담?" 율리아가 물었다. "그녀가 거기에 없는 거라면? 배어도 없다면?"

율리아는 조금 전에, 도로테아 빈터샤이트와―영업부장이 한 말에 따르면 앞으로는 핑크라는 이름이 붙지 않을 터였다― 마리아 하우실트가 떠날 때까지 기다렸다가 카를과 함께 자기 사무실로 급히 가서 책상 서랍에 든 종이봉투를 꺼냈다. 그리고 카를에게 발데마르 배어가 그녀에게 말한 아픈 옛 친구 이야기를 전해주었다. 카를은 바로 연관성을 깨달았다.

"그러니까 그는 예전에 사랑하던 세골렌 누나에게 간 거로군요!" 카를은 이렇게 말하고 이마를 찌푸렸다. "누나가 아프다니. 누나와 이야기를 나누고 싶어요." 카를은 율리아를 바라봤다. "오늘 저녁에 하실 일 있나요?"

"어…… 아니요." 율리아가 대답했다. "왜 그러세요?"

그러자 그는 어린아이처럼 활짝 웃었다.

"따라오세요! 좋은 아이디어가 있으니까!"

율리아는 카를이 뭔가 조사하거나 배어에게 문자를 보낼 거라고 생각했지, 자기를 프랑스로 데려가리라고는 전혀 예상하지 못했다. 정신 나간 아이디어이긴 했지만 왠지 모르게 흥미진진하기도 했다.

"그들이 거기 없다고 해도 우린 모험을 할 수 있잖아. 맨발로 해변을 산책하고 굴도 먹고." 율리아의 질문에 카를은 이렇게 대답하고 슬쩍 미소를 지었다. "어릴 때 누아르무티에에 딱 한 번밖에 가지 못했어. 큰아버지와 큰어머니는 괴츠 형이 죽은 후에 그곳 별장을 팔고 다시는 가지 않았지만, 우리 부모님은 그 후에도 아버지의 오랜 친구인 세골렌 누나의 부모님을 만나러 갔지. 지난 며칠 동안 이야기를 듣고 나니 그 섬이 정말 궁금해졌어."

연착하는 비행기가 착륙하느라 그들의 머리 위로 지나가고 프랑크푸르트 공항의 조명이 빠르게 옆을 스쳐 갔다. 카를은 가속 페달을 밟았다. 4차선 고속도로는 화물차 몇 대만 빼고는 텅 비어 있었다.

"난 사실 즉흥적으로 행동하는 성격은 아니야." 그가 고백했다. "항상 타인의 온정에 기대야 했고, 안전하게 느낀 적이 없어서 늘 이성적으로 살았지. 나중에 성장한 후에는 그 느낌이 더 이상 지배하지 않았어. 하지만 살면서 성격이 영원히 정해지는 특정한 시기가 있잖아. 대부분은 늦은 청소년기에 그렇게 되지. 나는 나 자신만 믿을 수 있고 위험을 빨리 알아채야 한다는 걸 일찌감치 깨닫게 됐어. 그래서 아마 자제심이 강한, 머리로 생각하는 사람이 된 걸 거야. 어떤 일을 결말부터 생각하거든. 모든 걸 정확하게 분석하고, 감성이 아니라 논리와 이성으로 문제를 해결해. 사람들은 누군가 일찍 부모님을 잃었다고 하면 대부분 동정해. 그런 일을 겪으면 약해진다고 생각하지. 내가 생각하기에는 오히려 반대야. 자립은 사람을 강하게 하니까." 그는 율리아를 곁눈질하고 미소 지었다. "하지만 난 이따금 정신 나간 일을 벌이는 것도 좋아해."

"나도 약간 그런 성격인 듯." 율리아가 대답했다.

"알아." 놀랍게도 카를이 이렇게 말했다. "그게 어쩌면 내가 당신을 믿는 이유인지도 몰라. 당신은 강하고, 자의식이 넘치고, 용감해. 그러면서도 무례하다거나 이기적이지 않고 말이야."

"난 별로 용감하지 않은데." 율리아의 말에 카를은 미소를 지었다.

"아니, 용감해. 헬무트 엥글리슈에게 호통을 치면서 당신 작가들을 위해 싸웠잖아. 그건 용감한 행동이지."

"흐음." 율리아는 그에게 어떻게 말을 걸어야 할지 고민하다가 자기도 반말을 하기로 했다. 한참이나 자동차에 같이 있게될 텐데 계속 말끝을 흐리거나 혼잣말처럼 말할 수는 없었다. "개인적인 질문을 좀 해도 돼?"

"물론이지." 카를이 고개를 돌려 바라보자 율리아는 얼굴이 뜨거워졌다. 그를 마주 볼 용기가 나지 않았다.

"오늘 끔찍한 일을 알게 됐잖아." 그녀는 말을 하면서, 자기 목소리가 떨리지 않기를 바랐다. "그런데도…… 어떻게 계속 나아갈 수 있어?"

카를은 대답하기 전에 잠시 생각에 잠겼다.

"두 가지 가능성이 있어. 포기하거나 계속하기. 포기는 내가한 번도 하지 않은 선택이었지. 일어날 만한 가장 끔찍한 사건은 고아로 자라는 아이에겐 이미 일어난 일이야. 사람들 대부분은 부모님이 돌아가실까 봐 늘 불안해하면서 살아. 나는 아니었어. 내가 오늘 겪은 일, 큰아버지가 어머니를 살해했다는 사실은…… 이상하게 들릴지 몰라도 내 마음을 가볍게 해줬어. 나는 큰아버지에게는 관심이 없어. 나에게는 아무 의미 없는 사람이야. 그리고 큰아버지는 무능한 꼭두각시에 불과했고 스스로 그 사실을 아니까 이미 벌을 충분히 받았어. 어머니에게 내가 아무런 의미도 없는 존재가 아니었다는 걸 알게 되어 기뻐. 그게 중요해." 그가 주행로를 오른쪽 차선으로 바꿨다. "이제 더는 바꿀 수 없는 일에 에너지를 낭비해서는 안 돼. 그리고 나에게 아무 의미 없는 사람들이 내 삶을 망치게 두고 싶지 않아. 부모님은 나에게 출판사를 남기셨고, 난 그걸로 뭔가 할 거야."

둘은 한동안 아무 말도 하지 않았다. 이 침묵 때문에 율리아는 카를의 존재와 느긋한 그의 분위기를, 그의 힘을 더욱 강렬하게 느꼈다. 그는 정신 나간 예전 남자친구 레나르트와 달리 나르시시스트가 아니었다.

"아까 어머니 원고에 대해 무슨 말인가 하려다가 갑자기 멈췄잖아?" 카를이 물었다. "왜 그랬어?"

"그게⋯⋯." 율리아는 망설였다. 카를은 얼마나 세심한가! "일단 당신과 먼저 이야기하려고 했지. 내가 뭔가 알아낸 게 있거든."

시속 160킬로미터로 밤을 가르는 동안 율리아는 자기가 발견한 것을 카를에게 이야기했다.

* * *

"팩트를 모두 다시 한번 듣고 싶군요." 과장이 부탁했다. 보덴슈타인과 카이가 그 요구에 따라 번갈아가며 수사 결과를 되풀이하여 말하는 동안 피아는 돋보기를 쓰고 자리에 앉아, 배어의 집에서 가지고 온 가방을 뒤졌다. 결혼반지와 거기 새겨진 각인을 살폈다. '영원히, 당신의 요하네스. 1983년 11월 14일.' 갈색 봉투 세 개 중 하나에는 프랑크푸르트 암 마인 호적사무소에서 발행한 요하네스와 카타리나 빈터샤이트의 호적과 카를 아우구스트 빈터샤이트의 출생증명서, 요하네스 카를 빈터샤이트의 사망증명서, 요하네스 카를 빈터샤이트와 아마도 지금 카를 아우구스트의 할아버지라고 생각되는 카를 아우구스트 빈터샤이트의 유언장 공증 사본이 들어 있었다. 두 번째 봉투에는 타자기로 친 《빈터샤이트 가족》이라는 384쪽짜리 원고가 들어 있었는데 저자는 카타리나 빈터샤이트였다. 그리고 타자기로 깔끔하게 친 여섯 장짜리 목록이 클립으로 묶여 있었다.

《카마르그의 바람 속에서》, 283쪽, 1979년에서 1980년까지 집필. 피아가 목록을 읽었다. 《프로방스의 신들》, 317쪽, 1980년 집필. 《트로카데로의 여인》, 362쪽, 1982년 집필. 도서명이 분명한 각각의 항목마다 반쪽짜리 내용 요약이 쓰여 있었다. 피아는 마지막 쪽까지 넘겼다. 목록 제일 아래에 《영원한 우정으로》가 있었다. 1990년에 집필을 시작했다.

깨달음은 일반적으로 서서히 의식을 파고들지만 이번에는 누군가 피아에게 물 한 양동이를 얼굴에 퍼부은 것 같았다. 그녀는 흥분을 가라앉히려 애쓰며 지금까지 겪고 들은 내용들을 모두 다시 한번 정리했다. 팩트를 체크하고 모순을 하나씩 모두 지워나가자 진실이 남았다. 말도 안 되는 것처럼 보이긴 해도 그게 진실이었다.

"여러분." 피아가 입을 뗐지만 아무도 귀를 기울이지 않았다.

그래서 손뼉을 쳤다. 보덴슈타인이 말을 멈추었다. 과장이 피아에게로 몸을 돌렸다. 카이가 노트북에서 얼굴을 들었다. 타리크와 카트린은 일기장을 넘기던 손을 멈췄다.

"마리아 하우실트의 동기가 뭔지 알아냈어요." 피아가 도서목록을 들어 올렸다. "그녀는 당시에 친구인 카타리나 빈터샤이트에게서 열다섯 편의 원고를 훔쳤고 아마 출간도 했을 거예요. 문학 에이전트니 출간이야 애들 장난처럼 쉬웠겠지요. 제 생각에, 하이케 베르시가 이 사실을 알아내서 협박한 것 같아요. 그래서 마리아 하우실트가 그녀를 살해한 거고요. 알렉산더 로트가 신경쇠약에 걸려 모든 게 탄로 날 위험이 생기자 그도 죽인 거예요."

"원고 때문에 누군가를 죽인다고?" 보덴슈타인이 미심쩍다는 표정으로 물었다.

"아무 원고 때문에 죽이는 것은 절대 아닐 겁니다." 누군가의 목소리에 다들 놀라서 문 쪽으로 몸을 돌렸다. 제베린 벨텐이 면도도 하지 않고 머리카락이 헝클어진 모습으로 문간에 서 있었다. 지친 표정이었지만 충혈된 눈이 반짝거렸다. "하지만 그 원고들이 억대의 돈을 벌어들였는데, 법적인 상속자가 갑자기 등장한다면 그럴 수도 있지요."

"억대의 돈이라고요?" 니콜라 엥겔이 놀라서 그에게 물었다. "무슨 뜻인가요?"

"제가 방금 읽은 원고는 베스트셀러 작가 아니타 카르가 쓴 겁니다. 아니면 제 손에 장을 지져도 됩니다." 벨텐이 대답했다. "서술 방식이 정확하게 동일해요. 문체도, 플롯 구성도, 색조도,

등장인물도 전형적입니다. 잘생긴 남자, 지극히 아름다운 여자, 운명적인 사건 또는 다가오는 파멸. 대중이 좋아하는 주류지요. 무례하게 말하려는 의도는 없습니다. 아니타 카르는 실제로 성공했어요. 1990년대 중반부터 15년 동안 독일에서 가장 성공한 작가였습니다. 그 작가의 책들은 24개 언어로 번역되고 미국과 영국에서도 성공을 거두었고, 영화로도 만들어졌지요."

피아는 벨텐의 주장이 자기가 받은 느낌을 뒷받침한다는 사실에 만족해 싱긋거리며 말했다.

"헤닝이 결혼한 후에 저더러 주부 역할을 하라고 강요했을 때 저는 책을 엄청나게 많이 읽었답니다. 특히 아니타 카르를 무척 좋아했지요. 그 사람 책은 뭐든 다 읽었어요."

"저도요." 카트린도 동의했다. "심장 통증을 일으키는 이야기예요!"

"저도 그렇게 생각해요." 니콜라 엥겔이 말했다. "그래도 다 읽었어요. 그런데 영화는 별로였지요."

"저는 그 책들이 끔찍하던데요." 제베린 벨텐이 끼어들었다. "어머니가 읽기 때문에 저도 읽었습니다. 어릴 때도 손에 들어오는 건 뭐든 읽어야 했거든요. 지금까지도 지속되는 내면의 강박이에요."

"아니타 카르의 작품 배경은 모두 프랑스예요." 피아가 말을 이었다. "그리고 아니타 카르는 한 번도 대중 앞에 모습을 드러낸 적이 없고요."

"맞습니다." 제베린 벨텐이 고개를 끄덕이며 동의했다. "책에 저자 사진도 없고, 낭독회나 인터뷰도 없었어요. 유령이었답니다. 저는 그게 항상 거슬렸어요. 제가 읽는 책의 저자 모습을 생각하면서 책을 읽고 싶었거든요."

피아는 빈자리가 아직 조금 남아 있는 화이트보드로 가서 보드마커를 들고 '아니타 카르'라고 썼다.

동료들과 제베린 벨텐은 그런 피아를 주의 깊게 바라봤다. 제일 먼저 깨달은 사람은 카이였다.

"말도 안 돼!" 그가 말했다.

"대박!" 타리크도 인정한다는 표정으로 히죽 웃었다.

"뻔뻔하다고 말하는 게 더 낫겠네." 니콜라 엥겔이 말했다.

"필명." 제베린 벨텐이 중얼거렸다.

"아니, 필명이 아니에요." 피아가 고쳐 말했다. "도둑질이나 횡령을 숨기기 위해 위조한 이름이지요."

"무슨 말인지 하나도 모르겠어요." 카트린이 투덜거렸다.

"기다려봐!" 피아는 작가의 이름 'ANIITA KAHR' 위에 그 철자를 순서를 바꿔 썼다. 화이트보드에 불쑥 'KATHARINA'가 나타났다.

바로 그 순간 셈이 회의실로 돌아왔다.

"마리아 하우실트가 금방 도착할 겁니다." 그가 양손을 비비며 말했다. "크론베르크 집에 있더라고요. 이미 잠자리에 들었지만 바로 옷을 갈아입고 여기로 오겠다고 했어요."

보덴슈타인이 한숨을 내쉬고 말했다

"그 사람이 자네를 속인 거야. 절대 오지 않아. 당장 순찰차를 보내! 프랑크푸르트의 에이전시에도! 카이, 그 사람과 그 사람 자동차를 수배해."

"무슨 일이에요?" 셈이 당황해서 동료들을 둘러봤다.

피아가 방금 알게 된 일을 그에게 설명했다.

"빌어먹을!" 셈이 흥분했다. "내가 어쩌자고 그렇게 귀가 얇았을까!"

"그러게 말입니다." 니콜라 엥겔이 화난 표정으로 말했다. "자, 이제 어떻게 할까요?"

보덴슈타인은 이마를 찌푸린 채 피아가 화이트보드에 적은 이름을 가만히 들여다봤다. '잘 생각해봐!' 카타리나 빈터샤이트 사건에서는 칠칠하지 못하게 수사했지만 그 외에는 무척 훌륭한 경찰이자 스승이었던 예전 상관의 목소리가 머릿속에서 울렸다. '흔적을 따라가. 그게 어디로 이어지지?'

흔적을 따라가라! 당연하지! 난 어쩜 이렇게 눈이 어두웠을까! 흔적은 고속도로처럼 넓었고, 그 길은 누아르무티에섬으로 이어졌다!

"예전 오페어 걸과 이야기를 해봐야 해. 마리아 하우실트가 그렇게 하기 전에." 보덴슈타인은 침착해지려고 애쓰며 말했다. "발데마르 배어는 세골렌과 통화했어. 지금 아마 그녀에게 가 있을 거야. 마리아 하우실트는 그가 당시에 오페어 걸을 사랑했다는 걸 분명히 기억해냈겠지. 일기장 복사물이 나타났을 때 처음에는 아마 바로 깨닫지 못했을 테지만 이제 하나씩 맞춰봤을 거야."

"마리아 하우실트가 카를 빈터샤이트와 편집자와 함께 헤닝 사무실에 있었어요!" 피아가 소리쳤다. "아마 헤닝이 우리보다 더 많이 알 거예요!"

"그럼 당장 헤닝을 깨워서 물어봐." 보덴슈타인이 말했다. "그리고 카를 빈터샤이트와 편집자에게도 전화하고. 헤닝이 당연히 그 편집자 전화번호를 가지고 있을 거야. 타리크, 제일 빨리 그 섬에 가는 방법을 알아봐."

"누아르무티에섬으로? 정말 거기 가려고?" 니콜라 엥겔이 물었다. "그 여자를 찾아달라고 그곳 경찰에게 부탁할 수도 있을 텐데."

"내 생각이 맞다면, 마리아 하우실트를 제외하고는 세골렌이 원고의 존재를 아는 유일한 사람이야." 보덴슈타인이 대답했다. "카타리나 빈터샤이트가 사망했을 때 이 두 명 가운데 한 명이 원고를 손에 넣을 기회를 이용한 거고. 내 짐작에는 마리아 하우실트였을 거야."

"교활하게도 몇 년 기다렸다가 출간했지요." 피아가 말했다. "그리고 웹사이트에 아니타 카르에 대해서는 아무것도 없어요. 자기 에이전시 작가로 소속시키지 않을 정도로 빈틈이 없었던 거예요."

"아니타 카르의 저서는 그때까지 별로 유명하지 않던 룩셈부르크의 어느 출판사에서 출간됐습니다." 제베린 벨텐이 끼어들었다. "기 마네세 출판사……."

"마리아 하우실트는 룩셈부르크 출신입니다." 카이가 말했다. "그녀의 아버지 장 몰리토어는 프랑크푸르트로 오기 전에 그곳에 변호사 사무실을 가지고 있었어요."

피아는 퍼즐 조각들이 차례차례 제자리를 찾아가고 전체 그림이 불현듯 드러나는 흥미진진한 이 순간을 사랑했다.

"마리아 하우실트는 카를 빈터샤이트의 대모예요." 피아가
말했다. "자기가 한 행동을 카를이 알아내는 걸 절대 원하지 않
을 거예요."

"우리 생각이 옳다면 마리아 하우실트는 이미 두 사람을 살
해했어." 보덴슈타인이 과장을 쳐다봤다. "어쩌면 아버지, 그리
고 당뇨 쇼크로 사망했다는 남편도 죽였을지 몰라. 이 여자는
물불을 가리지 않아. 세골렌 보네르는 지금 심각한 위험에 처해
있어. 그리고 발데마르 배어가 그 사람 옆에 있다면 그도 마찬
가지고. 내 생각에는 아마 거기 있을 거야."

"낭트행 비행기를 타면 누아르무티에로 가장 빨리 갈 수 있
습니다." 인터넷을 검색한 타리크가 보고했다. "내일 아침 7시
5분에 출발하는 에어 프랑스 비행기가 있어요. 9시 20분에 낭트
에 도착합니다. 거기서 섬까지는 국도로 75킬로미터예요. 하지
만 헬리콥터를 타면 20분이면 갑니다."

"피아와 내 비행기표를 예약해줘." 보덴슈타인이 그에게 지
시했다.

"그리고 낭트에서 섬까지 가는 헬리콥터도." 니콜라 엥겔이
덧붙였다. "거기서 어떻게 할지는 더 이야기하죠. 거기도 아마
경찰 같은 것이 있을 테니."

피아는 기차 2등석에 앉아 있는 자기 모습을 이미 상상하고
있었는데, 평소에는 인색하기로 유명한 상관이 예상을 뛰어넘
는 너그러운 조처를 취했다.

"다른 사람들은 내일 아침 5시 30분까지 여기로 모이세요."
과장이 진두지휘를 맡았다. "크뢰거, 당신도요. 팀원들도 모두

데리고 오세요. 저는 마리아 하우실트에 대한 국제 체포영장, 그녀의 집과 에이전시 수색영장을 신청하겠습니다."

"제 생각에, 그 수고는 하지 않으셔도 될 것 같은데요." 제베린 벨텐이 끼어들었다.

"벨텐 씨, 무례하게 굴 생각은 없지만 경찰 일은 우리가 더 잘 알아요." 니콜라 엥겔이 대꾸했다.

"당신이 저를 배려해주신 걸 아는데 저 역시 무례하게 굴 생각은 없습니다." 벨텐이 말했다. "하지만 가상의 베스트셀러 작가 신분을 20년 동안이나 감추어온 교활한 사람이 집이나 사무실에 한 사람 또는 두 사람을 살해했다는 증거를 남겨뒀을 거라고 생각하십니까? 안 그래요?"

보덴슈타인은 절로 웃음이 나왔다. 두루미가 보기와는 달리 세상 물정을 전혀 모르는 건 아니군!

"그러면 우리가 할 일을 제안해보시겠어요?" 니콜라 엥겔의 말투에 냉소가 꽤 많이 묻어났지만 벨텐은 알아채지 못했다.

"음, 이 이야기가 제 범죄소설의 줄거리라면 말이지요. 제가 당신이라면 룩셈부르크에서 은신처를 찾아보겠습니다." 그가 아주 진지한 표정으로 말했다. "그리고 제가 마리아 하우실트라면 그 은신처에 대한 흔적을 이곳 독일에는 남기지 않을 거고요. 그러기 위해서는 룩셈부르크에서 살면서 거기서 세금을 내는 작가의 신분을 이용하겠지요. 어쩌면 그 신분을 만들어낼 수도 있겠고요. 세무서는 돈만 들어오면 자세히 묻지 않아요."

"아하." 과장은 팔짱을 끼고서 작가를 새로운 눈으로 바라봤다. "그럴듯하게 들리는군요."

"그리고 하우실트 씨 남편이 사망했을 때, 두 사람은 이혼하기 직전이었던 걸로 기억합니다." 벨텐이 덧붙여 말했다. "저는 그 해에 처음으로 문학적 성공을 거두었는데, 에릭 하우실트의 죽음은 도서전에서 큰 화젯거리였어요. 마리아와 그가 당시에 아니타 카르 때문에 사이가 나빠졌는지 한번 조사해보세요. 에릭은 어쩌면 그 성공이 어딘가 심상치 않다고 생각했거나 작가를 직접 만나보려고 했을지도 모릅니다."

회의실은 잠깐 깊은 침묵에 빠졌다. 다들 긴장한 채 과장의 반응을 기다렸다.

"내일 그냥 우리와 동행하시는 게 어떨까요?" 니콜라 엥겔이 물었다. "당신이 우릴 도울 방법이 사진을 찍는 것 같은 기억력뿐이라고 해도 말이지요."

"좋습니다. 내일 5시 30분에 준비를 마치겠습니다." 벨텐이 고개를 끄덕였다. "괜찮으시다면 일기장을 가지고 내려갈게요. 그러면 읽으면서 적어도 담배를 피울 수 있으니까요." 그는 가려다가 뭔가 생각난 듯 멈춰 섰다. "그건 그렇고, 제가 하이케를 죽이지 않았다는 사실을 이제 확실하게 인정합니다. 그녀가 피를 정말 많이 흘리기는 했지만요."

* * *

보덴슈타인이 로렌츠가 경찰서 주차장에 세워둔 포르쉐로 갔을 때는 자정이 막 지난 시각이었다. 새로 칠한 검정색이 가로등 불빛을 받아 반짝거렸다.

"올리버, 잘 있었어?" 누군가 등 뒤에서 말을 건넸다. 보덴슈타인은 심장이 멎을 것처럼 놀라서 뒤로 휙 돌았다. 아내가 서 있었다.

"카롤리네! 아이고! 여기서 도대체 뭐하는 거야?" 그가 말을 툭 뱉었다.

"난 당신이 어디 있는지 언제나 알아." 카롤리네가 입술을 얄팍하게 만들며 미소 지었다. "우리 휴대전화에 위치 확인 앱이 깔려 있잖아."

"아, 그렇지." 보덴슈타인은 오늘 당장 앱을 지우고 휴대전화 위치 기능을 제한해야겠다고 마음먹었다. 감출 게 없으니 자기 위치를 카롤리네가 보는 건 상관없지만 그레타가 엄마 휴대전화를 가지고 가서 볼 수도 있다고 생각하니 그 상황이 전혀 마음에 들지 않았다. "무슨 일이야? 늦은 시각이잖아. 난 내일 아침 일찍 비행기로 프랑스에 가야 해."

"나, 로트키르히 백작 부인 일을 그만둘 거야." 카롤리네가 말했다. "오늘 백작 부인에게 말했어. 부인은…… 당신이 나를 떠난 걸 전혀 몰랐는지 깜짝 놀라더라. 그런데 그 전에 당신이 코지마에게 간 일부를 기증하기로 했다고 알려주더군."

"응, 그럴 생각이야." 보덴슈타인이 말했다.

"지금 막 결정한 거야?" 카롤리네의 얼굴이 가면처럼 창백하고 무덤덤해 보였다.

"아니, 좀 됐어." 보덴슈타인이 솔직하게 대답했다. "당신에게 말하려고 했는데, 코지마 이름이 나오기만 하면 당신은 언제나 질투 때문에 폭발하듯 싸움을 걸었지."

"그래, 맞아." 카롤리네는 놀라울 만큼 이성적이었다. "난 당신이 다시 코지마를 선택할 거라는 확실한 느낌을 언제나 받았어. 내 느낌이 옳았군."

"아니, 난 코지마를 선택한 게 아니야." 보덴슈타인이 고개를 젓고는 피아가, 그다음에 셈이 옆을 지나갈 때 인사하느라 손을 들어 올렸다. "'당신'이 한 번도 '나'를 선택하지 않았어. 그게 문제야. 나는 그레타와 그레타의 아버지와 그의 아내를 처음부터 인정했지만 당신은 내 가족을 만나려고도 하지 않았잖아."

"그레타에게는 내가 아주 많이 필요했어." 카롤리네가 우겼다. "당신이 이해해주리라고 생각했는데."

"이해하려고 노력했지. 하지만 그레타와 당신은 정상적인 엄마와 딸의 관계가 아니야. 건강하지 못한 공생이라고." 보덴슈타인이 대답했다. "거기에 나를 위한 공간은 정말 없어."

"걔가 오늘 아침에 자살 시도를 했어." 카롤리네의 목소리가 떨려 왔다. 보덴슈타인은 '아하, 또?'라는 고약한 말이 나오려는 걸 아슬아슬하게 겨우 참았다. 그레타는 엄마의 관심을 충분히 받지 못할 때면 자살하겠다고 위협했고, 두어 번 면도칼로 팔목 부근을 위험하지 않을 정도로 대충 그은 적이 있었다.

"정신병원에 입원시켰어?" 보덴슈타인은 카롤리네의 대답을 이미 알면서도 물었다.

"아니, 내가 제때 왔어. 수면제를 삼켰더라. 이제 다시 괜찮아졌어."

당연히 괜찮아졌겠지. 자기가 원하던 관심을 받았으니까.

"카롤리네. 난 이제 더는 당신을 도울 수도, 돕고 싶지도 않아."보덴슈타인이 말했다. "당신은 내 조언을 한 번도 듣지 않았고, 앞으로도 듣지 않을 테니까. 그레타는 당신을 자기 마음대로 조종해. 그 아이의 길에서 장애물을 모두 치워주는 일을 이제 제발 그만둬! 걔는 성인이고 자기 행위의 결과에 책임지는 걸 반드시 배워야 해."

"하지만 그레타는 내 자식이야! 난 그 애 엄마라고! 내가 아니면 누가 걔를 돕겠어?"

보덴슈타인은 한숨을 내쉬고 고개를 저었다. 희망이라고는 전혀 없었다.

"당신 딸은 전문적인 도움이 필요해."그는 이미 백 번도 더 했던 말을 또 했다. "당신은 이제 걔를 도울 수 없어. 점점 더 상황을 악화시킬 뿐이야. 그걸 모르겠어?"

"내가 어떻게 해야 하지?"카롤리네는 늘 그랬듯이 진짜 절망했다.

"심리 치료를 받을 마음이 없다면 집에 들어오지 못하게 하고 돈도 주지 마."

"내 자식이 망하는 걸 두고 볼 수는 없어!"카롤리네가 소리쳤다.

"이미 오래전에 망했지."보덴슈타인은 자동차 리모컨을 작동하여 중앙 잠금장치를 해제했다. "걔는 학교 졸업장도, 직업도 없고 동네에서 소문난 범죄자들과 몰려다니며 마구간에 화염병을 던져!"

"그레타는 아버지가 한 명 필요했어."카롤리네가 말했다. "아이가 그렇게 된 건 내 탓이야."

"친아버지가 집중적으로 돌봤지만 걔는 아버지 아내의 돈을 훔치고 형제자매에게 흡연과 도둑질을 하라고 충동질했지." 보덴슈타인은 점점 인내심이 바닥났다. "그리고 5년 동안 나도 있었고. 나는 친자식을 돌보듯이 노력했어. 그러려면 가끔 엄격함과 일관성도 필요한데 당신이 그렇게 못 하게 했지."

"그레타는 당신을 사랑해." 카롤리네가 우겼다. "올리버, 제발 돌아와. 그 애랑 대화를 해!"

"그런 게 사랑이라면 무섭다. 나는 돌아가지 않아. 카롤리네, 우린 끝났어. 그리고 그레타는 나를 사랑하지 않아. 걔는 그저 모든 수단을 동원해서 자기 뜻을 관철하려는 것뿐이야. 난 정말 할 수 있는 일은 뭐든지 다 했어. 이제는 빠져나왔지. 행운을 빈다."

보덴슈타인이 차에 오르려고 하자 카롤리네가 말했다.

"올리버! 기다려!"

"응?"

"나는 온 힘을 다해 당신을 정말 사랑했어." 그녀가 말했다.

보덴슈타인은 아내의 얼굴을 바라봤다. 눈이 기이하게 무표정했다. 그는 거기서 한때 자기가 느꼈던 감정을 찾아보려고 했지만 허사였다.

"카롤리네, 나도 알아." 그가 대답했다.

"이혼할 생각이야?"

"아마 그렇게 되겠지. 하지만 나중에 이야기하자. 알았지?"

둘 사이에 벌어진 온갖 비극에도 불구하고 보덴슈타인은 그녀의 씁쓸한 목소리에 마음이 아팠다.

"알았어." 카롤리네는 아무 감정도 드러내지 않고 고개를 끄

덕였다. 그런 모습을 보노라니 보덴슈타인의 등줄기에 소름이
끼쳤다.

"카롤리네, 몸조심해. 전화할게."

그 말을 한 후에 그는 차에 올라 시동을 걸고, 카롤리네를 지
나 주차장을 벗어났다.

7일째

2018년 9월 12일 수요일

파리를 지난 후에 두 사람은 두 번째로 주유하려고 차를 세웠다. 기름을 가득 채우고 화장실도 다녀오고 군것질거리 두어 가지와 음료수와 포장 샌드위치를 샀는데, 맛있는 음식이라고 말할 수는 없었지만 꼬르륵거리는 배를 채우기에는 충분했다. 율리아는 카를이 조수석에서 잠시 눈을 붙일 수 있게 운전대를 넘겨받았다. 피로가 사라지고 정신이 말짱했다. 상의를 둘둘 말아 베개로 벤 카를은 몇 킬로미터 못 가서 깊이 잠들었다. 고속도로는 편안할 정도로 교통량이 적었고 바닥은 건조했으며 톨게이트를 제외하면 거의 똑같은 풍경이 이어졌다. 하지만 율리아는 워낙 야간 운전을 좋아하는 데다가 카를의 회사 차량처럼 안락한 차를 운전하니 더욱 좋았다. 정속 주행 장치를 시속 136킬로미터에 맞추고 내비게이션을 무음으로 했다. 이제 SUV 차량의 두툼한 타이어가 앞으로 쭉쭉 나가는 동안 율리아는 자기 생각에 매달릴 수 있었다. 파리까지 오는 내내 두 사람은 대화를 나누었고, 율리아는 가족에 대한 카를의 모든 질문에 기꺼이 대답해줬다. 그와 이야기하는 게 너무 편안해 스스로도 놀랄 지경이었고, 지금 이 사람이 자기 사장이라는 걸 이따금 일부러

라도 떠올려야 했다. 율리아는 헤닝 키르히호프와 존경심을 불러일으키는 그의 터프한 전배우자를 생각했다. 둘은 왜 헤어졌을까? 서로 잘 어울릴 것처럼 보이는 사람들의 관계는 왜 깨지나? 나지막하게 코를 고는 카를을 슬며시 바라봤다. 잠든 그는 정말 어리고 상처받기 쉬워 보였다! 카를이 자기를 진심으로 믿는다는 걸 알게 되니 마음이 따뜻해졌다.

이 정신 나간 야간여행의 목적지에서 무엇이 그들을 기다리고 있을까? 발데마르 배어와 세골렌을 정말 만나게 될까? 너무 늦어서 그 여자가 이미 사망했으면 어쩌지? 아픈 옛 친구 이야기를 할 때 관리인의 목소리는 걱정스럽게 들렸다. 율리아는 카를이 또 한 번 실망하는 일은 없길 바랐다. 마리아 하우실트와 세골렌이 카를 어머니의 원고로 뭔가 공모했을지도 모를 일이니까. 율리아는 아니타 카르가 가명이라고 확신했다. 인터넷이 없고 소셜미디어는 더더욱 없던 1990년대 후반에는 그런 사기를 치기 쉬웠을 것이다.

르망을 지나자마자 고속도로가 나뉘었다. 왼쪽은 낭트와 앙제 방향인 11번 바다 고속도로였고, 오른쪽은 브르타뉴의 렌 방향이었다.

카를은 낭트에서 고속도로를 벗어날 때 잠에서 깼다. 그들 뒤편 동쪽에서 아침이 밝아왔다. 율리아가 백미러를 보니 지평선 위로 퍼지는 분홍빛 띠가 눈에 들어왔다. 그들의 앞쪽은 아직 밤이었지만 뒤에서부터 하늘이 훤해지기 시작했다.

"날 깨우지 그랬어! 파리에서부터 내내 혼자 운전했네!" 카를은 잠이 덜 깨어 눈을 깜박이다가 하품을 하고는 몸을 똑바로 세우고 앉아 조수석 서랍을 열었다. "잠 깨는 음료 줄까?"

"그럼, 좋지." 율리아가 고개를 끄덕였다. 카를은 에어컨 때문에 서랍에서 얼음처럼 차가워진 캔을 열어 그녀에게 건넸다. 톡 쏘는 젤리 곰 향기가 차 안을 가득 채웠다. 율리아는 원래 들큼하고 멀건 음료를 그다지 좋아하지 않지만 지금 이 음료는 소기의 목적을 달성하여, 이제 그녀의 머리와 사지에서 서서히 신호를 보내오는 피로를 몰아냈다. 둘은 다시 자리를 바꿨다. 율리아는 배낭을 집어 들고 휴대전화를 꺼냈다.

"어머나! 헤닝 키르히호프가 전화를 두 번이나 했네! 어젯밤 11시 반에 전화했어."

"난 휴대전화를 까마득하게 잊고 있었어." 그가 좌석 사이 콘솔 박스 덮개를 열고 스마트폰을 꺼냈다. "이런! 충전을 했어야 하는데."

율리아는 설정을 열고 무선 통신을 탭하여 데이터 로밍을 켰다. 휴대전화가 불협화음을 냈다. 헤닝 키르히호프와 모르는 번호로부터 전화 여러 통과 문자와 음성 메시지가 들어왔다. 첫 음성 녹음을 막 들으려는데 휴대전화가 삑 소리를 내며 꺼졌다.

"충전기 있어?" 그녀가 카를에게 물었다.

"아니, 없는데." 그가 대답하고 씁쓸하게 웃었다. "어젯밤에 급하게 출발하느라 그 생각을 미처 못 했네."

"나도 그랬어." 율리아는 휴대전화를 배낭에 다시 넣었다. "우리 둘 다 일단 오프라인이구나."

연락이 안 되고 인터넷에 바로 접속할 수 없어서 기분이 약간 이상하긴 했지만 해방감도 느꼈다. 그러나 이제 두 사람은 섬에 가서 세골렌과 발데마르 배어를 어떻게 찾아야 할지 전혀 몰랐다! 둘은 너무 열정적으로 이야기를 나누느라 이 여행의 진짜 목적을 잠시 잊어버렸고, 예전 빈터샤이트 별장을 기준점으로 삼기 위해 그곳 주소를 카를의 사촌누나에게 물어본다는 원래 계획도 깜박했다. 그러다가 율리아는 원고를 읽으면서 적었던 메모가 배낭에 있다는 데 생각이 미쳤다. 배낭 옆주머니에서 메모를 발견한 율리아는 안도의 한숨을 내쉬었다. 그녀는 카타리나 빈터샤이트가 소설 등장인물은 허구로 설정했지만 장소는 사실에 부합하게 썼다는 것을 이미 읽으면서 확인했었다. 누아르무티에에는 실제로 누아르 카페가 있었고, 그 건물이 있는 구역 이름은 레르보디에였다. 이 정도면 찾을 만하지 않을까!

"저기, 저기 봐!" 카를이 표지판을 가리켰다. "누아르무티에, 65킬로미터! 한 시간 반만 더 가면 도착이야."

* * *

니콜라 엥겔은 약속을 지켜 모든 것을 완벽하게 준비해뒀다. 에어 프랑스 비행기가 9시 10분에 낭트 공항에 착륙하여 주기 위치로 굴러갈 때 피아는 곧장 휴대전화를 켰다. 카이가 이미 전화 통화를 시도한 게 확인됐다. 피아는 이어폰을 귀에 꽂고 카이에게 전화했다. 승객들은 모두 자리에 그대로 앉아 있으라는 안내가 나왔다. 비행기가 서고 엔진 굉음이 멎자마자 승무원이 보덴슈타인과 피아에게 따라오라고 했다. 두 사람은 바깥 계단을 통해 제일 먼저 비행기에서 나왔다.

"카를 빈터샤이트와 율리아 브레모라는 여전히 감감무소식이야." 카이가 알려줬다. "둘 다 휴대전화가 꺼져 있어. 빈터샤이트는 어젯밤에 호텔에 안 들어왔고 브레모라 씨 집도 아무도 응답하지 않아. 빈터샤이트의 자동차가 없는데, 두 사람이 혹시 마리아 하우실트의 손아귀에 있는 건 아닐지 걱정이야. 그 여자 흔적도 전혀 안 보여. 자동차는 에이전시 마당에 서 있지만 휴대전화는 꺼진 상태야."

"젠장." 피아는 헤닝의 편집자와 사장에게 아무 일도 일어나지 않았기를 진심으로 바랐다. 두 사람이 마리아 하우실트의 책략을 알아챘고, 그녀 역시 두 사람이 알게 됐다는 걸 눈치챈 걸까? 전날 밤 카이와 헤닝은 두 사람과 통화하려고 여러 차례 시도했다. 그때까지는 둘의 휴대전화가 아직 꺼지지 않은 상태였다. 이게 무슨 뜻일까? 마리아 하우실트는 어쩌면 흔적을 지우려고 룩셈부르크로 갔는지도 모른다! 그녀가 정말 아니타 카르뒤에 있다면 세월이 흐르면서 엄청난 부를 모았을 거고 자동차도 여러 대 가지고 있을 것이다.

"도로테아 빈터샤이트한테 전화해봤어?"

"응, 했지." 카이가 대답했다. "어제저녁에 세 명을 모두 만났대. 빈터샤이트의 사무실에 같이 있었다고 하더라고. 그런데 별로 중요한 이야기는 하지 않았다던데. 도로테아는 마리아 하우실트랑 같이 건물을 나왔다고 했어."

"알았어. 그럼 계속 연락……."

"피아, 잠깐만! 아직 알려줄 게 더 있어. 조금 전에 마리아 하우실트 수배를 본 한 택시 운전사가 연락했어. 그가 금요일

21시쯤에 하우실트 문학 에이전시에 가서 두툼한 봉투를 마리아 하우실트에게서 직접 건네받았다는 거야. 그녀가 100유로를 주고는 영수증도 달라고 하지 않았기 때문에 잘 기억하고 있다더라고. 그 물건을 크론베르크에 있는 그녀의 집으로 가져다가 현관문 옆 화분 뒤에 그냥 놓아달라고 했대."

피아의 머릿속이 바쁘게 움직였다.

"21시 30분쯤에 율리아 브레모라는 알렉산더 로트가 누군가를 뒷문으로 들여보내는 소리를 들었다고 했어." 카이가 피아의 기억을 도왔다. "하우실트 씨가 택시로 휴대전화를 집으로 보낸 게 틀림없어. 혹시 우리가 자기 휴대전화 동선을 추적하는 일이 벌어지면 알리바이가 필요하니까 말이야. 피아, 이 여자는 엄청나게 똑똑해! 우발적으로 일어날 수도 있는 모든 일을 염두에 두고 있어!" 그가 걱정스러운 목소리로 말했다. "그 사람 여동생을 찾아냈는데 하노버에 살아. 우리가 이제 곧 통화할 예정이야."

"나중에 전화해줘. 카이, 고마워."

"별말을 다 하네. 몸조심해!"

활주로 끝에서 순찰차와 사복을 입은 남녀 연방경찰이 기다리고 있었는데, 보덴슈타인과 피아는 두 사람의 이름을 금방 알아듣지 못했다. 다행스럽게도 둘 중 여자 형사가 그럭저럭 독일어를 했고, 자기 동료 이브와 자기—레진—가 피아와 보덴슈타인과 동행하여 누아르무티에로 갈 거라고 설명했다. 순찰차를 타고 공항의 다른 쪽으로 가니 전체적인 조망이 눈에 잘 들어오는 장소가 나왔다. 철조망이 둘러싼 그곳에서 헬리콥터 한 대가

날개를 느릿하게 공회전하며 그들을 기다리고 있었다. 그들이 뒷좌석에 올라 안전벨트를 매자 조종사가 고개를 끄덕여 인사했다.

"20분쯤 후에 누아르무티에에 도착할 거예요!" 조종사 옆에 앉은 레진이 소리쳤다. 그녀는 발랄한 미소를 띤 주근깨 가득한 얼굴과 짧고 짙은 색 고수머리, 성급함과 에너지를 발산하는 귀여운 인물이었다. 동료는 완전히 반대였다. 이브는 느긋해 보이고 키와 덩치가 컸으며 움직임이 유유자적했다. 하지만 그의 눈빛이 깨어 있고 신중한 것으로 미루어, 외모의 분위기는 틀림없이 사실과 다를 터였다.

"지방경찰 중에 누군가 우리를 마중하러 나올 겁니다." 레진이 말했다. "섬의 헌병대는 관광객이 붐비는 여름에만 거기 상주해요."

"우리가 어디로 가야 하는지 알아내셨습니까?" 보덴슈타인이 놀랍게도 상당한 실력의 프랑스어로 묻자 그의 옆에 앉아 있던 이브가 폭포처럼 말을 쏟아냈다.

"네, 저희가 주소를 알아요." 레진이 피아를 위해 통역했다.

조종사가 동력 레버를 앞으로 밀자 회전날개의 부드러운 흔들림은 귀를 먹먹하게 하는 따따따 소리로 바뀌었다.

* * *

두 사람은 다리를 지나 섬으로 들어가, 회전교차로가 계속 나타나는 2차선 도로를 달려 중심지인 누아르무티에 앙 릴로 향했다. 좌우에 감자밭과 옥수수밭이 보이고, 사방에서 '굴 바'나 '갑각류와 조개류 시식', '섬 감자'라고 쓰인 안내판이 그들을 유혹했다.

"아직 9시가 조금 안 된 시각이야." 율리아가 말했다. "이렇게 이른데 낯선 사람들 집에 불쑥 찾아갈 수 있을까?"

"흐음, 불쑥 들어가기 전에 일단 그들이 어디 있는지를 찾아야지." 카를이 대답했다. "거기 가서 크루아상과 커피를 사면서 세골렌을 아는지 물어보자."

"크루아상과 커피, 괜찮네." 율리아가 대답했다. 배에서 꼬르륵 소리가 났다. 마지막으로 고속도로 휴게소의 곤죽이 된 샌드위치를 먹은 지 꽤 시간이 지났다. 율리아는 지금까지는 흉하고 적막한 모습만 보여준 이 섬에 살짝 실망한 상태였다. 카타리나의 원고에서 읽은 열정적인 묘사 때문에 어쩌면 지나치게 낭만적인 기대를 했는지도 모른다. 두 사람은 나비 공원으로 초대하는 안내판을 지나고 앙테마르셰와 또 다른 상점들이 있는 산업지구도 지났다. 어디선가 풍겨 오는 썩는 냄새도 이상했다. 그러다가 염전에서 일하는 소금 농부가 율리아의 눈에 들어왔다. 그는 물이 든 낮은 수조 가장자리에 서서 기다란 밀대로 소금을 끌어당기고 있었다. 각각의 수조들 사이에 눈처럼 하얀 자그마한 소금 피라미드가 쌓여 있었다.

"저기 좀 봐!" 율리아가 감탄하며 환호성을 질렀다. "플뢰르 드 셀이야!"

우회도로를 따라 레르보디에 방향으로 가면서 여름철이면 아마도 캠핑카들이 가득할 것 같은 거대한 공원을 지나자 율리아가 기대했던 섬의 모습이 불현듯 얼굴을 드러냈다. 하늘색 또는 재색 유리창 덧문이 달린 하얀 집들. 도로 좌우편의 염전. 새하얀 급수탑과 오래된 풍차. 햇볕에 그을린 풀밭 사이로 운하가 지나가고 거기 흩어져 있는 말들. 독일에서는 상상할 수 없지만 프랑스에서는 전형적인 나무 전봇대. 레르보디에 항구는 섬의 서쪽 제일 끝에 있었다. 카를이 주차장을 찾아냈고, 두 사람은 차에서 내려 뻣뻣한 사지를 쭉 폈다. 항구 오른쪽은 스포츠용 보트와 요트들이 정박해 있지만 왼쪽은 어항이었다. 새된 외침을 내지르는 갈매기들에 에워싸인 어선 한 대가 통통 소리를 내며 막 들어오는 중이었다. 율리아는 주변을 둘러봤다. 관광객을 위한 기념품과 항해 또는 해변에서 필요한 물품을 제공하는 작은 상점들, 카페와 레스토랑이 항구에 밀집해 있었다.

"저쪽 구석에 빵집이 있어!" 카를이 항구 위쪽인 주택가 산책로를 가리켰다. 바로 그 순간 율리아는 대형 주차장 맞은편 구석, 커다란 쇼윈도가 있는 낮은 회색 건물 간판을 봤다.

"여기가 맞아! 저기 건너편 가게 이름이 '바다의 계산대(Comptoir de la mer)'야!" 그녀가 말했다. "배어 씨의 종이봉투에 웹주소가 쓰여 있었어."

"아하, 우리가 온 게 헛수고가 아니군." 카를이 미소 지었다. "가자. 일단 먹을 걸 좀 사면서 당신이 빵집 사람들에게 물어봐. 어쩌면 도움을 줄지도 모르지."

둘은 줄이 길게 늘어선 빵집으로 갔다. 줄은 금방 짧아졌다. 사람들이 갓 구운 바게트를 겨드랑이에 끼고 빵집에서 나왔다. 빵집에 들어서서 진열장에 있는 맛있는 빵을 본 율리아의 입에 침이 고였다.

"초콜릿 에클레르를 꼭 먹어야지." 그녀가 이렇게 말하며 카를에게 몸을 돌리다가 바게트 여러 개를 산 남자와 부딪쳤다.

"죄송합니다!(Pardon!)" 사과하는 표정으로 남자에게 미소를 짓던 율리아의 눈이 커졌다. "어머! 안녕하세요, 배어 씨!"

* * *

헬리콥터가 수식으로 이륙하여 왼쪽으로 가벼운 곡선을 그리며 움직여 기수를 살짝 숙이고 남쪽으로 향했다. 맨 오른쪽에 앉은 피아는 멀리 아침 안개 속에서 바다가 이미 보인다는 생각이 들었다. 아름다운 늦여름 날이 밝아왔다. 피아는 크리스토프가 지금 여기 함께 와서 바닷가에서 느긋한 날을 보내며 조개를 먹고 상세르 와인 한두 잔을 함께하면 좋겠다고 생각했다. 그러나 발각되지 않은 범죄가 35년 전에 벌어진 섬에서 그녀를 기다리는 것은 불확실성뿐이었다. 마리아 하우실트는 잃을 게 많은 사람이라서 충돌을 원하지 않을 터였다. 경찰이 두 번의 살해와 관련된 자기 계략을 알아냈다는 걸 모를 테지. 아니, 알까? 뭘 알고 있지? 그리고 아버지와 남편도 정말 살해했을까?

휴대전화가 진동음을 냈다. 헤닝이었다! 전화를 받은 피아는 소음 때문에 그가 하는 말을 이해하지 못했지만 자기 말은 그가 알아듣길 바랐다. 그녀는 헤닝에게 카를 빈터샤이트와 그의 편집자와 에이전트가 사라졌다고, 뭔가 중요한 말을 할 게 있다면 왓츠앱으로 문자를 보내라고 말했다.

헬리콥터는 반짝이는 물줄기들이 지나가고 여기저기 거대한 풍차가 솟아 있는 편평한 습지 위를 날아갔다. 뾰족한 교회탑과 하얀 집과 산업 지구가 있는 자그마한 동네들을 지나서 조종사가 헬리콥터를 살짝 오른쪽으로 꺾자 서쪽 수평선까지 한없이 펼쳐진 푸른 바다가 나타났다. 섬은 육지에서 별로 멀지 않아 다리 또는 가장 낮은 썰물 때만 건널 수 있는 특이한 갯벌도로를 통해서 올 수도 있었다. 하강비행을 시작한 헬리콥터는 몇 분 후에 하얀 칠을 한 납작한 건물 뒤편에 부드럽게 내려앉았다. 햇볕에 그을리고 짧게 깎인 풀밭이었다. 이브가 헬리콥터 문을 열고 보덴슈타인을 내리게 한 후에 피아에게 정중하게 손을 내밀었다.

"고맙습니다(Merci)." 피아가 프랑스어로 인사하며 미소를 지었다.

"마담, 별말씀을요(Avec plaisir, Madame)." 이브도 미소를 지으며 화답했다.

시원한 공기가 마른 풀과 소나무 향기를 풍겼다.

그들을 기다리던 젊은 남자가 레미라고 자기소개를 했는데 성은 알아들을 수 없었다. 감색 제복을 입은 그는 기껏해야 스물다섯 살 정도였고, 귀가 뾰족하게 솟고 갈색으로 그을린 동안이었다.

'아들이라고 해도 되겠네.' 피아의 머릿속에 이런 생각이 스치자 자기가 늙었다는 기분이 저절로 들었다. 보덴슈타인이 프랑스 동료 세 명과 대화를 나눌 동안 피아는 휴대전화를 확인했다. 헤닝에게서도, 카이에게서도 연락 온 게 없었다. 10시 5분

전이었다. 이제는 성이 보네르가 아니라 티보인 세골렌을 찾아
갈 시간이었다.

* * *

레르보디에 변두리에 있는 세골렌의 집은 정말이지 폐허나
다름없었다. 허리까지 오는 자연석 담장에 에워싸인 넓은 대지
에 허름한 헛간과 건물이 여러 채 있었는데 모두 헐어내야 할
것 같았다. 예전에 창고로 쓰던 건물 앞쪽의 빛바랜 표지판에
적힌 '건설사업자 보네르와 아들—섬 최고의 선택'이라는 글씨
는 간신히 읽을 수 있을 정도였다. 대문이 경첩에 비스듬하게
매달려 있었다. 녹슨 건설 기계와 부서진 장비, 수백 개쯤 되는
오래된 자동차 타이어, 기중기의 일부가 여기저기 늘어서 있고
그 위에 잡초가 자라고 있었다. 한때 큰 성공을 거두었을 가업
의 몰락에 대한 구슬픈 이야기를 들려주는 우울한 풍경이었다.
"산간 오지처럼 보이죠. 저도 압니다." 발데마르 배어가 이 황
폐한 상태에 본인이 책임이 있기라도 하다는 듯 말했다. "여길
제대로 정리해야 하는데, 세골렌은 지금 그럴 처지가 못 된답니
다. 작년에 어머니 장례를 치르려고 누아르무티에로 돌아왔을
때 이미 이런 상태였다고 해요."
그들은 마른 분수와 쓰레기더미 사이의 빈자리에 차를 세웠
다. 벽과 유리창 덧문 칠이 벗겨지고 지붕에는 이끼가 끼고 거
대한 몬테레이 사이프러스 잎들로 뒤덮이긴 했지만, 사람이 어
느 정도 살 만하게 보이는 섬 양식으로 지은 2층짜리 집이 한 채

자리해 있었다.

"세골렌의 아버지는 이미 오래전에 돌아가셨고, 형제자매는 없습니다." 배어가 설명했다. "세골렌은 카리브해의 마르티니크섬에서 남편과 함께 25년 동안 호텔을 운영하다가 이혼했어요. 이혼한 직후에 병이 들었어요. 암이었습니다. 두 달 전에 의사들이 그녀에게 이제 더는 해줄 일이 없다고 말했답니다. 집에 가서 임종하라며 보냈지만 집이라고 할 만한 곳이 없어서 부모님 집으로 왔대요. 그런데 예전에 프랑크푸르트에서 올 때 가져온 가방을 다락에서 발견했다는군요. 사장님의 어머니 카타리나가 가져가라고 부탁했다고 하네요. 가방은 28년 동안 다락에 있었는데, 세골렌은 그 가방을 잊고 지냈답니다. 그 존재를 밀어낸 거예요. 그 이유는 이제 곧 아시게 될 겁니다. 어쨌든 그녀가 가방을 돌려주려고 했는데 어떻게 해야 할지 몰랐던 거지요. 그래서 제게 편지를 보냈습니다." 말을 멈추었다가 다시 시작한 발데마르 배어의 목소리는 푹 잠겨 있었다. "저는 28년 동안 세골렌을 못 봤어요. 그녀는…… 사장님 어머니가 돌아가신 후에 제게 작별인사조차 하지 않고 사라졌습니다. 저는…… 저는 여러 번 편지를 썼지만 한 번도 답장을 받지 못했어요. 그러다가 갑자기 그 긴 세월이 지난 후에 불쑥 편지가 온 겁니다. 자기가 아프다고, 이제 곧 죽을 거라고, 하지만 그 전에 저를 한번 보고 싶다고 했습니다. 저를 하루도 잊은 적이 없다고요."

사랑이 넘치고 남을 돕기 좋아하는 이 남자가, 청바지와 폴로셔츠 차림이라서 율리아가 평소에 알던 모습과는 완전히 다르게 보이는 그가 코를 풀려고 자동차 지붕에 바게트를 조심히 내려놓았다. 얼마나 슬픈 이야기인가. 해피엔딩을 기대할 수 없는 이야기!

"저는 망설이지 않고 바로 여기로 왔습니다. 그게 8월 초였지요." 배어가 말을 이었다. 섬세한 미소가 그의 얼굴을 스쳐 갔다. "세골렌을 다시 만나게 되리라고는 상상도 하지 못했습니다. 그녀는 제 평생의 사랑이에요. 정정당당하게 선언할 수 있습니다. 그녀를 생각하지 않은 날은, 그녀가 왜 그렇게 떠났는지 의문을 품지 않은 날은 단 하루도 없었지요. 이런 질문에 대답을 얻지 못하는 일은 끔찍했습니다."

"그럴 것 같아요." 율리아가 공감했다.

"흐음." 배어는 두어 번 심호흡을 했다. "세골렌을 다시 만나니 정말 좋았지만 동시에 소름이 끼쳤습니다. 그녀는 너무나 아팠고, 우리에게 두 번째 기회란 없다는 게 명백했으니까요. 빈터샤이트 사장님, 세골렌은 저에게 다른 물건 말고도 사장님 어머니의 일기장이 들어 있는 가방을 주었고, 저는 그걸 사장님에게 곧장 드릴 생각이었습니다. 사장님 것이니까요. 하지만 제가 프랑크푸르트에 돌아갔을 때 베르시 씨가 복수를 막 시작한 터라 적당한 기회를 찾기 어려웠습니다. 가방에 있던 원고를 읽기 시작했고, 그 후에 사장님에게 보냈지요."

"하늘색 장난감 자동차도요." 카를이 말했다.

"예, 맞습니다. 그것도 가방에 들어 있었습니다. 세골렌이 그때 가지고 갔어요." 배어가 고개를 끄덕였다. "저는 어릴 때와 청소년기에 매년 여름 이 섬에서 시간을 보낼 수 있었답니다. 괴츠와 도로테아와 형제자매처럼 자랐고, 빈터샤이트 씨 부부는 어릴 때 천식을 앓은 저를 친절하게도 언제나 여름휴가에 데리고 왔지요. 원고를 읽으면서 모든 게 금방 다시 떠올랐고 이게 무엇에 관한 이야기인지 바로 깨달았습니다. 일기장을 읽으면 안 되지만 호기심이 생겼지요. 사장님, 죄송합니다."

"괜찮아요, 배어 씨." 카를이 대답했다.

"그리고 제가 늘 믿었던 것과는 상황이 달랐다는 걸 알게 됐습니다. 저는 충격을 받았고…… 분노했습니다. 하지만 속은 사람은 저만이 아니라 특히 빈터샤이트 씨 부부였습니다. 저는 망연자실했어요. 베르시 씨가 출판사를 파괴하려고 하는 모습을 힘없이 그저 지켜봐야 했습니다. 그러다가 그들 모두에게 경고를 줄 만한 아이디어가 떠올랐어요. 그래서 일기의 일부를 그들에게 보낸 겁니다. 베르시 씨, 로트 씨, 하우실트 씨, 린트너 씨, 핑크 씨에게. 하지만 그들이 후회하리라는 건 순진한 생각이었습니다. 두려워한 사람은 로트 씨뿐이었어요."

"제 큰아버지에게도 일기장 복사물을 보내셨지요." 배어가 입을 다물자 카를이 물었다. "이유가 뭔가요?"

"헨리 빈터샤이트는 제 인생에서 가장 큰 실망을 준 사람입니다." 관리인이 고개를 저었다. 그의 눈이 불현듯 축축해졌지만 그것은 슬픔이 아니라 싸늘한 분노였고, 그 분노는 그가 이어서 하는 말에서 드러났다. "저는 그가 좋은 사람이 아니라는 걸 알았지만 평생 그에게 충성을 다했습니다. 사장님 할아버지가 돌아가실 때 그의 가족을 절대 버리지 않겠다고 약속했고, 제 가치에 어긋나게 행동해야 하거나 모른 척해야 할 때도 많았지만 그 약속을 지켰습니다. 하지만…… 하지만…… 이……

망나니가 저지르고서 책임 추궁도 당하지 않은 짓은…… 그
건…….”

율리아는 흐느끼는 그를 보고 기절할 듯이 놀랐다.

“배어 씨.” 카를이 그의 팔에 조심스럽게 손을 얹었다. “우리
는 헨리가 한 일을 알고 있어요. 제 어머니를 발코니에서 밀쳐
서 살해했다고 어제 경찰에게 자백했습니다. 지금 구치소에 있
어요.”

발데마르 배어는 믿지 못하겠다는 눈길로 카를을 바라봤다.
경련을 일으키는 후두는 그의 목소리와 이성을 빼앗아 간 내면
의 동요가 얼마나 큰지 알려줬다.

“그 개자식이 세골렌을 성폭행했어요!” 배어가 눈물에 젖은
목소리로 중얼거렸다. “겨우 열아홉 살이었고 성관계를 가진 적
이 한 번도 없었는데 그놈에게는 그러거나 말거나 아무 상관도
없었지요! 그는 그녀를 성폭행하고 때리고 목을 졸랐어요. 카
를, 당신이…… 당신이 옆에 아이 방에서 자고 있는 동안에! 그
는…… 그는 카타리나가 밤늦게나 집에 돌아온다고 생각했는
데…… 그녀는…… 예상보다 일찍 돌아왔지요.”

“아, 이럴 수가.” 율리아가 중얼거리며 카를의 손을 잡았다.
그가 그녀의 손을 깍지 끼고 꽉 잡았다. 그도 율리아만큼이나
당황하고 충격을 받았다.

“카타리나는…… 헨리를 세골렌에게서 떼어냈습니다.” 배
어가 말을 이었다. “카타리나는…… 정말 용감했어요! 경찰을
부르려고 했는데…… 그 괴물이 전화기를 빼앗았습니다. 그러
고…… 그러고 카타리나가 소리를 질러 도움을 청하려고 발코

니로 달려갔지만 이…… 이…… 개자식이 그녀를 발코니 난간 너머로 밀어버린 겁니다. 도망치기 전에 그는 세골렌의 목을 움켜쥐고 누군가에게 이 이야기를 하면…… 가족을 모두 망하게 할 거라고, 자기는 누아르무티에섬의 시장과 중요한 인물들을 모두 안다고, 그리고 그녀의 아버지에게 사업과 관련한 비리가 있다는 걸 안다고 협박했답니다."

배어의 어깨가 앞으로 축 처졌다. 그의 얼굴이 걱정과 고통으로 일그러졌다. 힘이 빠진 그가 자동차에 기댔다.

"가련한 세골렌은 두려워서 정신이 나갔지요." 그가 말했다. "그래서 집으로 도망쳤고, 프랑크푸르트에서 지낸 시간을 다시는…… 생각도 하지 않으려고 한 겁니다! 신문에서 마르티니크섬의 일자리 공고를 보고는 그곳으로 가서 자기를 좋아하는 어떤 남자를 만나자 바로 결혼했습니다. 저를 여전히 사랑했는데도 말이지요." 배어의 목소리가 갈라졌다. 그는 몸을 숙이고 양손으로 얼굴을 가리고는 흐느꼈다. "하필이면 제가 평생 충성을 바친 남자가 카타리나의 삶과 카를, 당신 삶을 파괴했습니다. 세골렌의 인생과 제 인생도 망쳤고요. 그걸 알게 된 저는 그를 당장 죽이고 싶었지만 그러기에는 너무 겁쟁이였거나 너무 이성적이었거나 어쨌든 그랬습니다. 그래서 일기를 보냈지요. 세골렌이 느꼈던 것만큼이나 끔찍한 공포를 그가 느끼도록!"

율리아도 눈물을 흘렸다. 모든 게 너무 끔찍했고, 그런 느낌은 카를이 관리인의 어깨에 팔을 올리고 위로하듯 그의 손을 꼭 쥘 때 더욱 심해졌다. 헨리 빈터샤이트가 죽을 때까지 교도소에 수감된다는 사실도 그다지 큰 위로가 되지 못했다. 그 무엇도 발데마르 배어와 세골렌에게 잃어버린 시간을 돌려주거나 카타리나를 다시 살릴 수 없었지만, 소름 끼치는 이 비밀을 드디어 털어낸 배어는 마음이 가벼워졌다. 그는 심호흡을 하고 다시 한번 코를 풀고는 뺨의 눈물을 닦았다.

"들어가시죠." 그가 자동차 지붕 위에 두었던 빵을 집어 들었다. "세골렌이 카를 당신을 다시 만나면 무척 기뻐할 겁니다."

카를과 율리아는 그를 따라 2층짜리 집에 들어갔다. 가까이에서 보니 집은 더 심각하게 무너질 것처럼 보였다. 배어가 문을 연 다음 세 사람은 작은 부엌으로 들어갔다. 그가 바게트를 조리대에 내려놓았다.

"나 왔어!(Je suis de retour!)" 그가 소리쳤다. "손님을 모셔왔지!(Et j'ai emmené des visiteurs!)"

세 사람은 넓은 거실로 들어섰다. 밝은 햇살이 유리창으로 쏟아져 들어와 꽃무늬 천이 덮인 소파를 비추고 있었다. 온통 뼈만 남고 얼굴에 이미 죽음이 드리운 여자가 소파에 미동도 없이 앉아 있었다. 파란색 머릿수건을 쓰고 피부는 건강하지 못한 누런빛을 띠었는데, 두려움에 질려 눈을 크게 뜨고 있었다. 율리아는 앞서가던 카를이 숨을 헉 들이마시는 소리를 들었다. 그가 갑자기 문간에서 발을 멈추는 바람에 율리아는 그에게 부딪혔다.

"마리아! 안 돼! 그러지 마! 난 이제야 그녀를⋯⋯." 발데마르 배어가 말을 더듬었다.

"주둥이 닥쳐, 발디." 마리아 하우실트가 쉿소리를 냈다. "카를, 네가 나타날 거라고 예상했어. 하지만 시간이 좀 더 걸릴 줄 알았지. 그러면 여기 일이 모두 해결된 다음일 텐데 말이야."

율리아는 양손으로 카를의 팔을 잡았다. 처음에는 이게 도무지 무슨 일인지 이해할 수 없었다. 마리아 하우실트가 여기서 뭐 하는 거지? 그러다가 그녀가 손에 든 무기가 세골렌의 머리를 겨누고 있는 걸 보고 심장이 쿵쾅대기 시작했다. 관자놀이에서 맥박이 너무 거칠게 뛰어 제대로 된 생각을 할 수 없었다.

"마리아 대모님, 어리석은 짓은 하지 마세요." 대모가 권총을 들고 있는 상황에 직면했는데도 카를의 목소리는 놀랄 만큼 차분했다. "권총 치우시고요. 우리 뭐든지 이야기할 수 있어요."

"난 바로 그런 실수는 하지 않을 거야." 그녀가 사악하게 웃었다. "영화에서 총을 쏘기 전에 지나치게 수다 떠는 사람들을 볼 때마다 짜증이 났거든. 난 안 그래."

그녀의 손가락이 방아쇠를 휘감고 있었다. 율리아는 카를의 어깨에 얼굴을 묻었다. 이 여자가 세골렌을 쏘는 걸 보고 싶지 않았다. 관리인이나 카를을 쏘는 것도 보고 싶지 않았다! 그리고 자기가 죽기 전에 마지막으로 듣는 소리가 마리아 하우실트의 사악한 웃음소리인 것도 싫었다. 율리아의 눈길이 배어가 조리대에 내려놓은 바게트로 향했다. 그녀는 카를의 팔을 놓고 바게트를 하나 집고는 심호흡을 했다. 그다음 순간에 여러 가지 일이 동시에 일어났다. 율리아는 카를 옆을 지나 고함을 지르며 마리아 하우실트의 얼굴에 바게트를 던졌고, 발데마르 배어는 소파에 앉은 여자를 지키려고 몸을 던졌고, 카를은 율리아를 지나 몸을 던져서 권총을 든 마리아 하우실트의 손을 움켜쥐었다. 두 사람이 격렬하게 싸우던 중에 갑자기 총알이 발사됐다.

* * *

어두운 가구들이 들어선 넓은 거실을 유리창으로 들여다본 피아는 너무 놀라 혈관의 피가 얼어붙어버렸다. 손에 권총을 든 카를 빈터샤이트가 활짝 열린 양쪽 여닫이 유리문 앞에 서서 소파에 쪼그리고 있는 두 사람을 겨누고 있었다. 피아는 얼른 몸을 숙이고 권총을 찾았지만 허리춤에 권총집이 없었다. 빌어먹을! 권총을 독일에 두고 왔네! 심장이 갈비뼈에 쿵쿵 부딪쳤지만 피아는 지금 본 상황을 이해하려고 시도했다.

"무슨 일이에요? 총을 가진 사람이 있어요?(Que se passe-t-il là-dedans? Est-ce que quelqu'un a une arme?)" 옆에 쪼그리고 있는 레진이 이렇게 속삭이는 소리를 냈지만 피아는 무슨 뜻인지 알아듣지 못했다.

방금 전 카를 빈터샤이트의 볼보와 프랑크푸르트 번호판을 단 또 다른 차량을 건축 잔해와 녹슨 고철 사이에서 발견한 피아는 심장이 툭 떨어지는 것 같았다. 보텐슈타인은 동료들에게 어떤 상황인지 알기 어려울 수도 있다고 경고했다. 마리아 하우실트도 집 안에 있을 가능성이 높았기 때문이다. 그런데 지금 손에 무기를 든 사람은 카를 빈터샤이트였다! 경찰이 착각한 건가? 모든 게 추리한 것과 달랐나?

"피아!" 보텐슈타인이 다급하게 속삭였다. "안에 무슨 일이야?"

"카를 빈터샤이트가 권총을 들고 있어요!" 그녀가 속삭이며 대답하자 보텐슈타인은 프랑스 동료들에게 상황을 설명했다.

이브와 레진은 오래 망설이지 않았다. 둘은 벌떡 일어나 집으로 달려 들어갔는데, 피아가 보기에는 완벽하게 경솔한 행동이었다. 방탄조끼도 입지 않고서!

"총 버려! 총 버려! 즉시!(Lâchez l'arme! Lâchez l'arme! Immédiatement!)" 피아의 귀에 레진과 이브의 고함 소리가 들렸다. 둘은 총을 빼 들고 카를 빈터샤이트를 겨누었다. 그는 거실 한복판에 서서 양손을 든 채 당혹스러운 표정으로 경찰들을 빤히 노려봤다. 활짝 열린 문으로 강풍이 불어왔다. 관리인 배어는 소파에 엎드려 몸이 아파 보이는 여자를 품에 안고 있고, 헤닝의 편집자는 공포에 질려 눈을 크게 뜬 채 바닥에 쪼그리고 앉아 있었다. 율리아 브레모라는 프랑스어로 뭔가 고함을 지르다가 피아와 보덴슈타인을 보고는 독일어로 바꾸어 말했다.

"카를의 총이 아니에요!" 그녀의 목소리가 갈라졌다. "그가 마리아에게서 빼앗은 거예요!"

"마리아? 마리아 하우실트?" 보덴슈타인이 물었다. "그 사람, 어디 있어요?"

"우리를 쏘려고 했어요! 몇 초 전에 저기로 달려나갔어요!" 율리아 브레모라가 온몸을 떨며 문을 가리켰다. 이브와 레진은 총을 든 채 1층을 둘러보고 아무도 없다는 걸 확인하고는 총을 치웠다. 이브는 권총을 집어 들기 전에 장갑을 꼈다. 총알을 밖으로 꺼내 안전하게 한 후에 증거물 봉투에 담았다. 카를 빈터샤이트는 율리아 브레모라를 품에 안고 안심시키듯 등을 쓰다듬었고, 발데마르 배어는 소파에서 몸을 일으켰다. 세 사람 모두 정신없이 떠들었기에 보덴슈타인은 경청할 태세를 갖추고는 카를 빈터샤이트에게 무슨 일이 있었는지 짧게 설명해달라고 부탁했다. 그러나 그가 미처 말을 꺼내기 전에 그 젊은 지방 경찰이 유리문으로 달려 들어왔다. 그는 분노한 표정으로 이브와 레진에게 뭔가 말했고, 양손을 이리저리 움직이며 몇 번이고 바깥을 가리켰다.

"마리아가 하마터면 그를 칠 뻔했나 봐요." 어느 정도 안정을 찾은 율리아가 그의 말을 옮겼다. "마리아의 차종을 봤고, 차량 번호도 외웠대요."

독일어와 프랑스어가 잠깐 오간 후에 프랑스 경찰들은 하마터면 레미를 칠 뻔한 여자가 바로 이중 살인으로 지금 국제 체포영장이 발부된 수배자라는 사실을 알게 됐다.

"이리 오세요!(Venez, venez!)" 레진이 피아와 보덴슈타인에게 따라오라고 다급하게 손짓했다.

"우린 금방 다시 올 겁니다." 보덴슈타인이 카를 빈터샤이트에게 약속했다. "여긴 괜찮나요?"

"이제 괜찮습니다." 발행인이 고개를 끄덕였다. "마리아 대모님이 다시 오지는 않을 것 같군요."

1분 후에 그들은 경찰차에 앉았다. 레미는 운전석에, 이브는 조수석에 앉았는데 몹시 위험한 속도로 좁은 국도를 달렸다. 레미가 무전기에 대고 다급하게 고함을 질렀다. 아마도 지원을 요청하는 듯했다.

"지원을 받는대요. 어쨌든 그의 동료 세 명이 온다는군요." 레진이 설명하자 보덴슈타인이 피아에게 통역했다. "수배자가 이 지역을 잘 알고 있나요?"

"약간은 알 겁니다." 보덴슈타인이 대답했다. "예전에 매년 여름 이곳에 왔거든요."

"이 섬을 자동차로 떠나는 방법은 두 가지예요." 레진이 말했다. "하나는 다리를 지나는 방법인데, 다리는 프로망탱의 헌병대 동료들이 막고 있어요. 또 다른 가능성은 갯벌 도로 '구아'입니다."

"가장 낮은 썰물 수위는 두 시간 전이었습니다." 이브가 스마트폰으로 조수 시간을 확인했다. "이러면 통과하기 힘들어요. 다리를 건너야 할 겁니다."

"제 상관이 건너편 보부아르의 동료에게 연락했습니다." 레미는 트랙터를 추월하고 사이렌과 경광등을 작동했다. 혀끝을 입술 사이로 내민 그는 귀가 새빨갛게 달아올랐다. 진짜 추격전은 지금까지 꿈만 꿨을 텐데 이렇게 실제로 하게 됐고, 더구나 지금 이 추격은 살해범일 가능성이 있는 사람을 쫓는 게 아닌가! 이 젊은이는 다음 몇 주 동안 단골 술집에서 풀어놓을 이야깃거리가 많을 터였다.

"마리아 하우실트가 어떻게 할까요?" 피아가 상관에게 낮은 목소리로 물었다. "도망칠 가능성이 없다는 걸 알 텐데요."

"그래도 시도하겠지." 보덴슈타인이 대답했다. "그 사람은 포기할 유형이 아니야."

"무기를 또 하나 가지고 있지 않아야 할 텐데." 피아가 돌발 상황을 걱정했다.

레미가 회전교차로를 질주하자 피아는 원심력 때문에 그녀와 보덴슈타인 사이에 앉은 레진에게 부딪혔다. 이 프랑스 동료는 추진력과 신중함을 동시에 갖춘 듯했다. 경찰에게 필요한 훌륭한 조합이었고, 피아는 그녀와 대화를 나누지 못해서 살짝 아쉬웠다. 무전기는 내내 지직지직 삐빅삐빅 소리를 냈지만 레미는 동료들의 말을 다 알아들었는지 섬의 중심지를 지나 국도가 곡선으로 휘어지자 속도를 살짝 늦추었다. 그사이에 경찰은 마리아 하우실트가 프랑스 번호판을 단 은색 르노 메간 렌터카를 타고 있다는 걸 알게 됐다.

"지방경찰은 도로를 막아서 마리아 하우실트를 잡을 시도는 하지 않을 거래." 보덴슈타인이 이브의 말을 통역했다. "무장하지 않았다는군. 육지에서 국립 헌병대가 그녀를 기다리고 있을 거래. 그 사람들은 이런 경우에 무장하고 있대."

그러다가 운명적인 사건이 벌어졌다. 바르바트르 근처 회전교차로에서 트레일러에 굴을 가득 실은 트랙터가 쓰러지면서 다리로 이어지는 도로를 막는 바람에 마리아 하우실트는 좋든 싫든 갯벌 도로로 갈 수밖에 없게 되었다.

"저기 있어요!" 레미가 소리쳤다. "설마 정말로 구아를 통과하려는 건 아니겠지요! 지금은 보름이라서 밀물이 특히 더 높은데!"

도로 좌우에 자동차들이 주차되어 있었다. 양동이와 그물을 든 사람들이 맞은편에서 오다가 은색 메간이 질주해 오는 걸 보고 놀라서 옆으로 비켜났다. 몇몇은 운전자를 멈추게 하려고 팔을 휘두르기도 했지만 마리아 하우실트는 단호하게 운전을 계속했다. 레미는 여러 언어로—독일어도 있었다—밀물 때 도로의 위험을 알리는 안내판 옆에 차를 세웠다. 다들 차에서 내렸다. 피아는 손차양을 하고 앞을 봤다. 은색 자동차가 빠르게 달려가며 분수 같은 물줄기를 뿌렸다.

"건너갈 거예요!" 피아가 소리쳤다. "건너간다고요!"

"아니요, 성공할 가능성은 전혀 없습니다." 이곳 출신인 레미가 대꾸했다. "물은 질주하는 말처럼 빠르게 다가옵니다. 구아는 4.5킬로미터예요. 도로 중간에 가면 길이 끝날 겁니다."

"그럼 어떻게 되나요?" 보텐슈타인이 물었다.

"자동차가 물결에 휩쓸려 가지요." 레미가 느긋하게 설명했다. "도로 옆의 깊이는 6미터에서 8미터까지예요. 경솔한 사람들이 매년 목숨을 잃습니다. 건널 수 있다고 생각하거나 걸어다니며 해산물을 채취하다가 시간이 가는 걸 잊어버려서요."

"사람이 익사하는 걸 태연자약하게 손 놓고 볼 수는 없어요!" 피아가 흥분해서 소리쳤다.

"이제 더는 도와줄 수 없습니다."

레미의 동료들이 도착해서 자동차에서 내렸다. 빠르게 밀려오는 물의 장관을 보려던 사람들은 여기서 뭔가 긴장감 넘치는 일이 벌어지고 있다는 걸 알아챘다. 몇 분 후에 사람들은 물에 완전히 덮인 도로를 바라봤다. 휴대전화를 들고 동영상 촬영을 하는 사람도 많았다. 이브는 레미에게서 망원경을 건네받아 담으로 올라가더니 엄지를 치켜세웠다.

"무슨 뜻이죠?" 피아가 물었다. 그녀는 누군가 그냥 죽게 내버려둔다는 것에 화가 난 상태였다. "저 사람이 지금 뭐라고 한 거예요?"

"걱정 마세요, 마담." 레미보다 나이 많은 동료가 피아에게 말하자 보덴슈타인이 통역했다. "그 사람은 발리즈로 가서 안전합니다. 발판이 있는 구조 탑을 그렇게 부르는데, 구아 도로에 1킬로미터 간격으로 설치되어 있지요. 거기서 목숨을 구한 사람이 벌써 여러 명이랍니다. 여기 주민들조차 밀물의 위험을 알고 있으면서도 갑자기 당하는 경우가 간혹 있어요."

"이제 어떻게 하지요?"

파도가 칠 때마다 물이 점점 더 가까이 와서 그들은 뒤로 조금 더 물러나야 했다.

"썰물이 많이 낮아질 때까지 여섯 시간쯤 기다리거나……." 나이 많은 경찰이 이렇게 대답하고 히죽 웃었다. "아니면 해양경찰 동료들이 포르닉에서 건너와 그녀를 구조 탑에서 데리고 내려올 수 있습니다. 혼자서는 저기서 나오지 못해요."

피아는 마음이 놓였다. 마리아 하우실트가 무슨 짓을 저질렀든 법정에서 판결을 받고 처벌받아야지, 대서양에서 익사하면 안 되었다. 이중 살인이 증명된다면 거기 적합한 징역형을 받아야 했다. 그들이 증명할 수 있을 터였다.

보덴슈타인의 휴대전화가 울렸다. 니콜라 엥겔이 상황이 어떤지 물었다. 보덴슈타인은 무슨 일이 있었는지, 그리고 마리아 하우실트를 체포해서 그녀와 함께 섬을 떠나기까지 왜 몇 시간을 더 기다리는 일이 발생할 수도 있는지 설명했다. 운이 따른다면 낭트에서 출발하여 뮌헨을 거쳐 프랑크푸르트로 가는 20시 30분 저녁 비행기를 탈 수도 있을 테지만 그전에 발데마르 배어와 전직 오페어 걸, 카를 빈터샤이트와 율리아 브레모라의 진술을 받을 예정이었다.

"그건 그렇고, 벨텐의 예감이 옳았어." 피아는 스피커폰으로 또렷하고 확실하게 들리는 과장의 말에 귀를 기울였다. 라인 마인 지역보다 유럽의 서쪽 끝이 수신 상태가 더 좋았다. "우린 마리아 하우실트의 작가 목록에서 룩셈부르크에 사는 작가 한 명을 정말 발견했어. 지금 97세이고 고급 양로원에 살아. 듣자 하니 실용적이게도 중증 치매환자라고 하더군. 이제 아니타 카르의 수입이 어떻게 흘러갔는지 추적하려고 해. 하우실트 씨는 작가 일곱 명만 관리하더군. 청소하는 사람을 빼고는 직원이 한 명도 없어."

"직원이 있었다면 아니타 카르로 사기 친 걸 아마도 들켰겠지."

"그녀가 어떻게 일을 꾸몄는지는 모르지만 어쨌든 룩셈부르크 관청에 문의하는 중이야." 과장이 말했다. "아마 그들이 속았다는 걸 알면 우리랑 공조할지도 몰라. 오스터만이 하우실트 씨 여동생과 이야기했는데, 그 사람 말로 하우실트가 아버지를 사우나에 가두었고, 남편도 인슐린 주사로 살해했을 가능성이 있다고 했어. 에이전시에서 예전에 일한 사람도 찾았는데, 그 사람도 에릭 하우실트가 죽기 전 몇 주 동안 계속 부부싸움만 했다고 기억하더라. 별거, 이혼 이야기도 나왔대."

"하이케 베르시와 알렉산더 로트 살해범으로 체포할 증거가 충분해?" 보덴슈타인이 물었다.

"오스터만이 빈터샤이트 출판사와 뒷마당을 함께 사용하는 신발가게의 감시 카메라 비디오를 봤어. 금요일 밤 9시 반 조금 전에 뒷마당으로 들어갔다가 23시 25분에 자전거를 탄 알렉산더 로트와 함께 다시 나온 사람이 누군지 어디 한번 맞혀봐. 마리아 하우실트야."

"하지만 그건 아직 증거가 되지 못해." 보덴슈타인이 이마를 찌푸렸다.

"그렇지. 하지만 그 사람은 자기가 왜 하이케 베르시에게 보낸 일기장 복사본을 가지고 있는지 설명하기 어려울 거야." 니콜라 엥겔의 목소리는 평소와 달리 유쾌하게 들렸다. "제일 좋은 건 내가 물론 마지막에 말하려고 남겨뒀지. 두 사람도 나를 잘 알잖아. 알렉산더 로트는 자기 거짓말이 들통날 위기에 처하자 양심의 가책을 느꼈어. 그의 아내가 오늘 점심때 여기 와서 죽은 남편이 손으로 쓴 여섯 장짜리 편지를 우리에게 넘겨줬어. 그가 9월 5일, 그러니까 하이케 베르시가 살해당하고 이틀 후에 써서 변호사에게 준 편지야. 자기가 죽으면 열어보라고 했대. 이 편지에서 그는 괴츠 빈터샤이트 살해부터 시작해서 모든 걸 털어놓았어. 하이케 베르시가 옆에 같이 있긴 했지만 살해에 적극적으로 가담하지는 않았다고 썼더군. 하이케 베르시가 그걸로 자기를 협박했다네. 그리고 베르시에게 들었는데, 마리아 하우실트가 카타리나 빈터샤이트의 원고를 훔쳐서 가명으로 출간했다고 했대. 하이케 베르시는 그걸로 마리아 하우실트를 협박하려고 했고. 월요일에 로트는 베르시에게서 퇴짜를 맞은 후에 용기를 내서 다시 한번 그녀와 이야기를 나누려고 보드카를 한 병 샀어. 그리고 다시 그 집으로 가서 부엌에 전등이 켜져 있는 걸 보고 마당에 들어섰지. 그런데 부엌 유리창으로 하이케 베르시와 마리아 하우실트가 싸우는 걸 보게 된 거야. 문이 닫혀 있어서 대화 내용이 들리지는 않았고. 그런데 하우실트가 싱크대 서랍을 하나씩 열더니 갑자기 은색의 뭔가를 손에 들었어. 그걸로 베르시 씨를 마구 때렸고, 그걸 본 로트는 도망쳤어."

"기가 막히네." 보덴슈타인이 고개를 저었다.

"셈과 제가 찾아갔을 때 로트가 엄청나게 긴장했던 것도 이상한 일이 아니군요." 피아가 말했다. "필름이 끊어지기는 무슨!"

"하우실트 씨는 아마도 금요일 밤에 출판사에 갔을 때 살해 도구를 로트의 냉장고에 넣었을 거야." 니콜라 엥겔이 말을 이었다.

"그리고 메탄올과 둘둘 말린 지퍼 백을 배어의 작업실에 넣었을 거고." 보덴슈타인이 보충했다. "그런데 마리아 하우실트가 왜 로트를 죽였을까?"

"그가 정신 줄을 놓고 모든 걸 털어놓기 직전이었으니까." 니콜라 엥겔이 대답했다.

"하지만 그는 목요일에 이미 메탄올을 마셨는데." 피아가 이의를 제기했다.

"아하, 그렇지. 알려줄 게 또 있어!" 니콜라 엥겔이 미소 짓는 모습이 눈에 보이는 듯했다. "공개수배는 확실히 뭔가 섬세한 점이 있어. 돔스키 씨의 이웃이 마리아 하우실트가 9월 5일, 지난 수요일 이른 저녁에 알렉산더 로트 집 테라스에 그와 함께 앉아 있는 걸 봤대. 술을 마시고 있더라고 했어! 프랑크푸르트 번호판을 단 하얀색 스마트를 봤는데, 평소에 자기가 항상 주차하는 자리에 그 차가 서 있었기 때문에 기억한대."

"푸우!"보덴슈타인이 절망스럽다는 소리를 냈다.

"걱정하지 마. 우리가 내일 하우실트를 철저하게 압박해서 자백을 받아낼 테니까. 자신 있어."과장이 확신에 찬 흥성으로 말했다. "운이 좋으면 크뢰거가 그 집이나 옷에서 혈흔을 찾아 낼지도 모르지. 그러면 멋진 마무리 손질이 될 거야."

반짝이는 수면 위로 서쪽에서 보트 한 대가 빠른 속도로 그들에게 다가왔다.

"이제 끊어야겠다."보덴슈타인이 말했다. "하우실트 씨를 볼 썽사나운 처지에서 구해주려고 해양경찰이 오는 것 같아. 오늘 출발할지 어쩔지 확실하게 알게 되면 연락할게."

그는 통화를 마치고 놀란 표정으로 피아에게 물었다.

"과장이 무슨 일이지? 이렇게 기분이 좋은 경우는 무척 드문데 말이야."

"아마 두루미 덕분이겠지요."피아가 말했다. "둘 사이에 무슨 일이 있는지는 모르지만 어쨌든 그녀를 기쁘게 하는 뭔가가 있는 건 틀림없어요. 좋은 일이에요."

해양경찰 보트가 몇 미터 앞에서 속도를 늦추자, 지방경찰들이 보트에 타고 있는 동료들과 고함을 지르며 이야기를 주고받았다.

보덴슈타인의 휴대전화가 삑삑 소리를 냈다. 그가 액정 화면을 흘끔 봤다. 문자 메시지였다. 그가 문자를 열고는 무표정하게 읽었다.

"별일 없어요?"그가 아무 말도 없이 휴대전화를 주머니에 넣자 피아가 물었다.

"생각하기 나름이지." 보덴슈타인이 한숨을 내쉬고 먼바다를 바라봤다. "내일 입원해야 해. 코지마 상태가 충분히 안정적이라서 오후에 수술을 한다는군."

"어머나." 피아가 그의 옆으로 한 발 더 다가왔다. "그러면 어서 하우실트를 감방에 넣고 빈터샤이트 등등과 이야기를 해야겠군요."

해양경찰 보트가 방향을 틀어 마리아 하우실트가 대피한 구조 탑으로 천천히 나아갔다.

"굉장하네." 보덴슈타인이 감탄하며 중얼거렸다. "도로가 하나도 보이지 않아! 그것도 10분 만에!"

"밀물은 질주하는 말처럼 빠르게 다가온대요." 피아가 좀 전에 들은 말을 반복했다. 긴장이 풀어지는 게 느껴졌다. 마리아 하우실트는 이제 더는 그들에게서 도망칠 수 없을 터였다. 사건이 해결됐다.

프랑크푸르트, 2018년 9월 22일

"여기 뭔가 일이 아주 제대로 벌어졌군." 크리스티안 크뢰거와 카트린 파힝거, 부부 동반으로 온 셈 알투나이와 타리크 오마리와 함께 드넓은 베스트엔드 캠퍼스를 지나 IG 파르벤 빌딩으로 슬슬 걸어가던 크리스토프가 놀라서 말했다. 아름다운 늦여름 날에 차단목 뒤에서 수백 명이 기대에 찬 즐거운 얼굴로 침착하게 입장을 기다리고 있었다.

"여기 어딘가에서 콘서트가 열리나?" 그가 히죽거리며 덧붙였다.

"크리스토프!" 피아가 경고하듯 고개를 저었다. 16시에 헤닝의 새 범죄소설 《너무 친한 친구들》 출판기념회가 시작될 예정이었다. 이 신작은 공식적인 출간 예정일이 발표되자마자 베스트셀러 목록 4위에 올랐었다.

"다들 그냥 호기심 때문에 온 거야!" 크뢰거가 우겼다.

"저기 저 사람들은 아니지." 셈이 길게 줄을 서서 기다리는 사람들을 바라보며 말했다. 그러다가 앞쪽을 보며 고개를 끄덕였다. "하지만 저 사람들은 틀림없이 호기심 때문일 테고."

입구 앞쪽에 언론사 기자들이 잔뜩 모여 있고 텔레비전 팀들도 와 있었다. 분명히 헤닝과 그의 신작 때문만은 아니었다. 거의 30년 전에 제수를 살해한 헨리 빈터샤이트의 체포는 독일 전역에서 관심을 불러일으키며 이 전직 발행인에게 부끄러운 명성을 안겼다. 또한 대중은 아니타 카르의 진짜 정체가 밝혀진 일과 베스트셀러 작가 키르히호프의 에이전트가 이중 살인을 저질렀다는 사실도 이와 똑같이 흥미진진하게 생각했다.

"시체에 가위질하는 사람이 이 이야기로 분명히 다음 작품을 쓸 거야." 크뢰거가 우겼다. "판타지라고는 전혀 없으니까. 정확하게 말하자면 그는 오래된 사건 보고서를 베끼고 이름만 바꾸는 거라고."

"아이고, 그 정도로 간단하지는 않아요." 카트린 파힝거가 피아의 전남편을 옹호했다. "제가 보기에 그의 책들은 상당히 흥미진진하고 무엇보다도 현실성이 있어요. 또 우리가 모두 등장한다는 것도 멋지고요."

"니콜라 엥겔이 나탈리 토이펠로 나오는 것!(독일어로 '엥겔'은 '천사', '토이펠'은 '악마'라는 뜻—옮긴이)" 타리크가 킥킥거렸다. "진짜 대박이죠."

빈터샤이트 출판사는 이렇게 사람들이 몰릴 것을 미리 예상했는지 차단목을 설치해두었다. 검은색 제복을 입은 안전요원들이 입장을 통제했다. 헤닝이 선물한 VIP 입장권 덕분에 그들은 이제 몇 분 후에 샴페인 리셉션이 시작될 로비로 들어갔다. 서점 한 곳의 넓은 탁자에서 헤닝의 책을 판매했고, 그 옆에는 이 행사의 수입이 기부될 '바이서 링'의 안내 부스가 마련되어 있었다. 카이 오스터만, 그리고 헤닝에게서 약속대로 VIP 입장 권을 받은 산림 관리인 보탄 벨라스케스는 이미 와 있었다. 프랑크푸르트와 베스트헤센 경찰청장, 법의학연구소 헤닝의 동료들, 대학 학장과 그 외 수많은 유명 인사들이 피아의 눈에 띄었다. 놀랍게도 엘라르트 차이들리츠-라우엔부르크 교수—예전 성은 칼텐제였다—와 그의 동거남 마르쿠스 노박이 그녀 앞에 서 있었다. 예전의 용의자를 만나는 경우는 지극히 드물어서 피아는 잠시 어리둥절했지만 그러다가 엘라르트가 헤닝을 당연히 알고 있다는 데 생각이 미쳤다. 그는 예전에 대학교수였고 퇴직교수로서 여전히 행사에 초대받았다. 헤닝도 11년 전에 폴란드의 성터에서 벌어진 모험에 참가했었다. 피아는 유타 칼텐제가 수감 중에 2년 전 사망했다는 걸 알게 됐다. 지그베르트도 죽었다. 유타 칼텐제는 브뤼셀 유럽의회 의원이었고 말린 리터는 칼텐제 기계 공장 KMF를 성공적으로 이끌었다. 엘라르트와 마르쿠스 노박은 뮐렌호프에 살았다. 뢰머 부근 문화의 집은 지금도 자리를 지키고 있었다. 두 사람은 느긋해 보였다. 과거의 충격은 이미 오래전에 지나갔다. 피아가 지하에 갇혀 평생 가장 끔찍한 시간을 겪은 도벤 호수 옆의 성은 오래전에 수리가 끝나서 호텔로 바뀌었다.

"피아." 누군가 뒤에서 귓가에 속삭였다. 돌아보니 과장이었다. "따라와."

피아는 두 사람에게 실례한다고 말하고 크리스토프의 손을 잡고는 니콜라 엥겔을 따라 사람들을 헤치고 지나갔다. 책 판매대 옆에 동료들이 모두 모여 있었다.

"무슨 일이야?" 피아가 물었다.

"반장님을 위해서 생방송을 하려고." 카이가 대답하고 태블 릿을 들어 올렸다. "그러니 당신도 참석해야지."

"그럼, 당연하지." 피아는 기쁜 마음으로 미소 지었다.

보덴슈타인과 코지마는 수술을 잘 이겨냈다. 지난 수요일에 피아와 반장은 제때 낭트에 도착해서 프랑크푸르트행 마지막 비행기를 탔다. 마리아 하우실트는 보덴슈타인과 피아가 1990년 8월에 무슨 일이 벌어졌는지 세골렌 티보에게서 진술을 모두 들을 때까지 지방경찰서 감방에서 기다렸다. 카를 빈터샤이트는 그들의 대화를 동영상으로 찍고 헤닝의 편집자가 통역했다. 진술의 정확성에는 의심할 여지가 전혀 없었다. 성폭행은 이미 공소시효가 지났지만 카타리나 빈터샤이트 살해는 그렇지 않으므로 검찰은 헨리 빈터샤이트를 기소할 예정이었다. 마리아 하우실트는 자기 상황이 절망적이라는 걸 깨달았다. 그녀를 심문할 때 보덴슈타인은 자리에 없었지만 피아가 나중에 헤닝의 예전 에이전트가 한 진술을 아주 자세히 전해줬다. 마리아 하우실트는 카타리나 빈터샤이트의 원고를 훔쳐서 아니타 카르라는 가명으로 한 권씩 차례로 출간했다고 시인했다. 그렇게 벌어들인 수입은 이제 적법한 상속자 카를 빈터샤이트에게 귀속될 터였다. 모든 작품은 새 작업을 거쳐 진짜 작가의 이름으로 빈터샤이트 집안에서 다시 출간될 예정이었다. 이 자백을 끝으로 마리아 하우실트는 진술할 의지를 더는 보이지 않았음에도, 니콜라 엥겔과 피아는 검찰이 그녀를 하이케 베르시와 알렉산더 로트 살해 혐의로 기소할 수 있는 증거를 경찰이 이미 충분히 모았다고 낙관했다. 하지만 마리아 하우실트가 열여섯 살 때 아버지를 사우나에 가두고 그의 죽음을 묵인했는지, 남편을 인슐린 주사로 살해했는지는 이제 더 이상 밝힐 수 없었다.

카를 빈터샤이트는 며칠 전 기자회견에서 빈터샤이트 출판사를 이제 원래 설립자의 이름을 따서 리브만 출판사로 개명한다고 밝혔다. 그는 사촌누나 도로테아와 함께 탁월한 계획을 세우고 있었고, 피아는 율리아 브레모라도 이 계획에서 큰 역할을 할 거라고 확신했다. 카를은 아니타 카르의 돈으로 누아르무티에섬의 가족 별장을 다시 사들이고 괴츠 빈터샤이트 재단에도 투자할 계획이었는데, 이 재단은 앞으로 의대생들에게 장학금을 지급할 예정이었다.

카이가 태블릿을 두드리는 동안 로비를 둘러보던 피아의 눈에 요제프 모스브루거와 이야기 중인 헤닝이 들어왔다. 헤닝은 피아에게 구해달라는 눈빛을 보냈다. 독일의 모든 문학 에이전트는 헤닝 키르히호프가 현재 에이전트가 없다는 사실을 당연히 알고 있었다. 그를 차지하는 행운을 잡으려는 사람은 모스브루거 한 명만이 아닐 터였다.

피아가 전남편을 손짓으로 부르자 그는 안도하는 표정으로 그녀에게 다가왔다. 학생들 수백 명 앞에서 강의하는 데 익숙하고 또 타고난 무대 체질이라서 낭독회를 겁내지 않는 그였지만, 리셉션에서 수다를 떠는 것은 언제나 아주 싫어했다.

"피아, 구해줘서 고마워." 그가 말했다.

"준비 다 됐어!" 카이가 소리치고 태블릿을 돌렸다.

화면에 미소 짓는 보덴슈타인의 얼굴이 나타났다.

"반장님, 좀 어떠세요?" 타리크와 카트린이 목소리를 높였다.

"안녕하세요, 반장님!" 헤닝이 잔을 들어 올렸다. "반장님의 건강을 위해 건배!"

"헤닝, 고맙습니다." 보덴슈타인이 대답했다. "지금 내가 뭔가 마실 수 있다면 당신을 위해 건배할 텐데 말이지요. 새 책을 위해 건배!"

"새 책을 위해 건배!" 모두 헤닝을 향해 잔을 들어 올렸다. 피아의 어깨에 팔을 두른 크리스토프까지도 흥겨운 판을 깨지 않고 함께했다.

"여러분, 고맙습니다." 헤닝이 겉으로 보기에도 무척 감동한 표정으로 말했다. "와서 함께 축하해주시니 좋네요. 저에게 정말 의미가 커요. 여러분이 없다면 제 책도 없으니까요."

"아무렴, 그렇지요!" 셈이 소리쳤다.

"크리스토프, 당신이 와서 특히 더 반갑습니다." 헤닝이 피아의 남편에게 말했다. "당신이 살짝 화가 났던 거, 저도 알아요. 하지만 일부러 화나게 할 생각은 전혀 없었답니다."

"키르히호프 박사님, 이제 사람들을 입장시키려고 해요." 헤닝 옆에 율리아 브레모라가 나타났다. "시작해도 될까요?"

"그럼요." 헤닝이 싱긋 웃었다. "반장님, 즐거운 시간 보내시고 얼른 회복하시길 빕니다! 여러분도 물론 즐거운 시간 보내시고요."

그가 군중을 헤치고 나가자 그들도 예약석에 앉으려고 천천히 그를 따라갔다. 카이는 보덴슈타인이 잘 볼 수 있게 첫째 줄에 앉았다. 손님들이 모두 자리를 잡기까지는 거의 20분이 걸렸다. 처음에 대학교 총장이, 그 후에 카를 빈터샤이트가 짧게 연설했다. 그러고 나서 드디어 헤닝이 연단에 올랐다. 그는 책상 앞에 앉아 책을 펴고 읽기 시작했다.

"2006년 6월 15일 목요일, 오전 7시 45분. 트리스탄 폰 부흐발트는 휴대전화 진동음에 눈을 떴다. 오늘도 쉬기는 글렀다……."

"아이고, 세상에." 크리스토프가 피아의 귓가에 속삭였다. "동물원 원장이 도랑에 토하는 장면은 읽지 않으면 좋겠는데!"

"분명히 읽을 거야." 피아가 이렇게 대답하고 빙긋 웃었다.

(끝)

오래전의 아이디어가 이제 피아 산더와 올리버 폰 보덴슈타인의 열 번째 사건이 되었습니다. 여러분도 느끼셨겠지만 책의 일부는 어릴 때부터 제가 제2의 고향처럼 사랑하는 누아르무티에섬에서 썼습니다.

제가 책을 쓰면서 즐거웠던 만큼 사랑하는 독자 여러분도 책을 읽으면서 즐거우시길 바랍니다!

《영원한 우정으로》를 쓰는 동안 저를 도와주신 모든 분께 감사드립니다. 특히 남편 마티아스 크뇌스와 의붓딸 조에에게 고마움을 전합니다. 정서적으로 지원해주시고 이따금 크게 소리 내어 생각해야 할 때 들어주신 우리 부모님 베른바르트와 카롤라 뢰벤베르크에게 감사드립니다. 그런 일은 신중하게 들어주는 사람들을 통해 가장 잘 이루어지니까요. 아빠와 엄마, 누아르무티에섬에서 아름다운 여름을 여러 해 동안 함께 보낼 수 있게 해주셔서 고맙습니다!

탁월하고 민첩한 원고 평가단의 많은 유용한 조언과 그들의 열정과 소중한 피드백에 감사드립니다. 제가 밤이든 낮이든 언제나 조언을 구할 수 있는 훌륭한 제 언니 클라우디아 뢰벤베르크-코헨과 카밀라 알트파터, 지모네 야코비와 사랑하는 친구 카트린 룽에게 감사드립니다.

힘을 주는 전화와 이해심과 격려뿐 아니라 출판계, 특히 문학 에이전시 업무에 대한 전반적인 전문지식을 알려준 제 에이전트 안드레아 빌트그루버에게 진심으로 감사드립니다.

제 편집자 마리온 비히만에게 열 번째 범죄소설인 이 책을 마음을 다해 헌정합니다. 마리온은 2008년 1월에 저를 울슈타인 출판사로 데려와서 제 인생을 바꾸었습니다. 그녀는 처음부터 저를 믿었습니다. 우리는 길고 아름다운 길을 함께 걸어왔고, 앞으로도 아주 오랫동안 함께 걷기를 바랍니다.

울슈타인 출판사와 모든 직원이 보여주신 저에 대한 깊은 신뢰와 간명하고 아름다운 협업에 감사드립니다.

제 책에는 언제나 아주 많은 사람들이 등장해서 저는 늘 이름을 찾고 있답니다. 본인 이름을 사용해도 된다고 알려주시는 분들이 많아서 정말 다행입니다. 율리아 브레모라, 안야 델라무라, 조지 드래곤, 슈테판 핑크, 안드레 그렌다, 마티스 하아스, 만야 힐겐도르프, 크리스티나 야고프, 마르셀 얀, 다니엘 클레, 요제핀 린트너, 슈테피 로츠, 페트라 마리아 마이어-뷔헬레, 클라우스 페터 슈티호타, 질비아 비티히, 마리나 베르크만-이케

스, 로베르트 자흐트레벤, 산논 슈바르츠, 알레아 샬크, 크리스
티네 바일, 클라우스 비데부시, 필립 에버바인, 밀리에 피셔, 에
크바르트 리스트에게 고마움을 전합니다.

마지막으로 특별히 도서 판매업자와 독자 여러분께 온 마음
을 다해 감사드립니다. 여러분이 계시지 않다면 우리 작가들은
아무것도 아닙니다.

넬레 노이하우스

참고한 글

잉고 비르트, 한스외르크 슈트라우스: 법의학: 수사 현장을 위한 기초지식 2, 2006년 개정판, 범죄 수사학 출판사, 하이델베르크

https://www.gesund-vital.de/kompakt/azidose

TAUNUS SERIES

타우누스 시리즈
각 권 소개

사랑받지 못한 여자

대가 없는 사랑을 베푸는 남자

사랑을 기만하는 여자

그리고 비극은 시작되었다

남편과 이혼한 후, 타우누스 강력반으로 복직한 피아 키르히호프 형사는 곧바로 첫 번째 사건과 맞닥뜨린다. 대쪽 같은 성품으로 인기를 모으던 부장검사가 자살한 것이다. 곧이어 미모의 젊은 여성이 전망대에서 자살하는 사건이 또 발생하고, 수사가 진행됨에 따라 두 사람의 죽음 뒤에 얽힌 검은 음모가 차츰 드러난다. 처음으로 호흡을 맞추게 된 보덴슈타인과 피아는 서로 삐걱거리면서도 조금씩 사건의 진상을 향해 다가간다.

사랑을 믿지 말라

그것은 삶이 네게 보내는 조소에 불과하다

세상의 빛을 보지 못하고 자비로 출판되어야 했던 타우누스 시리즈의 첫 번째 작품. 그러나 자비출판을 통해 소수 독자들에게 알려졌을 때부터 호평을 얻으며 넬레 노이하우스가 독일 최고의 미스터리 작가로 자리매김하는 데 기반이 되었다. 이어진 다른 작품들의 엄청난 성공으로 인해 정식 출간된 이후, 지금은 오히려 현지에서 시리즈 중 가장 높은 인기를 자랑하고 있다.

시리즈 다른 작품들과는 달리 비교적 단순한 구성으로 이루어져 있지만, 그런 만큼 인물과 이야기가 가지는 힘과 무게가 직관적으로 드러난다.

아름다운 여인의 죽음을 둘러싸고 벌어지는 스캔들, 정·재계를 뒤흔드는 검은 음모와 범죄 조직, 그리고 한 인간의 인생을 뒤트는 사랑.

첫 번째 작품부터 이미 작가적 가능성을 유감없이 드러내는 넬레 노이하우스의 필력 덕분에 읽는 이는 그저 이야기를 따라가는 것만으로도 거대한 비극에 짓눌리는 듯한 안타까움을 느끼게 된다.

시리즈의 다른 작품을 먼저 읽어온 독자들에게는 두 주인공의 초기 모습을 볼 수 있는 색다른 즐거움도 선사한다. 이제 막 콤비가 되어 아직 어색한 피아와 보덴슈타인의 모습이나, 이후 여러 고비를 넘기면서 다양한 관계로 엮이게 될 주변 인물들의 모습은 마치 타우누스 시리즈의 '프리퀄'을 보는 듯한 느낌이다.

너무 친한 친구들

나는 모든 유혹을 멀리하려 했네

꿈과 그리움, 외로움만이 나의 벗

오! 그러나 실재하는 모든 것이 나의 꿈을 짓밟는구나

월드컵이 한창인 6월 어느 날, 동물원에서 사람 손이 발견된다. 피해자는 고등학교 교사이자 도로 확장을 반대하던 환경운동가. 학생들에게는 영웅으로 칭송받았지만, 성적 문제로 그를 협박하던 학생부터 전부인, 시의원, 건설회사 대표까지 그의 죽음을 바라던 이 또한 너무나 많았다.

수상한 인물은 늘어만 가는 가운데 피아는 유력 용의자인 동물원장 산더와 미청년 루카스로부터 동시에 구애를 받으면서 객관성을 잃기 시작하고, 급기야 보덴슈타인으로부터 수사에서 손을 떼라는 경고까지 받게 되는데…….

채워도 채워도 사그라지지 않는 온갖 욕망이 초래한 비극,
그 끝을 목도할 준비가 되었는가

2007년 크리스마스 시즌 당시 자비출판임에도 해리 포터 시리즈보다 더 많이 판매되어 독일의 대형 출판사 울슈타인이 작가를 주목하는 계기가 된 것으로도 유명한 작품이다. 실제 타우누스 지역에서 이슈가 되었던 문제를 바탕으로 도로 확장 계획을 반대하던 환경운동가의 죽음과 그 이면에 자리한 인간 욕망의 심연을 그렸다.

도로 확장 계획을 둘러싼 온갖 의혹을 파헤쳤던 파울리와 그의 마지막 행적을 추적하는 형사들의 이야기는 작품 배경이 독일이 아니라 이 땅이 아닌가 하는 착각마저 들게 할 정도로 우리의 지금과 닮았다. 작가는 이렇게 현실의 문제를 작품 속에 적극 반영함으로써, 단순한 '범인 찾기' 미스터리에서 한 단계 나아가 독자를 둘러싼 세상의 참모습을 보여주는 새로운 분위기의 사회파 미스터리를 완성시켰다.

그러면서도 사건을 풀어가는 피아와 보덴슈타인 반장, 그리고 주변 인물들의 에피소드를 적절히 안배한 것이 이 책의 매력이다. 2006년 6월 독일 월드컵 기간을 배경으로 선택한 작가는 어떻게든 경기를 보기 위해 조바심치는 벤케 형사를 통해 깨알 같은 재미를 선사하며, 아버지와 남편으로서의 고민을 안고 있는 보덴슈타인을 통해 인간적인 형사의 일상을 보여준다.

또한 피아가 동물원장 산더와 피해자의 제일가는 제자였던 재벌가 미청년 루카스로부터 동시에 구애를 받으면서 갈팡질팡하는 모습을 통해 여성 독자들의 시선을 사로잡는다.

깊은 상처

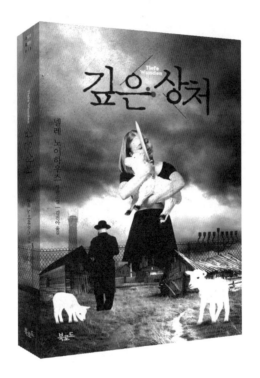

우리는 눈물과 고통으로 태어나

끊임없이 욕망하고 증오하다

마침내 죽음이란 파멸을 맞이한다

부유한 유대인 노인이 나치의 처형을 연상시키는 모습으로 총살당한다.
피아와 보덴슈타인은 사건 현장에서 피해자의 피로 쓰인 '16145'라는 숫자를 발견
한다. 경찰이 숫자의 의미조차 파악하지 못하고 있는 사이 두 번째 사건이 일어나
고, 역시 의문의 숫자 '16145'가 남겨져 있다. 마침내 두 노인이 모두 명망 높은 귀
족 베라 칼텐제의 오랜 친구라는 사실이 밝혀지면서 수사는 반전을 맞지만, 의문의
숫자 뒤에는 상상조차 못 한 깊고 어두운 진실이 입을 벌리고 있다.

세 노인의 죽음, 그리고 수수께끼의 숫자 16145
지워지지 않는 과거의 상처가 잔혹한 죽음을 부른다!

《깊은 상처》는 한 노인의 기묘한 죽음으로 시작된다. 잔혹한 박해와 2차 세계대전의 혼란 속에서도 살아남아 돈과 명예를 손에 넣었던 유대인 노인이 나치의 처형을 연상시키는 모습으로 살해된 것이다. 현장에서는 피로 쓰인 '16145'라는 수수께끼의 숫자가 발견된다.

이야기의 시작에서부터 드러나듯, 《깊은 상처》는 독일의 근현대사에 대한 넬레 노이하우스의 작가적 고찰을 담은 작품이다. 역사를 전공한 작가는 독일인이라면 피해갈 수 없는, 그러나 결코 잊지 말아야 할 어두운 과거를 수면 위로 끄집어 올린다. 그러면서도 시리즈 다른 작품과 마찬가지로, 비극은 누구나 맞닥뜨릴 수 있는 사소한 일들에서부터 시작된다.

일제 강점기와 군부 독재기를 겪고 친일파나 과거사 청산 문제를 여전히 안고 살아가는 한국의 독자들이라면, 이 작품이 지금 우리가 마주한 현실과 닮아 있다는 것을 금방 알 수 있을 것이다.

시리즈 중에서 가장 잔혹하고 어려운 사건과 수십 년의 세월을 넘나드는 장대한 구성, 그리고 저자 스스로 자신하는 치밀한 구성과 깊은 고찰까지 담긴 《깊은 상처》는 타우누스 시리즈의 팬들뿐 아니라 정통 미스터리를 좋아하는 독자라면 누구나 열광할 만한 재미와 깊이를 겸비한 작품이다.

백설공주에게 죽음을

차가운 비밀이 내리던 날

눈꽃처럼 아름다운 소녀가 사라진다

전도유망한 청년 토비아스는 고등학교를 졸업하던 해, 여자친구를 살해했다는 죄목으로 감옥에 들어간다. 10년 후, 형기를 마치고 출소했지만 마을 사람들은 그를 '살인자'라 부르며 마을을 떠나지 않으면 죽이겠다고 협박한다. 그런 그에게 위로가 되는 것은 죽은 여자친구와 닮은 소녀 아멜리뿐이다. 한편 피아와 보덴슈타인 콤비는 괴한의 공격으로 중태에 빠진 여인이 토비아스의 어머니임을 알고 그를 찾아온다. 살인 전과자와 형사들의 등장으로 마을에 알 수 없는 긴장감이 감도는 가운데 이번에는 아멜리가 실종되는데…….

독일 아마존 베스트셀러 32주 1위,
2011년 해외소설 판매 부수 1위
미스터리 독자라면 '백설공주'를 피해갈 수 없다!

2011년 국내에 출간되어 해외소설 중 가장 많이 팔린 책이 된, 타우누스 시리즈 중에서도 가장 사랑받는 작품. 출간된 지 몇 년이 지난 지금도 베스트셀러 순위에 꾸준히 오르는 강한 생명력을 자랑한다.

이야기는 여자친구 '백설공주'를 죽였다는 죄명으로 10년 동안 감옥살이한 토비아스가 출소하며 시작된다. 순전히 정황증거만으로 재판이 이루어졌던 데다 당사자인 토비아스조차 사건 당일의 기억이 마치 블랙홀처럼 텅 비어 있어 자신이 정말 살인을 했는지, 아니면 억울한 누명을 썼는지조차 알지 못한 채 마을 사람들의 괴롭힘을 당한다. 여기에 '백설공주'와 꼭 닮은 아멜리, 그리고 피아와 보덴슈타인 콤비가 11년 전 사건에 관심을 가지기 시작하면서 마을은 또다시 차갑게 얼어붙기 시작한다.

어릴 때부터 글쓰기에 대한 열정을 주체할 수 없었다는 작가의 말처럼 이 작품은 웬만한 책 두 권 분량을 너끈히 넘긴다. 그러나 독자는 지루해할 틈이 없다. 때로는 토비아스의 입장이 되어 그가 정말 살인을 저질렀는지 고민하고, 때로는 똑똑하고 정 많은 여고생 아멜리가 되어 11년 전 사건을 수사해야 한다. 거기다 아내가 바람을 피운다고 의심하면서 전전긍긍하는 보덴슈타인도 다독여줘야 한다.

그리고 드디어 피아와 보덴슈타인과 함께 사건의 진실을 목도하는 순간, 독자의 마음은 그리 유쾌하지만은 않을 것이다. 병적인 질투, 권력욕, 복수와 증오 등 인간 세상의 모든 추악한 이면을 함께 마주해야 하기 때문이다.

바람을 뿌리는 자

그녀는 항상 거짓말을 했어요

그러다 나도 거짓말을 하기 시작했어요

그건 다른 사람들에게 옮아요. 마치 전염병처럼

크리스토프와의 달콤한 여행에서 돌아오자마자 피아는 계단에서 떨어져 사망한 경비원의 참혹한 시체와 맞닥뜨린다. 겉으로 보기에는 단순한 사고처럼 보이는 사건이지만, 피아는 그 뒤에 무언가 숨겨져 있음을 직감한다.

피해자가 근무하던 풍력에너지 개발회사와 풍력발전소 건립에 반대하는 시민단체의 인물들이 얽히면서 풍력발전소를 둘러싼 거대한 음모가 조금씩 그 모습을 드러내고, 보덴슈타인이 용의자 중 한 명인 니카에게 반하면서 사건은 점점 복잡해진다.

풍력발전소를 둘러싼 거대한 스케일의 아귀다툼
속지 마라, 추악한 마음은 가장 아름다운 가면에 깃드는 법

풍력에너지 개발을 둘러싸고 전 세계적인 음모가 폭풍처럼 몰아치는 가운데, 사랑과 배신, 복수와 앙갚음 등 개인적인 동기가 서스펜스를 극한까지 몰고 간다. 거대한 스케일과 치밀한 구성, 개성 넘치는 등장인물로 무장한 이 작품은 타우누스 시리즈가 유럽에서 가장 사랑받는 미스터리 시리즈로 자리 잡은 이유를 다시 한 번 확인시켜준다. 서로 무관해 보이던 여러 조각들이 하나로 연결되며 섬뜩한 진실이 드러나는 순간, 독자들은 다시 한 번 뛰는 가슴을 억누를 수 없을 것이다.

이번 작품에서는 피아와 보덴슈타인뿐 아니라 읽는 이의 시선을 잡아끄는 개성 있고 매력적인 인물들이 다수 등장한다. 먼저 마을 최고의 인기인으로 동물을 사랑하는 순수한 마음을 지닌 리키가 있다. 그녀는 사건의 중심인 풍력발전소 건립을 둘러싼 갈등을 주도하는 시민단체의 일원이자, 유력한 용의자의 애인이기도 하다. 그리고 리키의 친구, 조용하고 수수해 보이지만 보덴슈타인이 한눈에 반할 정도의 매력을 지닌 니카는 리키와 더불어 이야기를 이끌어가는 축이자 사건의 열쇠를 숨기고 있는 인물이다.

두 여인과 더불어 다양한 개성을 자랑하는 인물들이 또 다른 주인공으로 활약하면서 이야기를 다채롭게 한다. 저자는 이 작품에서 악한 자, 혹은 선한 자 같은 평면적인 묘사가 아니라, 복합적인 인간의 내면을 섬세하게 묘사하면서 한층 더 성숙해진 모습을 보여준다.

사악한 늑대

강물 위에 인어가 떠오르면 나쁜 늑대가 나타난다

더 빨리, 더 빨리 뛰어

안 그러면 늑대한테 잡아먹힌다

어느 여름 밤, 강 위에 깡마른 소녀의 시체가 떠오른다. 처참하게 훼손된 소녀의 몸에는 죽기 전 받았던 학대의 흔적이 고스란히 남아 있다. 어떤 수단을 동원해도 신원을 밝혀내지 못한 채, 그저 '인어공주'로 불리게 된 죽은 소녀에게는 대체 무슨 일이 있었던 것일까?

그 와중에 유명 방송인 한나가 처참하게 폭행당한 채 발견된다. 겨우 목숨만 건진 한나의 몸에 남은 흔적은 어쩐지 죽은 소녀의 몸에 남았던 학대의 흔적과 닮아 있다.

차가운 밤의 강물 위에 인어가 떠오르면
나쁜 늑대가 본모습을 드러낸다

가녀린 소녀의 처참한 시체와 함께 시작되는 이번 작품은 초반부터 보덴슈타인과 피아, 그리고 정체를 알 수 없는 인물들, 방송인 한나, 그리고 피아의 친구 엠마 등 여러 시점에서 전개되며 읽는 이의 혼을 쏙 빼놓는다.

그러나 아무 관계도 없어 보이던 각 이야기들이 점차 톱니바퀴처럼 맞물리며 하나의 거대한 그림을 그려갈 때, 그것을 지켜보는 쾌감은 미스터리 독자들이 사랑해 마지않는 종류의 것이다.

《사악한 늑대》는 특히 작가 스스로 '지금까지 쓴 소설 중 최고의 작품'이라고 이야기할 만큼 높은 완성도를 자랑하며, 타우누스 시리즈 중에서 가장 방대한 분량의 작품이기도 하다. 이번 작품에서 넬레 노이하우스는 너무도 많은 소설에서 다뤘지만 잘못 접근하면 자극적으로만 보이기 쉬운 아동학대를 과감히 작품의 소재로 선택했다. 쉽지 않은 이 소재를 어떻게 소화했을까 하는 기대와 걱정에 대한 대답은 이 작품을 먼저 읽은 독일과 한국 독자들의 뜨거운 반응으로 대신할 수 있을 듯하다.

이렇듯 《사악한 늑대》에서는 작가로서 새로운 도약을 시도하는 넬레 노이하우스의 모습을 만나볼 수 있다. 특히 재미와 트릭에만 집중하는 미스터리보다는 깊이 있고 고급스러운 미스터리를 원했던 독자들이라면 열광할 만한 작품이다. 하지만 기존 '타우누스 시리즈'의 팬들도 걱정할 필요는 없다. 친근한 모습의 피아와 보덴슈타인, 그리고 작품마다 치밀한 구성과 반전으로 읽는 이를 감탄하게 하는 타우누스 시리즈 특유의 재미는 여전하기 때문이다.

산 자와 죽은 자

산 자는 벌을 받을 것이고
죽은 자는 원을 풀 것이다
한 사람도 빠짐없이

행복만 가득해야 할 크리스마스 시즌이 공포로 붉게 물든다.

개를 산책시키던 노인, 손녀 곁에서 요리를 하던 부인, 빵집 종업원과 학교 선생님까지, 평생 나쁜 일이라고는 저지르지 않은 선량한 사람들이 '스나이퍼'의 총에 맞아 살해된다. 재미를 위한 사이코패스의 짓일까?

피해자들에게 실은 어두운 과거가 있는 걸까? 오리무중 속에서 '스나이퍼'의 뒤를 한 발 한 발 밟아나가는 피아와 보덴슈타인이 결국 마주하게 될 것은 너무나도 깊고 거대한 슬픔이다.

나는 산 자와 죽은 자를 가리러 왔으니
죄를 짊어진 자들은 두려움에 떨 것이다

시리즈 첫 작품 《사랑받지 못한 여자》로부터 10여 년이 지났다. 그사이 넬레 노이하우스는 자비 출판을 하던 소시지 공장 사모님에서 독일을 넘어 유럽을 대표하는 미스터리 작가로 우뚝 섰다. 그렇다면 과연 그녀의 글은 얼마만큼 성숙해졌을까?

《산 자와 죽은 자》에서 넬레 노이하우스는 완연한 '여왕'의 풍모를 보인다.

원래 작가의 장점으로 꼽히던 다양한 인간군상에 대한 이해, 쉴 새 없이 몰아치는 사건들, 치밀하게 안배된 복선과 허를 찌르는 반전이 그녀의 농익은 펜 끝에서 춤을 추듯 흘러나온다. 거기다 장기 이식과 사적 복수라는 민감한 사회적 이슈까지 훌륭하게 담아냈다. 작가 자신이 2012년 시한부 선고를 받고 심장 판막을 삽입하는 수술을 받으면서 경험하고 느낀 것들이다.

장기 이식에 얽힌 비극에 사랑과 복수라는 보편적 주제를 절묘하게 녹여낸 《산 자와 죽은 자》는 독일 독자들로부터 '《백설공주에게 죽음을》 이후 타우누스 시리즈 최고의 작품'이라는 찬사를 받으며 역시 베스트셀러 1위를 차지했다. 하지만 추리소설로서의 완성도만을 따지자면 시리즈 그 어떤 작품보다도 뛰어나다. '스나이퍼'는 첫 장부터 등장하지만, 그가 누구인지를 찾는 것은 결코 호락호락하지 않다. 결국 범인의 정체가 밝혀지는 순간, 독자들은 쓰디쓴 배신감과 더불어 깊은 슬픔과 공감을 느끼게 될 것이다.

여우가 잠든 숲 (전2권)

불타버린 남자, 살해당한 할머니, 침묵하는 마을
42년 전 숲속에서 실종된 아이와 여우가
연쇄살인의 모든 비밀을 품고 있다!

어느 날 새벽, 숲속 캠핑장에서 거대한 폭발음과 함께 화재가 발생한다. 곧이어 신원을 알 수 없는 시체가 발견되고, 남자의 신원을 알아내기 위해 찾아간 동네 할머니 역시 살해된 채 발견된다. 범행 목격자를 찾는 사이 세 번째 살인이 연이어 발생하고, 보덴슈타인과 피아 콤비의 수사는 42년이라는 시간을 거슬러 수사반장의 어릴 적 소꿉친구와 애완 여우의 실종사건으로 이어지는데……. 과연 1972년 8월 루퍼츠하인의 숲속에서 무슨 일이 있었던 것일까.

조용한 마을을 뒤흔든 의문의 연쇄 살인
그 실마리를 쥔 42년 전 봉인된 상처가 열린다

시리즈마다 찰떡궁합을 자랑하던 보덴슈타인과 피아 콤비는 《여우가 잠든 숲》에서
도 서로에 대한 깊은 신뢰와 애정을 보여준다. 시리즈 첫 작품 《사랑받지 못한 여
자》로부터 10년이 지나면서 매력적인 수사반장 보덴슈타인은 세상을 알면 알수록
자신이 속은 것 같은 느낌에 시달린다. 끔찍한 사건과 얽히고설킨 관계 속에서 지쳐
가던 반장은 이번 사건을 마지막으로 1년을 쉬겠다며 휴가계를 낸 상태다. 다시 강
력반으로 돌아올지 말지는 모호하다. 이제 그들의 케미를 보는 것이 마지막이 되는
걸까? 안타까워하는 피아의 마음과 복잡한 심경으로 사건을 대하는 보덴슈타인의
멜랑콜리한 정서가 작품 전체에 깔려 기존 작품과는 사뭇 다른 느낌을 전한다.

작가는 매 작품 사건을 해결하는 형사로 등장하는 주인공 보덴슈타인을 위해 그의
개인적인 이야기를 담고 싶었다고 한다. 어느 순간 보덴슈타인에게 감정이 이입되
어 그와 함께 과거를 추적하는 여정을 떠나게 된다. 친구와 애완 여우를 잃은 아픔
에 함께 슬퍼하다가 트라우마를 극복하는 용기를 보여주는 그에게 박수를 보내게
된다. 그러나 좀체 범인을 특정하기 어려운 가운데 숨바꼭질은 이어진다. 마침내 정
체가 드러나는 순간 보덴슈타인이 터트리는 절규는 독자들에게 긴 여운을 남길 것
이다.

잔혹한 어머니의 날 (전2권)

10여 일이 지나 발견된 80대 독거노인의 죽음,

그리고 집 마당에서 발견된 의문의 인골들……

망자는 연쇄살인범일까, 아니면 또 다른 희생자일까?

오래된 저택에서 한 노인의 시신이 발견된다. 사건 현장에 파견된 보덴슈타인 반장과 피아 형사는 저택 뒤편의 견사에서 소름 끼치는 장면을 목격한다. 아사 직전인 개 앞에 사람의 뼈가 흩어져 있었던 것. 더 많은 희생자의 뼈가 발견되고, 검시 결과모두 여성인 데다 어머니의 날 전후에 실종된 것으로 밝혀진다. 노인 홀로 이런 범행이 가능할까? 두 수사관의 마음은 바빠진다. 곧 5월이 시작되고, 어머니의 날이다가올 것이기에…….

그녀는 이제껏 본 중에 가장 아름다운 존재였다
그리고 가장 사악한 존재였다

전작 《여우가 잠든 숲》이 수사반장 보덴슈타인의 숨겨진 과거를 담아냈다면, 이번 작품에서는 보덴슈타인과 찰떡궁합을 자랑하는 피아 형사의 은밀한 가족사를 만날 수 있다. 라이펜라트의 아이들이 집을 두려워해 속마음을 드러내지 않고 입을 다문 것처럼, 피아 역시 한동안 가족과 연락을 끊고 지낸 적이 있다. 가까운 관계일수록 상처는 주고받기 쉽고 충돌도 피할 수 없는 걸까? 가족이라는 울타리 내에서 자행되는 폭력으로부터 자유롭지 않은 사람은 피아뿐만이 아니었다. 수사의 중심에 서 있는 피아의 지극히 개인적인 문제가 연루되며 사건은 걷잡을 수 없이 긴박하게 휘몰아친다.

사망 후 10여 일이 지나 발견된 독거노인, 그리고 그 집 마당에서 발견된 인골들…….《잔혹한 어머니의 날》은 강렬하고 파격적인 첫 장면부터 매우 인상적인 작품이다. 80대 노인의 고독사, 아동 학대 등의 문제가 사회적 통제의 실패와 패륜이라는 화두와 절묘하게 결합하여 우리가 살아가는 사회를 다시금 돌아보게 해준다. 서사는 이제껏 거짓된 삶을 살았던 한 여인의 깨달음과 얽히며 결코 예측할 수 없는 결말을 향해 내달린다. 빠른 속도감, 탄탄하고 밀도 높은 구성, 섬세하고 유려한 언어로 인간 심연에 도사리는 어둠과 공포를 자극하며 섬뜩한 사색의 기회를 안겨주는 것은 물론, 더 정교해진 스토리 구성과 풍성한 묘사, 수많은 캐릭터의 흥미로운 설정까지 더해진다.《잔혹한 어머니의 날》은 작품을 펴낼 때마다 진화를 거듭하는 넬레 노이하우스의 미스터리 여왕으로서의 진가가 발휘된 명품 스릴러로, '역시 넬레 노이하우스'라는 감탄을 자아내며 팬들에게 만족감을 선사할 것이다.

옮긴이 전은경

한양대학교 사학과를 졸업하고 독일 튀빙겐 대학교에서 고대 역사 및 고전문헌학을 공부했다. 출판 편집자를 거쳐 현재 독일어 전문 번역가로 활동하고 있으며 《여름을 삼킨 소녀》, 《끝나지 않는 여름》, 《폭풍의 시간》, 《리스본행 야간열차》, 《16일간의 세계사 여행》, 《철학의 시작》, 《청소년을 위한 사랑과 성의 역사》, 《데미안》 등 많은 책을 우리말로 옮겼다.

영원한 우정으로 2

초판 1쇄 발행 2022년 7월 29일
초판 3쇄 발행 2024년 2월 27일

지은이 넬레 노이하우스
옮긴이 전은경
펴낸이 신경렬

상무 강용구
기획편집부 최장욱 송규인
마케팅 박진경
디자인 박현경
경영지원 김정숙 김윤하

편집 박은경
표지 본문 디자인 인수정

펴낸곳 ㈜더난콘텐츠그룹
출판등록 2011년 6월 2일 제2011-000158호
주소 04043 서울시 마포구 양화로 12길 16, 7층(서교동, 더난빌딩)
전화 (02)325-2525 | **팩스** (02)325-9007
이메일 longest@thenanbiz.com | **홈페이지** www.thenanbiz.com

ISBN 979-11-5879-192-6 04850
ISBN 979-11-5879-189-6 (전2권 세트)